Puñeta, la Españeta

Colección DEL VIENTO TERRAL

Carlos Rojas

PUÑETA, LA ESPAÑETA

Una reflexión lúcida,implacable,
sobre un país contradictorio

F
V
FLOR DEL VIENTO EDICIONES

FLOR DEL VIENTO EDICIONES, S.A. Barcelona, España

PUÑETA, LA ESPAÑETA

Primera edición: octubre de 2000

Cubierta de Hans Romberg

Depósito legal: B.34.920-2000
ISBN: 84-89644-52-7

Impreso en España - *Printed in Spain*

Índice

Para Carol y Ramón Serrano Balasch

Introducción

En setiembre de 1953 dos de mis amigos ahora muertos, Eduardo Vivancos y Leonardo Pascual, fueron conmigo a París. Yo me reintegraba a mi puesto de lector de español, en la Universidad de Glasgow y los dejé en París, después de pasar juntos un par de días entre la *Gioconda* y la versallesca galería de los Espejos, sin descuido de la ballena *Jonas*. Si mal no recuerdo, la exhibían congelada cerca del paseo de coches del Bois de Boulogne y el arranque de la alameda de la Reine Marguerite.

Seguí hacia Escocia, en tanto ellos matarían aún tres o cuatro días en París, antes de tomar el expreso de vuelta a Barcelona. Más tarde me escribiría Eduardo Vivancos que al cruzar la frontera, detrás del *roc* o la punta del *Frare* —el farallón del Fraile donde los alemanes, invasores de toda Francia en 1942, apostaron a un centinela en una noche de furiosa tramontana, que se llevó al soldado por los cielos ennegrecidos, sin que volviera a saberse de él—, lo primero que vieron fue el campanario de la iglesia de Port-Bou. «¡Hosana!» habían gritado entonces. «¡Con la iglesia hemos dado! ¡La Españeta!»

Como dije, estábamos en 1953 y no se referían mis amigos a la Iglesia del maestro anónimo, que completó en 1123 el pantocrátor de Sant Climent o Clemente de Taüll; ni a la Iglesia de los jesuitas Luis de Molina y Baltasar

Gracián, en los siglos XVI y XVII, a quienes dos autores franceses, de los que trataremos en breve, creen los auténticos padres de la democracia occidental; ni a la iglesia de san Juan de la Cruz, también en el siglo XVI, cuyo dibujo en escorzo de Cristo en el calvario, cierto o atribuido, volvería a interpretar Salvador Dalí con toques del *Cristo* velazqueño como también veremos en su punto correspondiente.

Aludían a la Iglesia del nacional-catolicismo, que en 1940 declaraba a Unamuno enemigo de la fe y ponía en el Índice *Del sentimiento trágico de la vida*; la misma Iglesia que en 1952 convocaba en Barcelona, para su Congreso Eucarístico Internacional, a una docena de cardenales y centenares de arzobispos, obispos y abades, al tiempo que arredilaba a las pelanduscas y mozas del partido callejeras, para que tan deplorable espectáculo humano no ofendiese los ojos del clero de setenta y siete países.

Por cierto que entonces, valga aquí el primer inciso, cuando unos frailes armenios pidieron comprobar, en nombre de la caridad cristiana, cómo se recogían aquellas mujeres en el estadio, los escoltó a Montjuïc cierto obispo de galante historial, al que las busconas más viejas reconocieron enseguida, muy sorprendidas al verlo encabezar tan exótica compañía. «¡Es el Pepito! ¡Es el Pepito!» gritaban entre estupefactas y alborozadas. «*Pepito, què fas aquí?*» (¿Qué haces tú aquí, hombre de Dios?).

Tirando a la conocida ventana del nacional-catolicismo, también apuntarían mis amigos a la Iglesia de monseñor Leopoldo Eijo Garay, el obispo arzobispo que decía a Franco, cínica o aduladoramente, no haber jamás incensado con el fervor que lo hacía por su Generalísimo; o a la Iglesia que proclamaba al jefe del Estado ungido y escogido por Dios, tal por cual como los Reyes bíblicos del Antiguo Testamento; o a la Iglesia que a la muerte de Ortega, permitía que un obispo auxiliar de las Canarias o Islas Afortunadas condenase toda su obra, como un traicionero prado florido, donde sólo hallaría la juventud hierbas venenosas para el alma.

También cabe que se refirieran a la Iglesia, que por labios del ministro de Justicia y luego presidente de las Cortes franquistas, Esteban Bilbao, veneraría públicamente las profecías de la madre Rafols —la monja catalana de heroico y abnegado proceder, en los dos sitios franceses de Zaragoza—, con motivo de la consagración del país al sagrado Corazón de Jesús. Para desencanto de don Esteban y de todo el nacional-catolicismo, la Sagrada Congregación de Ritos impediría desde la Santa Sede que se divulgaran aquellas supuestas profecías políticas, burdamente urdidas en 1931.

Tampoco confundiría Eduardo Vivancos la Españeta con la España, que él recorrería de punta a punta con *Andanzas y visiones españolas*, 1922, de Unamuno, debajo del brazo. Siendo catalán, vivía fascinado por el paisaje de Gredos en las dos vertientes de la Sierra: agreste y frondosa una, de aterciopelados herbazales la otra. De tal modo fue a identificarse con aquellas tierras del alma, como las habría llamado el propio Unamuno, que en 1990, sabiéndose desahuciado y en irremisible metástasis cancerosa, se marchó para siempre de Barcelona y condujo a solas hasta el parador de Gredos.

Al día siguiente me escribía una carta muy digna, resignada e irónica, despidiéndose «al menos en este planeta». Tranquilo y en paz consigo mismo, dejaba *questo porcile di merda* («esta pocilga de mierda»), como Curzio Malaparte despachaba el mundo. Ajustadas las cuentas con un paisaje que creería muy parecido a él, en ambas vertientes, buscó su fuente preferida y el conocido recodo de un arroyo. Allí se sentó en la arena y se pegó un tiro en la sien. Sería media mañana. Si la muerte es el único de los valores universales, que todavía no pudimos desvirtuar ni envilecer por completo, no conozco yo otra más limpia y hermosa.

Suya es también la Españeta, por haber troquelado un término de tan buena ley. No creo que quepa confundir su Españeta con la *España negra*, 1899, de Émile Verhaeren y Darío de Regoyos: la de los caseríos guipuzcoanos donde ni las tejas ni las contraventanas estaban en su sitio; la de goznes torcidos, torrecillas truncadas y losas carcomidas por los siglos. Una España que celebraba a la muerte como a una santa en las iglesias y como una glotona en los cementerios, al decir de Verhaeren, en tanto los cipreses fingían hileras de candelabros negros, sobre la mar, a la caída de la tarde.

Aquella España negra llevó a Regoyos y Verhaeren a toparse con un gitano de pelo ensortijado, pómulos picados de viruelas y mejillas acuchilladas, en un vagón de tercera, camino el tren de Pamplona. El calé entonaba sentidas malagueñas a la parca y la sangre, acompañándose de un guitarrín colorado, con dos cuerdas rotas. En Pamplona contaron a Regoyos que el zíngaro era conocido por toda Navarra como sacamantecas. Pero no se trataba de un asesino impune, despanzurrador de pilluelos secuestrados, sino de un honrado trafagón que comerciaba con la compraventa de los pellejos y mantecas de los pencos destripados en la plaza.

Tampoco sería la Españeta la España negra, que ponía en entredicho la intuición y la condición humana, en coplas que deleitaban a Verhaeren cuando las traducía de corrido Regoyos. «A una tumba le di un beso/ y la piedra se partió/ y es que allí estaba enterrada/ la madre que me parió.» Menos aun fuera la Españeta la negrísima España, piadosa y masoquista, que el pintor Enrique Paternina descubrió en San Vicente de Somosierra, junto a Haro, donde los disciplinantes de Semana Santa se azotaban, del cogote a los ijares, con una bola de cera sembrada y tachonada de vidrios rotos, hasta ensangrentarse toda la espalda y la riñonada. Llamaban aquello picarse como picaban a los toros en la corrida, en tanto los nobles brutos despanzurraban a los caballos que adquiriría el gitano del guitarrín. Concluida la fiesta y antes del rosario, los niños apretaban delicadamente las espantosas heridas de los jamelgos muertos, para ver si todavía manaba sangre de las cornadas.

Empezaría a ajustarse la Españeta a la España de «El mañana efímero», que describía Antonio Machado en *Campos de Castilla,* 1912, un país de charanga y pandereta, aunque también de hipocresía y beatería, igualmente devoto de Frascuelo y la Madre de Dios. «Esta España inferior que ora y bosteza,/ vieja, tahúr, zaragatera y triste;/ esa España inferior que ora y embiste,/ cuando se digna usar de la cabeza.» Aquella Españeta, como Machado describe a la España disminuida de sus versos, engendrará un mañana a su semejanza, tan cierto e inevitable como la misma muerte aunque «¡por ventura! pasajero».

Colindante en ocasiones con la verdadera España y habitualmente con la España negra, no se traduce la Españeta en exclusivos términos políticos ni podemos encasillarla a izquierda o derecha, de forma genérica, en una de *as duas Espanhas*, como habría dicho el portugués Fidelino Figueiredo. En una presurosa recensión, a la que volveremos en la cronología comentada, cabe listar algunos avatares de ambas Españetas, una, digamos, progresista y la otra conservadora o reaccionaria, bajo el signo común de una crisis de identidad cultural, ideológica, política y aun individual y humana, entre un sinfín de contradicciones y ropajes.

A la derecha, empezaríamos con *La familia de Carlos IV*, 1800-1801, donde únicamente en los ojos del adolescente príncipe de Asturias y futuro Fernando VII —tiene dieciséis años, cuando Goya empieza a preparar los borrones o apuntes de la vasta tela— destella una atravesada inteligencia, en una monstruosa cabeza de chimpancé. Los demás, sin descuento de los Reyes, sus padres, parecen caricatos que mal aprendieron el papel de sí mismos. Otro de los rasgos de la Españeta, muy bien visto por Valle-Inclán será precisamente esta ambigüedad frente al cometido personal en el mundo, sumada a la crisis de identidad.

También para Valle-Inclán, el reinado de Isabel II es una farsa individual y nacional, cuya exégesis literaria dejará incompleta el autor, en una truncada trilogía. Todos los estamentos son partícipes de la parodia sin confines: la realeza, la Iglesia, la aristocracia, la intrigante oposición —amalgama de militarismo masón y alta burguesía—, sin descarte del pueblo llano. Disminuida la talla de la sociedad, sus finalidades y valores se reducen al medro personal, cualesquiera que sean los medios de obtenerlo, la conspiración, el cohecho y el crimen impune. Muchos de los papeles son intercambiables en la mascarada. El más conspicuo de los intelectuales —Adelardo López de Ayala— será ministro de Amadeo I y volverá a serlo de Alfonso XII, cuando suene la hora de la Restauración.

Encabezada por la corte, más allá de la trilogía valleinclanesca, sobrevive la Españeta en el reinado de Alfonso XIII. Con un índice de analfabetismo, que roza el setenta por ciento de la población, sin haber participado verdaderamente en la revolución industrial, que transformó el occidente de Europa, el país se adentra en el siglo XX. Rige un Monarca, cuya biblioteca privada se compone de una edición de bibliófilo del *Quijote*, un ejemplar del Código Penal y *Le testament politique de messir Colbert*. Uno de sus ministros, Niceto Alcalá Zamora, presidirá pasado mañana la Segunda República. Como en la época de López de Ayala, muchos papeles, con sus antifaces correspondientes, son todavía intercambiables.

El Rey, uno de cuyos pasatiempos es hacerse filmar documentales pornográficos en los burdeles —exhibidos en 1999 en una exposición antológica del erotismo, ante la indiferencia del público—, provoca en 1921 el desastre de Annual, con un telegrama al general Manuel Fernández Silvestre: «¡Olé tus cojones! ¡Vivan los hombres! ¡Haz como te digo y no hagas ningún caso del ministro de la Guerra, que es un imbécil!». A los dos años perjura la Constitución y entrega poderes dictatoriales al general Miguel Primo de Rivera. Lo «borbonea», verbo con patente del propio Primo de Rivera que debiera figurar en un glosario de la Españeta, en 1930. Falta sólo mes y medio para que el general, un diabético avanzado, muera en París.

La España negra, heroica y mártir de la Guerra Civil y la primera postguerra, hasta el término de la conflagración mundial —la que Jesús Palacios define cronológicamente como «la España totalitaria»— se sucede a sí misma en la España de Franco. Terminará la noche del 19 al

20 de noviembre de 1975, con el fallecimiento del Generalísimo. Los hitos y trazos de la Españeta, en la segunda Dictadura del siglo, resultan innumerables.

Puestos a resumirlos, en cuatro o cinco ejemplos escogidos, despuntarían con el título churrigueresco que se atribuye la España totalitaria como Imperio hacia Dios. Podríamos proseguirlos con Franco entregando su espada a Dios, sobre el altar mayor de Santa Bárbara, al mes y medio de terminada la contienda. En 1942 el almirante Luis Carrero Blanco propondría, muy seriamente, al Caudillo proclamarse Rey el primero de octubre de aquel año, mientras Rafael Sánchez Mazas hablaba en *Arriba* de «Monarquía guerrera» y el perenne payaso y pasado futurista Ernesto Giménez Caballero —G.C., se firmaría en ocasiones— imprimiría el barbarismo de «Monarcato». Según G. C., semejante régimen arrebataría su razón de ser a las otras dinastías europeas y sus reyes vendrían a Madrid, para rendir vasallaje al Caudillo coronado.

Sófocles y Shakespeare alcanzaron algunos de los momentos más intensos de sus tragedias haciendo dialogar a los monarcas con los espectros de sus padres o sus víctimas. En un cómico y patético ceremonial, póstumo y privado, que vino a cerrar el epílogo del franquismo y al que regresaremos de pasada más adelante, Carlos Arias Navarro se desplazaba a menudo a Cuelgamuros. A escondidas, en voz baja y sin demasiada fe, hablaba allí a Franco, cuyo último Gobierno presidiera como encabezaba entonces el primero de la Monarquía. Le suplicaba que volviese, de lo contrario los asuntos del Estado seguirían a la deriva y de mal en peor.

Pero también cuenta con una amplia crónica la Españeta, a la izquierda del espectro solar. Como veremos luego, Emilio Castelar, último jefe del Gobierno del Estado o presidente de la Primera República decía que él y todos los dirigentes de aquel régimen llegaron demasiado tarde al poder. Hartos de combatir a sus enemigos naturales, quedaron faltos de adversarios cuando se hicieron con el mando de la nación. Entonces se dedicaron a destrozarse entre ellos, con el mayor y más encarnizado encono. Lo mismo podría afirmarse de la Segunda República, proclamada cincuenta y ocho años después.

De ello se infiere que los republicanos no habían aprendido nada, en más de medio siglo, acerca de sí mismos o del significado de la administración política, en tanto una de las constantes trágicas de la Españeta era su capacidad para la autodestrucción. Puesto que la fiesta de disfraces en la cumbre del poder tiene mucho de espejismo, basta a veces un solo empujón, en forma de asonada o legítima consulta electoral, para que se derrumbe el sistema establecido. Así ocurrió con la Primera República, en enero de 1874 y con la Monarquía en abril de 1931.

El 3 de enero de 1874, fueron suficientes dos pistoletazos al aire de las fuerzas de Manuel Pavía para que Castelar y todos los diputados, conjurados a morir en los escaños, huyesen despavoridos por las ventanas del Congreso. Cuando aquella misma mañana suplicó Pavía a Castelar, derrotado antes por veinte votos, que retomase la jefatura del Estado, el presidente se negó a rescindir su renuncia. Asimismo, el 12 de abril de 1931, bastaron unas elecciones municipales, que Alfonso XIII y sus amigos del Tiro de Pichón daban por ganadas, para que la corona se derrumbara en cuarenta y ocho horas.

Se manifiesta un conjunto de situaciones y frases, muy propias de la Españeta, donde casi todo el mundo disparata a sabiendas y altera el orden de los valores políticos. El Rey, que no lee nada, acusa al almirante Juan Bautista Aznar —jefe de Gobierno y «gran lector de Rocambole»— de haber precipitado el fracaso de la Monarquía, con su incapacidad y la del Consejo entero. Asegura el almirante que el país se acostó monárquico y amaneció republicano. En Barcelona, el antiguo teniente coronel Francesc Macià rehúsa tres veces proclamar la República, por elemental prudencia. Acude cuando le dicen que Lluís Companys la hizo pública en el balcón del Ayuntamiento. Dos veces la instaura entonces y declara el *Estat Català* dentro de una República Federal, que él acaba de improvisar. «¡De aquí no nos sacarán sino muertos!» grita como un poseso sobre una plaza Sant Jaume, donde ya no cabe ni un alfiler.

Cinco años antes, durante la Dictadura de Primo de Rivera, el teniente coronel —expulsado del Ejército por evidentes motivos políticos— había cursado una «orden de invasión de Cataluña» a una tropa de refugiados cesantes, empobrecidos emigrados y delatores franceses de ocultis. A través de los catorce kilómetros de prados abiertos que separan Prats de Molló, en el Vallespir francés, del pueblo de Molló, cruzando de paso un empinado puerto de kilómetro y medio, la hueste de Macià debía penetrar a pie en el viejo Principado. Naturalmente, antes de que se pusiese en marcha la zarabanda, fueron detenidos en Prats de Molló por la gendarmería, como en su fuero íntimo debía esperarlo Macià.

Aunque tienda a reiterarse, puesto que la Españeta es circunstancial, casi siempre se trasmuda y transforma. Como lo detallaremos en la carta a Alejandro Lerroux, una de aquellas variantes durante la Segunda República será la creciente e imparable corrupción del partido Radical. Su venalidad se extiende desde las concejalías barcelonesas, que obtiene el partido a principios de siglo, hasta la repetida presidencia del Gobierno de la República a cargo de don Ale y aun la trasciendo con el asunto del estraperlo y sus consecuencias.

Pero las baraterías y venalidades del radicalismo se rebajan y disminuyen por comparación con las que afligirán al país, bajo el poder de los socialistas, como se expone en la carta a Pablo Iglesias. La picaresca —expresión literaria española de los siglos XVI y XVII, desde el renacimiento al barroco— llega a su cumbre más escandalosa en los amenes del milenio. Por añadidura, se combina con el arrogante ridículo, que suele acompañar a la Españeta, precisa e irónicamente por carecer de sentido del ridículo en la crisis de su identidad.

El presidente del Consejo, Felipe González, asegura fachendosamente en 1989 seguir gobernando hasta muy entrado el siglo XXI. Lo cual no deja de recordar una consideración opuesta y mucho más sabia de Manuel Azaña, para quien todo era limitado a la medida del hombre —supongo en el tiempo y el espacio— y nada resultaba más efímero que el poder político.

A la idiosincrasia de la Españeta, versión circunstancial y paródica de la realidad nacional en sus aspectos políticos y culturales, se añadiría una supuesta autosuficiencia que Antonio Machado llamaría el desprecio por todo cuanto se ignora. El poeta atribuía aquella petulancia a la Castilla «miserable», de 1898 y la fundaba en una autodecepción muy española y castellana. Hoy aquellos rasgos, desde la parodia de la realidad nacional hasta el autoengaño, confluyen en diversos aspectos de los nacionalismos peninsulares.

Aunque terminaría por afirmar que el camino de Euskadi pasaba por su plena integración al Estado central, el separatismo anterior de Sabino Arana se extendería hasta los límites de la España negra. Por la época en que Verhaeren y Regoyos veían a la muerte venerada como una santa en Guipúzcoa, Sabino Arana expresaba su gozo, por escrito y en castellano, anticipando a una España plenamente despedazada en una bárbara contienda civil o internacional, que traería la independencia de Vizcaya.

No obstante, también debe señalarse que la violencia personal de Sabino Arana no pasaría de quemar públicamente una bandera española en Guernica, con el concurso de su hermano Luis. Pero el fanatismo lo llevaría a deformar los nombres de familia de su propia esposa y predecir la exigencia de que todos los vizcaínos casaran con mujeres de cuatro apellidos vascongados. Aunque aparentemente desechado en sus últimos días, el racismo verbal de Sabino Arana vendría a metamorfosearse en la violencia criminal de ETA, en otros tiempos.

Como también va a exponerse en la carta a Francesc Macià, el nacionalismo catalán cobrará más grotescas características, cuando el presidente Pujol al exigir tratamiento de jefe de Estado y privilegio para andar dos pasos detrás del Rey y delante del presidente del Consejo; o cuando se denomine presidente de Catalunya y no del *Consell* de la Generalitat —lo cual llevó a observar a Vicenç Capdevila: «Es como si José María Aznar se dijese presidente de España y todos fuésemos a creer que ha proclamado la Tercera República y él la preside». «¡No lo quieran los dioses!» asentí piadosamente—; o cuando pida que el Rey y su hijo se expresen a medias en catalán, siempre que recalen en Cataluña. Todo ello, por supuesto en vano.

En la obsesión por imponer el catalán, frente a la tercera lengua más hablada del mundo, se reclamaría el doblaje de las películas de Hollywood al idioma vernáculo. En un mensaje de las juventudes del partido presidencial *—Juventud Nacionalista de Catalunya. Plataforma per la Llengua—*, las mismas a quienes el honorable Pujol profetizaba de baldío mandar al carajo a toda la oposición en 1999, se leía lo siguiente, que aquí traduzco palabra por palabra: «Las fuerzas del Imperio contraatacan con una nueva superproducción norteamericana, de nuevo exclusivamente doblada en castellano. Pero las fuerzas revolucionarias catalanas no callan. Queremos cinema en catalán. Que la lengua os acompañe».

Casi en el sobrescrito, añadiré una nota de carácter personal. En verano de 1998, a mi hija Eunice, quien es bilingüe en español e inglés, le robaron una cartera con el pasaporte y un puñado de dólares y pesetas, en nuestra casa de Maçanet de Cabrenys. Dio parte a la benemérita; pero ésta tuvo que abstenerse, puesto que sus atribuciones se limitaban a la custodia de una frontera, la francesa, inexistente a efectos prácticos desde la entrada del país en la Comunidad Europea. Por cortesía, se ofreció la Guardia Civil a llamar a *els mossos d'Esquadra,* los mozos de Escuadra de la Generalidad en Figueres.

Llegó una pareja de aquellos jóvenes y dedicados varones y empezó a levantar atestado, interrogando en catalán. (De aparecer el subsiguiente berenjenal en una película o filme hablado en figuerense, los guardianes de la ley se expresarían en inglés, porque la Españeta catalana del honorable no se privaba de nada en tales fechas.) Pero aquello sucedía en la árida realidad y los *mossos* andaban depauperados en lenguas extranjeras.

Dijo mi hija entenderlos muy bien y sentirse honrada si le hablaban en la lengua materna de Margarita Xirgu —Margarita, que no Margarida, se firmaba siempre—; pero ella respondería en el idioma de María Guerrero. Ocurrió entonces lo increíble e inimaginable. El mayor de los mozos de Escuadra *se ofreció a traducirle el castellano a su compañero, puesto que él sólo comprendía a las claras el catalán*. En aquel punto y en versión nacionalista local, la Españeta se convertía en la penosa y grotesca parodia de una parodia.

Lo grotesco es de manifiesta evidencia. Lo deplorable es el hecho de que los mozos probablemente decían la verdad. Si Unamuno hubiese resucitado aquel día en mi casa —con su jersey de pastor luterano hasta la nuez de Adán y el perro, también redivivo, prendido a la correa—, habría repetido lo que dijo en el Parlamento de la Segunda República, en la discusión del Estatuto que también él terminaría por votar. No podía cometerse el crimen de impedir a unos ciudadanos españoles el aprendizaje y conocimiento de su propia lengua.

Por desdicha, como lo recordaba en un artículo de *El Mundo* Ivan Tubau, en setiembre de 1999, citando otro de *ABC* de la barcelonesa Teresa Castanera, en las escuelas públicas catalanas se prohíbe hablar en español a los educandos hasta los nueve años. Entonces reciben *tres horas semanales* de castellano. A la vez, según me informa la profesora Carmen López Villasol —una gallega que habla y discurre perfectamente en catalán—, el texto de historia editado por el Diseño Curricular para los cursos de BUP, en 1992-1993, no incluía mapas de España, ni mención de las costas gallegas o la cultura de los Millares, pongamos por caso. En su defecto, exhibía una diversidad de mapas de Europa, Cataluña, la siempre irredenta Occitania y el Alguer.

La Españeta, ahora este libro y no la identidad en crisis de lo español, se estructura aquí en «cartas abiertas a los vivos y a los muertos». Con este nombre empecé una serie de colaboraciones en la difunta revista *Destino,* en 1979. A modo de subtítulo, vuelvo a adoptarlo para dirigirme a otros destinatarios, vivientes o extintos. Para mí al menos, casi todos ellos representan unos valores intelectuales opuestos a la naturaleza autodestructora, grotesca y circunstancial de una Españeta «zaragatera y triste», puesto que trascienden el tiempo y el espacio históricos en que a aquellos artistas, pensadores y políticos les tocó vivir. Como habría dicho Valentí Almirall y veremos más adelante, al igual que las ideas universales de justicia, libertad, igualdad y progreso, la obra de semejantes hombres trasciende las cabileñas limitaciones de todos los nacionalismos peninsulares, empezando por el español.

Merecería la pena adelantar otra frase de Azaña a la que volveré en la primera de las cartas. Pienso en su tajante afirmación al doctor Negrín de que el Prado era más importante para el país que la República y la Monarquía juntas. Asintió Negrín y se mostraría de acuerdo el Rey, antes de serlo, cuando en 1974 le cité aquella sentencia. De hecho, el Prado encierra la metafórica y paradigmática antelación de la Españeta, por obra de don Francisco de Goya.

En 1789 pinta Goya *La gallina ciega*: el último de los llamados cartones para tapices, que en verdad son óleos sobre telas. Cabe en lo posible que otro cartón para el regio comedor de El Pardo —*El baile de San Antonio de la Florida*— sirviera de inadvertido apunte de aquel lienzo, doce años antes. Junto a *La gallina ciega,* al agudo decir de Antonina Vallentin, una invisible caja de música debe apercibirse a desgranar las últimas horas de una época, sobre un paisaje que semeja un bastidor teatral.

Al juego de la gallina ciega también lo llaman del cucharón, en tiempo de Goya. En el óleo cuatro damiselas y dos pares de petimetres danzan alrededor de un mozo, con los ojos vendados, que empuña una larga cuchara y trata de acertar a un danzante para darle su puesto en el centro del corro, si le adivina el nombre. Entre tanto, una serie de ambigüedades expresan y universalizan la crisis de identidad nacional desde la perspectiva del artista.

Propiamente, la serranía y los cielos detrás de los bailarines no representan el mundo natural sino el óleo de aquel mundo. Distinguimos en la panorámica una pintura dentro de la pintura, por así decirlo. Éste sería un recurso goyesco, aprendido de Diego Velázquez y expresado en conocidos retratos ecuestres velazqueños, como los del príncipe Baltasar Carlos y el conde duque de Olivares. El tratamiento del paisaje como una anónima representación humana, dentro de una tela de Velázquez o Goya, parece confirmar una tesis de Karl Vossler, según la cual la España renacentista no abraza ni repudia la naturaleza, sino mantiene una actitud de prudente reserva y distanciamiento —llamémosla acaso de precavido conjuro— ante la realidad natural.

A su vez y aunque muy jóvenes, los danzantes son ya hombres y mujeres. Pero, desentendidos de sí mismos, juegan a un juego de niños; donde uno de ellos asume el papel de un ave cegada, mientras empuña algo tan artificial y casero como un cucharón. A la lúdica ambigüedad del baile corresponde otra de carácter social. Por los rostros, gestos, manos y ademanes, las cuatro muchachas y sus cinco galanes pertenecen a la elite de la época. Pero sus ropas y peinados —redes recogiendo la cabellera, faldas acampanadas, corpiños rojos, zapatillas con hebillones y largas medias de seda blanca— delatan sus disfraces de bajo pueblo madrileño. Casi todos visten de majos y majas o de chisperos y chisperas. En tanto las identidades se enturbian y entapujan, se sobreponen los artificios en el mundo y los hombres.

En el grabado número seis de los *Caprichos*, 1799, Goya recurre a un motivo análogo. O acaso, por mejor decirlo, deriva las últimas consecuencias de *La gallina ciega*. Por contraste con la atardecida de aquel lienzo y su supuesto campo abierto, diseña un nocturno baile de disfraces, en un penumbroso interior. Un hombre con carátula blanca, que acaso lo oculte sarcásticamente con unos rasgos fingidos y semejantes a los suyos, requiebra a una mujer de rostro cubierto por un ancho antifaz negro. Detrás se agrupan otros enmascarados de puntiagudos chambergos. Distinguimos a tres de ellos, quienes pasarían por espectros disfrazados. Los demás se pierden y apelotonan en las sombras.

«Nadie se conoce», se titula el grabado. Acaso contenga el manuscrito del Prado la leyenda original goyesca: «El mundo es una máscara, el rostro, el traje y la voz todo es fingido: todos quieren aparentar lo que no son, todos se engañan y nadie se conoce». Existen otros dos manuscritos, con distintas relaciones para cada capricho. Así el llamado de Ayala, por haber pertenecido a Adelardo López de Ayala, quien reaparecerá de pasada en la carta a Valle-Inclán, y un manuscrito anónimo —ms. 20558, núm. 23— de la Biblioteca Central. El último, lo descubrió Gonzalo Menéndez Pidal o al menos dio noticia de su paradero a Edith Helman, cuando ella escribía *Trasmundo de Goya.*

Nuevas leyendas identifican al galán en primer término. En Ayala es «un general afeminado», que obsequia a una «madama», delante de «otros cornudos». Según el manuscrito anónimo, se trata de «un general afeminado y disfrazado de mujer». De hecho, si sus ropas son mujeriles, sus grandes pies parecen de hombre. También según el manuscrito de la Biblioteca Central, las máscaras al fondo serán maridos burlados o consentidos, con grandes cuernos, «como un unicornio», debajo del sombrero.

En cualquier caso, el baile prosigue desde hace dos siglos sobrados. Ya sea en un salón o bajo el festero entoldado de una Españeta, producto de los tiempos modernos. Goya presagió e ilustró la crisis de identidad nacional y social, que la hizo posible. Al paso del tiempo, la mascarada va a proveerse de distintas ropas o parecidos antifaces. El propósito de este libro es exponer algunos de los aspectos y acaecimientos de una danza, que no es precisamente la de la muerte —*la dança mortal* castellana del siglo XV— sino la del mundo. Acaso también la del demonio y la carne. Por supuesto, nos referimos a nuestro mundo histórico. Como diría don Marcelino Menéndez Pelayo, el pensador preferido del nacional-catolicismo en el pasado régimen, no tenemos otro.

A cuatro jefes de Estado

Su Majestad Don Juan Carlos de Borbón y Borbón
Palacio de la Zarzuela
Madrid

Señor:

La historia testifica que vos representáis la Monarquía más antigua de Europa. Como yo mismo dije y publiqué otrora, empezamos el siglo XVIII con Felipe V y hay visos de que nos adentraremos en el XXI y de añadidura en el milenio recién encetado con Felipe VI. Vuestra Casa prosigue y se reitera, rizando el rizo de las analogías, como aseguraba Baruch Spinoza que persiste en su esencia el ser sustancial y universal.

No es éste menudo mérito, en una Europa que presenció en el siglo XX la liquidación definitiva de tres Imperios: el de los Romanov, en todas las Rusias; el de los Habsburgos, en Austria-Hungría y el de los Hohenzollern, en Alemania. Con aquellos Imperios desapareció un rosario de Monarquías en Portugal, Montenegro, Grecia, Albania, Yugoslavia, Bulgaria, Italia y Rumania. A mayor abundamiento, como también lo he señalado en otro lugar, vuestra propia familia, la de los Borbones, fue expulsada del poder real en la Etruria napoleónica en 1808, en Francia en 1830 y en Nápoles treinta años después.

Resulta muy arduo deducir si vuestra supervivencia nacional se debe a la fibra y vitalidad de la estirpe o a la flaqueza, no menos histórica, de una España reducida y disminuida a pura Españeta. De forma incomprensible, cuatro veces en menos de ciento setenta años, coceó el país a vuestros antepasados —en las personas de Carlos IV, Fernando VII, Isabel II y vuestro abuelo, Alfonso XIII—, para volverlos a acoger y aclamar en el propio Fernando VII, Alfonso XII y vos mismo, señor.

No obstante, pese a tantos y tan inexplicables destronamientos y retornos —caso único en la historia del mundo entero—, creo que vuestra Casa no perduraría sin el riego providencial de sangre ilegítima, que aportaron a la dinastía don Manuel Godoy Álvarez de Faria Ríos Zaragoza, príncipe de la Paz y luego de Bassano —puestos a abreviar, omitiremos aquí sus muchos otros títulos— y el capitán de Ingenieros Enrique Puigmoltó. Como es sabido, el príncipe fue devotísimo amante de doña María Luisa de Parma, la esposa de Carlos IV, y el capitán, valenciano él, de vuestra tatarabuela, Isabel II.

Don Alfonso XIII, que era muy suelto de labia, llamaba a doña Isabel «la puta de mi abuela», en los propios consejos de ministros, para escándalo de don Niceto Alcalá Zamora, quien luego pasaría a presidir la Segunda República. No obstante, el Papa Pío Nono la distinguió con la Rosa de Oro, el título más privilegiado de la Iglesia, por «las altas virtudes con que brillas».

A vueltas con doña María Luisa, no sólo caricaturiza Goya sus encuentros con el príncipe de la Paz, en alguno de los *Caprichos*: una serie de grabados, cuya edición fue autorizada y avalada por Godoy y Carlos IV, aunque luego la retirara el Santo Oficio. También la emplaza el artista en el centro de una de sus mayores obras maestras, *La familia de Carlos IV*. Allí abraza la Reina a la infanta María Isabel, en tanto sostiene de la mano al infantito Francisco de Paula. Naturalmente, ambas criaturas eran de Godoy y al infante lo llamaban «el del abominable parecido», por la mucha semejanza que guardaba con su padre carnal.

Casaría María Isabel con su primo, el príncipe Genaro de Nápoles, en 1802. El basilisco de su suegra austriaca, la reina Carolina —hermana de la guillotinada María Antonieta de Francia y, según rumoreaban en Nápoles, amante de lady Emma Hamilton, esposa de un consentido embajador británico y querida del almirante Horacio Nelson— llamaba a la nuera *sporca bastarda epilettica*, cuando se enfurecía con ella. Léase a cada credo. Bien es verdad que luego hacían las paces y entonces la iracunda confortaba a María Isabel. «¡Pobrecita! ¡Pobrecita! Tú tampoco tienes la culpa de haber nacido en una familia tan degenerada como la de nuestros parientes españoles.»

El profesor estomatólogo Julio González Iglesias, autor de un libro muy penetrante acerca de la dentadura de Franco, sostiene que vuestra familia debería someterse a la prueba del ADN y esclarecer así, de manera definitiva, su posible o imposible descendencia sanguínea de un Godoy o un Puigmoltó. Tal por cual como aquel examen genético demostró póstumamente la impostura de una infeliz, que se fingía Anastasia Romanov y aseguraba haber sobrevivido el fusilamiento de los suyos en Ekaterinburg, la madrugada del 17 de julio de 1918.

En ausencia de semejante prueba, que nunca llegará a realizarse, la historia recoge ciertos testimonios, que a mí al menos me parecen muy convincentes. En sus años de interminable destierro en París, se quejaba Godoy a lord Holland del desamparo en que lo tenía su segunda esposa, Pepita Tudó. En tanto ella vivía holgadamente en Madrid, el príncipe proscrito bordeaba la indigencia en un cuarto piso de la rue de la Michaudière. Sorprendió a lord Holland que no mostrara el mismo resentimiento contra el más grande de sus verdugos, Fernando VII. Poco menos que haciéndose el desentendido, casi pasaba por alto su sañuda persecución. Ya al principio de su exilio, había dicho Godoy a Napoleón que él era como un perro casero, ante los Borbones. Cuanto más lo apaleaban, mayor era su abyecta lealtad. Les velaba el sueño, llevaba las zapatillas y lamía las manos.

Pero aquella tarde, frente a lord Holland, protestó de que Fernando le hubiese arrebatado el señorío del Soto de Roma. No se cansaba la corona de expoliar sus propiedades, ni tenía término el desapego inmisericorde de la Providencia. Recurriendo a su humor grueso y basto como una soga, vino a añadir en uno de sus bruscos cambios de temple: «En cualquier caso, aunque me roben el Soto, todo queda en familia. El Rey ha donado mi antiguo señorío a su hermano Francisco de Paula». Más claro, el agua. Reconocía el príncipe de la Paz que el infante del abominable parecido, el supuesto benjamín de Carlos IV, era en realidad sangre de su sangre.

También indiqué en otro lugar cómo Juan Balansó descubrió que fray Juan de Almaraz, último confesor de la reina María Luisa en Roma, a su muerte en 1819, sostenía haberle jurado la Señora que ninguno de sus hijos, incluido Fernando VII, provenía de los ijares de Carlos IV. Insinuaba aquel cura simoníaco y sacrílego tener a buen recaudo una confesión escrita de la difunta. Todo ello venía a cuenta de una manda de cuatro mil duros, que doña María Luisa legara a Almaraz sin que hasta la fecha, siete años después, viera el clérigo un ochavo de su herencia.

Cometió Almaraz el craso error de amenazar por carta a Fernando VII, alegando que su augusta madre le había autorizado a difundir aquellos secretos de alcoba y confesionario. De inmediato, el Rey lo secuestró y emparedó secretamente en el castillo de Peñíscola. A los tres años, vuelto el fraile una especie de monstruo, melenudo, barbado y medio afásico, sólo capaz de expresarse en una espantosa chillería o en gruñidos como los chimpancés, firmó una completa rectificación de todo lo que había escrito desde Roma al Deseado, como llamaba el pueblo a Fernando desde la Guerra de la Independencia. El Soberano respiró satisfecho. Pero, incumpliendo su palabra, ordenó que volvieran a emparedar al profanador, por elemental prudencia. No lo libertaron hasta la muerte de Fernando, en 1833. Al mes y medio, fallecía loco y delirante.

Refería Claudio Sánchez Albornoz los desvelos y reconcomios del tercer duque de Valencia. En un rapto de vergonzante y mal entendido patriotismo, había quemado una carta del esposo de Isabel II, don Francisco de Asís de Borbón, a su abuelo: el general y primer duque, Ramón María Narváez, presidente del Gobierno a la sazón. «La Reina ha parido hoy un hijo que no es mío y por esto no paso.» Braveaba el consorte con abdicar y refugiarse en el extranjero. Ni corto ni perezoso, Narváez lo amenazó con apresarlo en una fortaleza. De pésimo grado, acabó por ceder don Francisco de Asís: nieto de Godoy por parte de Francisco de Paula, como era biznieta suya Isabel, a través de la infanta María Isabel y su hija María Cristina de Nápoles, la última mujer de Fernando VII.

El príncipe de la Paz se desperecería de risa en los infiernos, al oír como en el mundo Sánchez Albornoz aconsejaba al nieto de Narváez no amohinarse ni arrepentirse de haber destruido la iracunda carta regia. En fin de cuentas, todo el país sabía que ninguno de los hijos de Isabel II, la de la Rosa de Oro, fue concebido por don Francisco de Asís. No se hable más del caso y a quien Dios se la dé, san Pedro se la bendiga.

Monseñor Antonio María Claret Clarà, antiguo arzobispo de La Habana elevado a los altares por Juan XXIII, quiso terminar con los amores de la Reina y Puigmoltó. (Llamémoslos así, en la vana pretensión de dignificarlos.) Si S. M. me permite un inciso, precisaré que san Antonio María fue escogido por confesor de la Soberana, cuando Isabel tuvo una visión de las glorias celestiales y voces sacras, secretísimas, le pidieron que hiciese de aquel prelado su director espiritual. Por el contrario, otro espejismo muy distinto, esta vez de los fuegos infernales, decidió la vocación eclesiástica de monseñor en la niñez, poco antes o después de que la Virgen lo salvara de morir ahogado. No sólo había creado Claret Clarà la orden misionera del Sagrado Corazón de María, también era autor de un muy difundido catecismo, plagado de solecismos, catalanismos y disparates sintácticos que cantan el credo floreado.

En octubre de 1857, logró separar a los amantes san Antonio María. Con una agregaduría improvisada, despacharon a Puigmoltó a la embajada de Londres. Pero regresó muy pronto, después de obtenida acta en el Congreso para regocijo de la Reina. Para entonces ya había dimitido Narváez la presidencia del Consejo, incapaz de convencer a Isabel II de la imposibilidad de ascender a su querido, cuando en el cuerpo de Ingenieros, al cual pertenecía el capitán, sólo se subía de grado por estricta antigüedad. «Con esta señora, es imposible gobernar», tronaba en privado el espadón.

Según Ricardo de la Cierva, Isabel le regaló a Puigmoltó la cuna que fuera de su hijo natural, Alfonso XII, también conocido en la corte y los mentideros madrileños como *Puigmoltejo*. Puigmoltó había casado entonces con una adinerada dama valenciana. En la escandalosa crónica real, su amor fue uno de los más duraderos porque Isabel solía mudar de amante como de camisa. Su hija menor y hermana preferida de Alfonso XII, la infanta Eulalia de Borbón, negaba resueltamente la paternidad del Rey consorte. Sin rebozo alguno, repetía al periodista Ramón de Alderete que a don Francisco de Asís sólo le habían gustado los hombres y ella no sentía sino indiferencia hacia aquel extraño, de uñas pulidas y frías manos, menudas y adamadas.

Vuestro tío don Alfonso, el desdichado y hemofílico Príncipe de Asturias —muerto desangrado en un accidente de coche, cuando conducía bebido por las playas de Miami con una cigarrera, el mismo año en que nacisteis en Roma— quiso maridar en el destierro con una señorita ochavona y habanera, Edelmira Sampedro. Con delicado y cristiano racismo, la superiora del convento español de la Asunción, en París, clamaba a los cielos para que jamás permitieran que un Rey nuestro tuviera manos de mono. Replicó la infanta Eulalia con una pregunta académica, digna de los mármoles. «Me resulta difícil decir si Alfonso se casará con esta muchacha. Aunque asegura en todas sus cartas que está resuelto a hacerlo. Sin embargo, no creo que sean estas historias de los futuros negritos, que inquietan tanto a la Madre y a otros que yo sé, lo que impedirá al Príncipe casarse... Está claro que ella tiene sangre negra. Pero ¿los Borbones estamos en situación de exigir sangres absolutamente puras?»

El doctor Laureano García Camisón, médico de cabecera de Alfonso XII, contó al padre de Claudio Sánchez Albornoz cómo el Rey, en su dolorosa agonía de tuberculoso, no cesaba de repetir a su esposa, María Cristina de Habsburgo-Lorena: «Cristinita, guarda el coño y tú, de Cánovas a Sagasta y de Sagasta a Cánovas». Sería inapropiado concluir que don Alfonso, en trance de muerte, dudara de la póstuma fidelidad de su esposa. No por nada, con su consabido certero instinto, apodaba el pueblo *doña Virtudes* a aquella Reina miope y beata. En el brumoso puerto de lo inadvertido, no se dirigía el Rey tísico a su mujer sino a su madre, cuya despendolada libido conocía demasiado bien. Sigmund Freud, quien aún no había escrito su *Interpretación de los sueños*, llamaría aquello un desplazamiento por transferencia del inconsciente.

Mientras, avisada en París por Cánovas del Castillo de que su hijo se hallaba en trance de muerte, había llegado Isabel II a El Pardo: donde siempre presintiera Alfonso XII que una tarde rendiría el alma. Súbitamente avariciosa del poder real, urdiendo o soñando con reclamar la corona, no se le cocía el pan a la augusta madre aunque antes le tirara más la cama que el trono. Horrorizado ante tanta codicia, le paró los pies el general Arsenio Martínez Campos: aquel cuyo golpe de Estado, en Sagunto, había entronizado a Alfonso XII en 1874. Según le recordó el mílite a la Señora, la Constitución había previsto que doña María Cristina heredara el poder real. Su persona sería entonces tan «sagrada e inviolable» como antes la de su esposo. A la Ley fundamental se sometía todo el mundo, incluidas las Reinas destronadas de antiguo y sanseacabó.

Dirán algunos que semejante crónica de perversiones, liviandades y hambres insaciables de soberanía pertenece a un pasado omisible y olvidado. Acaso también piense así

S. M. Yo discrepo respetuosamente. A través de aquellos festivales, el país y la regia dinastía se convirtieron en su propia parodia y España dio paso y voz a la Españeta. En hecho de verdad, nace la Españeta en el reinado de Carlos IV: vuestro antepasado, si descreemos al simoníaco Almaraz, cuando tildaba de espurios a todos los hijos de María Luisa.

Por sarcástica ironía, también se vive en la época de Carlos IV una de las tragedias más devastadoras de la historia: la Guerra de la Independencia o del Francés, como torna a decirse en la Cataluña del Muy Honorable Pujol. Pone en clara solfa el nacionalismo que lo de la «Independencia» le suena ajeno y devuelve la contienda al francés. Al fin y al cabo, si bien de manera paradójica, así llamaban los catalanes aquel drama salvaje, hace casi dos siglos, cuando luchaban contra la invasión.

Como ya sabenos, el irrisorio nacimiento de la Españeta, en aquel sarao de disfraces, lo captó Goya de mano maestra en sus cartones para tapices, aunque no fuese todavía el grandísimo artista que sería a la vuelta de unos pocos años, sobrevividos su más grave ataque de sífilis, las hambres y todos los horrores de la contienda. En *La gallina ciega,* nos lega el sordo de Fuendetodos el más fehaciente testimonio de la alborada de la Españeta. Su profecía vendrá a complementarse en el número 6 de los *Caprichos*. Si vos os molestáis en hojear la introducción de este libro, encontraréis allí una detallada descripción de la pintura y el grabado, donde se anticipa y describe todo el destino de la Españeta.

Al año de publicados y luego prohibidos los *Caprichos,* empieza a pintar el artista la primera de sus más vastas obras maestras, *La familia de Carlos IV*. Al hilo de otras tres décadas, Théofile Gautier contemplará aquella tela en el Prado. «Esto no es el retrato de una familia regia. Es la vera efigies del panadero y los suyos, peripuestos y emperejilados de monarcas, príncipes e infantas, el día en que ganaron el gordo de la lotería», afirma muy convencido. Probablemente lo diga en francés. Pero también pensará en su buen castellano que vuestros antepasados, señor, pasaron a formar parte del gran engaño. De la farsa «zaragatera y triste» —valga de nuevo el poema de Machado— que preside el nacimiento de la Españeta.

Pero, «mi linaje empieza en mí», reza otro verso, esta vez del romancero anónimo. S. M. puede reiterarlo con mayor fundamento que nadie. Si bien promulgasteis solemnemente y ante ambas Cámaras la Constitución de 1978, donde se proclamaba la presente forma de gobierno del Estado español, la vuestra no es una Monarquía restaurada sino instaurada por Francisco Franco. Así lo manifestó el Generalísimo en diversas ocasiones, antes y después de rechazar el orden sucesorio, que Alfonso XIII había dispuesto en la persona de don Juan, vuestro padre el príncipe de Asturias.

Existe un precedente de vuestra instauración en otro siglo. Pienso ahora en V. M. y en otro Rey, Fernando VII, en apariencia tan distinto de vos como el mal del bien. Cuentan que a poco del nacimiento de vuestro augusto hijo, dijo Franco preferir que se llamara Felipe y no Fernando. «Porque Fernando VII cae demasiado cerca.» Además, como es notorio y ya lo apunté en esta carta, de Felipe V arranca vuestra estirpe. Él heredó y aceptó la Corona del Hechizado. En resumidas cuentas, el trono de una España negra a lo Émile Verhaeren y Darío de Regoyos, si nunca la hubo.

Olvidaría entonces Franco, como todos lo echamos en saco roto, que Fernando VII —un monstruo al frente de una España todavía más tenebrosa que la de Carlos II— nos dejó el Prado. El patrimonio artístico del Caudillo al país, el Valle de los Caídos, no es precisamente comparable a aquella magna pinacoteca. Y el Prado, señor, es mucho más importante para España que la Realeza y la República juntas, como una vez os dije de viva voz y citando a don Manuel Azaña. Yo lamento que el destino no os depare la oportunidad, hoy del todo imposible, de donar un tesoro parecido. Nos consolaremos pensando que inauguraréis la ampliación de aquel museo, en los umbrales de otro siglo.

Pero no dejan de ser notorias las analogías, entre los reinados de Fernando VII y el vuestro. Él soberaneó dos veces, claro: en 1808 y desde 1813 hasta su descenso al infierno dantesco de los traidores, donde todo es hielo y devora Satán a Bruto, Casio y Judas. En marzo de 1808, después del motín de Aranjuez, le llevaron a Godoy, apaleado, escupido y acuchillado, a los establos de palacio. «Manuel, yo te perdono», dijo un magnánimo Deseado, en tanto el príncipe de la Paz se desangraba a sus pies, sobre la paja de la yeguada. Preguntó Godoy si su alteza era ya Rey y repuso Fernando, entre sardónico y despectivo: «¿Cómo iba a serlo si mi padre vive todavía?».

Reinará aquella misma mañana, cuando Carlos IV, afanoso y desesperado por salvarle la vida a Godoy, abdique en Fernando. A la vuelta de dos meses, atrapados todos en el cepo de Bayona, renunciarán Carlos IV y Fernando VII en Napoleón. Incluso anticipa en unas horas su precipitada dejación a la de su hijo el despavorido y atolondrado padre. A mayor abundamiento, siempre en el destierro y entonces en Roma, volverá a abdicar al precio de una pensión secreta de Fernando, el primero de octubre de 1814. Recordará Godoy aquel día la desdeñosa pregunta del Deseado, en la cuadra de Aranjuez. ¿Cómo iba a regir él si aún vivía don Carlos?

También vos, señor, hicisteis una explícita e indiscutible declaración al semanario americano *Time*, el 21 de enero de 1966. «Nunca, nunca aceptaré la corona mientras viva mi padre.» El 22 de noviembre de 1968, la periodista Françoise Laot reprodujo tan incontrovertible aserto en la revista francesa *Point de Vue*. Paseando por todo ello la triste mirada retrospectiva, uno no puede por menos de concluir cuán aleatorias resultan las más rotundas afirmaciones, en este extraño país de las sorprendentes analogías a través de los siglos.

De este modo, al año de destronada Isabel II en 1868, profería en las Cortes el general Juan Prim Prats un estruendoso discurso. ¡Jamás! ¡Jamás! ¡Jamás!, reiteró tres veces, volverían a reinar los Borbones en España. El 9 de junio de 1869, al dictado del hombre fuerte de aquel revuelto momento político, Prim, promulgaban las Cortes una nueva Constitución. España sería entonces un Reino todavía sin Rey. El general Francisco Serrano —posiblemente el primer amante de vuestra tercera abuela, Isabel, aunque el espectro de Salustiano Olózaga le dispute la primacía según el profesor De la Cierva—, era designado regente y él nombraba a Prim jefe de Gobierno.

Al igual que en el espejismo de un espejismo, a través del único desierto eterno —el tiempo en la historia—, el 26 de julio de 1947 se promulgaba la Ley de Sucesión a la Jefatura del Estado. Por aquella disposición, sancionada por el Caudillo, las Cortes y el inevitable referéndum victorioso y abrumador de todas las Dictaduras, España volvía a ser un Reino sin Monarca. El Caudillo se reservaba la jefatura del Estado, o «el mando», como según Ramón Serrano Suñer solía llamarla Franco, y la facultad de proponer como sucesor a cualquier varón de estirpe regia, católico y mayor de treinta años.

Por cuatrocientos noventa y un votos afirmativos, frente a diecinueve negativos y nueve abstenciones, el 22 de julio de 1969 aprobaban las Cortes la propuesta de Franco, con la que designaba a V. M. como su sucesor. Públicamente os declarasteis formado en el espíritu del 18 de julio e hicisteis un ardiente elogio del Generalísimo como un elegido de la Providencia. Según decíais entonces, todavía aguardabais de él largos años de Gobierno. Ante las Cortes de la nación, jurasteis fidelidad a los Principios del Movimiento Nacional y demás Leyes Fundamentales del Reino.

Don Juan desaprobó la Ley de Sucesión y vuestro nombramiento «a título de Rey». Decía que se prescindió palmariamente de las tradiciones históricas y el asenso del pueblo, para instauraros de forma tan irregular como inaceptable. «Rey» siguieron llamándole los tercos fieles de Estoril. Todos pensaban que el acto en las Cortes, del 22 de julio de 1969, no fue sino una farsa histórica que otro día sería revocada.

Ya muchos españoles os motejaban «Juan Carlos el Breve» y Dionisio Ridruejo se refería a vos como «el vaso fragilísimo» del príncipe. Según Luis María Anson, sólo Pedro Sainz Rodríguez, entre los consejeros de vuestro padre, sostenía la necesidad de jugar a fondo la baza de V. M. como pretendiente, porque erais «el único anzuelo viable». Al airado e ingenioso decir de Sainz Rodríguez, Franco podía coronar a su propio caballo, si así se le antojase, al igual que Calígula lo hizo en su época. Al día siguiente, Emilio Romero alabaría en la prensa tan sabia designación, por ser el noble bruto un doble signo de la cruzada y el Movimiento.

No entro en lo del caballo, Calígula, Sainz Rodríguez y Romero. Mucho después comprendí que un destino ciego y superior a Franco, a vos, a don Juan y también a Fernando VII y a Napoleón emplazaba a V. M. y al Generalísimo —segundo Generalísimo, puesto que ya Godoy lo fue en su tiempo— en un inexplicable *déjà vu* de reiteradas instauraciones reales. Me explicaré en párrafo aparte.

El 8 de diciembre de 1813, otro militar y Emperador de Francia, Napoleón I, firmaba con Fernando el tratado secreto de Valençay. Derrotado y huido a Francia su hermano, José I el Intruso, después de haber reinado en Madrid de 1808 a 1813, instauraba Bonaparte al Deseado en el trono de España. No obstante, al término de la guerra de la Independencia, resolvió el Consejo de Regencia no rendir obediencia al Rey, hasta que regresara del destierro y jurase la Constitución de 1812.

Por voluntad suprema de dos generales, Napoleón y Franco, se instituía y no restauraba la misma estirpe, en 1813 y 1969. También un sombrío y shakespeareano destino, al parecer consustancial con vuestra dinastía en siglos distintos, desposeía a don Carlos IV y a don Juan de Borbón. En cada caso, un hijo quebrantaba el orden sucesorio. Además, dicho sea de paso, la desterrada Isabel II tendría que renunciar a todos los regios derechos en su hijo Alfonso, el príncipe de Asturias, el 25 de junio de 1870. De aquel modo cayeron los dados, en tan históricos cubileteos.

Retornado a Madrid, entre el fervor entusiasta de la Españeta y la España negra, no juró entonces Fernando la Constitución. Se limitó a henchir las cárceles de liberales y afrancesados, mientras posaba para Goya, en 1814, con un manto, un toisón y un cetro de pacotilla. Todos aquellos signos y distintivos regios procedían de la compañía teatral de Isidoro Máiquez, después de robados los auténticos por los invasores en su retirada. Fernando —un hombre de mirada renegrida y agudísima, en mitad de un rostro de necio adefesio, amante de la pintura y las fieras amaestradas, en el circo o en el parque del Buen Retiro— sería muy consciente del lamentable papel que le correspondía, debajo del disfraz y en el tablado de la farándula histórica.

No acataría la Constitución de Cádiz, hasta que en 1820 se la impuso un alzamiento liberal. Enseguida, dio en tramar el retorno al absolutismo y lo restableció tres años después, gracias a las bayonetas de los cien mil hijos de san Luis. Por el contrario, ya entronizado V. M., volvió a jurar los principios del Movimiento, al día siguiente de la muerte de Franco: el 21 de noviembre de 1975. El año anterior, uno de los antiguos ministros secretarios generales del régimen, José Utrera Molina, auguraba al dictador el desmantelamiento del sistema después de su desaparición. Si el príncipe de España había sido un monigote de Franco, como Antonio García Trevijano le dijo a Tom Burns, Juan Carlos I obraría en virtud de muy opuestos principios. Con un hilo de voz, replicó el Caudillo saber que todo sería distinto después de su muerte. «Pero existen juramentos que obligan y principios que han de permanecer.»

Según le contó vuestra augusta esposa a Pilar Urbano, en enero de 1996, a vos os desvivía aquel juramento ante las Cortes. «Mucho. Le preocupaba mucho. Tenía un problema fuerte de conciencia. No quería ser perjuro. ¡Ni que alguien le pudiera llamar perjuro!» Acaso sorprendida por tanta insistencia en los quebrantados juramentos, aunque no manifieste su explícito asombro, Pilar Urbano pregunta a la Reina si ya teníais aquel día el firme propósito de «violar esas leyes de Franco». En otros términos, disculpadme la analogía, si procedíais al igual que Fernando VII cuando, secretamente, se apercibía a revocar la Constitución, mientras le obligaban a acatarla, aunque la finalidad de vuestros perjurios fuese de signo por completo opuesto.

En sus propias palabras V. M. le contó a José Luis de Vilallonga los «momentos de angustia», que le causaron sus perjurios. Sabía que los Principios del Movimiento no podían mantenerse vigentes, por mucho que los proclamara en las Cortes, porque aquello equivalía a preservar el franquismo. Tranquilizaba e infundía confianza a V. M. Torcuato Fernández Miranda, aconsejándole que jurase impertérrito y sin pestañear, como luego lo apostillaría Juan Balansó, porque una nueva Constitución cambiaría uno a uno todos aquellos Principios. «Hay que ir siempre de la Ley a la Ley», os decía Fernández Miranda, en una frase que os parecía admirable; pero que yo, en verdad, no alcanzo a comprender qué significa.

La sentencia de Fernández Miranda no deja de recordarme al Muy Honorable Pujol, cuando el 2 de octubre de 1998 aseguraba que la Carta Magna —plagio traspuesto, inadvertido y muy difundido de la Magna Carta inglesa— permanecía inmutable e intangible a la acometida de posibles enmiendas, desde diciembre de 1978, precisamente por ser siempre susceptible de nuevas lecturas. De tamaña paradoja se desprende, o cabe imaginar, que el texto constitucional ofrece tan diversas y contradictorias interpretaciones legítimas, como variadas lecturas a través del tiempo. Así y al igual que si la Ley de organización del Estado no fuera tal ley sino una obra literaria. Pongamos por caso la *Comedia de las equivocaciones* o el *Quijote*, que sería un libro para diversión del conde de Lemos, en el siglo XVII, y tres siglos después una tragedia metafísica, arraigada en el sentimiento trágico de la vida, según Miguel de Unamuno.

Comoquiera que sea, al aprobarse la Constitución ya andaba desarbolado el franquismo. El 14 de mayo de 1977, el propio don Juan —hijo y padre de Rey aunque él no llegara a reinar— hizo expresa renuncia de sus derechos sucesorios en la Zarzuela. Rafael Borràs ha señalado que aquella dejación llegaba año y medio tarde. De ofrecerla don Juan al día siguiente de la muerte de Franco, mientras volvíais a jurar los principios del Movimiento, habríais sido el legítimo heredero de vuestro padre, en vez de ser sólo el Monarca impuesto por un dictador.

En realidad, poco o nada abdicaba don Juan. Todavía faltaba un mes para las primeras elecciones legislativas. Pero ya estaban rescindidos todos los Principios del Movimiento. Puntualmente volvía a repetirse la historia, porque tampoco poseía ni representaba nada Carlos IV —a quien tanto recordaba el sexagenario don Juan, en los rasgos y la voluminosa fortaleza física—, cuando hizo dejación de sus derechos en Roma. En la misma Roma, donde le tocaría testar y morir a Alfonso XIII en 1941.

Como sabréis, precisaba Marx que en la historia todo se repite. Cada evento sería así un drama, que después se deforma en parodia. En las tres renuncias reales, ocurre lo opuesto. En 1813, la de Carlos IV es un bochornoso escarnio. Por un oculto plato de lentejas, aquel anciano vende unos derechos que no posee. Por el contrario, Alfonso XIII —un frívolo, que en las postrimerías aprendió a meditar ante los retratos goyescos de sus antecesores—, le dirá a don Juan después de su renunciamiento: «Como comprenderás, ahora únicamente me falta morirme».

Vuestro padre quería abandonar sus regias prerrogativas en la proa de un crucero, ante el féretro con los despojos de Alfonso XIII, venidos a España desde Roma. Se opuso el Gobierno a tanta teatralidad, propia de un cuadro de Francisco de Pradilla o un romance del duque de Rivas. Pienso en *Doña Juana la Loca ante el féretro de su esposo* o en «A buen juez mejor testigo». Acabó renunciando en la estricta intimidad de la Zarzuela, como rezaban algunos viejos obituarios: los que siempre daban el duelo por despedido.

De vivir en la actualidad, no sé qué pensaría Marx de nosotros y del país que señoreáis constitucionalmente. Hace poco menos de siglo y medio, escribió que ninguna nación europea ofrecía mayor interés que España al observador reflexivo. Hoy un periodista y un profesor de filosofía franceses, Denis Jeambar e Yves Roucaute, acuerdan con Marx desde una perspectiva antagónica y por muy distintos motivos, en su libro *Elogio de la traición. Sobre el arte de gobernar por medio de la negación.*

Aunque más tarde volveré a Maquiavelo, en mi carta abierta a Sabino Fernández Campo, es preciso que me detenga ahora en *Elogio de la traición* y en su particularísima exégesis política. Parten Roucaute y Jeambar de las teorías de su compatriota Raymond Aron, acerca de la perfidia como forma definitiva de progreso y arma decisiva de la libertad frente al despotismo. «¡Viva la traición! Sofocante o sorprendente, disimulada o confusa, brutal o negociada, esta antigua amante de los políticos se muestra hoy deslumbrante y en carnes vivas.» Desde la muerte de Franco, prosiguen —el 20 de noviembre de 1975—, la traición está en todas las mentes, los cálculos y las voces.

No ocultan los autores su visceral hispanofilia. También creen que vuestra Monarquía es la prueba flagrante de la deslealtad política como única razón de ser del sistema democrático. Subrayan que tan maquiavélica evolución no la improvisaron los Fernández Miranda, Adolfo Suárez, Felipe González o vos mismo, señor, si bien en vos y en González reside su más admirado respeto, sino se remonta y enraíza en «el extraordinario pasado cultural español». Un pasado, subrayan explícitamente, con más antecedentes de felonía progresista que el de cualquier otro país europeo, salvo la Grecia clásica.

Desde Luis de Molina a Baltasar Gracián, los grandes maestros del pensamiento democrático son jesuitas y españoles, a juicio de Roucaute y Jeambar. Uno de los mayores daños ocasionados por el franquismo a España, puntualizan doloridos, fue haberla desprestigiado hasta que Europa, siempre olvidadiza, se desmemorió de la deuda contraída con ella. Gracias a V. M. todo esto ha cambiado radicalmente. Puesto que «gobernar es ante todo traicionar» —entiéndase para regir en libertad y democracia y no tiranizando con leyes de bronces, como ocurre en Irán y Libia—, la actualidad internacional muestra el triunfo de la alevosía, generalizada e incuestionable. «El primer viraje» hacia esta doblez redentora corresponde a V. M y se remonta a julio de 1976, cuando remplazasteis la legitimidad franquista por la popular, designasteis a Adolfo Suárez jefe de Gobierno y convocasteis elecciones generales.

Larga es la noble lista de los traidores. Entre los preferidos de Jeambar y Roucaute, figura en inevitable puesto de honor el primer Rey Borbón, Enrique IV de Francia. Navarro de origen, seis veces apostató aquel Monarca entre el catolicismo y el protestantismo; pero fue el Soberano más grande e indudablemente el más inteligente que ha tenido Francia. Al transcurso de tres siglos, con suprema dignidad lo sucede S. M en España. Con «vuestro espléndido espíritu de negación», asegurasteis el paso de la dictadura a la democracia. Un paso que la Europa occidental hacía inevitable, en el último cuarto del siglo XX. Al menos a mi juicio y ahora al margen de *Elogio de la traición*.

En tanto me aparto aquí de Jeambar y Roucaute, para volver a ellos en otra carta, por vía de Maquiavelo, como ya lo anticipaba cuatro párrafos atrás, yo añadiría que vuestro logro ha sido muy grande. En los últimos doscientos años y ya entrados en un nuevo milenio, el saldo histórico español resulta catastrófico. En el siglo XVII, aseguraba Quevedo no poder hablar de su España sin dolor. Hoy ocurre lo mismo, si echamos cuenta del fracaso generalizado de nuestros regímenes e instituciones. Se malograron la Monarquía anterior, un par de Repúblicas, la revolución, el fascismo, el ejército, la Iglesia y el franquismo. Únicamente sobreviven y perduran vuestra Realeza y el parlamentarismo: aquel método de convivencia política del cual afirmaba Winston Churchill que era el más viable y humano, aunque también fuese defectuoso y perjudicial.

Con todo, no puedo por menos de preguntarme si el presente sistema establecido, coronado por V. M. y «el pastel de una Constitución» —como la llama Antonio Castro Villacañas—, que vos no jurasteis, no abriga un temor oculto a la posible caída de esta Monarquía, arropada con todo género de inverosímiles salvaguardias y custodias. No obstante —como añadía el propio Castro Villacañas, en su respuesta al editor de este libro, Ramón Serrano Balasch, cuando publicó su encuesta *89 republicanos y el Rey*—, hoy por hoy, los políticos y los medios de comunicación decantarían en vuestro favor cualquier referéndum, entre Soberanía y República. Pasado mañana, concluida vuestra jefatura al frente del Estado, ya no estoy tan seguro del resultado de aquel plebiscito.

Y sin embargo, sí, sin embargo, el recelo político, que acabamos de sugerir, parece atenazar el inconsciente colectivo del Estado. Diríase que tres poderes, el ejecutivo, el legislativo y el judicial, pugnan por proteger la corona por todos los medios, civiles e inciviles, temerosos de su caída inminente. De forma inimaginable, la Constitución de 1978 calca la de 1876, cuando afirma en su artículo 56 que la persona del Rey es «inviolable» y se halla exenta de toda responsabilidad. Casi cien años antes, la otra Constitución declaraba a vuestro bisabuelo «sagrado e inviolable», como dijimos antes. Se supone que aquel artículo y casi todos los demás fueron redactados de puño y letra por Cánovas del Castillo: el estadista con quien Fraga se comparaba a cada rato, al inicio de la Transición.

En *El Mundo* del 2 de noviembre de 1998, decía el profesor Gabriel Albiac que si el jefe del Estado era sorprendido rebanando un bebé, en mitad de la calle —o acaso, vuelvo a apostillar impertinentemente, hirviendo un caldo con aquellas lonchas y rodajas, como ocurre en «El enebro», un amable cuentecito para la infancia de los hermanos Grimm: fantasiosos protonazis ellos, si alguna vez los hubo—, ningún juez de esta tierra podría condenarlo. Todavía se me antoja más incomprensible que vuestra inviolabilidad no revoque, ipso facto, la Constitución y os proclamen Rey por derecho divino. Así y por la gracia de Dios, como decían del caudillaje del Generalísimo las pesetas rubias de antaño.

Por añadidura, como ya lo señalé en *Los Borbones destronados*, desde mayo de 1996 la Ley Orgánica del Código Penal castiga con penas de prisión de seis meses a dos años, o con multa de seis a doce meses a quien calumniara o injuriase al Monarca o a cualquiera de sus descendientes o ascendientes —no se precisa si entre ellos se incluye a los muertos con los vivos y a los que todavía han de nacer con los nacidos—, así como la Reina, el Regente, una figura hoy inexistente, los miembros de la Regencia y el Príncipe heredero.

Tan absurdas extravagancias, más propias de un sainete de Eugène Ionesco que de un texto jurídico o constitucional, jamás serán aplicadas. Se sobrentiende su carácter metafórico, puesto que juntos componemos un Estado de derecho y un pueblo libre y civilizado. Están aquí como si no existieran y al igual que si la Constitución de 1978 y la nueva Ley Orgánica del Código Penal no hubiesen sido promulgadas. O rigieran en la Españeta del trampantojo y no en la verdadera España.

Por no decir nada de otros dos apartados del Código Penal, que redondean la farsa multando a quien calumnie o injurie a la Realeza con cuatro a veinte meses de prisión, *inclusive fuera de los supuestos previstos.* Mientras se amenaza con otras penas, éstas de seis a veinticuatro meses, a quien utilice la imagen del Rey y la Familia Real *de cualquier forma que pueda dañar el prestigio de la Corona.* Y conste que las citas son fidedignas, aunque los subrayados me pertenecen.

Nadie ha sido aún condenado según aquellos artículos. Tengo para mí que procesarían al primer mandatario, si incurriera en el infanticidio que imaginaba Gabriel Albiac y aquí adornamos con toques de los Grimm. La letra del Código Penal y el artículo 56 de la Carta Magna no son sino humo a través del espejo, como traduciríamos del inglés de Lewis Carroll. Todo ello no deja de ser cierto; pero yo preferiría otra imagen, más próxima e identificada con nuestra identidad histórica. Diría que seguimos viviendo presos en un tapiz goyesco, por fuerza y mandato de aquel artículo de la Constitución y los benditos apartados del Código Penal.

Presos en una realidad que es una irrealidad. O en una

supuesta realidad, la de la letra de la Carta y la Ley, que desdice el conveniente espíritu de su lectura. Tampoco sabemos en qué idioma hablamos, puesto que la palabra oficial se escribe y publica para ser echada en saco roto. En suma, a fuerza de disfrazarnos ignoramos quién somos y de qué vamos vestidos.

Se comprende que os impidieran jurar la Constitución de 1978. Temerían que avergonzara a S. M. declararse inviolable y exento de responsabilidad penal, como le ocurriría a cualquier otro ciudadano pensante. No por nada, señor, aseguraba Rubén Darío que ser español es timbre de nobleza. O acaso recelaran que se os fuese el santo al cielo y juraseis entonces, como antes teníais por costumbre, los principios del Movimiento proscrito y finiquitado.

Vuelvo a citar a mi editor a la hora del cierre. En la sobrecubierta de *89 republicanos y el Rey*, se preguntaba Ramón Serrano: «¿Es ésta la España que queremos?». Yo sólo sé que ésta es la Españeta en que vivimos. La de la carnavalada goyesca, los antifaces, la letra muerta y la realidad baja de techo, enmascarada y disminuida. La de la Constitución y el Código prescindibles. Aquella cuyo Reino no era del mundo de José Bergamín, según afirmaba aquel conceptista, a ratos tan pedante y a veces brillantísimo. En resumen y puesto yo a terminar casi por el punto y el párrafo —disculpadme, quise decir el cartón y el tapiz— donde empezamos: la Españeta de *La gallina ciega*.

Respetuosamente,

Carlos Rojas

Francisco Franco Bahamonde
Dondequiera que se halle

Excelentísimo señor:

El martes, 27 de noviembre de 1998, en una cena en el Real Club Ecuestre de Barcelona, Vicenç Capdevila, director general de Administración Local en el ministerio de Gobernación de Rodolfo Martín Villa, durante la Transición, nos citó y comentó el desconcierto del antiguo ministro. Acababa de confesarle Martín Villa a Capdevila que un hijo suyo, de veintisiete años, ignoraba quién había sido usted. Si bien Rodolfo fue gobernador suyo en Barcelona, desde junio de 1974 a diciembre de 1975, aquel muchacho desconocía el nombre de Francisco Franco.

Compartía la cena con nosotros el comandante Ricardo Pardo Zancada. Aunque condenado a doce años por su participación en los hechos del 23 de febrero de 1981, Pardo Zancada reía abiertamente como todo el mundo. Acaso tuviera ocultas razones para carcajearse. Ni él ni ningún otro conjurado parecía saber si aquel torpe golpe de Estado era o no era una asonada neofranquista, por llamarla de algún modo. Nadie abrigaba allí ninguna idea de sus deberes y cometidos al día siguiente de haber triunfado la intentona. El asombro de Martín Villa y la ignorancia de su hijo, perfectamente plausibles y explicables, resultaban harina de distinto costal.

También pensé en un muchacho madrileño, creo que cursaba la segunda enseñanza, a quien pidieron unos encuestadores que identificase a Francisco Franco. Después de largas dudas, inquirió el jovenzuelo: «¿No sería aquel señor un viejecito algo gilipollas?». Si el hijo de Martín Villa no se burlaba tácitamente de él, su padre había realizado uno de los actos de derrocamiento y derribo más cabales que recuerda la historia. En fin de cuentas, tres años antes, el mismo exgobernador de su excelencia y luego ministro de la corona decía a Tom Burns Marañón lo que ya repitiera en diversas ocasiones. Liquidaron el Movimiento, desde dentro, sus mismos dirigentes. El franquismo era una estructura agrietada y casi deshabitada, que amenazaba ruina. Al día siguiente de dinamitada semejante antigualla, añadía delicadamente Martín Villa, ya nadie se percataba de que había cesado de existir.

El domingo 23 de noviembre de 1975, sepultaron a su excelencia en el Valle de los Caídos y cubrieron la fosa con una lápida de mil quinientos kilos, de granito guadarrameño. El estomatólogo Julio González Iglesias nos recuerda que sólo el canino superior izquierdo acompañó sus despojos por los pasillos de la eternidad, perdido el resto de la dentadura. Aludiendo a los devotos perros de piedra, que se tuercen como pescadillas al pie de las estatuas yacentes del gótico intermedio —pienso ahora en uno de mis monumentos funerarios preferidos: el del abad Arnau de Biure, asesinado por los dineros de una herencia ante el altar mayor de San Cugat, cuando oficiaba la misa del gallo en 1351—, llama el doctor González Iglesias fidelidad canina a la de aquel diente.

A poco de su entierro, ya cerca de las Navidades del año de gracia, me encontré en Barcelona con el periodista Ramón Clemente, gallego como usted. Hablamos de todo lo divino y parte de lo humano, sin omitir la Españeta circundante. «La piedra de Cuelgamuros, ya no la levanta ni

Dios», dijo Ramón Clemente. Todavía ignorábamos los dos que muchas tardes de tan señalado adviento, su último jefe de Gobierno y primero de la recién aclamada Monarquía, Carlos Arias Navarro, iba solo al Valle de los Caídos y sostenía largos monólogos, junto a su lápida, dirigiéndose al espectro de su excelencia. «Mira, ya ves cómo estamos. ¡Si no vienes tú con un milagro desde arriba, esto no lo arregla nadie!»

Los discursos de Arias a su espíritu, que él contó a Pedro J. Ramírez y Victoria Prego recogería en su libro sobre la Transición, tienen ribetes shakespeareanos. Pienso en el príncipe Hamlet, llamando al padre muerto entre el foso y las almenas de Elsinor; o en Ricardo de York, debatiendo con otros aparecidos. Pero en realidad, aquellos soliloquios son Españeta pura. Me refiero al confín de la Españeta, que linda de cerca con la España negra de Regoyos y Verhaeren: donde «La muerte es un punto de mira del camino del pensamiento», según aquellos autores. Su poder, prosiguen, atrae irresistiblemente a los españoles hacia los cementerios, los túmulos, los pudrideros y hasta los almacenes de ataúdes del antepasado siglo.

Pero, sean cuales sean sus lindes, todo aquello es también Españeta acrisolada: la que inadvertidamente se achata, disminuye y persiste en ser el remedo de sí misma. Donde Arias tutea a su sombra mortal, como nunca lo hizo o se hubiera atrevido a hacerlo en vida. Y lo tutea para solicitarle sin excesiva fe, la verdad, un milagro, un prodigio póstumo. Un portento semejante a las victorias del Cid, cuando cabalgaba embalsamado y ponía en fuga a la morisma con su mera presencia.

El 18 de octubre de aquel año, usted había redactado su testamento. Al hilo de un par de semanas, antes de que lo llevaran al viejo botiquín de El Pardo, tendido y envuelto en una alfombra ensangrentada porque la estrecha escalera no permitía el giro de la camilla, entregó el testamento a su hija, Carmen. «Ponlo definitivamente en limpio y si pasara algo se lo das al presidente del Gobierno. Si no, pues lo rompemos.»

No creo que se haya comentado debidamente aquella última frase. A mí me parece relevante y estremecedora. Aquel mismo día, don Juan Carlos de Borbón, príncipe de España, aceptaba por segunda vez la jefatura del Estado. Después de un infarto de miocardio, varios fallos cardiacos, un edema pulmonar, una peritonitis, repetidas hemorragias anales y bucales, cuando iban a extraerle de las entrañas un coágulo de sangre del tamaño del puño de un hombre, *su excelencia, un octogenario medio adormilado por la morfina, seguiría dispuesto a destruir el testamento y retomar el poder, si sobrevivía.* Es así de sencillo y yo respondo del subrayado.

Puesto que barajamos espectros como el del padre de Hamlet, cuando ronda por las barbacanas del castillo y huele a podrido en Dinamarca, supongo que en los espacios de la nada, que Luis Cernuda creía vacíos y sin fin, aunque irónicamente surcados de memorias y arrepentimientos, la sombra barbuda y masónica del general Miguel Cabanellas recordará lo que él dijo a los demás generales, que acababan de concederle a usted «todos los poderes del nuevo Estado».

En el primer otoño de la Guerra Civil, el 27 de setiembre de 1936, Cabanellas, hombre de difícil y ambigua gramática, dejó el caso listo para sentencia de la historia. «Ustedes no saben lo que han hecho porque no lo conocen como yo, que lo tuve a mis órdenes en el Ejército de África como jefe de una de las unidades de las columnas de mi mando; y si, como quieren, van a dársele en estos momentos a España, va a creerse que es suya y no dejará que nadie lo sustituya en la guerra ni después de ella, hasta su muerte; sin que tenga que decir nada de sus prendas militares, morales ni de otro tipo, que soy el primero en reconocer.»

A las diez de la mañana del 20 de noviembre de 1975, pocas horas después de su muerte, un sollozante Arias Navarro leía aquel testamento por la televisión y lo llamaba la despedida de su excelencia al pueblo español. Andaba ya apercibida la Operación Lucero, previendo disturbios y revueltas, tan pronto se divulgaran las nuevas de su tránsito. Se vigilaba estrictamente fronteras y aeropuertos. Capitanes generales y gobernadores civiles permanecían en estado de alerta. Con bastantes miramientos, se detuvo a dirigentes y significativas figuras de la oposición. Algunos serían libertados, recién aclamado Juan Carlos I. Otros permanecieron presos y unos pocos, como Marcelino Camacho, fueron brevemente encarcelados por el primer Gobierno de la Monarquía, aunque José María de Areilza, nuevo ministro de Exteriores, asegurara impertérrito que en España ya no había cerrojos.

De forma irónica vinieron a frustrarse tantas precauciones, porque no ocurrió absolutamente nada. En tanto la policía, uniformada o de chubasquero, la contemplaba en silencio, una muda manifestación descendía por las Ramblas de Barcelona. Algunos estudiantes rompieron a cantar «se va el caimán, se va el caimán». Los agentes de Seguridad no se daban por enterados. Todavía iban de gris; pero pronto los vestirían de color más oscuro y menos significativo. «De gris o de marrón, un cabrón es un cabrón» rimaban algunos en su Galicia natal.

Si en la calle no sucedía nada, tampoco decía nada su testamento, al término de su horripilante agonía y al anuncio de su defunción. Todo parece comprensible y consecuente, habida cuenta de que siempre conservó la esperanza de recobrar la jefatura del Estado. Acaso lo más interesante de su «despedida», desde una perspectiva sicológica, lo señaló su hija y volvería recogerlo Victoria Prego, en *Así se hizo la transición.*

Insistió en que Carmen escribiera debidamente el nombre y apellido de don Juan Carlos, como futuro Rey de España, aunque ya había sido votado en las Cortes, siete años antes y por lo tanto aquello era un ejercicio inútil: la pura raya en el agua. En la intimidad del testamento y en el delgado filo entre la vida y la muerte, ratificaba a su sucesor como si coronase a un hijo simbólico. De forma implícita, rechazaba o volvía a repudiar a don Juan de Borbón y al propio yerno de su hija, el duque de Cádiz. El de «la bodita aquella», como decía con sarcástica amargura el mismo don Juan.

Lo demás era pura nada entre dos platos. Declaraba haber vivido y morir como fiel hijo de la Iglesia. En el descomedido orgullo del poder absoluto —el que todo lo pudre absolutamente, según otro piadosísimo católico, lord Acton—, su excelencia identificábase con el país y no reconocía más enemigos personales que los de España; habiendo perdonado a los restantes, si en verdad los tuvo. Con la cultura y el bienestar social, pedía que se mantuviera la unidad de la patria, «exaltando la rica multiplicidad de sus regiones», y se depusieran los intereses particulares frente a los nacionales. Concluía gritando por última vez «¡Viva España! ¡Arriba España!». En aquel punto de la lectura, rompió en estridentes sollozos Arias Navarro.

Un peregrino azar dispuso que su excelencia, quien legaba tan pocas palabras, hubiese acaparado mayores poderes que ningún otro estadista español, en el pasado y posiblemente en el porvenir, hasta la consumación de los siglos. Ni el Emperador ni su hijo, Felipe II, ejercieron comparable autarquía. Como lo recordaba Gerald Brenan en *The Spanish Labyrinth*, Valencia, Mallorca, Aragón, Cataluña y Barcelona tenían sus propias leyes y *Consells*, en tiempo de Carlos V. Sin su consentimiento, no podía enviar el Imperante sus tropas a aquellas tierras. Allí las acuartelaban como mesnadas «extranjeras». Bajo Felipe II, los catalanes tenían cónsules en Andalucía, en tanto les vedaba Castilla el comercio con América y la residencia en las Indias. Sólo en el siglo XVIII, consiguieron la libertad de contratación y negocio en ultramar. Pero ya el Rey Prudente les había permitido radicarse en México, Nueva Granada, Perú y Santa María del Buen Aire.

Por otra parte, a la vuelta de cuatro siglos, el subsecretario de la Presidencia del Gobierno, almirante Carrero Blanco, aconsejaba en 1942 a su excelencia que se proclamara Rey el primero de octubre de aquel año, aniversario de su aclamación a la capitanía del Estado, el Gobierno y los Ejércitos. Tal es decir, a todos, absolutamente todos los poderes del país, aunque luego les añadirían la jefatura nacional del Movimiento. En aquellos años de la no beligerancia y la neutralidad española en la Segunda Guerra Mundial, los más serviles pedigüeños le llamaban «vuestra majestad», en las audiencias, sin que aparentemente usted se diese por enterado.

Los estatutos de la FET y las JONS, así como la Ley Sucesión, lo hacían únicamente responsable ante Dios y la historia. Tan inviolable y libre de responsabilidades civiles y penales como la última Constitución proclama a S. M., según lo señalamos en la carta a don Juan Carlos I. En su aterrada angustia por hacerse perdonar, al menos tácitamente, las dudas que sostuvo en Lisboa al principio de la Guerra Civil, entre ofrecerse a la República o unirse al Alzamiento, el general Millán Astray lo elevaba a «enviado de Dios». A un paso de convertirlo en Dios mismo, después de haber sido su arcángel o mensajero.

Otro notorio payaso, Ernesto Giménez Caballero, profetizaba por radio una «Monarquía guerrera», ganada por las armas en el campo de batalla, que no sería sino la suya. Incluso acuñó aquel servil histrión un sonoro barbarismo, «Monarcato», para anticipar la católica majestad de su excelencia. En una reflexión retrospectiva, me pregunto qué actitud habría adoptado la Iglesia del nacional-catolicismo, de haber seguido usted los consejos de Carrero Blanco e instaurado una Realeza hereditaria, con su excelencia de primer Soberano. Inevitablemente pienso en Bonaparte coronándose en 1804, aunque su Imperio no duraría sino diez años.

El agudo y lenguaraz Agustín de Foxá, quien se describía como «un desacato viviente que se permite el sistema», también llamaba a la España anterior a Juan XXIII y su *aggiornamento* «un nacional-seminarismo» o «un obispero». Como lo apunta Gregorio Morán, después de que el Congreso Eucarístico Internacional atrajera a Barcelona, en mayo de 1952, doce cardenales y trescientos arzobispos, obispos y abades de setenta y siete países, colmó Foxá sus sacrilegios asegurando que para los intelectuales del régimen todos los congresos internacionales eran eucarísticos, porque los «hostiaban» a placer y modo en cuanto salían al extranjero.

Las discrepancias de la Iglesia con el franquismo, o personalmente con usted, fueron escasas y aisladas. A los cinco meses de su victoria en la Guerra Civil, el primero de setiembre de 1939, el cardenal primado de las Españas, Isidro Gomá, publicaba una carta pastoral. Aquel texto, «Lecciones de la guerra y deberes de la paz», urgía el indulto de los vencidos y la reconciliación nacional. Asimismo, después de condenar el despotismo totalitario, invitaba a los católicos a intervenir en política. La pastoral fue recogida por la censura.

Al año siguiente, el cardenal Pedro Segura —arzobispo de Sevilla desde 1937 y primado bajo la Monarquía—, quien ya había puesto el paño al púlpito denunciando la condena de la carta de Gomá y prohibiendo que se evocara a José Antonio y los caídos en los muros de su catedral, enfurecía a su excelencia con otro sermón. Sin pararse en barras, el purpurado atribuyó al diccionario de la Real Academia una nueva acepción para «Caudillo» y lo llamó «capitán de bandidos». Acto seguido, con una cita fiel de los *Ejercicios espirituales* de san Ignacio, añadía que para aquel santo «Caudillo» significaba «demonio».

Usted quería expulsarlo inmediatamente. Las gestiones de su concuñado y ministro de la Gobernación, Ramón Serrano Suñer, aplacaron su enfurecimiento. Razonaba Serrano que no debía reiterarse el error de otro católico ministro de Gobernación, Miguel Maura, al principio de la Segunda República. Ningún régimen recién implantado podía darse de bruces, como don Quijote y Sancho en el Toboso, con la fachada de la Iglesia.

En un asunto aún bastante oscuro y contradictorio, en el relato del propio Maura, el ministro proscribió al cardenal, cuando éste ya había solicitado el pasaporte. Quería dejar Pedro Segura aquella España republicana, que había decretado la libertad de cultos y él apostrofaba cada sábado desde el púlpito. Lo acogió Roma, aceptando su dimisión a la Silla Metropolitana de Toledo y adscribiéndolo a la Congregación de Preces.

Al margen de sus diferencias con Gomá y Segura, la Iglesia del nacional-seminarismo veneraba y sostenía a su excelencia. Ya en vísperas de su investidura como jefe de Estado y Generalísimo, monseñor Pla y Deniel, obispo de Salamanca, publicaba el 30 de setiembre de 1936 su pastoral «Las dos ciudades», elevando allí el Alzamiento a Cruzada. El 10 de julio del año siguiente, monseñor Gomá difundía una «Carta colectiva del episcopado español», sometiendo fervorosamente la Roca de san Pedro a su autoridad indiscutible.

Ambos documentos serían condenados y ridiculizados por el clero progresista de la Iglesia contemporánea, en tanto denunciaba la callada y discreta indiferencia eclesiástica, ante la persecución y los crímenes políticos de la zona rebelde en la Guerra Civil. Por aquellos tiempos, de tanto heroísmo y asesinatos, el Papa Pío XI —antiguo alpinista y tirador de florete y espada con Curzio Malaparte, en la embajada italiana de Varsovia, cuando era mero legado pontificio— decía en la intimidad que todos los españoles, *bianchi e rossi,* tenían el alma cainita de los peores asesinos.

A mi parecer, *Las dos ciudades* de Pla y Deniel —«su menudencia» lo apodaban descaradamente algunos curas jóvenes, aludiendo a su reducida talla física— y la *Carta colectiva*, son justificables, sino admisibles, ante el otro encarnizamiento criminal que padecía el clero en la España republicana, desbordados el Gobierno y las autoridades al principio de la guerra. Muy distinto cantar, sólo concebible en los tapices de la Españeta, sería la abyecta sumisión a su excelencia de los prelados del «obispero».

A instancias suyas, informaba a la Santa Sede el cardenal Gomá haberse personado en Guernica, poco después del ataque aéreo, y comprobado, «por unos cortocircuitos», que la plaza no había sido bombardeada por los alemanes de la Legión Cóndor, sino dinamitada por los vascos en retirada. Como lo precisaba Ramón Garriga, *L'Osserva-*

tore Romano se hizo eco de aquella infamia y Roma no la rectificó nunca. Dos años después, al mes y medio de concluida la guerra, usted ofrecía su espada a Dios sobre el altar de Santa Bárbara, en Madrid, y la Iglesia lo declaraba ungido y designado por el Altísimo, al igual que los bíblicos Reyes de Judá. Mientras, la prensa y la radio lo comparaban a David, Melquisedec y Recaredo.

Muerto Gomá en 1940 y elevado Pla y Deniel a la Silla Metropolitana, publica otra pastoral y la titula, en el mejor léxico de la Españeta: «Los delitos del pensamiento y los falsos ídolos intelectuales». Para complacer a su excelencia, que había destituido a Unamuno del rectorado salmantino, después de una heroica y pública confrontación con Millán Astray, el 12 de octubre de 1936, el cardenal primado declaraba a Unamuno enemigo de la fe y prohibía su obra *Del sentimiento trágico de la vida en los hombres y en los pueblos*. Muerto, purgaba Unamuno lo que dijo del franquismo a Millán Astray en Salamanca: «Venceréis pero no convenceréis. Venceréis porque tenéis sobrada fuerza bruta; pero no convenceréis porque convencer significa persuadir».

Alcanza los más grotescos extremos el rendimiento de la Iglesia a sus pies. Como lo recoge Serrano Suñer en sus memorias, el falangista obispo-arzobispo de Madrid, monseñor Leopoldo Eijo Garay, le dirá a su excelencia en tanto agita el turíbulo en las Salesas: «Nunca he incensado con tanta satisfacción como lo hago ahora con vuecencia». Respondiendo a uno de sus discursos, exclama el obispo de Astorga: «¡Así, como este hombre, ninguno ha hablado jamás!».

A pesar de atribuirle una lengua de oro, comparable a la del Crisóstomo, cuando su risible vocecilla aflautada —venida de una malformación del tabique nasal, según el doctor González Iglesias— motivaba la mofa de media España y de notables visitantes extranjeros como el almirante Wilhelm Canaris, quien dijo a Hitler que usted no era un estadista sino un mamarracho; a pesar, prosigo, de la idolatría de la goyesca Españeta, cuando lo adoraba como al

Hijo de Dios en las especies; a pesar de Carrero Blanco urgiéndole a coronarse Rey absoluto, su excelencia parecía recordar a veces que todo poder se funde y desaparece en la mar manriqueña de la muerte, como la nieve al sol.

El mismo doctor González Iglesias ha observado que sólo en dos ocasiones, después de un roce tangencial con la muerte, accedió calladamente al abandono de parte de sus omnímodas potestades. En nochebuena de 1961, mientras cazaba palomas en El Pardo, le explotó la escopeta abriéndole una honda herida en la palma izquierda y desgarrando parte del tejido muscular y nervioso. Ignoro si llegó a conocer la verdad de aquel episodio, que difundieron como un infortunado accidente. A escondidas, el general Camilo Alonso Vega, su ministro del Interior, lo atribuía a un atentado que no pudo investigarse para no provocar la alarma nacional.

La conciencia de su mortal vulnerabilidad lo llevaría entonces a la designación del capitán general Agustín Muñoz Grandes como vicepresidente del Gobierno. A la vuelta de doce años, en mayo de 1973, una penosa infección bucal lo obligaba a interrumpir un consejo de ministros por segunda vez en su vida. Informado de que aquella plaga por hongos podría ser gravísima para un anciano de su edad —usted era ya octogenario—, nombró a Carrero Blanco presidente del Gobierno.

No sé si al ceder la presidencia del Consejo, reservándose la del Estado, recordaría otros días, más de tres decenios atrás, cuando Carrero le aconsejaba coronarse. Rechazó entonces la propuesta, como en el siglo pasado la declinara el general Baldomero Espartero: príncipe de Vergara, duque de la Victoria, marqués de Morella, conde de Luchana, antiguo regente e hijo de un carpintero de ruedas de carro. Después de desterrada Isabel II, a Espartero se le antojaba absurda su propia entronización, que por añadidura habría impedido Prim, el jefe de Gobierno.

Desconozco qué le diría usted a Carrero Blanco, si algo confesó a cencerros tapados al rehusar la corona. Al parecer, expuso un sólo motivo para el rechazo: a su estirpe le faltaría la ascendencia, que confiere el tiempo a las dinastías. En realidad, no habría sido su regia aclamación más inimaginable que la reiterada vuelta de los Borbones, después de cuatro destronamientos. A mayor abundamiento de semejante paradoja, la última vez regresarían en la persona de don Juan Carlos, por inapelable voluntad de su excelencia.

El regio enaltecimiento, que prudentemente rechazó, habría estado de acuerdo con las depuradas esencias de la Españeta. Como ya lo expusimos, desde los días de *La gallina ciega* aquélla parodia el auténtico país y hace espectáculo de sí misma. En mi carta al Rey, citaba a Sainz Rodríguez, asegurando que Emilio Romero se habría desvivido en férvidos elogios, si hubiese coronado a su caballo, como lo hizo Cayo César Calígula, casi dos mil años atrás. Aunque gobernada por falangistas republicanos, ¡imagínese el júbilo de la prensa del Movimiento, si usted, Caudillo y Generalísimo, se entroniza a sí mismo y deja al corcel paciendo en El Pardo!

Otra de sus razones para no envolverse en *il gran manto*, como llamaba Dante al de la majestad pontificia, sería su temor al rechazo de carlistas y juanistas en las Fuerzas Armadas. No obstante, también es cierto que unos y otros —los fieles a don Juan y los tradicionalistas— fueron impotentes para apartarlo del poder. Muy revelador de su autoridad ante el monarquismo del Ejército es un incidente, descrito por su ministro del Trabajo, José Antonio Girón y luego citado por Ricardo de la Cierva y Jesús Palacios. En un discreto *understatement* teatral, no recoge la crónica su presencia ni su voz en aquella ocasión; pero el protagonista de la jornada, aquel 15 de setiembre de 1943, no es otro sino su excelencia. Corre con el papel de sumiso antihéroe el teniente general Enrique Varela: un doble laureado, que a usted mismo le impuso la Cruz de San Fernando, en el desfile de la Victoria de 1939.

Varela —un hombre que dormía en su tienda del frente con guantes blancos y camisa de seda, recién planchada— hace una entrada de caballo siciliano en su despacho de El

Pardo. Arde o pretende arder en ira, porque ha demorado deliberadamente la audiencia y la entrega de un respetuoso escrito, firmado por ocho tenientes generales: el mismo Varela, Dávila, Orgaz, Kindelán, Solchaga, Saliquet, Ponte y Monasterio. A su Generalísimo, como lo llaman en el documento, piden que diga si no cree llegada la hora de restaurar la Monarquía. A los pocos instantes, Girón, quien también aguarda en la antecámara, ve salir a un mansísimo Varela. Cierra la puerta con recatada suavidad y bala en voz baja: «¿Vuecencia concede su permiso, mi general?».

Puntualmente venía a cumplirse la predicción de Cabanellas. Acertaba en su presagio el general de la enrevesada sintaxis, que llamaba «pollo» o «pollito» a cualquier civil más joven que él; pero reprobaba que el general Queipo de Llano apodase a su excelencia «Paca la culona», en privado y a espaldas suyas, claro. Usted era un legionario y no abandonaría la plaza expugnada, en el curso de su vida mortal. No tenía vuelta de hoja aquella realidad histórica.

Así se lo confirmó su excelencia al general Carlos Asensio, el 4 de setiembre de 1942, en una frase recogida con variantes por la prensa del Movimiento: «Llevaremos a España a lo más alto, o saldremos de aquí con los pies por delante». O bien: «Yo sé que algún día saldré de aquí con los pies por delante». En 1945, cuando la victoria aliada en la Guerra Mundial parecía condenarlo irremisiblemente y el embajador americano en Madrid, Carlton Hayes, decía que usted era un imbécil, empeñado en cavar su propia tumba, ratificaría su convicción ante el general Carlos Martínez Campos: «Yo no haré la tontería que hizo Primo de Rivera. Yo no dimito: de aquí al cementerio».

Semejante moral legionaria determinó su conducta respecto al poder personal. Pero no pudo aplicarla a sus tierras africanas de conquista. En noviembre de 1956, anticipaba al protectorado español de Marruecos unos veinticinco años de confiada y pacífica espera, antes de concederle la independencia. Si bien por lo común parco en palabras, exhibía entonces una irresponsabilidad, semejante a la que le llevó a sostener el triunfo de Hitler, casi hasta la antevíspera de su suicidio, y a afirmar en el Alcázar de Sevilla, el 14 de febrero de 1942, que un millón de bayonetas españolas defenderían la cancillería del Reich, si un día fuese imprescindible.

No obstante, París abandonaba el Marruecos francés, el 2 de marzo de 1957. El 5 de abril, su excelencia recibía al recién repuesto sultán Mohamed V —repuesto por los franceses sin consultarlo ni participárselo a usted— con calculada frialdad que subraya Paul Preston. A los dos días, se vio obligado a conceder la independencia del protectorado. Perdía calladamente el mismo Marruecos que el 19 de julio de 1924, en una lejana cena ofrecida al dictador Miguel Primo de Rivera en Ben Tieb, había dicho que jamás abandonaría España, por haberlo adquirido y regado con la sangre de sus mejores hijos.

Aunque impuesta con quebranto de su palabra y convicción legionaria, me figuro que pronto olvidaría la pérdida del protectorado. En 1957 empezaba un Marruecos independiente —no cabía creerlo verdaderamente libre, bajo un déspota como Hasan II—; pero a partir de entonces su historia pertenecía a un futuro, que por ley de vida iba a trascenderlo. En su terca obsesión por el mantenimiento del poder, valoraría el pasado por encima del presente y no digamos del hipotético porvenir, después de consumado su tránsito al mundo donde ahora está, como diría Antonio Machado: el poeta de «Llanto por las virtudes y coplas por la muerte de don Guido».

El 31 de julio de 1974, el doctor Vicente Pozuelo sustituyó a su médico de cabecera, Vicente Gil, enemistado con su yerno, el marqués de Villaverde. Alarmado, advirtió enseguida Pozuelo cómo la arteriosclerosis y la enfermedad de Parkinson lo habían minado en cuerpo y alma. Mataba las horas pegado al televisor y una mañana lo sorprendió el ayuda de cámara, leyendo repetidamente la receta de una loción para el afeitado y su modo de empleo. Parece muy significativo que el doctor Pozuelo le alzara los ánimos, haciéndole oír viejas canciones legionarias y marchar por los pasillos del hospital, al son de aquellos compases del Tercio.

Si su excelencia, devuelto senilmente a la juventud africana, lagrimeaba de gozo canturreando lo que «soy el novio de la muerte», otro dictador agonizante, Antonio de Oliveira Salazar, se aferraba al presente y creía esbozar el inmediato porvenir histórico y político. Postrado por una apoplejía, el 7 de setiembre de 1968, Salazar era sustituido en el Gobierno portugués por Marcelo Caetano. No obstante, hasta la muerte del apoplético y en escenas donde se entreveran Valdés Leal, el Bosco y el dadaísmo, se reunía el consejo de ministros en su alcoba y simulaba mantener consejillos y consejos. «Cuidado con Caetano», le decía Salazar sin reconocerlo. «Persigue mi puesto y no da la talla para ocuparlo.»

Al final, supongo que usted se desentendería de todo, más allá de aquel borrador de su testamento, pasado en limpio por su hija. Me pregunto si sus últimas voluntades contenían faltas de ortografía, que corregiría la marquesa de Villaverde, como usted las reiteraba en su último parte de la Guerra Civil: la culminación de su presente histórico. Redactó aquel documento trascendental, sin molestarse en consultar el diccionario y luego Antonio Tovar se las vio y deseó, para corregir con el canto de una *gilette* lo del Ejército rojo *cativo*, por «cautivo» y *ojetivos* por «objetivos».

Serrano Suñer sostenía que aquélla era la forma en que su excelencia bastardeaba demasiadas palabras, por no haber leído lo suficiente para enterarse de su correcta enunciación. Pero, en el presente de aquel parte de guerra, sólo venía a cumplirse y encimarse su pasado, después de un brusco viraje. En el entramado de la conspiración, que precedió la Guerra Civil, usted escribió al general José Sanjurjo que únicamente aspiraba al Alto Comisariato de Marruecos, de triunfar el Alzamiento con la ayuda de Dios.

Como le dije a Tom Burns Marañón, cuando me entrevistó para su libro *Conversaciones sobre el Rey*, mediaba una perfecta consecuencia de causa a efecto, entre su mando absoluto —desde 1936 a 1973, con el nombramiento entonces de Carrero a la presidencia del Gobierno— y la indiferencia, que le inspiraría el destino ajeno después de su paso por la tierra. Cuando se ha sido señor del Alto y el Bajo Nilo como Ramsés II, o Caudillo por la gracia de Dios y jefe de Estado en una autarquía, durante casi cuatro decenios, el póstumo paisaje político debe antojársele, a alguien tan poderoso, hipotético e indigno de consideración.

No obstante, es mi deber recordar que unos espiritistas madrileños, partidarios de la involución hacia un nuevo autoritarismo, hicieron público un supuesto mensaje suyo desde el más allá, donde manifestaba una actitud muy distinta de la que le atribuyo. En 1983, al principio del Gobierno socialista, luego consumido por los abusos del poder y las corruptelas habituales a la Españeta, aquellos ocultistas, congregados en los sótanos de la hoy difunta cervecería madrileña Lyon d'Or, aseguraron haber establecido contacto con usted, a través de un médium, absolutamente despolitizado.

Con genuino pasmo, manifestaron los iluminados que su excelencia les había confesado su admiración por los primeros pasos administrativos del nuevo Gobierno e incluso afirmó que votaría a los socialistas, de haber vivido. El escándalo de los fieles en el Lyon correría parejas con su asombro por la claridad con que conjuraban su voz espectral. Era de ver cómo la muerte —un valor excepcional, que todavía no pudimos pringar o corromper, según Aldous Huxley—, mudaba y volvía del revés a los hombres más grandes, en la ilimitada eternidad.

Me pregunto si se dirigía a los contertulios de la *séance* desde el amable infierno de Maurice Joly, donde sostenían coloquios de orden político, histórico y gubernativo Montesquieu y Maquiavelo, entre un constante flujo y reflujo de sombras. Su libro, *Diálogo en el infierno entre Maquiavelo y Montesquieu,* le valió a Joly dos años de prisión preventiva y un proceso del cual, a la postre, saldría absuelto. Las conversaciones infernales habían aparecido anónimamente en Holanda y a Joly lo acusaban de haber escrito una indebida sátira de Napoleón III. O Napoleón el Pequeño, según Víctor Hugo.

El libro habría pasado a la desmemoria universal si un enviado de *The Times* en Constantinopla no hubiese descubierto, en 1921, cómo lo plagiaron para su provecho unos agentes de la Ocrana, la polícia secreta del padrecito Zar de todas las Rusias, en el libelo *Protocolo de los sabios de Sión*. Traduciendo un posible original antisemita francés, de 1897 o 1898, aquellos escribas y esbirros anónimos exponían una hipotética conjura de la Alianza Israelita Internacional para dominar la tierra. Joly había muerto en 1877; pero se habría mostrado en desacuerdo absoluto con la transgresión de su obra, en aquel burdo plagio racista.

Para su Montesquieu, los pueblos disponen de autoridad soberana y libre voluntad, dondequiera que no hayan impuesto el poder un golpe de Estado o las armas extranjeras. Para Maquiavelo —siempre Maquiavelo, siempre—, los pueblos no merecen gobernarse a sí mismos porque todos son apáticos y sojuzgables. Al frente de su destino no cabe más autoridad que el cesarismo, irónicamente afianzado en la indiferencia política del país. Trasladado todo ello a términos locales, diremos aquí la atonía de espíritu de una Españeta que soporta cuatro décadas de dictadura. O presencia, poco menos que indiferente, la corrupción y la incompetencia, en mitad del llamado desengaño de una democracia, que demasiado pronto empezó a echar pus y podre.

Si el cesarismo se apoya en la pasividad política de aquellos a quienes sojuzga, finalmente el pueblo terminará por concluir: «No tenemos sino lo merecido, sufrámoslo». Por curiosa coincidencia, afirma el Maquiavelo de Joly que el César o Príncipe no requiere sino un decenio, justo y cabal, para consolidar su obra. También al término de la Guerra Civil, su excelencia dijo a su primo Francisco Franco Salgado-Araujo, o *Pacón* para la familia, que en otros diez años, firmes y sujetas las tuercas del sistema, empezaría a abrir la mano. Aseguraba Maquiavelo, citando al propio Montesquieu en *El espíritu de las leyes*, que más enoja a un país el destierro de un payaso que el despotismo. Hizo regresar Augusto al cómico proscrito Pilades y cesó enseguida el descontento en Roma.

Jamás menciona la posible muerte del César el Maquiavelo de Joly: un personaje concebido a semejanza de Napoleón III, aunque ciertos críticos franceses, como Jean-François Revel, vieron en él un escalofriante anticipo de De Gaulle. Parece que al cabo del decenio exigido para asentar el poder, el autarca se eternizará en la tierra al igual que su estatua en mármol. Evidentemente el cesarismo sería interminable, si el Príncipe fuese inmortal. No obstante, como ya lo señalamos, la muerte, al revés de la dictadura y la democracia, es una realidad inalterable e incorruptible. La suya, excelencia —me refiero a su muerte y no a su dictadura—, horroriza al recordarla porque trasciende todos los supuestos de la España negra.

Después de la dantesca operación de El Pardo, ya trasladado al hospital que entonces llevaba su nombre, volvieron a intervenirlo el 5 de noviembre, por otra hemorragia gástrica masiva y le extrajeron buena parte del estómago. Según testimonio de Vicente Gil, su cuerpo y su cabeza se habían reducido como los de un enano, junto a dos santas reliquias que llevaron a su cama de agonizante: el brazo de Teresa de Ávila y el manto de la Virgen del Pilar. A veces gemía con los ojos cerrados: «¡Cuánto cuesta morir! ¡Cuánto cuesta!». Desde entonces, lo mantenían en una hipotermia de treinta y tres grados, casi en estado vegetativo. La noche de su fallecimiento —por paro cardiaco, úlcera de estómago, tromboflebitis y enfermedad de Parkinson, según el parte póstumo—, sólo un cardiólogo, el doctor Vital-Aza, permanecía en su habitación. Mandó despertar a su yerno, el marqués de Villaverde, y le dijo escuetamente: «Cristóbal, esto se acabó».

«...esto se acabó.» Con su muerte concluía definitivamente el franquismo o el cesarismo, como lo llamaría el Maquiavelo de los diálogos infernales. En vano amenazaba el comisario Conesa a los detenidos políticos, en la dirección general de Seguridad: «Franco ha muerto. Pero aquí no ha cambiado nada, cabrones». Las circunstancias históricas de Europa hacían imposible el retorno de un régimen como el suyo. *La cultura* político administrativa —valga un barbarismo en boga, posterior a sus tiempos e importado del *New York Times*— era de signo totalmente irreconciliable con su sistema.

Tejero y sus guardias asaltaron las Cortes metralleta en mano; pero algunos dirigentes militares de la fallida intentona no querían sino imponer un Gobierno de transición, dentro del parlamentarismo. No obstante, permítame reiterarlo puesto que usted no llegó a vivirlo, en el desbarajuste de aquella asonada, con su improvisada teatralidad tan propia de la Españeta, nadie sabía de fijo cómo iba a proceder a la mañana siguiente. Así me lo confesaron Juan García Carrés y Ricardo Pardo Zancada. El mismo Tejero decía ignorar cuántos golpes de Estado se entretejían en la sedición.

Desapareció su Reino donde no se veía al Rey, tan semejante al limbo como autarquía. Pasaron a mejor vida histórica la concentración de las jefaturas del Estado y el Gobierno en un solo estadista, así como los títulos de Caudillo y Generalísimo que tanto sublevaban al irascible cardenal Segura. No volverán a correr monedas que digan al jefe de Estado bendecido por la Gracia, ni irá a misa el Monarca bajo palio. Bien es verdad, como vimos en la carta a don Juan Carlos I, que si usted era sólo responsable ante Dios y la historia, hoy no lo es el Rey ante nadie, absolutamente nadie, al decir de la Constitución.

Desmantelaron el Movimiento, las Cortes del Reino, el Consejo del Reino, los sindicatos del franquismo y no hablo aquí del nacional-catolicismo, porque ya la Iglesia se oponía a su régimen o le era indiferente. También se acabó el Fuero de los Españoles: el que permitía a los ciudadanos residir en cualquier punto del territorio nacional, para regocijo burlón del entonces desterrado Salvador de Madariaga. Ahora, según desbarran los señores Pujol y Arzalluz, frente a las auténticas nacionalidades de Cataluña, Euskadi y Galicia, aquel territorio ni siquiera existe como nación.

Como todos los regímenes españoles, transcurrió el franquismo sin dejar rastro. Afirma Antonio Castro Villacañas que la Seguridad Social es herencia suya. Yo añadiría el Valle de los Caídos a la Seguridad. Irónicamente, aquéllos son dos legados de sentido irreconciliable, puesto que si uno vela por la salud pública, el otro atestigua la presencia de la muerte. Mucho antes de que usted yaciera en el Valle, diversos españoles se prometieron o juraron no pisarlo nunca: ni antes ni después de su desaparición.

Otros se mostraron más generosos u olvidadizos. Recuerdo una maravillosa pintada de cuatro palabras, muy madrileña, en un corredor del metro: «Franco, vuelve. Todo perdonado». Corrían los primeros tiempos de la Transición, cuando Carlos Arias tuteaba a su espectro oculto. *Sit tibi terra levis*, que la tierra te sea leve, escribe ahora el doctor González Iglesias. Leve, me imagino, debajo de la lápida de tonelada y media, que viene a ser el remate de todo el Valle de los Caídos.

En cierto modo, sobre aquella piedra cierro y firmo al pie. En su elegía a Ignacio Sánchez Mejías, la piedra era para Lorca la eterna presencia de la muerte. Todo lo devoraba en aquel responso: simientes, nublados, esqueletos de alondras y lobos de penumbra. Pero también a veces, puesta en pie, la piedra se limita a arrinconar estampas de la Españeta en un trastero. Allí amontona el poder absoluto de su excelencia, el palio a cuya sombra entraba en el templo, el nacional-catolicismo y las Cortes de un Reino sin Rey. Así y al igual que en los sobrados de nuestros abuelos se cubrían de polvo los biombos rotos, los trajes apolillados, los espejos partidos y ahumados por los años, los encajes amarillentos, las ardillas y las cacatúas disecadas.

Para honrar a la piedra, le erigieron dos suntuosos pudrideros su excelencia y Felipe II. Con el trabajo esclavo de prisioneros de guerra y presos políticos, horadó la roca viva de Cuelgamuros en el vano intento de repetir la fría magnificencia de El Escorial. Cercano e impasible, al igual que un espejismo, lo emplazaba el monasterio del Rey

Prudente a desafiar su callada grandeza con las desorbitadas proporciones del Valle de los Caídos. Resbaló usted en la trampa, que arteramente le tendía Felipe II, como en 1939 había escuchado y creído a unos timadores, que le prometían petróleo sintético e imaginarias minas de oro en Extremadura.

Los dos testamentos en piedra no comparten sino el paisaje serrano, de robledos y pinedas, y las glorias militares que celebran. Naturalmente, me refiero al triunfo de Felipe II en San Quintín y al de usted, aquel primero de abril de 1939, cuando sellaba su victoria en la Guerra de España con faltas de ortografía. Todo lo demás, excelencia, resulta tan distinto y opuesto como el día y la noche. Como España y la Españeta.

Ribeteada de negro, la España del Prudente fue soberbia y terrible. Duerme en las entrañas del monasterio, con los despojos de sus Reyes, en tanto se alza la sombra del Bosco, detrás de un tríptico flanqueado por el cielo y el infierno —adquirido por el propio Felipe II y catalogado en el Prado como *El jardín de las delicias terrenales*—, que acaso anuncie la venida de Dalí y su *Presentimiento de la Guerra Civil Española* a medio milenio vista. Nada tiene que ver todo aquello con la Españeta de los Reinos sin corona, los falsos buscadores de oro, los alquimistas del petróleo sintético, el brazo de santa Teresa y el manto de la Virgen del Pilar, en la cama de su muerte. Como tampoco puede confundirse el Escorial de Juan de Herrera con el Valle de los Caídos de Juan de Ávalos. Ni barajar el rubio, enlutado fantasma de Felipe II —un cautelosísimo fanático, amante de la pintura al margen de la razón, tartaja y devoto de la palabra escrita con letra despaciosa— con su propio espectro: el que escuchaba los largos lamentos de Carlos Arias y habría querido votar por los socialistas.

Respetuosamente,

Carlos Rojas

Estanislao Figueras y Moragas
En algún lugar del limbo

Excelentísimo señor:

Le escribo al limbo, aunque no sé de cierto si habrá correo entre este mundo y el otro, o si de veras existe ninguno de los dos. Lo supongo en el limbo porque allí, en los jardines de la antesala del infierno, asegura Dante haberse encontrado con quienes padecen la única pena de no ver nunca a Dios. Ya sea porque vivieron y murieron antes de la venida de Jesucristo a la tierra; se entregaron a la indiferencia, igualmente alejados del bien y el mal; o abdicaron la soberanía sobre los hombres o sus almas.

En el limbo, dice Dante haber visto y reconocido la sombra de *colui che fece per viltà il gran rifiuto*, «quien por cobardía hizo el gran rechazo». Muchos dantistas identificaron aquel espectro con el Papa Celestino V, que abdicó el trono de san Pedro en 1294, a los cinco meses de elegido, y volvió a su eremitorio de Sulmona. También usted abandonó la presidencia de la Primera República española o bien, por mejor decirlo, la cabecera de su Poder Ejecutivo.

Puesto a precisarlo con pretenciosa propiedad, aquella República no tuvo jefes de Estado sino dirigentes del Ejecutivo. Paradójicamente, según debatible criterio de mi amigo monárquico José Luis Vila-San-Juan, el régimen no conoció más presidente que el general Francisco Serrano, duque de la Torre y también jefe del Poder Ejecutivo, cuando de hecho ya había caído la República, con la dimisión de Emilio Castelar y el golpe de Estado del general Pavía. Siguió encabezando Serrano aquel híbrido, que otro monárquico, Ángel Ossorio Gallardo, dice minado de alfonsinos, hasta que el general Arsenio Martínez Campos repuso la corona alzándose en Sagunto.

Resulta muy propio de la Españeta aquel galimatías administrativo, con un sistema republicano que no reconoce primer mandatario. Al igual que el país era un Reino desprovisto de Rey, entre la Revolución de 1868 y Amadeo I, y volvería a serlo bajo Francisco Franco. En otras palabras, aquel contradictorio batiborrillo respondía al desbarajuste de una nación mudadiza e indefinible, entre las candilejas y los bastidores de una historia casi siempre fracasada y lamentable.

Usted sabría todo aquello mejor que nadie, puesto que semejante confusión y tururú —la desintegración y la batahola generalizada, desde el Poder Ejecutivo para abajo— lo llevaron a la dejación de la Presidencia y por último lo arrinconaron en otro limbo, más próximo y mundano, el del olvido nacional, donde todavía permanece. Puestos a redondear el párrafo, conste que lo de «confusión y tururú» no es mío sino de don Manuel Azaña: lejano sucesor suyo, también dimisionario, en la presidencia de otra República, más trágicamente fracasada aún que la suya.

Hasta tal punto confinaron a su excelencia en la desmemoria, de tejas abajo, que una enciclopedia de la Obra de Dios no lo incluye en sus entradas. Siempre de paso, algunos mencionan en tono despectivo su gran espantada, refiriéndose a su abandono del poder. Al igual que si hubiese sido el único estadista culpable de *il gran rifiuto*, como es Celestino V el solo Papa abdicante, en la historia de la Iglesia. Esto, naturalmente, es falso de raíz por mucho que insinúen lo contrario.

En su siglo y en el nuestro, Monarquía y República fueron ricas en renuncias a los derechos regios y la jefatura del Estado. Como ya lo anotamos en la carta a don Juan Carlos I, tres veces abdica Carlos IV; en su hijo Fernando, en Napoleón y de nuevo en el Deseado. Sumaremos sus dejaciones a las del propio Fernando en Bayona; la de su hija, Isabel II, en Alfonso XII el 25 de junio de 1870, al segundo año de su destierro, y la de su nieto, Alfonso XIII, en don Juan. Esta última en 1941, casi diez años después de expulsado don Alfonso del territorio nacional, «antes de la puesta del sol», como lo ordenaba don Niceto Alcalá Zamora, futuro presidente de la República y antiguo ministro de Su Majestad.

Quienes como Salmerón, Castelar y Francisco Pi y Margall, su primer sucesor en la presidencia de la República —para abreviar llamaremos así a la jefatura del Poder Ejecutivo—, condenaban su incomprensible conducta, cuando dejó el poder y se fue a París, renunciarían también los tres, Pi, Salmerón y Castelar, en el curso de unos meses. En nuestros tiempos, Manuel Azaña abdicaba la presidencia de la Segunda República en 1939, casi al término de la Guerra Civil y dos años antes de que Alfonso XIII cediera los derechos al príncipe de Asturias. «Ahora ya sólo me falta morir.»

Aunque también barrida al olvido, su carrera política hasta la espantada fue una de las más notables en la época. Barcelonés y letrado por la facultad de Barcelona, abrió bufete en Tarragona con éxito inmediato. Desde entonces hasta sus últimos años, después de su paso por la presidencia y ya desaparecida la República, su despacho de abogado sería el más prestigioso de Madrid. Pero la nobleza y los nababos de la Restauración compartían pacientemente la antesala con obreros, cómicos de la legua y aun mendigos y gitanos, a quienes usted, primera cuota del Reino, defendía gratis.

Uno de sus pasantes sería Pi y Margall, a quien su excelencia llevaba cinco años. Fue su mentor en la abogacía y la política. Luego, de forma fatídica y cantada como dirían los freudianos, lo sucedería en la presidencia del Poder Ejecutivo. La retuvo menos que usted: sólo cinco semanas, antes de dimitir él mismo, al cabo de una peor y aún más atropellada trayectoria como mandatario. Huelga añadir que para entonces, Nicolás Salmerón y Emilio Castelar le habían vuelto la espalda, como antes desertara Pi de su lado. Matarás y matarte han y matarán a quien te matara, como escribía Bernal Díaz del Castillo y gustaba de citar Salvador de Madariaga.

Si bien escasos historiadores se ocuparon de su vida y todos tienden a despacharla con pocas palabras, una zona de su íntima conciencia se me antoja ambigua y difícil de comprender por lo contradictoria. Cuando a los cincuenta y cuatro años presidió la República, era el mejor orador de las Cortes. Entre la grandilocuencia de Castelar y la calmosa frialdad de Pi y Margall, quien siempre hablaba en voz baja y con los brazos cruzados, usted tenía tal dominio de las argucias parlamentarias y el castellano, todo ello envuelto en un acento barcelonés como el de Francesc d'Assis Cambó en el siglo siguiente, que se estremecía de espanto el banco azul en cuanto tomaba la palabra. No obstante, le confesó a Rafael Serrano, su cuñado y confidente, haber creído morir de espanto la primera vez que intervino desde el escaño.

Su esposa, Josefa Serrano —de los Serrano de Aparicio mataronenses— era hermana de Rafael y de un abuelo de Serrano Suñer, quien la describía a Heleno Saña como una mujer muy sorda, inteligente y piadosísima. Aunque muchos pusieran en duda su religiosidad o su republicanismo, el señor presidente la acompañaba a la iglesia y oraba con ella. Al discutir en el Congreso el tema religioso, dentro de la Constitución de 1869 que proclamaría la libertad de cultos, el general Serrano lo llamó ateo in péctore, como en lo recóndito del pecho se reserva el Papa la elección de algunos cardenales.

No repuso usted en aquella sesión. Se concedió un día entero de ejercicios espirituales privados, antes de pedir turno por alusiones. Su respuesta ha sido citada y hasta figura en la Enciclopedia Espasa: «Yo le aseguro al general Serrano que creo en Dios Todopoderoso creador del cielo y la tierra; que creo que tengo un alma; que mi alma es inmortal, que será juzgada algún día por Dios, quien, si tiene a un lado el atributo de la justicia, tiene al otro el de la misericordia».

Me pregunto si sería usted veraz, cuando dijo irónicamente que, por ser también piadoso, era el más excepcional de los revolucionarios republicanos. La muerte de su esposa, en mitad del mandato presidencial, vino a derrumbarlo y destruirlo como político y estadista. Inclusive cedió la jefatura del Ejecutivo a Pi y Margall por unos días, en una circunstancia verdaderamente insólita en los anales de las repúblicas y los reinos europeos. Pero al enviudar, dejó de asistir a la iglesia y se declaró librepensador. Por disposición suya, acatada y cumplida a rajatabla, tuvo un entierro civil en 1882. Sus funerales fueron laicos y multitudinarios.

Siempre atildado aunque jamás lechuguino, encaneció prematuramente en los atormentados días presidenciales. Se le puso el pelo tan blanco como las consabidas nieves encumbradas, si bien empezara a teñirse el bigote de azabache. Aunque paladín del civismo social, que por error supuso implantado con la República, desafió al coronel Luque en las Cortes de 1869. No había tocado un sable ni disparado un tiro en su vida; pero llamó asesino al coronel y se puso a su disposición. Cualesquiera que fueran sus razones para hacerse el sordo o el desentendido, Luque no repuso al desafío.

Acaso pensó usted a veces que su carrera política iba presidida por el signo de Jano, el dios bifronte que Manuel Godoy escogió en otra era para ilustrar su repostero. Hasta que usted asciende a la presidencia del Ejecutivo, corren parejas el republicanismo y su prestigio. Después de su huida y renuncia, la República se deshace y el país empieza a quebrarse en cantones nacionalistas, más numerosos y absurdos que los reinos de taifas y no digamos las ciudades-estado de Italia.

En cuanto cruza las puertas de su bufete, donde siempre mantiene intacto el prestigio profesional, se cierne a su entorno aquel olvido político, ya comentado aquí. No obstante, siempre contradictorio y casi incomprensible, poco antes de morir conspira contra la Restauración y se entrevista con Manuel Ruiz Zorrilla: el dirigente republicano y antiguo presidente del Consejo, bajo Amadeo I, desterrado a Francia por Cánovas del Castillo.

Su recorrido político empieza en 1840 con la adhesión al partido progresista, la vertiente radical del liberalismo, terminantemente opuesta a la moderada. Expatriada la Reina Gobernadora, María Cristina, viuda del Deseado, usted se crea problemas con los republicanos, en la Regencia de Espartero, por negarse a combatirlo durante la revolución barcelonesa de 1842. Se encienden aquellos disturbios, azuzados por el temor a la importación de tejidos ingleses, en detrimento de la industria textil catalana. Pero a su excelencia le consta que el levantamiento popular, concluido con el bombardeo de Barcelona por Espartero, viene financiado y hábilmente dirigido por María Cristina, desde su destierro en París.

Pasó a Madrid en 1848; pero tuvo que regresar a Tarragona, donde lo eligieron diputado en 1851. Antes de convertir a la República en su creencia y razón de Estado, era uno de los cuatro representantes progresistas y lindantes con el republicanismo. Tres años después, triunfante la revolución de 1854, que dirigían los generales Serrano y Leopoldo O'Donnell, con el joven Cánovas del Castillo como presunto asesor civil, usted mantuvo el escaño en las Cortes que votaron la Constitución de 1856. Todo aquel «barullo», como apoda Ossorio Gallardo la confusa revuelta, que empezó con el asalto y saqueo de los palacios de la antigua Reina Gobernadora y del presidente del Gobierno, José Luis Sartorius, terminaría en un Gobierno bicéfalo, bajo dos espadones tan opuestos como podían serlo, humana y políticamente, Espartero y O'Donnell.

En las Constituyentes, votó contra la Monarquía. Vino a pronunciarse, irrevocablemente, por la República y el derrocamiento de la corrupta estirpe de María Cristina e Isabel II. Superado el espanto de sus primeras intervenciones, hacía temblar al Gobierno y al trono, como ya dijimos, en cuando solicitaba turno en el Parlamento. En 1862 fijó su definitiva residencia en la Villa y Corte y renovó el acta por Barcelona; como también lo haría por Mataró, al transcurso de otros tres años. A su vez, era diputado de Mataró el fidelísimo Rafael Serrano.

Con el hirsuto Nicolás María Rivero —director de *La Discusión* y dirigente del partido democrático, con quien debatirá su excelencia, después de la revolución de 1868, denunciando entonces el improvisado monarquismo de Rivero, como ministro de Prim—, encabezaba la oposición a los Gobiernos de O'Donnell: el Ministerio Largo y el Ministerio Corto. De 1858 a 1863 y de 1865 a 1866, condujo el Estado aquel mílite con su Unión Liberal o *la Familia Feliz*. Muerto O'Donnell en el destierro voluntario de Biarritz —«Me trataron peor que a un criado sisón», dijo de la Familia Real en la agonía—, lo sucedió el más firme de los espadones, Ramón María Narváez. También él perecería inesperadamente en 1868, afirmando su incapacidad para perdonar a los enemigos, por haberlos fusilado a todos. Dos años antes, Narváez había encerrado a su excelencia con Rivero en la cárcel madrileña del Saladero. Luego lo trasladó al presidió de Pamplona y le dio breve destierro en Avís.

Al triunfo de *la Gloriosa*, la Revolución de 1868, funda el efímero periódico *La Igualdad*. Saca acta por Madrid y por otros tres distritos, Barcelona, Tortosa y Vic, como diputado cunero. Con Pi y Margall, Eduardo Benot, Ramón de Cala y José Cristóbal Sorní, compone en las Cortes la minoría republicana. Concluida la insurrección federal de 1869 —sofocada por la Regencia de Serrano después del asesinato del secretario del Gobierno Civil de Tarragona, el bombardeo de Barcelona con más de mil quinientos cañonazos y el alzamiento de novecientas barricadas en Valencia y por toda Cataluña—, usted hizo campaña en favor de muchos presos y los defendió con su habitual ahínco de letrado.

Reelegido en las Cortes de Amadeo I, no deja de apoyar el programa republicano y federal. El 11 de febrero de 1873, siendo presidente del Senado a la abdicación del Rey, encabeza la sesión conjunta de ambas Cámaras. Es posible que Nicolás María Rivero, con quien su excelencia parece ahora reconciliado, aspire a encabezar la inminente República. Pero un incidente con Cristino Martos hace salir a Rivero del Parlamento. Votan a Martos presidente de la Asamblea Nacional y a usted jefe de un Gobierno, compuesto de republicanos como Pi y Margall, Salmerón y Castelar —sus tres sucesores al frente de la nación— y demócratas monárquicos a los que apodan *cimbrios*.

Aunque gobernada por las mejores cabezas del país y acogida con el entusiasmo del pueblo, la República no sobrevivió sino once meses de catastrófica existencia. Algunos de sus defectos sellan su destino a su declaración, o antes aun de proclamada. Más que un régimen elegido, vino a llenar el vacío que dejó la renuncia de Amadeo I —*Questo paese è una gabbia di pazzi,* «¡Este país es una jaula de locos!» solía decir aquel Monarca— y llegaba en mitad de la Cuarta Guerra Carlista, que aún ardía en las Vascongadas y Cataluña. Por añadidura, la reunión de ambas Cámaras, de donde vino la República, violaba el artículo 47 de la Constitución que la prohibía terminantemente. Con la meridiana claridad que siempre presidía sus declaraciones, así lo reconoció su excelencia: «La República nació ilegalmente de una Asamblea que no tenía mandato para ello».

Poderes disgregadores de sentido opuesto acechaban a la República desde el principio. Pesaba sobre el régimen la constante amenaza de un alzamiento militar. Vino a sucumbir cuando el general Manuel Pavía, de mal grado y con reservas de conciencia como dirían los jesuitas, disolvió el Parlamento con sus pistoletazos al aire. Los mismos republicanos permanecieron siempre divididos entre unitarios y federales. También entre los federales, los «intransigentes» se oponían irrevocablemente a los «benévolos». Los intransigentes pronto tratarían de socavar la autoridad de los benévolos, en un ensayo de golpe de Estado.

Además, como ya lo adelantamos, el país se disgregaba en cantones: remedos del *Estat Català*, que es el primero en proclamarse en Barcelona. El último, el cartagenero, no será sangrientamente reducido hasta el 10 de octubre de 1873, cuando la República ya sea historia. Apenas asumida la presidencia del Ejecutivo usted se enfrenta con alzamientos campesinos de todo orden. El peor ocurre en Montilla, con crímenes, incendios y saqueos, en réplica inevitable a los abusos del caciquismo andaluz. En Murcia, Antonete Gálvez renueva acta, decreta la disolución de los partidos y el culto a la diosa Razón, como Robespierre lo había impuesto a la Convención francesa.

Como usted no lo habrá olvidado, ni siquiera en el limbo, aquel demagogo ido e inteligentísimo, que bordea la genialidad sin alcanzarla, es el mismo Antonete Gálvez que defenderá en otoño su Cartagena «independiente», con habilidad y encono, después de nombrarse a sí mismo general de Mar y Tierra. Vueltos nosotros a febrero de 1873, tampoco echará en saco roto, ni vivo ni muerto, cómo a los pocos días de amanecida la República, Cristino Martos desafiaba al Consejo, se adueñaba de la Asamblea y exigía la abolición de las quintas. Mientras, estallaban disturbios en las calles de Madrid, con asaltos a los comercios y violentos enfrentamientos entre radicales y federales.

En otro intento de asonada, nombra Martos a Domingo Moriones capitán general de Castilla la Nueva. Como ministro de Gobernación, Pi acude al Parlamento, increpa a Martos con inhabitual dureza y lo obliga a retractarse. La Cámara se declara entonces en sesión permanente, bajo la presidencia de su excelencia. Usted declara la crisis y forma otro Gobierno, con nuevos ministros que son republicanos probados y sustituyen a los cimbrios. A su segundo Consejo lo dirán de los pájaros, porque allí concurren Pi y Sorní con Juan Tutao y Eduardo Chao.

El 8 de marzo, la Diputación de Barcelona disuelve el Ejército y decreta el *Estat Català*; anticipada prefiguración de otro Estado Catalán, que brevemente volverá a proclamar Francesc Macià, más de medio siglo después: el 14 de abril de 1931. En Barcelona, se subleva la tropa de todas las unidades, salvo la de Ingenieros. Usted deja a Pi en Madrid, como presidente circunstancial de la República, y acude a Barcelona a los tres días de estallada la rebelión. Allí habla hasta enronquecer con sus paisanos e intenta razonar con ellos hasta sentirse al borde de la locura. Consigue que la Diputación anule el Estat Català. Pero paga la revocación con el licenciamiento del Ejército en Cataluña y la entrada de la Milicia Federal en las Fuerzas Armadas. Como lo recordará don Juan Valera —diplomático, novelista y monárquico liberal, quien mucho admiraba sus virtudes personales, excelencia—, no cabía mejor ni más inesperado presente a los carlistas.

De regreso a Madrid, retoma la presidencia. Pronto comprende el Gobierno la imperiosa necesidad de anticipar las elecciones generales, en aquel desordenado infierno. Las convoca entre el 10 y el 13 de mayo. Inesperadamente, la tarde del 20 de abril, fallece Josefa Serrano de súbita muerte. Su dolor es inimaginable; pero cabe pensar que la desesperación lo llevaría entonces a dejar de creer o, al agnosticismo, como ya lo apuntamos. Solicita otra excedencia en el Ejecutivo y de nuevo recae la jefatura de la República en Pi y Margall.

En las filas de la Milicia Voluntaria de Madrid, los milicianos «intransigentes» se oponen a los republicanos unitarios. Martos aprovecha su división para otro golpe de Estado, el 23 de abril. Manuel Pavía, capitán general de Madrid, acuartela la tropa y asegura la neutralidad del Ejército. De esta forma, salva la República que él mismo derribará el 2 de enero del año siguiente. Martos convoca los batallones de la Milicia rebelde en la plaza de toros, sita entonces entre las calles de Villanueva y Jorge Juan. Por redundante azar, a un tiro de piedra y en la esquina de Villanueva y Serrano, vive el propio general Serrano, duque de la Torre, también complicado en aquella trama. Apercibidos por unos delatores, de nuevo sofocan el pronunciamiento Pi y el gobernador civil, Nicolás Estévanez Murphy, cercando a los milicianos en la plaza. Martos y Serrano se refugian en Francia. Usted mismo, por generosa humanidad según testimonio de Pi y Margall, facilita la huida al general intransigente Antonio Caballero Fernández de Rodas, otro cabecilla de la conjuración.

Aunque hoy tan olvidada como su excelencia, la efímera República alcanzaba la más alta cota de dignidad histórica y administrativa en las elecciones de mayo. A los caciquismos y alcaldadas de los comicios monárquicos, donde a veces votaban cementerios enteros, aunque los muertos hubiesen sido analfabetos en vida, como mordazmente lo señalará Gerald Brenan, se opuso una circular de Pi y Margall firmada el 5 de mayo. «El Gobierno desea que las futuras Cortes sean el reflejo de la opinión del país. Lejos de temer en ellas la oposición, la desea, porque sabe que sólo del choque de las ideas brota la luz, y sólo por la discusión pueden depurarse los principios en que ha de descansar la organización de la República.»

En una carta a los gobernadores, decía Pi que únicamente merecería la administración provincial quien mejor garantizara la ley, los derechos de los candidatos y la libertad de los electores. Si de manera ilusoria, daba Pi y Margall a la República como un hecho consumado, añadía que en último término no sólo la avalarían los gobernadores con la obediencia al Gobierno y al Estado, sino también con el escrupuloso acato a su conciencia individual.

La prez de aquellos avisos, excelencia, resulta transparente. Además, aunque la circular y la carta no fuesen suyas, compartía de lleno su letra y espíritu. De hecho, la antevíspera de las elecciones, el 8 de mayo, reclamaba la presidencia —entonces, con el ministerio de Guerra adjunto— y Pi le devolvía el sobre con el pliego de su dimisión, sin ni siquiera haberlo abierto. En vísperas electorales, ustedes pedían el respeto a la disensión, a la palabra y creencia ajenas, en los comicios más limpios hasta la fecha. Aparentemente asintió el pueblo en las urnas, puesto que cuadruplicaron los votos federales, aunque sólo participase un veinticinco por ciento del electorado y los diarios conservadores hablaran de conocidos pucherazos y reiterada corrupción.

Diríase que iba a imponerse una nueva realidad nacional, frente a la ficción de la Españeta disfrazada de verdadera España. O vestida de régimen constitucional, cuando no era sino un despotismo caciquil y absolutista. Naturalmente fracasaron y bajo la Restauración volvería a venderse y desvirtuarse el sistema electoral, para escándalo del mismo Rey, Alfonso XII. También usted viviría lo bastante para presenciarlo. Sentado a la puerta de su bufete, vería pasar el entierro de todos sus principios democráticos.

Permítame hacer de este párrafo un paréntesis, adelantando la historia hasta después de la caída de la República y la vuelta de la corona con el golpe incruento de Sagunto. Al certero juicio de José Ortega y Gasset, la Restauración se entregó a un espectáculo de política espectral, donde Cánovas del Castillo —quien decía que se nace ciudadano español, cuando no se puede ser otra cosa— era el primer conjurador y titiritero de fantasmas. Crece y se extiende la picaresca del turno pacífico y el caciquismo electoral, entre liberales y conservadores, dirigida desde el poder con el tácito asenso de la oposición. A través de la sardónica caricatura de un auténtico pacto democrático, rutinaria y fraudulentamente unos y otros se suceden en el gobierno del Estado.

Pero el turno pacífico, el pucherazo consentido y la parodia democrática pertenecían a un futuro aun impredecible, cuando las primeras elecciones republicanas llevaron a las Cortes a tres facciones, perfectamente diferenciadas. Una derecha unitaria y moderada, dirigida por Castelar. Un centro de antiguos intransigentes, con la conciencia comprada y satisfecha al precio de un escaño. Y una izquierda vociferante, acaudillada por el general Juan Contreras y el filólogo Roque Barcia.

Cuando usted haya abandonado el poder —si bien luego regresa al país y al Parlamento— Barcia y aquel enloquecido general combatirán acerbamente a Pi y a Castelar, aunque el filólogo, después de haber gobernado el cantón rebelde de Cartagena, termine dirigiendo un monumental diccionario, auspiciado por Alfonso XII. Asimismo, el ínclito Contreras interviene en el Consejo de Defensa de Cartagena y hasta bombardea Almería; pero en el tablado de los aparecidos, que es la Restauración, acaba por reconocer al Rey, le besa el sello y lo llama Pacificador.

Más consecuente, usted resignó su magistratura ante la Cámara, el 7 de junio de 1873, mientras aclamaban los diputados la República Federal a inesperada propuesta del nuevo presidente del Parlamento, José María de Orense. Cito sus palabras en aquella ocasión. «Yo no me opongo, señores; al contrario, me felicito de la idea de nuestro presidente de que se proclame la República federal, y creo que es tal la unidad de sentimientos de la Cámara, en este punto, que no habrá necesidad de discusión ninguna, sino que se hará la proclamación por aclamación unánime.»

Todos supondrían que era aquélla una jornada histórica, después de las triunfantes elecciones. No obstante, sin que nadie llegara a preverlo, también empezaba a derrumbarse la República en el Parlamento. A breve plazo, perecería carcomida por sus mismos representantes. La Cámara confió la presidencia de un nuevo Consejo a Pi y Margall. Propuso Pi un Gobierno con dos ministros identificados con su federalismo moderado, Estévanez y Cristóbal Sorní. Otras carteras recaían en seguidores de Castelar y Salmerón. Un ministro en ciernes era radical. Reservábase Pi la presidencia y Gobernación. Usted ya no participaba del Poder Ejecutivo.

Para asombro de Pi y Margall, los brazos cruzados y relampagueante de ira la mirada miope, detrás de las gruesas gafas, vino a convertirse el Parlamento en un súbito gallinero, donde todo el mundo gritaba, se reprendía y lo increpaba a él al mismo tiempo. En un santiamén —*vraiment, le temps d'un soupir,* pensaría usted, puesto que a veces le gustaba expresarse en el buen francés de Lamartine—, la Cámara, que antes aclamaba unánimemente el federalismo, se enzarzó en un galimatías de furiosas riñas. Me imagino que el Parlamento le parecería el Mar Tenebroso y al mismo tiempo un charco de ranas.

Republicano intransigente y mílite de ideas fijas, el general Blas Pierrard afrenta a su excelencia, llamándole falsa autoridad y político de ínfima talla. «Si mi talla se rebaja, se levanta la del general Pierrard y no perdéis en la sustitución», replica irónico. A Pi y Margall le exigen Orense y el diputado José Muro —quien pronto será ministro suyo— que explique el programa de un Consejo, que aún está a medio componer. Poco antes de medianoche, Pi y Margall renuncia a gobernar. Se promete no ser sino diputado, a partir de entonces. A los tres días, tendrá que desdecirse.

El 9 de junio, de nuevo confía la Cámara a su excelencia la formación de un Consejo de reconciliación. Dimite Orense la presidencia del Parlamento y usted exige que lo suceda Nicolás Salmerón. También recaba a José Carvajal y Hué como ministro de Hacienda y él se compromete a levantar doscientos setenta y cinco millones para el Tesoro. Pero, negándole su colaboración, condena irremisiblemente Pi y Margall al Gobierno en germen. Además, para su desconcierto y resentimiento, le cuentan que Pi lo culpa de haber urdido, la tarde anterior, una secreta intriga para su fracaso.

El día siguiente, pide explicaciones a solas a Pi. Él vuelve a rechazar la cartera del Interior, en el Gabinete de conciliación que ya es la raya en el agua. Luego negará terminantemente haber vacilado, antes de estrecharle la mano aquella mañana, como usted, herido y descorazonado, lo sostiene desde entonces. De todos modos, su coloquio en catalán parece un diálogo de sordos, entre un mentor y un discípulo, que mucho se estimaron, y de imprevisto se hallan condenados a desentenderse. No le escucha Pi y Margall o no puede creerle, cuando le repite: «Me voy, me voy de España, y así no seré un obstáculo para usted ni para nadie». Desde allí, pasa al Congreso y permanece una hora en su escaño, sentado en silencio y sin oír una palabra de tanta batahola.

Algún remordimiento abrigaría Pi, puesto que enseguida le escribió una larga carta, en su letra diminuta y limpia de correcciones. Dijo no haber tenido nunca la intención de ofenderle. Pero si usted se sintió ultrajado por alguna expresión inoportuna o imprudente, él estaba dispuesto a retirarla. Hasta las dos de la madrugada del 11 de junio, permaneció Pi y Margall en su despacho redactando pliego tras pliego y secándolos con arenilla. Después de firmarlos, los despachó a la presidencia, a través de un propio. La carta llegaría tarde. A las ocho de la noche anterior, sin más confidente que un criado quien le llevó el equipaje a la estación del Mediodía, usted se fue de Madrid. De nadie se despidió ni disculpó por su huida. Viajó a Zaragoza y desde allí a Francia, por Jaca y Canfranc.

A su cuñado Rafael le escribiría desde París, exponiendo sus razones para evadirse con tan sorprendente premura, en un acto sin precedentes. Lo culpaban de ocultar designios dictatoriales y usted no había mandado nunca ni en su casa. Más allá de la proverbial ironía, me pregunto si no aludiría a la fe religiosa, que adoptó para complacer a Josefa Serrano y había abdicado con el Poder Ejecutivo. Algunas de sus frases fueron recogidas por el historiador Antonio Pirala y aún resuenan, de tarde en tarde, en los pocos textos que refieren su paso por la presidencia y su precipitada evasión. Todavía admira y estremece su lectura.

Le sublevaba que diesen por cierto su designio de deshacerse poco a poco de sus compañeros: Pi, el incorruptible enlutado de la calle de Mirallers, en la *Ciutat Vella,* o Ciudad Vieja de Barcelona; Salmerón, el catedrático de filosofía y excelente jugador de billar, que otro día abandonará la presidencia de la República, para no firmar una pena de muerte, mejor dicho, dos; Castelar, cuya retórica sorprende tanto ahora como admirara en su tiempo. «Aunque no tuviera otra razón para separarme de la política», decía usted, «bastaría la de que no quiero verme en posición de tomar venganza de estos miserables, porque temo que caería en ella. ¡Tan viles han sido conmigo!»

Será todavía más explícito con Rafael Serrano. Le expone las razones de orden político y administrativo, como diríamos en el lenguaje de nuestra época, que lo condujeron a su brusca renuncia. Después añade una nerviosa posdata en catalán. *I me'n vaig perquè estic fins els mateixos collons del país!* «¡Y me voy por estar hasta los mismísimos cojones de este país!» En privado lo reiterará a menudo, casi hasta el día de su fallecimiento.

En una tierra donde se eternizan las dictaduras y una Reina depuesta, Isabel II, sueña e intriga todavía con volver al trono, mientras vela junto al lecho de muerte de su hijo, hay una paradójica grandeza en la brusca espantada de su excelencia. Escapa del poder como de la peste, asaltado por un pánico cerval a su contagio. También se evade para no incurrir en una flaqueza o un delito de conciencia, que no puede ni quiere permitirse: caer en la doble tentación del odio y la venganza. Talmente como el canciller de Enrique VIII de Inglaterra, Thomas Moore o san Tomás Moro, siente el convencimiento de llevar la propia identidad en el cuenco de las manos y teme decantarla y dejarla escurrir, al igual que el agua de la cesta, si suelta el encaje de los dedos.

Además, claro, se marcha por estar hasta «los mismísimo cojones» del país. No profiere aquel vulgarismo en un repentón airado e inconsecuente. Alguien tan celoso de su identidad, hasta el punto de no entregarse a la irracionalidad del rencor para preservarla, no se resigna a gobernar una nación, que vierte la suya como sale la sangre de una vena abierta. En otras palabras, una España caricaturizada en Españeta, a través de los enfrentamientos en la ululante Asamblea, los pronunciamientos imbéciles, el Estat Català de la Diputación barcelonesa y la sangrienta fragmentación de todos los cantonalismos, próximos a estallar al igual que se abre, raja y despepita una granada abierta.

Apenas conocen su marcha a Francia, Pierrard y Contreras intentan otro golpe de Estado en Madrid. De nuevo la rápida intervención de Estévanez, desde el gobierno civil, frustra sus manejos. El 11 de junio, Pi y Margall pasa a presidir el Poder Ejecutivo. Su primer Gabinete durará trece días. El 28 de junio forma nuevo Gobierno y entrega la cartera de Guerra a Eulogio González Iscar. Cuando el ministro intriga y se inclina hacia la causa de la Restauración monárquica, Pi solicita su dimisión. Se la niega González Iscar y permanece en el ministerio, aunque no acuda a las reuniones del Consejo, hasta la renuncia de Pi a la presidencia, el 18 de julio.

En su libro de 1854 *La reacción y la revolución*, que Pi y Margall proseguiría, con muchas correcciones y revisiones, en *Las nacionalidades*, veintidós años después, se anticipa al federalismo de Pierre-Joseph Proudhon, cuya obra *Le principe fédératif* no aparecerá hasta 1862. Para Pi y Margall, la historia tiende a una progresiva generalización de la propiedad, que la desamortización liberal detuvo en España, creando inadvertidamente una nueva clase de hacendados y terratenientes, que venían a representar un feudalismo en términos modernos.

En el federalismo de Pi, la organización del Estado y la sociedad deben basarse en un pacto, estrictamente humanista —de hombre a hombre y en último término de cada uno consigo mismo—, que sería la razón de ser de la nación, la región, el municipio y la familia. Quienquiera que imponga su poder sobre otro es un tirano y además un sacrílego. Si Pi y Margall se enfrenta con la uniformidad del Estado, al igual que su excelencia, los dos sostienen la necesidad de un poder central, que gobierne los intereses nacionales.

Como una sarcástica aberración del federalismo, estalla por todo el país un caos de rebeliones, asonadas militares e independentismos. Desacatando al Gobierno, se constituye en Barcelona un comité de salud pública. En Sevilla, la multitud asalta la Maestranza. En Málaga asesinan al alcalde y en Madrid al jefe del batallón de cazadores, Luis Martínez Llagostera. Condenados a muerte los homicidas por un tribunal militar, toda la milicia de Barcelona amenaza con alzarse en armas si los ejecutan. Pi solicita poderes extraordinarios a la Cámara y la minoría parlamentaria se retira, indignada. Cede el presidente e indulta a los reos. La oposición de Pi a la pena de muerte no será tan definitiva y firme como la de Salmerón; pero, en hecho de verdad, nunca quiso fusilarlos.

Una batalla callejera impone el cantón independiente en Málaga. También lo declara Sevilla y Pi forma un ejército de operaciones en Andalucía, que pronto tendrá que retirar. El 7 de julio, explota la revuelta cantonal en Alcoy. Las turbas asaltan el Consistorio. Matan y defenestran a diecinueve guardias civiles y exhiben la cabeza de su jefe en lo alto de una pica. También asesinan al alcalde e incendian veinte fábricas. Una comisión federal alcoyana se desplaza a Madrid y publica un manifiesto, negando todos aquellos crímenes.

El 14 de julio, se subleva Cartagena. Proclamado el cantón murciano, Antonete Gálvez eleva a Gobierno su junta rebelde. Por «razones humanitarias» liberta a mil quinientos presos, entre políticos y encarcelados por delitos comunes. Inaugura o renueva cinco hospitales, mantiene abiertos los teatros y deja las calles limpias como una patena. También se apropia de las mayores fortunas cartageneras y las entrega a la comunidad. Mientras, fiel a Pi y Margall, el gobernador militar abandona la plaza y saca la guarnición, para evitar un torrente de sangre civil. Pero los cazadores de Mendigorría y el regimiento de Iberia, acuartelados y apercibidos a combatir el carlismo en Cataluña, se amotinan y suman al cantón.

Falsa y verazmente culpado de debilidad y aun de connivencia con la rebeldía independentista —mucha flaqueza padeció Pi; pero nunca fue agente del cantonalismo—, abandonado por Salmerón y Castelar, como antes los tres le volvieron la espalda a usted, dimite Pi y Margall. Al año siguiente escribirá que por cada leal, convivió con cien traidores; por cada agradecido, con cien ingratos; por cada patriota, con cien aprovechados. Al frente del Poder Ejecutivo, le sucede Nicolás Salmerón.

Nacido en Alhama la Seca, Almería, enorgullece a Salmerón su acento de Andalucía la Baja. Al igual que Pi y Margall, suele vestir de oscuro, como un jesuita de Gabriel Miró ataviado de seglar, regateando en el mercado mañanero. Ciertos daguerrotipos conservan su gesto desabrido y su encaro de catedrático iluminado. Promete una política de inquebrantable firmeza, sin indultos ni contemplaciones. «Sean cualesquiera las circunstancias que el país atraviese», piensa oponerse al desorden por la fuerza de las armas y prescindir de la amnistía. Ahora bien, jamás firmará una pena capital, porque la condena a muerte le parece la suprema aberración de una sociedad falsamente civilizada. Tiene la certeza de que en el porvenir, será abolida en toda Europa.

Como lo observa Tristán la Rosa, en su exégesis de la época, la República se propone terminar con los abusos del militarismo y la constante amenaza de los pronunciamientos, sujetando al Ejército de una vez para siempre a la autoridad civil. Pero Salmerón tiene que recurrir a los propios «enterradores» del régimen, los generales Pavía y Martínez Campos —sepultureros muy a su pesar, como ya lo señalamos—, para combatir el cantonalismo. Los dos, sobre todo Pavía, creerán de la mejor fe servir al Gobierno entonces y no, de forma indirecta, a la causa alfonsina.

Dominó Martínez Campos el independentismo valenciano y Pavía el andaluz, imponiéndose en Córdoba, Cádiz, Granada y Loja. El Gobierno consiguió que lo acataran en Béjar y Salamanca. Pero Cartagena se mostraba irreductible. El 9 de agosto votaron las Cortes la supresión de la pena capital. El dos de setiembre, acordaron restablecerla en los casos de rebelión militar armada. A los cinco días, en un gesto tan inédito como irrepetible, Nicolás Salmerón renunciaba a la jefatura del Estado, antes que aprobar la condena a muerte de dos desertores. Gestos como aquél, excelencia, o el suyo al marcharse por estar hasta el pudendo y los dídimos de la nación, honrarán eternamente a su efímera República, más allá del olvido de los hombres.

El 2 de setiembre, sucedía a Salmerón otro catedrático —profesor nada menos que de Historia Universal—, Emilio Castelar. Andaluz y gaditano, con bocio y bigotes de foca, Castelar era pálido, corpulento y de puños hercúleos. Sorprendentemente, lo creían el mejor orador de las Cortes. Pero a veces la ironía le afilaba la trompeteante retórica en sentencias tan originales como convincentes. Así, cuando decía que la tragedia de los republicanos fue viciarse en la interminable oposición. En el poder, hundieron la República y se destrozaron, al igual que fieras salvajes, puesto que sólo podían oponerse a sí mismos.

Según las circunstancias, se desplazaba Castelar entre los federales y los unitarios. Pero su política presidencial fue siempre más conservadora que la de su excelencia, Pi y Salmerón. Firmaba sin repulgo sentencias de muerte y de entrada fusiló a los desertores que había indultado Salmerón. Restableció el cuerpo de Artillería, con su organización tradicional y nombró nuevos mandos militares, sin reparar en las preferencias políticas de los oficiales designados y recién ascendidos.

En política internacional, resolvió el gravísimo caso del *Virginius*, con prudencia diplomática. Como usted recordará, apresaron en aguas cubanas aquel mercante americano, lleno de contrabando e insurrectos, y el capitán general, expedito y patriótico, había pasado por las armas a treinta y siete tripulantes en La Habana. Restableció Castelar las relaciones con la Santa Sede de Pío Nono y aprobó el nombramiento de siete obispos, a cual más monárquico y retrógrado, para indignación de los federales. Vuelto usted a Madrid y a su escaño en la Cámara, se unió a Pi y Salmerón para atacar al presidente, sin tregua ni cuartel. Mientras, resistía Cartagena, el cantón inexpugnable, y seguía la guerra con los carlistas en Cataluña y las Vascongadas.

El 3 de enero de 1874, derrotaban a Castelar en el Congreso por veinte votos. Dimitió la presidencia, aunque el capitán general de Madrid, Pavía, le suplicaba en vano que retuviera el poder. Pavía amenazó entonces con tomar la Cámara por la fuerza de las armas. Castelar y todos ustedes, los representantes de la nación, juraron morir en sus escaños. Pero escaparon vergonzosamente a los primeros disparos. Volvió a rogarle Pavía a Castelar que se pusiera al frente del Ejecutivo. Aquella vez, el pálido profesor de Historia Universal se mostró inquebrantable. La República dejaba de existir.

El 8 de enero, el general Serrano asumía la presidencia. Cínicamente, con la mejor retórica de la isla de León, donde vino al mundo, aseguraba que su Poder Ejecutivo era «la continuación de la República». El 30 de diciembre, Martínez Campos proclamaba la Monarquía en Sagunto, al frente de la brigada de Luis Dabán. Renunció Serrano y constituyó Cánovas un Ministerio-Regencia, que gobernaría hasta la llegada de Alfonso XII. A Martínez Campos le dijo Cánovas: «Ustedes, los generales, se atribuyen el deber mesiánico de redimir el país cuando les plazca. Pero ese deber no existe». Es fama que Martínez Campos asintió y sonrió.

Aludiría Cánovas del Castillo a una auténtica España, en la que paradójicamente no lograba creer: un país, todavía hipotético, que cada asonada o golpe de Estado alejaba o convertía en ilegítima Españeta. Pero tanto se extiende la Españeta y tan cerca se halla de la verdadera nación, que trasciende las distinciones entre Monarquía y República, laicismo y confesionalidad, progresismo y conservadurismo, militarismo de derechas o izquierdas, revolución e involución. Por añadidura, el tiempo como Cloto, Láquesis y Áthropos, las tres parcas de Goya en una de sus pinturas negras, suele hilar en provecho de la eterna Españeta.

La España de los teólogos de Trento —la que tanto admiran los autores de *Elogio de la traición*—, de la madre María de Ágreda, tutora política y moral de Felipe IV, se desfigura y escarnece en la Españeta decimonónica de la Monja de las Llagas y san Antonio María Claret. De igual modo, el federalismo de Pi, que usted no sólo acepta sino también proclama en el Congreso, se degrada en la Españeta del Estat Català, las insurrecciones en la plaza de toros y los cantones independentistas. Un nacionalismo absoluto y arrebatado, como el de la Guerra de la Independencia, se fragmenta en furiosos nacionalismos ciudadanos, como el de Cartagena, donde Antonete Gálvez abroga el Ave María de los serenos con los partidos políticos y les obliga a vitorear el federalismo, cuando canten las horas.

Como escribe Raymond Carr, en días muy posteriores a

los suyos, excelencia, el cantonalismo trajo el descrédito del legalismo y la persuasión, que usted y Pi defendían y aconsejaron a los gobernadores civiles, en vísperas y antevísperas de las legislativas republicanas. Pero la rebelde y fraccionada Españeta, la de la ilegalidad intransigente, trasciende siempre la dialéctica entre progresismo y conservadurismo, como acabamos de apuntarlo, así en lo civil como en lo militar. Conspirando con Martos y otros intransigentes, más contribuyeron a derribar la República los demagógicos generales Pierrard y Contreras, con sus intentonas, que Pavía y Martínez Campos con sus incruentos golpes de Estado.

El impugnable testamento histórico de la malhadada Primera República es el de Castelar. Como vimos, él aseguraba que ustedes, sus dirigentes, se destrizaron unos a otros, en afán suicida y en cuanto llegaron al poder, deformados por su larga espera en la oposición. Aun en el teatro del absurdo, sería difícil imaginar una experiencia más trágica y estrafalaria que la de su República, en los pocos meses que tardó en deshilarse. A modo de epílogo retrospectivo y vueltos a la dramática carnavalada de 1873, acaso quepa concluir que la Españeta de los cartones goyescos fue a convertirse en una especie de sainete político del género chico. Un sainete no escrito sino paradójicamente grabado al buril y al ácido por un Sófocles local —un dios ibérico, acotaría Antonio Machado—, en sus horas más acerbas y fatalistas.

Respetuosamente,

Carlos Rojas

Niceto Alcalá Zamora y Torres
Dondequiera que esté en espera del juicio

Excelentísimo señor:

Usted falleció desterrado en Buenos Aires, el 18 de febrero de 1949, y yo lo supongo en espera del juicio final, puesto que un católico consciente y piadoso como su excelencia, primer presidente de la Segunda República Española, creería en la resurrección de la carne y la sentencia de Dios a los vivos y muertos, cuando el ángel suene la trompeta y diga que concluyó el tiempo.

Antes de presidir la República, su excelencia fue dos veces ministro de la Monarquía: de Fomento, con García Prieto en 1917 y de Guerra, también con García Prieto, marqués de Alhucemas, en 1922. Una transmigración política, tan radical como la suya, no dejaría de admirar a los autores de *Elogio de la traición,* ya mencionados en mi carta a don Juan Carlos I. Se maravillarían, no me cabe duda, de haber conocido sus visicitudes, como tuvieron noticia de los cambios ideológicos del nieto de Alfonso XIII, hoy felizmente reinante en la Españeta que usted presidió.

A la distancia de los siglos, o a través de lo eterno, su conducta también habría causado la admiración de un Joseph Fouché o un Maquiavelo. Dos personajes muy distintos de usted y quizás bastante escépticos respecto a la resurrección de la carne, aunque Fouché, modelo de esbirros y camaleones, muriese devuelto a la fe católica, de la que había sido seminarista y casi misacantano. Hablo de la dogmática aceptación de los cielos y la Providencia, aunque acaso en el exilio su excelencia pusiera en tela de juicio la realidad del país que había presidido, para creer, únicamente y muy a su pesar, en aquella deformación de la existencia nacional que responde al nombre de la Españeta.

De hecho, usted no traicionó a la corona, don Niceto. Pero dejó de creer en Alfonso XIII cuando perjuró la Constitución y cedió el poder dictatorial a Miguel Primo de Rivera, a quien luego «borbonearía» indecorosamente, forzándolo a dimitir. Lo del «borboneo», acuñado por Primo de Rivera, parece un verbo acertadísimo aunque el general y marqués de Estella se equivocara de medio a medio, al repetirlo en privado. «A mí no me borbonea nadie». Desconocía la capacidad para el trastrueque, el engaño y la tramoya que tuvieron los Borbones después de Carlos III, a excepción de Alfonso XII: un suicida, tísico y rijoso, que nunca desacató la Constitución.

No obstante, ciertas analogías entre nuestros jefes de Estado y su paso por el poder resultan inexplicables, al menos para mí. Al margen y por encima de los hombres, parece haberlas dispuesto aquel destino irónico y sapientísimo, al que ya nos referimos en otro lugar de este libro. Si su excelencia me lo permite, empezaremos por don Manuel Azaña, su némesis implacable. Ahora se puso de moda sobrevalorarlo de forma inmerecida, en tanto las beatas lo llamaban por teléfono, cuando presidía el Gobierno republicano, para espetarle aquello tan cristianísimo de «Estoy rezando una salve para que revientes de una vez».

Usted y Azaña, hombres de largos rencores y amazacotada retórica, se menospreciaban en idéntica medida. Él fue a sucederlo en la jefatura del Estado, después de haber colaborado activamente en su ignominiosa destitución por las Cortes. No obstante a Azaña —pálido y corpulento como Castelar y al igual que él enfermo de dilatación cardiaca, de corazón de buey—, a menudo le oían proferir, en la desesperación de la Guerra Civil: «Soy un presidente desamortizado y desposeído» y también algo menos citado y quizás en su caso aún más angustioso: «¡Cada día me parezco más a don Niceto!».

Aún más que a Azaña, despreciaba su excelencia a Alfonso XIII. Pero compartía con su padre, el rey Alfonso XII, una memoria indeleble y monstruosa. Si él era capaz de repetir toda una página de periódico, de la cruz a la fecha y después de ojearla, su excelencia asombraba a la parte del comité revolucionario de la República, que compartía con usted la cárcel Modelo de Madrid, recitando una hoja recién leída de *El Criticón*, de Baltasar Gracián, sin saltarse pausa ni perderse acento de aquel alambicado laberinto conceptista.

Los dos, el Monarca tuberculoso y su excelencia, atribuían su memoria a la retentiva óptica, que les permitía visualizar cada palabra del texto con la facilidad que otros mortales recordamos a los personajes de *Las meninas* —«¡Yo sé quién menstrúa en *Las meninas*», escribió Salvador Dalí pasándose de rosca—, incluido el perro que dormita en el suelo. O conjuramos, lejos del Prado, la goyesca familia de Carlos IV, sin Manuel Godoy, claro, aunque allí permanezcan dos de sus hijos carnales: la infanta María Isabel y el benjamín Francisco de Paula.

No lo manifiesta explícitamente en sus memorias. Pero presumo que empezaría a desdeñar a Alfonso XIII incluso antes de ser su ministro. Como ya lo anticipamos, le escandalizó saber por Rafael Gasset que ya en 1903, el Rey entonces un chiquilicuatro de dieciocho abriles, llamaba a Isabel II, quien aún vivía en París, «la puta de mi abuela». Como ministro de don Alfonso, terminó de atravesársele el Soberano aunque no rompería usted con la corona hasta el advenimiento de la Dictadura, para declararse entonces republicano.

De su padre había heredado Alfonso XIII parte de aquella memoria inimaginable, aunque de manera peculiar y rebajada, como todo se desfigura, disminuye y envilece en el trasiego de España a la Españeta. Instintivamente, captaba don Alfonso cuanto oía. Así fuera una novedad científica, un plan de gobierno, un proyecto de empresa o un chisme salaz. Luego, sin pasarlo por el cedazo de la reflexión, lo olvidaba todo y de todo se cansaba, según decía su propia mujer, la reina Victoria. En el trato, traspasaba los límites de la decorosa familiaridad —bañándose desnudo en Las Hurdes y haciéndose retratar por un fotógrafo oficial. «¡Ya verás tú qué exclusiva te regalo!» reía y se salpicaba los compañones en un arroyo—, sin que jamás alcanzase «una llaneza plausible».

En los rasgos, al igual que en la conducta, el Rey parecía jocoso y campechano. Pero en los trazos enjutos y atezados, de hombre hecho al polo, la equitación y la gimnasia al aire libre, usted imaginaba aunados y confundidos los gérmenes de los Trastámara, Habsburgo, Borbón, Godoy Álvarez de Faria y Puigmoltó. Toda aquella ascendencia se confundía en un gesto de altiva y seca soberbia, que afloraba a cada descuido de Su Majestad: la expresión de alguien, que se regalaba humillando la dignidad humana, desmemoriado de la regia.

No obstante, salvadas las distancias que los separaban, en algún rincón de su interior serían bastante parecidos su excelencia y Alfonso XIII. También quiso emparejarlos aquel destino sapiente y mordaz, cuando los condujo al destierro e infundió la certeza de que jamás regresarían vivos a su país. Proscritos los dos, como lo ha señalado Guillermo Cabanellas, ambos se llevaron al exilio un puñado de tierra española, con la que pidieron ser sepultados: el Rey en Roma, en 1941, y usted en el panteón español de la Chacarita, en Buenos Aires.

Todavía más inextricables resultan las coincidencias de su excelencia y Emilio Castelar. Andaluces los dos, uno gaditano y el otro, usted, cordobés de Priego, fue Castelar el último presidente de la Primera República —vaya, de su Poder Ejecutivo— y usted el primero de la Segunda. Ambos serían destituidos en el Congreso. Castelar por el golpe de Estado de Pavía; usted por voluntad de unas Cortes, que fueron elegidas después de haber disuelto su excelencia las anteriores, el 7 de enero de aquel año señalado, 1936, haciendo así posible la ascensión al Parlamento de quienes iban a recusarlo.

Puestos a solaparse sus destinos, de manera aun más ceñida, su primer discurso público y político, el 25 de mayo de 1900, fue en honor de Castelar en el primer aniversario de su fallecimiento y lo pronunció usted en la Asociación Democrática. Pero si algo faltase para el duro o la media onza peruana, el 8 de mayo de 1932, ya elegido su excelencia presidente de la República, ingresaba en la Academia Española de la Lengua y recibía el sillón que perteneciera a Castelar hasta su muerte. Redundante, forzó la mano el sino, porque sólo le correspondió aquel sillón, el de la letra D, después de dos veces rechazada su candidatura, durante la Dictadura, por mandato personal de Primo de Rivera. Antes, valga ahora el inciso en el inciso como el embutido en el embutido de la taracea, ya lo habían designado para otro sitial. Pero una pequeñez administrativa le impidió heredar entonces el puesto que había sido de don Antonio Maura.

Habría entrado en la Academia de la Lengua en 1926 o 1927, si no lo hubiese vetado el dictador. La segunda vez, llamó personalmente Primo de Rivera a Ramón Menéndez Pidal, presidente de la augusta casa. En un paso arrevistado o zarzuelero, indigno de una tierra supuestamente cristianizada y civilizada por Roma, amenazó el general con disolver la Academia a golpes de sable, si osaba elegirlo, y multar a cada académico que lo votase con cincuenta mil pesetas. Lo votó una minoría irreductible donde figuraban el conde de Romanones y Gabriel Maura, el primogénito de don Antonio. A propuesta de Azorín, de quien asegura su excelencia que mudaba de criterio y plumaje con mayor facilidad que el fénix, recién salido de la quema, brindaron la vacante a Antonio Machado.

Indignadísimo, rechazó el sillón Machado. Ignoro si por respeto a usted o por no haberlo escogido los académicos a las primeras de cambio. A la vuelta de unos meses, los hermanos Machado, Antonio y Manuel, aceptaban un homenaje del dictador, en el Ritz de Madrid, donde José Antonio Primo de Rivera pronunció su primer discurso público en honor de los dos poetas. Junto a los Primo de Rivera, Manuel Machado se muestra orondo y engreído. Antonio mantiene la mansa y resignada sonrisa de quien aguarda sin queja una bofetada. En el foro teatral de la Españeta, como en la trastienda de un colmado flamenco o la casa del Señor, caben muchas moradas. Cambiemos de tercio.

Una de las razones, que alegó el dictador o le inspiraron los negros contra la candidatura de su excelencia, me parece muy válida en el contexto de la época. Sostenía Primo de Rivera el deber académico de elegir a un escritor o escritora de fuste, no a un político y letrado como usted, distinguido por su retórica. Pero Primo de Rivera, quien no había leído nada, sugería conceder el sillón a autores tan finos como Eduardo Marquina, el de *El pavo real*, Concha Espina o el dramaturgo Adelardo López de Ayala. El general lo confundía con Ramón Pérez de Ayala, aunque don Adelardo, también ministro de la corona y presidente de las Cortes, había muerto casi medio siglo atrás.

No comprendo por qué nadie compuso un estudio comparativo acerca de tres estilos retóricos, tan semejantes, como el de Castelar, el suyo y el de Azaña, señalando así otra de las coincidencias entre ambas Repúblicas: haces y enveses del espejo del tiempo, en el país de las maravillas. Si Castelar afirmaba que los republicanos de su era se destruyeron a sí mismos, faltos de mejores enemigos, como lo vimos en la carta a su antecesor, Estanislao Figueras, Salvador de Madariaga decía de ustedes, los prohombres de la Segunda República, que se perdieron por hablar demasiado en el Congreso y ante la prensa.

Miguel Maura, quien figuró con su excelencia en el comité revolucionario y en el Gobierno Provisional, dimitiendo los dos por discrepancias con el resto del Consejo en la cuestión religiosa, como lo detallaremos más tarde, recordaba discursos suyos «tejidos en cadeneta». Según Maura, usted enlazaba parrafadas y digresiones, al igual que se sobreponen las imágenes en el sueño de un hombre. También aseguraba que su portentosa memoria tenía una contrapartida satírica y enfermiza: un rencor sin fisuras ni olvido. «*Migué*», le decía a Maura con su dejillo de Priego, «yo no soy rencoroso. Pero quien me la *hase* me la paga.»

Por el contrario, pienso de nuevo en Figueras cuando afirmaba haber huido del Poder Ejecutivo para no obligarse a odiar ni vengarse. Los enconos de Azaña son más evidentes que los de su excelencia y parecen muy propios de alguien poseído de endémico pánico cerval, como lo atestigua quienquiera que lo haya conocido, desde el propio Miguel Maura a Juan Negrín. Sólo levantándose a hablar, superaba Azaña aquel terror físico. Así fuera en las Cortes o en campo abierto. Tal por cual como si la palabra, pronunciada en público, lo blindara y redimiera de su aterrada flaqueza.

No comprendo cómo pudo pasar Azaña por el primer orador de la República, ni entiendo cómo sus discursos en Mestalla, Lasesarre y Comillas, el 26 de mayo, el 14 de julio y el 20 de octubre de 1935, trajeron el triunfo del Frente Popular, como en verdad vinieron a decidirlo en las urnas. Su estilo, surcado de frases de una docena de líneas, parece más ampuloso, engolado y redundante que el de su excelencia y el de Castelar. El mejor Azaña, el único como orador, es aquel que en la retirada de Cataluña, muy consciente de su terror patológico, le decía magníficamente a Negrín que el museo del Prado era más valioso para España que la Monarquía y la República juntas. Así vinimos a recordarlo, en algún punto de la carta al Rey.

Puesto que parecía detestarlo y menospreciarlo en grado sumo, de la aversión de Azaña guardará usted un recuerdo imborrable. Josep Tarradellas y Claudio Sánchez Albornoz me aseguraron que Azaña recogía enconos y ojerizas en los diarios de guerra, falseando a veces cuanto daba por cierto o tergiversando lo atribuido a otros. «No tema usted que yo haga una ficha con el nombre de usted y la nota de indeseable, para guardarla en el archivo. Esta conversación, penosa sin duda para usted, servirá para iluminarle el espíritu acerca de su errada conducta, y su deplorable ejemplo, dentro y fuera de España...» Sánchez Albornoz me juró en Buenos Aires, donde aún vivía desterrado en 1974, que en toda aquella diatriba no había una sola palabra de verdad. Azaña, quien se negaría a volver a la zona republicana, después de escapar a Francia en la retirada de Cataluña y dimitiría la jefatura del Estado en Collonges-sous-Salève, el 27 de enero de 1939, había recibido cordialmente a Sánchez Albornoz en La Pobleta. No hubo más.

En su libro *Así cayó Alfonso XIII* y también en conversaciones privadas, culpaba Maura a su excelencia de haber teatralizado la gestión del Gobierno provisional de la República. En otras palabras, de convertir la administración ejecutiva del nuevo Estado en una especie de autillo, con pasodoble de la más pura Españeta. Frente a las dignas renuncias de los cuatro presidentes del Ejecutivo, en los días de la primera República —incluida, naturalmente, la nobilísima espantada de don Estanislao—, apenas llegado al poder el Consejo Provisional, usted empezaba a dimitir repetida e inútilmente. Casi día sí y día también amanecía sobre su cartera, en el Salón de Consejos, una carta cerrada con su dejación, por supuesto inapelable e incontrovertible, dirigida «A los señores ministros».

Pensaba Maura que su excelencia padecía una obsesión persecutoria, agravada por las abrumadoras circunstancias que atravesaban todos, recién llegados a la gestión ejecutiva de la noche a la mañana. Su primera dimisión asombró al Consejo, casi en la misma medida que lo sorprendería su facilidad para dejarse convencer y retomar la presidencia. Como si hubiesen vuelto las horas fantasmales de la Restauración, según las llamaba Ortega, pero con menos seriedad y cinismo que en el turno pacífico, proseguía usted con sus habituales dejaciones. Delegado por el resto del Gobierno, Miguel Maura lo regresaba al Salón de

Consejos, en tanto protestaba como un crío consentido. «¡Que no, *Migué*, que no *vuervo*, que no se me considera ni respeta. ¿Que buscan mi dimisión? ¡Pues ya la tienen!»

Abdicó de manera más enérgica, aunque sólo por unas horas, el 10 de mayo de 1931. Acaban de enterarlo que Maura, titular de Gobernación y tan católico como usted mismo, había puesto en la frontera al obispo de Álava, Mateo Múgica, después de aceptada su «enérgica protesta por semejante atropello». Sabía Maura que carlistas y nacionalistas vascos, «entonces a cual más enemigo de la República», se reunían y conspiraban en el palacio del prelado. También le adelantaron que aquel domingo, con el pretexto de una visita pastoral, preparaban en Bilbao una manifestación de bienvenida a monseñor Múgica, con banderas y pancartas. Obreros y republicanos se disponían a impedirla por la violencia.

Aunque proferidos por teléfono, sus gritos a Maura, cuando le notificaron la expulsión del prelado, amenazaban con ensordecerlo. Tal vez lo asordaran, pues era duro de oído cuando lo conocí, un cuarto de siglo después. Decía Maura haber previsto que los demás ministros apoyarían la orden de extrañamiento de Mateo Múgica, aunque tampoco fueran informados. Tan pronto su excelencia cesó de chillar, agotado «el caudal de la furia», alegó Maura haber procedido según poderes otorgados a Gobernación para prevenir los más graves conflictos de orden público. Algo sosegó usted entonces.

El lunes se había desmemoriado de la abdicación y regalaba al Consejo con chascarrillos y chistecitos andaluces. Era aquél otro de sus hábitos inveterados, que a algunos ministros se les hacía exasperante e insoportable. Terminó tanto donaire, en Consejos y consejillos, cuando Azaña, su némesis, desde el fondo de aquellas facciones que parecían máscara más que rostro —rasgos que a Guillermo Cabanellas se le antojaban propios de Quasimodo, el jorobado de Victor Hugo—, dijo con pretendida seriedad: «Que traigan una guitarra, a ver si nos acompañan estas peteneras».

En otro arrebato de pasajera exaltación, dimitió para luego desdecirse, cuando el cardenal Segura volvió a entrar en España, el 11 de junio, después de haber sido invitado a abandonarla. Con el asentimiento de *monsignore* Federico Tedeschini, el nuncio pontificio, el Gobierno provisional había resuelto la proscripción al belicoso primado, a raíz de unas instrucciones suyas a los obispos para «la venta de los bienes de la Iglesia, en modo de poner a salvo el producto». Como ya vimos en la carta a Franco, no toleraba ni comprendía el cardenal y arzobispo de Toledo el decreto del 22 de mayo, estableciendo la libertad de cultos y conciencia.

Todo parecía repetirse entonces, tal por cual se encabalgaban los desastres en la Primera República. Tornaría usted a dimitir la presidencia del Gobierno provisional, aquella vez terminantemente y con Miguel Maura, la madrugada del 14 de octubre. Desde su escaño, no desde la cabecera del banco azul, ya había anticipado su categórica renuncia, si la Cámara aprobaba el artículo 26 de la Constitución. Por ello se me hace inexplicable e increíble su aceptación de la jefatura del Estado, el 10 de diciembre.

En la redacción original del socialista Luis Jiménez de Asúa, el artículo 26 de la Constitución preveía la disolución de todas las órdenes. Aquellas confesiones pasarían a ser asociaciones, sometidas a las leyes nacionales. No sostendría, favorecería o auxiliaría el Estado a las Iglesias y confesiones religiosas. Una propuesta del partido radical, presentada el 13 de octubre, pedía la disolución de las órdenes eclesiásticas, que hubiesen emitido un voto de obediencia «a una autoridad distinta del Estado», además de los tres votos canónicos. Así se pretendía sacrificar a los jesuitas, por su especial sometimiento a la Santa Sede, y salvar a las demás confesiones.

Astutamente, Alejandro Lerroux, el patriarca del radicalismo, elude el debate acerca del artículo 26, obligado por deberes diplomáticos en Ginebra acerca de la Sociedad de Naciones. Aunque no lee ni los puntos ortográficos de ninguna lengua, salvo el castellano y un poco del catalán de sus antiguos jóvenes bárbaros, lo han nombrado embajador en la *Societé des Nations*, para alejarlo de Madrid. Viejo «emperador» del Paralelo barcelonés, en 1906 alentaba Lerroux al mocerío de sus mesnadas para que redimiesen al desventurado país, incendiando las iglesias y embarazando a las novicias.

Si bien los rancios jóvenes del radicalismo —quienes, como usted escribía agudamente, ya no eran tan jóvenes aunque todavía fuesen bárbaros— tardaron lo suyo en percatarlo, Lerroux se había cómodamente desplazado hacia la derecha del centro. Con el aburguesado pretexto de acostarse temprano por prescripción facultativa, se perdió la votación del artículo 26. Tampoco oyó la para muchos apocalíptica sentencia de Manuel Azaña: «España ha dejado de ser católica». En su contexto, aquello sólo significaba que el Estado nacido de la Constitución no era confesional y así lo interpretó el cardenal Vidal y Barraquer, arzobispo de Tarragona. Pero la derecha española iba a tomarlo como una declaración de guerra y una blasfemia, por añadidura. «Estoy rezando una salve para que revientes de una vez».

En vano se opuso su excelencia al artículo 26 y aún más de baldío vino a recordar cómo todos los ministros, con excepción de Indalecio Prieto, se comprometieron a no asumir ningún acuerdo en materia religiosa, sin previa consulta con la Santa Sede. Monseñor Tedeschini, nuncio de Roma en Madrid, se había plegado a solucionar los casos de Mateo Múgica y Pedro Segura. Al correr del tiempo, valga la nota al margen, sería Tedeschini el único testigo de la supuesta visión milagrosa de Pío XII, cuando dijeron que el Pastor Angélicus contempló cómo bailaba el sol sobre los jardines del Vaticano. Exactamente igual como aquel astro, convertido en disco, había rebotado entre la lluvia de Fátima, el 13 de octubre de 1917. También susurraba toda Roma que a su muerte, el primero de noviembre de 1959, rechazó Tedeschini los sacramentos. Vuelto aquel príncipe de la Iglesia un personaje de André Gide o de Luis Buñuel, en la vida real, suplicaba que lo dejaran expirar como lo que siempre fue en secreto: un descreído.

En el debate, pronunció su excelencia un discurso, que algunos todavía llaman profético. «Me volveré a la masa católica y le diré: Fuera de la República, no; fuera del Gobierno, según decidan; ¡ah!, pero fuera de la Constitución nos imponen que estemos. ¿Y qué remedio nos queda? ¿La guerra civil? ¡Jamás! ¡España es un país cuyo atraso se debe a que la transformación política le costó más cara que a ningún otro país, y que la obtuvo a través de tres guerras civiles!»

Predicaba en desierto y sabía el sermón perdido, porque el 14 de octubre la Cámara aprobó el artículo 26 de la Constitución, por ciento setenta y ocho votos a favor y cincuenta y nueve en contra. Caían los dados de forma significativa. Después de su renuncia, Azaña pasaba a presidir el Gobierno y Santiago Casares Quiroga —fidelísimo turífero de Azaña y cinco años después, también al igual que él, suicidamente incrédulo ante el inminente pronunciamiento militar—, sustituía a Miguel Maura en Gobernación. El profesor de química José Giral reemplazaba a Casares Quiroga en Marina.

A la luz de su discurso del 14 de octubre de 1931, se hace todavía más increíble su aceptación de la presidencia de la República, el 11 de diciembre; elegido la víspera por trescientos sesenta y dos votos a su favor, frente a un voto solitario para Miguel de Unamuno que era el de su excelencia. No se comprende que alguien tan clarividente como usted, quien ya presagiaba una cuarta y más cruenta guerra civil, que barrería la República, admitiera para sí la jefatura del Estado, cuando se consideraba irrevocablemente excluido de la Constitución del régimen.

Tampoco se entiende la unanimidad de su elección, aunque asegure Azaña —posiblemente de dientes afuera— que muchos socialistas, radical-socialistas y diputados de Acción Republicana se oponían a su presidencia. En general, se regodea Azaña en su diario, lo votaron sin entusiasmo y entre fúnebres presagios de su gestión al frente del Estado. Anota que Largo Caballero compareció a su toma de posesión de frac y no de chaqué. Uno se hace cruces o maravilla de las puntillosas necedades en que incurrían los ministros de aquella República de Trabajadores: los mismos cuyos delegados constitucionales llegarían media hora tarde a la recepción que les ofrecía la Sociedad de Naciones en Ginebra, para que Henri François-Poncet, quien presidía la asamblea, suspirase resignadamente: *Voilà les trevailleurs!* Siempre según testimonio de Azaña, aseguró Largo Caballero que iría de chaqué, al cabo de tres meses, «en cuanto elijamos a otro presidente».

Pero no duró usted un trimestre en el poder, sino casi cuatro años y medio, hasta que lo destituyeron las Cortes. Durante toda su presidencia, mantuvo el domicilio privado en la calle Giner de los Ríos y durmió allí cada noche, salvo en un sola ocasión y en circunstancias imprevisibles. En el Palacio Nacional, antes de Oriente, ofrecía banquetes y recepciones oficiales. También tenía allí su despacho de primer funcionario del Estado, como le gustaba llamarse. En su casa, acudía al teléfono y exclamaba en el tono gritón de quien empieza a ensordecer: «Diga, diga ¿quién *e*?». Su elección a la Academia de la Lengua, que ya referimos y tampoco debió haber aceptado, mientras presidía la República, acaso le infundiera mayor satisfacción que el ascenso a la jefatura del Estado.

Desde las habitaciones del príncipe, en la planta baja de Palacio, vivió las primeras huelgas de Fígols, Berga, la cuenca del Llobregat, Madrid y Toledo, así como el inicio de la siempre fallida e incompleta reforma agraria. Entre el 15 y el 23 de junio, debatieron y aprobaron las Cortes el Estatuto Catalán, gracias a la elocuencia de Azaña. La actitud de su excelencia ante el catalanismo era ambivalente. A veces creía que el Principado, la región más exigente de un Estatuto de Autonomía, era la menos preparada, colectivamente, para administrarlo. No obstante, de manera poco menos que inverosímil, mantenía amistad personal con Francesc Macià desde 1908. A aquellos tratos y al propio Macià, dedicaremos otra carta; pero, fallecido el antiguo coronel el día de Navidad de 1933, su excelencia nunca intimó con Companys, de quien diría en las memorias incompletas —su testamento político— que el franquismo, al fusilarlo, le elevó la talla que nunca tuvo en vida.

También presenció aquel verano cómo empezaba a resquebrajarse la República. En Villa de don Fadrique, Toledo, ardían las cosechas y había muertos en los enfrentamientos campesinos con la Guardia Civil. A los dos días, el 10 de junio, abría Lerroux su oposición al Gobierno, ante veinte mil personas reunidas en la plaza de toros de Zaragoza. De plaza en plaza, denunciaba el Estatuto en la de Madrid, a los diez días. Con leves variantes, se diría aquello un espejismo retrospectivo de las intentonas de Cristino Martos, en el mismo ruedo. Cundían los rumores de conspiraciones militares. Usted mismo advirtió el cambio de actitud de Sanjurjo, resentido por su cese en la Dirección General de la Guardia Civil.

El primer levantamiento se produjo el 10 de agosto, en Madrid y Sevilla. Sanjurjo llegó a tomar la ciudad del Guadalquivir y la Giralda por unas horas, ante la pasividad del capitán general de la División. Lanzó allí un manifiesto, copia parcial y servil del difundido por el comité revolucionario en 1930, donde se advertía la mano maula de Alejandro Lerroux: «Surge de las entrañas sociales un profundo clamor popular...». Al conocer el fracaso en Madrid, Sanjurjo huyó de Sevilla y fue a entregarse en tierras de Huelva, antes de cruzar la frontera de Portugal. Condenado a muerte, lo indultó el Gobierno. Mordazmente, ridiculizaba Miguel Maura aquella gracia, desde la oposición. «Mi general, ¿quiere usted un caldito confortante? A pesar de todo, está usted entre amigos.» Pero Azaña diría aquello de «alguien tiene que empezar a no fusilar en este país. Empezaré yo». Francisco Franco se había negado a sumarse al pronunciamiento.

Apenas despuntado el año 1933, hubo nuevas revueltas anarquistas, contra las guarniciones de Madrid y Lérida, con otro saldo de muertos: un sargento, siete soldados y cinco comunistas libertarios, en Lérida. El 8 de agosto, el paro extendía el movimiento por Andalucía. En el pueblo de Casas Viejas, antiguo señorío de Medinasidonia, ciento cincuenta guardias civiles y de Asalto, al mando del capitán Manuel Rojas, sitiaron e incendiaron una choza, donde siete hombres, una mujer y un niño se hicieron quemar vivos antes de entregarse. Después asesinó Rojas a otros doce campesinos detenidos. Con soberbia torpeza, sentenciaba Azaña en el Parlamento que en Casas Viejas sólo había ocurrido lo que tenía que suceder. Pero aquella matanza a sangre fría traería la caída de su Gabinete en octubre.

Entre tanto, el 14 de marzo, se encuadra Acción Popular en la Confederación Española de Derechas Autónomas. El adalid de la CEDA será un catedrático y abogado salmantino de treinta y cinco años, José María Gil Robles. Extraordinario orador y monárquico con ambiciones de presidir el Gobierno de la República, nunca juró Gil Robles la Constitución de 1931. Mantuvo tratos secretos con el Rey desterrado, que apoyaba su gestión. Católico sincero, en 1934 volvió admirado del gigantesco congreso nazi de Nuremberg: el que había filmado Leni Riefenstahl, de muy mala gana y obligada por Hitler, en un documental de soberbia técnica cinematográfica. De Gil Robles decía el periodista catalán Josep Pla que era el mejor demagogo de las derechas, pese a su estampa de bobo hospiciano.

Usted tenía un concepto menos caricaturesco de Gil Robles. Léase de sátira gráfica a lo Luis Bagaría, el gran dibujante de la época. Lo veía como un fascista por temperamento, aunque no por convicción, sin presentir que otro día, en 1980, fallecería Gil Robles acogido en la fe como único refugio, íntimamente desengañado de toda causa política, incluido el monarquismo. También pensaba su excelencia que el núcleo central de la CEDA era fascista, aunque lo envolvieran capas de derechismo tradicionalista, clerical, alfonsino o juanista que apetecían un retorno a la corona, autocrática o constitucional, o bien una República no sectaria.

En abril, nuevas elecciones municipales arrojaban resultados contrarios al Gobierno. En otro arrebato de retórica extravagante, habló Azaña de «burgos podridos», donde se había impuesto la derecha. La expresión debería descalificar a un parlamentario en cualquier época y espero, sin demasiada fe, que sea imposible en la nuestra. A la aprobación de la ley de Congregaciones, en mayo, replicó con su condena una pastoral de la Iglesia. A principios de setiembre, mientras incendiaban los campos extremeños, volvía a perder el Gobierno otras elecciones al Tribunal de Garantías.

Por último, finiquitada la unión de republicanos y socialistas, dimitía Azaña. El 2 de octubre, presentaba Lerroux su Consejo a las Cortes. «Señores diputados, los que van a morir os saludan», proclamó desde el banco azul, no sin cínico gracejo y como si fuera un gladiador pompeyano, en vísperas de la erupción del Vesubio. El viejo rabadán de los jóvenes bárbaros, el exemperador del Paralelo, con sus vivos ojillos verdes detrás de las gafas con montura de alambre, llegaba al poder como por compromiso.

Seis días después, su lugarteniente Diego Martínez Barrio —tipógrafo sevillano, Gran Oriente de la masonería nacional, hombre singularísimamente limpio, en el emporcado radicalismo español— sustituía a don Alejandro, don Ale para los más íntimos fieles, con el beneplácito lerrouxista. Se disolvieron las Cortes y convocó elecciones legislativas para el 9 de noviembre. Aliada con los radicales, la CEDA determinó el triunfo de las derechas. En la Cámara, una mayoría de ciento quince diputados de Gil Robles y un centenar de Lerroux se oponían a ciento sesenta y siete representantes del centro y noventa y nueve de la izquierda.

El 29 de octubre, José Antonio Primo de Rivera pronunciaba un discurso en el Teatro de la Comedia de Madrid, que pasaría como el parlamento fundacional de Falange Española, aunque, como observa el profesor Ricardo de la Cierva, allí no se fundó nada. Alejado como siempre estuvo de toda forma de fascismo, usted no se dignó a prestar ninguna atención al hijo del dictador. Terminó el año con renovados alzamientos anarquistas en Aragón y Cataluña. Con plena verosimilitud, decía contar la Confederación Nacional del Trabajo con un millón de afiliados.

El 24 de enero de 1934, encabezaba Lerroux un Gabinete, que iba a durar hasta el 5 de marzo. Tornó a formar Gobierno don Alejandro. Pero en abril, otra crisis llevaba a la cabecera del banco azul al abogado radical Ricardo Samper. Era Samper un estrábico, incompetente, con rasgos de pescado y cacatúa, a quien la CEDA acabó por retirar la confianza, devolviendo la presidencia a Lerroux el primero de octubre. Con toda verosimilitud, diría Gil Robles que su excelencia sostuvo siempre a Samper porque era su servil sacristán del amén. Usted defendía y elogiaba a aquel incompetente: «Inteligentísimo, culto y sutil levantino...».

En hecho de verdad, solitario y vulnerable en la presidencia, su excelencia empezaba a vivir el aislamiento que impone el poder. Le constaba que Francesc d'Assís Cambó —antiguo ministro de la Monarquía, al igual que usted, y «uno de los hombres de más atravesada intención de España, porque en Barcelona quería ser Bolívar y en Madrid, Bismarck», según su propio criterio—, conspiraba para deponerlo y sustituirlo por Lerroux. La maniobra traía consigo una de las mayores contradicciones, que impuso el tiempo en el baile de disfraces de una voluble Españeta. El 18 de abril de 1907, en otra generación y en vísperas de las elecciones regionales catalanas, Lerroux había apercibido, con toda probabilidad, un atentado a Cambó, en la barcelonesa carretera de Sants. A los treinta y un años, Cambó era ya un prohombre de la Lliga catalanista. Lerroux representaba en Barcelona el radicalismo anticlerical, militarista y españolista, aunque nunca pudo probarse que estuviera a sueldo del Gobierno. Una bala le atravesó un pulmón a Cambó y lo puso a un tris de la muerte. A Lerroux, también tiroteado en elecciones anteriores, estuvieron a punto de asesinarlo en Rubí, aunque se decía inocente del intento contra la vida de Cambó.

Retirada la confianza de la CEDA, por no decir la de Gil Robles —«El jefe nunca se equivoca», proclamarán los suyos al hilo de un par de años, en un enorme letrero con su retrato sobre la Puerta del Sol—, dimitía Samper el primero de octubre. Lerroux formó nuevo Gobierno. Después del nombramiento de Hitler como canciller en Alemania y de la imposición de la Dictadura fascistizante y clerical de Engelbert Dollffus en Austria, creían las izquierdas abocada a España a la misma involución. Si bien los nazis asesinaron a Dolffus, en julio de 1934, por oponerse a la incorporación de Austria al Tercer Reich —lo cosieron a tiros y cuchilladas y se sentaron cómodamente, para verlo desangrar—, Largo Caballero y Prieto amenazaban con la inmediata revolución, si la CEDA, tradúzcase Gil Robles a semejanza de Dolffus, se hacía con el poder.

El 2 de octubre Lerroux incorporaba al Gabinete a tres ministros moderados de la CEDA: Manuel Giménez Fernández, Oriol Anguera de Sojo y Cándido Casanueva. Su excelencia decía repasar angustiosamente lo que le quedaba de mandato, como contaría un penado las jornadas que le restaban de condena. Pero a despecho de sus ansias y su pesimismo, aprobó sin reservas la entrada en el Consejo de aquellos cedistas, «para ensanchar la base ejecutiva de la República con partidos de la derecha». Un razonamiento que venía calcado de otro de Lerroux. No obstante, recibió notas de protesta de Martínez Barrio, ya separado del lerrouxismo; de Miguel Maura, su compañero dimisionario en el Gobierno provisional; de Casares Quiroga, en nombre de Acción Republicana y de Felipe Sánchez Román, distinguido jurista y portavoz de un casi inexistente partido Nacional Republicano.

No previó su excelencia la catástrofe a que se precipitaban. El sindicato socialista, la UGT, declara la huelga general en todo el país; pero la frustra un decreto de ley marcial. Al grito de UHP, «¡Uníos, hermanos proletarios!», estalla la revolución en Asturias. Los mineros dinamitan los cuarteles de la Guardia Civil y vuelan la cámara blindada de la sucursal del Banco de España en Oviedo. Conducen el movimiento revolucionario Ramón González Peña, antiguo minero y dirigente socialista; Belarmino Tomás y Teodomiro Menéndez. Pero la situación es confusa y caótica por doquier. Según quien domine la plaza, en una diversidad de lugares se imponen los socialistas, los cenetistas y aun los comunistas. Los rebeldes asaltan las fábricas de armas de Oviedo y Trubia y llegan a disponer de artillería.

La tarde del 6 de octubre, Companys proclama en Barcelona el Estat Català, dentro de la República Federal Española, como antes lo hicieron la Diputación al principio de la Primera República y Macià, el 14 de abril de 1931. Violenta o grotescamente reencarnada la Españeta en el nacionalismo catalán —el más extraño de sus repetidos avatares—, reitera gestos demagógicos e inmediatos fracasos, en el transcurso de sesenta y un años. «¡A ver si todavía dirán que no soy catalanista!» exclama Companys, apenas declarado el Estat Català, como si tratara de justificarse a solas y ante sí mismo.

También catalán y amigo personal de Companys, el capitán general de Cataluña, Domingo Batet —ahora lo llaman *Domènech* pero él se firmaba Domingo—, telefoneó a Lerroux. Dijo haber emplazado la artillería frente al edificio de la Generalidad, aunque no haría fuego hasta el alba, para ahorrar un mayor derramamiento de sangre. Usted y Lerroux se mostraron de inmediato y común acuerdo. De Batet, fusilado por los rebeldes al principio de la Guerra Civil, guardaría su excelencia un admirado y respetuoso recuerdo.

La CNT se abstuvo de intervenir en la lucha. Pero desde el CADCI —Centro de Dependientes del Comercio y la Industria, afiliados a un minúsculo partido separatista y marxista, el *Català Proletari*—, dispararon contra el Ejército. Falto entonces de contemplaciones humanitarias, puesto que el CADCI no era la Generalidad, Batet redujo el centro a cañonazos. Defendiendo las ruinas, perecieron Jaume Compte y Manuel González Alba, el hijo converso al catalanismo leninista de un adinerado cacique andaluz. Significativamente, muere Compte cuando trataba de salvar a un soldado herido entre los asaltantes. De madrugada, sofocada la rebelión, huyen los últimos supervivientes del CADCI. Luego contaría Batet a su excelencia cómo tendió la mano a Lluís Companys, rendido —*Quina nit, amic meu!*

«¡Vaya noche, amigo mío!»— y él se cruzó de brazos despectivamente. «Cumplamos los dos con nuestro deber. Lo que importa es la conciencia.»

Como asesor del ministerio de la Guerra, Franco dirige las operaciones en Asturias. Con el Tercio y los regulares marroquíes, el teniente coronel Juan Yagüe impone una salvaje represión. Algunos legionarios decapitan a los mineros muertos y se fotografían, adustos o sonrientes, con las cabezas ensartadas a las bayonetas. Las bajas entre la población civil nunca serán conocidas. Pero frente a dos centenares de muertos, en las filas del Ejército, se cuentan tres mil presos y acaso otros tres mil fusilados. Usted clama en sus memorias haberle ocultado el Gobierno la mayor parte de aquellas atrocidades. Pero le basta con saber lo que sabe, para exigir la vuelta de Yagüe a Madrid y la retirada del Tercio y los moros.

El 6 de junio de 1935, condenan al Gobierno de la Generalidad a treinta años de reclusión. El conseller de Gobernación, Josep Dencàs, quien dice no saber de fijo si es fascista o comunista, había huido por una alcantarilla. Un proceso a Azaña, por supuesta connivencia con la rebelión de los catalanes —en realidad, se limitó a desaconsejarles aquel desatino— es sobreseído por el Supremo. Gil Robles será finalmente ministro de la Guerra, de mayo a diciembre de 1935, con Franco como jefe de Estado Mayor. Hasta el día de su muerte, al transcurso de unos cuarenta y cinco años, repetirá Gil Robles que el Caudillo resintió y no le perdonó aquellos siete meses de subordinación a sus órdenes. Entre tanto, su excelencia debate incesantemente con Gil Robles y Lerroux, imponiéndoles el indulto de casi todos los condenados a la pena capital, por las rebeliones de Asturias y Cataluña.

Deshecha la coalición radical cedista, el 14 de diciembre usted confía el Gobierno a Manuel Portela Valladares. Dijeron de él Gil Robles y Lerroux que no había político más vil ni menos escrupuloso. Quería creer su excelencia que Portela atraería hacia el centro a la izquierda y la derecha moderadas. Al dejar Gil Robles el ministerio, los generales Manuel Goded y Joaquín Fanjul lo instaron a precipitar un golpe de Estado. Consultado Franco, desaconsejó la tentativa creyéndola prematura. Cuarenta y dos años después, Rafael Borràs preguntará a Gil Robles por qué no arrrestó entonces a Fanjul, Goded y Franco, cuando exponían abiertamente una conspiración. Responde Gil Robles que aquélla era sólo una conversación privada. Palique entre amigos.

En diciembre de 1935, Gil Robles demandaba insistentemente la presidencia del Consejo. Replicó usted que nunca cedería el Gobierno a alguien que no había jurado la Constitución de la República. Sarcásticamente, argüía Gil Robles que él tampoco juró la Constitución de la Monarquía. En su despacho de primer funcionario del Estado, la gritería de ustedes dos resonaba por todo el Palacio Nacional. Para no entregar una República, acaso ya herida de muerte, a aquel arrogante ambicioso y a sus mayores enemigos, dispuso su excelencia que Portela Valladares diese lectura al decreto de disolución de las Cortes, el 30 de diciembre. Las elecciones quedaron convocadas para el 16 de febrero de 1936.

El descrédito del radicalismo —corroído por la inveterada corrupción y el turbio escándalo del estraperlo, en el que andaban comprometidos un sobrino de Lerroux y nada menos que Paulino Uzcudun, campeón europeo de boxeo y sonado aspirante al trono mundial de los pesados—, así como la barbarie militar de Asturias, llevó al triunfo al Frente Popular. Lerroux perdía el acta y los diputados radicales descendían a cuatro, desde un centenar. El Frente Popular obtuvo doscientos cincuenta y siete diputados; el Bloque de Derechas, ciento treinta y nueve y el centro, cincuenta y siete.

Ante los desórdenes públicos y las algaradas callejeras, Gil Robles y Franco piden a Portela que declare el estado de guerra. «Detrás de esa mesa, no hay nada», le dice Franco al presidente del Gobierno. Responde Portela que hasta aquella mesa llegan rumores de que Franco y Goded urden una conspiración contra la República. Él no los cree, claro. Vacila Portela Valladares; pero su excelencia se niega resueltamente a firmar el decreto de estado de guerra, por temor a un inmediato pronunciamiento. Como concesión circunstancial, permite el estado de alarma. Dimite Portela y Azaña forma nuevo Gabinete. Los socialistas se niegan a colaborar con él y Largo Caballero escribe en *Claridad* que el pueblo es la única defensa de la República.

A su excelencia le intervienen los teléfonos de la presidencia. Se queja al ministro de comunicaciones y éste le dice que dé cuenta a Azaña. En *Claridad,* Largo Caballero lo culpa ahora de haber provocado la revolución de Asturias. Si hubiese triunfado la insurrección, concluye Largo, lo habrían destituido. De forma oblicua, al término de una pretendida visita amistosa, Azaña pide su renuncia para que no lo recusen las Cortes. Usted se niega e indigna. Pero empieza a pensar que terminará como el conde de MacMahon, mariscal de Francia y presidente de la República Francesa, forzado a dimitir por el voto de la Cámara. «Sí, hombre, *tregsientos zesenta y tres*. Los diputados que se pronunciaron contra MacMahon.»

Como ya sabemos y su excelencia no habrá olvidado en este mundo o en el otro, lo despojaron de la presidencia el 7 de abril. No lo desposeyeron trescientos sesenta y tres diputados, como a MacMahon, sino doscientos treinta y ocho votos del Frente Popular ante otros cinco en su favor: uno de éstos, el de Portela Valladares. La CEDA se abstuvo. Pero Gil Robles le preguntó a Prieto, con toda razón, si no legitimó usted la mayoría sobre la cual se asentaba el Gobierno, al disolver las Cortes por segunda vez.

Ni siquiera entonces, quiso renunciar. Ante la indiferencia nacional, desaparece de puntillas. Cuando Ramón Pérez de Ayala —embajador de la República en Londres: aquel a quien Primo de Rivera confundía con Adelardo López de Ayala— llama desde la embajada, le responden que usted ya no acude a la presidencia. Que lo busquen en su casa. En Giner de los Ríos, número treinta y dos. De improviso, se extiende el falso rumor de que piensa reintegrarse a la vida pública. Enseguida, vuelven a atacarlo desde *Claridad* y *Política*, el periódico azañista. Lo culpan de megalomanía y no le conceden más seguidores que sus cuatro contertulios.

Los madrileños lo ven por última vez en un funeral por los académicos fallecidos. El 8 de julio embarca con su familia para el extranjero. Atraca en Hamburgo y emprende una travesía por los países escandinavos. Piensa establecerse en Francia y en Pau fallece su esposa, casi súbitamente, de cáncer de faringe. La Segunda Guerra Mundial y la invasión de Francia lo llevan a Argentina con sus hijos. En el vapor francés, el *Alsina,* coincide con el coronel republicano Vicente Guarner y su propia familia. Sorprende y admira a los Guarner que ustedes viajen en tercera. El *Alsina* atraca en Buenos Aires, en diciembre de 1941, después de un larguísimo crucero. Su excelencia no volverá jamás a España.

Al principio y al término de su presidencia, don Niceto, su destino se torna caprichoso y simétrico. Pero el prólogo y el epílogo de su paso por la jefatura del Estado resultan igualmente representativos de la deformación histórica, que significa la Españeta. Ambos parecen determinados por la irracionalidad, la teatralidad y el absurdo; todo coronado, al igual que la colineta del pastel —así lo diría Álvaro Cunqueiro—, por un toque inmarcesible de cursilería y ridículo.

Más consecuentes consigo mismos, al dimitir la presidencia del Poder Ejecutivo para no firmar una condena a muerte o plegarse a las súplicas de Pavía, después de disuelto el Parlamento a tiros, ni Salmerón ni Castelar habrían presidido aquella Segunda República, que ninguno de los dos llegaría a ver, en las irreconciliables condiciones que usted lo hizo.

No puedo por menos de pensar en la aguda salida de Gustave Flaubert, sorprendido y escandalizado ante los empeños del viejo Victor Hugo por entrar en la *Academie Française*: «¿Cómo alguien que es alguien se obstina en ser alguna cosa?». Tampoco cabe mayor ni más enrevesada inconsistencia que la suya, cuando, dimitida la presidencia del Gobierno provisional en desacuerdo con el artículo 26 de la Constitución, acepta la jefatura de un Estado cuya estructura y organización determina aquella misma ley fundamental.

Como ya vimos, en otra mordaz coyuntura y con Azaña de primer ministro, su excelencia tiene que firmar la disolución de la Compañía de Jesús, el 23 de enero de 1932. Tal es decir, la disposición que tanto había combatido al término de su mandato en el Gobierno provisional. No obstante, el reverendo Juan Tusquets, fallido inquisidor con ribetes de payaso, escribirá en un panfleto, *Orígenes de la Revolución Española,* que ya en aquel Consejo provisional había tres peligrosos descendientes de hebreos conversos: Miguel Maura, Fernando de los Ríos y usted, Niceto Alcalá Zamora y Torres.

Tan versátil e inexplicable como su aceptación de la presidencia de la República, será su destitución por unas Cortes, que a usted le deben la existencia. La demanda de Gil Robles a Prieto, sin que Prieto, con ser el primer orador de la Cámara —nunca lo fueron ni usted ni Azaña—, encuentre clara respuesta, parece tan válida hoy como entonces. ¿Cómo habrían llegado aquellas Cortes al Parlamento, o el Frente Popular al Gobierno, si su excelencia no hubiese disuelto las anteriores: un acto por el cual querían irracionalmente destituirlo?

Calla Gil Robles ser el primer responsable de la entrada en la Cámara de las últimas Cortes y el ascenso al poder del Frente Popular —en un Gobierno de izquierda burguesa en el que no colaboran los socialistas—, así como de la destitución de su excelencia. De no haberse obstinado él en presidir el Consejo, arrogante y tercamente, nunca habría disuelto usted las Cortes anteriores. Para impedir la revolución, tal como la CEDA la concibe —un cartel del Bloque de Derechas la presentaba como una multitud de obreros acometiendo una puerta, desvencijada y suelta de goznes, que sostenía un personaje de parsifálica blancura—, para impedirla, repito, satisfaciendo de paso sus inauditas hambres de poder, Gil Robles la ha precipitado inadvertidamente.

En el plazo de seis meses y al igual que el ensayo general —el *dress rehearsal* de los ingleses— precede en breve el estreno de la tragedia, resueltos a impedir la misma revolución, la desencadenarán los militares junto con la Guerra Civil, que usted, don Niceto, había más o menos augurado en uno de sus discursos en cadeneta. Fuera de la República, jamás, dijo entonces. Pero acababan de cocearlo de la jefatura del Estado, por haber querido salvar lo poco que quedaba de la República que usted proclamó. Aquella que alcanzó el poder, para orgullo manifiesto de su excelencia en el Parlamento, sin haber derramado una sola gota de sangre.

Lo resume muy bien una fábula universal. Por un clavo se perdió una herradura. Por una herradura se perdió un caballo. Por un caballo se perdió un jinete. Por un jinete se perdió una orden de combate. Por una orden de combate se perdió una batalla. Por una batalla se perdió un reino, aunque el Ricardo III de Shakespeare muera pidiendo un caballo, sólo un caballo con las herraduras clavadas y claveteadas, supongo, a cambio de su reino entero. *A horse! A horse! My kingdom for a horse!* Y todo por un clavo o tachuela con cabeza de hospiciano bobo, según diría alguien tan derechista y admirador de Gil Robles como el difunto periodista Josep o José Pla. Que de las dos formas vino a firmarse, antes y durante el franquismo.

Respetuosamente,

Carlos Rojas

A cuatro dirigentes

Francesc Macià i Llussà
Dondequiera que se encuentre

Molt Honorable President:

Quien haya cruzado en coche desde Francia a España, de Prats de Molló a Molló, como lo hicimos mi mujer y yo el 28 de julio de 1998, con un matrimonio amigo, Pilar Vilà y José Pedro Vallhonesta, advertirá enseguida que vos, molt honorable president, o *avi,* abuelo, como os llamaban afectuosamente los catalanes, no erais un mero iluminado, arrebatado, quijotizado y obsesivo exteniente coronel y eterno paladín de una Cataluña nunca redimida, sino alguien de muchas más y muy complejas conchas.

En plena Dictadura de Primo de Rivera, desterrado en Francia, dabais orden de marcha a una expedición —mesnada la habrían llamado de antiguo—, salida casi entera de París el 30 de octubre de 1926. Iba en aquella tropa Jaume Miravitlles, fantasioso publicista y antiguo futbolero figuerense, amigo de Salvador Dalí quien lo retrató vestido de extremo o interior derecho. En tiempos, marxista antistalinista y en los años invernales periodista a sueldo secreto, según contaban, del Information Bureau —que viene a ser el brazo propagandístico de la CIA, aunque vos, claro, no sabéis de qué os hablo—, luego se vanagloriaba Miravitlles de haber sido el único civil en aquel conjunto de militares proscritos. No lo fue, en modo alguno.

Sí era cierto que en Prats de Molló fue a reunirse con vos y los demás expedicionarios. Siempre a vuestras órdenes, todos estaban dispuestos a invadir Cataluña y libertarla del yugo primorriverista, entrando en el Principado por Molló: entonces un pueblo de pastores y ganaderos con una bella iglesia románica, casi inevitable en aquella parte del Pirineo. En abril de 1925, a expresa demanda de su excelencia, vuestro partido, *Estat Català,* emitía un empréstito para financiar la marcha sobre Molló, como tres años antes *il Fascio di Combbatimento* había entrado en Roma. No obstante, desde el momento en que el grueso de los voluntarios dejó París, *la Sureté,* puesta al corriente de todos sus pasos, los seguía de cerca. También conocía la Policía su concentración en Prats de Molló con vuestro Estado Mayor. En aquel pueblo de espaciosos lavaderos públicos, no pasaríais desadvertidos ni vos ni los vuestros.

Con el portón y parte de las murallas, perdura en Prats de Molló la fortaleza del marqués de Vauban, Sebastien le Preste Vauban, el genio francés de los ingenieros militares. En el recinto fortificado, un interminable túnel en cuesta conduce al museo de la Guerra Franco Española: la que la Convención declaró a Carlos IV, antes de que el general Antonio Ricardos y sus tropas invadieran el Rosellón, en 1793, para vengar el degüello de Luis XVI. Por prudencia o descuido, omite el museo casi todas las atrocidades cometidas por los catalanes en aquellas tierras de los Pirineos Orientales.

Entre anchos pastos que se extienden hasta el propio horizonte, en uno de los paisajes más abiertos y hermosos a los pies del Vallespir, catorce kilómetros separan Prats de Molló de Molló. Por añadidura, quien venga de Francia escalará Coll d'Ares, a medio camino de Molló. Con su ladera poco menos que vertical y en el centro de las praderías sembradas de manzanos perdidos, es aquél un puerto de mil quinientos trece metros. Muy lejos, el tejado de alguna masía o la casilla abandonada de unos pastores. En la calma mañana de verano, cuando recorrimos aquellos paisajes por donde subirá en otoño la tramontana ululante, el cielo parecía más próximo que el mundo.

No sé por qué no legó la historia un manual militar, donde se exponga todas las razones, terminantes e indebatibles, que impiden invadir y menos liberar a Cataluña por el camino de Prats de Molló y Coll d'Ares a Molló. No digamos ya con un ejército de parados, fanáticos, famélicos, espiritados, delatores infiltrados de la Sureté, de Mussolini y posiblemente algún que otro esbirrro o espía de Primo de Rivera, usted, molt honorable president, y Jaume Miravitlles. Aquella panorámica no es para cruzarla a pie, con la escalada al puerto de propina, sino para disfrutarla en alguna merienda campestre. Exactamente igual que si hubiésemos pasado de los cartones goyescos a las jiras de Eugenio Lucas Pradilla o de su hijo Eugenio Lucas Villamil. O a una de las reuniones en campo abierto —*aplecs* con sifón, gaseosa y chuletas a la brasa—, a las que tan propensas eran las juventudes lerrouxistas, en la Barcelona de principios de siglo.

Ni alcanzaron a salir ustedes de Prats de Molló, la noche del 2 al 3 de noviembre de 1926. Antes de que emprendieran su larga marcha, los apresaron la Sureté y los gendarmes, en un certero golpe de efecto: uno de aquellos *coups de théâtre* a los que siempre fue propensa la Policía francesa, desde los tiempos de Victor Hugo, Javert y Jean Valjean. Ciento veintinueve expedicionarios salieron inmediatamente deportados a Bélgica. A usted y otros cuarenta y dos fieles de su Estado Mayor, los llevaron a París y sometieron a juicio público.

Aunque nadie se haya molestado en sospecharlo, aquello sería lo que esperaba a escondidas. Sabía perfectamente cuán absurda resultaba la farsa de la invasión redentora; una entelequia muy propia de la hora elíptica, en que la Españeta se transforma y recoge en el penúltimo alborear del nacionalismo. Liso y transparente como los cielos sobre Coll d'Ares, sería su propósito de que lo aprehendieran en Prats de Molló y juzgaran en París. El juicio le daría la oportunidad de profesar frente al mundo su fe en una Cataluña independiente, junto *als altres pobles germans d'Espanya*, «los otros pueblos hermanos de España», para que formaran una federación libremente escogida. Lo condenaron a unas semanas de cárcel y después lo expulsaron a Bruselas. Desde allí, al término de un par de años, emprendería un largo viaje a la América de habla castellana, escoltado por el poeta Ventura Gassol. Era su propósito recoger fondos, entre los pudientes catalanes emigrados.

Se repitió hasta la saciedad lo de su estampa quijotesca, puesto que en fin de cuentas parece muy cierto. Con mayor precisión, Carles Pi Sunyer, luego su *conseller en cap* y de Hacienda, en el primer *Consell* o Gobierno de la Generalitat, decía que sus facultades retóricas eran limitadísimas. También como escritor, a diferencia de Pi y Margall, su valía tiraba a inexistente. Pero siendo quién era y cómo era —altísimo, enjuto, flexible, agudos los ojos azules y la voz insistente y persuasiva—, le bastaba su presencia para imponerse, sin cohibir a sus interlocutores. En contexto muy distinto del político, el de la historia de la pintura, decía lo mismo Salvador Dalí de Velázquez, aunque tampoco sabrá usted de quién le hablo ahora.

Era usted quijotesco, molt honorable president, y así lo reconocían, con una punta de secreta admiración, intelectuales falangistas como Luys Gutiérrez Santa Marina, aunque aborrecieran cordialmente todo lo que representaba. No obstante, no fue el suyo el quijotismo del caballero que acometía a lanzadas los molinos, creyéndolos gigantes, porque *da lontanno tutto è azzurro*, de lejos todo parece azul aunque el azul no exista, como decía Leonardo. O siempre son las cosas del color del cristal de nuestra codiciosa admiración.

Lo cortés no quita lo valiente, si bien a Pío Baroja se le antojaba su fotografía la de un ser delirante. Tampoco sabría Baroja que su matrimonio con *la pubilla* o heredera Lamarca lo había convertido en uno de los mayores terratenientes leridanos. Por exaltado que pareciese en sus raptos retóricos, su quijotismo era el del precavido caballero, que tardó una semana en hacerse una celada de cartón, para proteger la coraza. Habiéndola partido de una sola cuchillada, al ponerla a prueba, volvió a recomponerla resignadamente. Pero la afianzó entonces con una parrilla de hierro por dentro. Y ya no quiso probarla de nuevo, por cuerda y elemental cautela.

A veces se sobreponían celadas y gigantes o pasaba usted, sin transición, de aquéllas a éstos. El doctor Josep Antoni Trabal me había contado cómo le llamaron tres veces a su casa, la mañana del 14 de abril de 1931, perentoria y angustiosamente. *Don Francesc, veniu que sou poder!* «¡Don Francesc, venid, que sois poder!». Entre mordaz y enfurecido, su excelencia les replicaba: *Sou uns boigs i aquesta nit dormireu a Montjuich!* «Sois un atajo de locos y esta noche dormiréis en Montjuich!». Se refería a la siniestra fortaleza, donde los apresados por el nunca esclarecido atentado terrorista de la calle Canvis Nous, en 1896, fueron sádicamente martirizados y en cuyos glacis fusilarían después a Goded y a Companys, entre otros muchos ajusticiados.

Se resolvió a acudir, cuando ya lo suponían inconvencible. «Don Francesc, veniu, que son las dos menos veinte de la tarde y Companys acaba de proclamar la República, desde el Ayuntamiento, desde *Ca la Ciutat!*» *Ah, cony, ara sí que hi vaig!* «¡Ah, coño, ahora sí que voy!». Volveremos en breve a aquel 14 de abril. («Yo soy monárquico», nos decía una vez Ignasi Agustí a Rafael Borràs, Andrés Bosch y a mí. «Pero reconozco la tragedia de este país, siempre en espera de un 14 de abril, que nunca llega.») Baste recordar ahora que aquella tarde, el camino de los molinos de viento no pasaba por Puerto Lápice sino por la barcelonesa plaza de Sant Jaume.

Compareció en volandas. Puesto a no dejar ni hacer nada a medias, no una sino dos veces proclamó allí la República. Primero desde el Ayuntamiento y luego desde el balcón de la Diputación. El presidente de la casa, Joan

Maluquer i Viladot, juró no dejar su butaca si no era por la fuerza. Usted apoyó suavemente la palma en uno de sus hombros. «¿Basta con esto?» preguntó sonriendo. «Pues, sí, señor, basta.» Mudo y cabizbajo, se retiró Maluquer.

No sé si lo recordaríais entonces, porque en vos cupo tan terca voluntad mesiánica como olvidadizo infantilismo; pero repetíais el gesto del gobernador civil Leopoldo Matos, el 19 de julio de 1917, al disolver en Barcelona una Asamblea de Parlamentarios, que reclamaba las Cortes Constituyentes y la verdadera democracia. Sólo rozó Matos un codo del presidente, Raimon d'Abadal, para que los compromisarios se disolvieran, «cediendo al imperativo de la fuerza», según Abadal. Pasaron a Ca la Ciutat, o *la Casa Gran* como la llaman ahora, y allí los dispersaron pacíficamente unos tricornios de la Guardia Civil. Vos habíais propuesto en vano a la Asamblea: «ir a las armas y a la revolución, si fuese necesario». Tuvisteis que retirar el dictamen y refugiaros en Francia, terminada aquella comedia.

Al proclamar Companys la República en el Ayuntamiento —una República escueta y exenta de calificativos—, cuando sólo la habían aclamado en Éibar, habría unas ochenta personas en la plaza Sant Jaume. Cuando os asomasteis al balcón de la Diputación, venerable fábrica que albergó a la Mancomunidad y antaño la Generalidad, hervía el gentío entre ambos palacios. Sí, recordaríais entonces lo que testificasteis en el juicio de París, seis años antes. Entre el clamoreo de la multitud, lo repetisteis el 14 de abril de la cruz a la fecha. Después de proclamado el Estat Català bajo una República Catalana, solicitasteis «la colaboración de los otros pueblos hermanos de España en la creación de una confederación de pueblos ibéricos, ofreciéndoles, por todos los medios, la liberación de la Monarquía borbónica».

Mucho del militar, ardientemente españolista, que usted había sido hasta que lo expulsaron del Ejército, por evidentes motivos políticos, se entreveraba con la candidez. Ordeno y mando, en la mejor tradición de las asonadas castellanas, aunque la República nacía entonces en

Barcelona y no en la plaza de toros de las Ventas, puesto que en Madrid no la habían proclamado todavía. No sólo implantaba usted el Estat Català, también convertía de viva voz —al igual que los profetas bíblicos y los aprendices de brujo— el Estado Español al federalismo, es decir, a *una confederació de pobles ibèrics.*

Al día siguiente dispuso que aduanas y delegaciones de Hacienda enviasen todo lo recaudado a la presidencia de Estat Català. A la vez, dictaba disposiciones para apoderarse de los servicios públicos. La gente gritaba por las calles: *Visca en Macià, que és català! Mori en Cambó, que és un traïdor!* Lo cual no exige paráfrasis ni traducción al román paladino. Mientras, Cambó se apresuraba a entrevistarse en París con el desterrado Alfonso XIII. El antiguo Rey le confesó su profundo sentimiento de liberación, al pisar tierra francesa en Marsella. Calló que antes de atracar el *Príncipe de Asturias*, en el muelle de la Joliette, confió su desencanto al comandante porque, con los tempranos horarios franceses, ya habrían cerrado las casa de putas.

En Barcelona, la Guardia Civil se acuarteló prudentemente. Oficiales republicanos recorrían otros cuarteles y echaban a la calle a los soldados. Usted hizo a Companys gobernador de la provincia y al general Eduardo López Ochoa capitán general de Cataluña, sin que ninguno de los dos presintiera entonces que decapitarían a López Ochoa en Madrid, al estallido de la guerra civil, en venganza por la represión de Asturias. A Cambó le sorprendió que los militares, muchos de ellos ni siquiera catalanes, apoyaran un acto como el suyo con un significado de auténtico golpe de Estado, al menos retórico, que trascendía la proclamación de la República.

En otra generación, el Ejército español hizo de usted quien luego sería en la historia de Cataluña, l'avi legendario y primer presidente de la Generalitat, aunque el 14 de abril de 1931 aún creía gobernar la supuesta República Federal Catalana. Significativamente, su destino vino determinado por una caricatura, inocente y simplista, que encendería la ira de la Guarnición barcelonesa. El 18 de noviembre de 1905, la Lliga Regionalista —nacida cuatro años antes de la fusión del Partido Regionalista, del doctor Miquel Fargas, y del Centre Nacional Català, de Enric Prat de la Riba y Cambó— celebraba con un convite en Barcelona, el *Banquet de la Victòria*, el triunfo de sus candidatos a regidores. A la salida, los jóvenes bárbaros de Lerroux atacaron a los comensales. *... entrad a saco en la civilización miserable y decadente de este país sin ventura.* La refriega dejó una ristra de heridos y encendió la indignación de los medios catalanistas.

El *Cu-cut*, un semanario caricaturesco, de muy celebrados *fumetti* en la época, sacó el chiste ilustrado que vendría a determinar su carrera política. Un militar leía pensativo el cartel con el anuncio del Banquet de la Victòria. «¿Victoria?» decíase el mílite. «Esto será cosa de paisanos.» En la característica reacción del subconsciente, clasista e histriónico, de una Españeta siempre presta a resurgir en mitad del tablado nacional, la oficialidad se sintió tan furiosa y herida como si le hubiesen mentado la patria y «las madres terribles». Valga aquí medio verso de una futura y patética elegía, donde mugen hasta los toros de Guisando, «hartos de pisar la tierra».

Irrumpieron los militares en las redacciones del *Cu-cut* y de *La Veu de Catalunya*, el periódico de la Lliga. Defenestraron muebles, libros y manos de papel para prenderles fuego en las Ramblas. Oficiales con sables desenvainados protegían a los incendiarios. Hirieron y golpearon a quienes no daban vivas al Ejército y España. El capitán general se hallaba ausente de Barcelona. Lo sustituía un general catalán, Castellví, muy identificado con los alborotadores. Otro militar, el gobernador civil Julio Fuentes, apoyaba en secreto los desórdenes.

A la mañana siguiente, toda la prensa de Barcelona, aparte de la lerrouxista, condenaba el saqueo y las hogueras de la víspera. Por el contrario, los periódicos madrileños tronaban contra el catalanismo. En el Senado, una gritería indescriptible acogía el discurso de Carles de Camps, marqués de Camps, cuando mostró un hacha militar recogida en la redacción de *La Veu*. En la Cámara, aporrearon a dos diputados catalanes: Ignasi Girona y Frederic Rahola. El jefe del Gobierno, el liberal Eugenio Montero Ríos, quien siete años antes firmara con los Estados Unidos el tratado de París, al término de la Guerra Hispano Americana, con la pérdida de Cuba, Puerto Rico y las Filipinas —los llamados girones del imperio colonial—, quiso expedientar a los culpables de aquellos salvajismos en Barcelona. Se opuso el ministro de la Guerra, el general Valeriano Weyler, y cayó el Consejo el 30 de noviembre.

Forma Gobierno otro liberal, Segismundo Moret y Prendergast. Adalid intelectual del liberalismo, catedrático de Economía y gaditano de augustas barbas. Tocado con una monumental chapela, Moret recibe a Cambó en su domicilio. Creyendo halagarlo, le dice su visitante que él, Moret, puede ser para Cataluña el William Ewart Gladstone de Irlanda. Si alguna vez lo supo, ha olvidado Cambó que todos los intentos de Gladstone para conceder el *Home Rule* o Autonomía a Irlanda fracasaron estrepitosamente, en la Cámara de los Comunes británica. Calla el jefe del Gobierno; pero contempla a Cambó con gesto mordaz. Moret promete una política de orden civil mientras suspende, paradójicamente, todas las garantías constitucionales en Cataluña. También presenta al Congreso la ley de Jurisdicciones, que designa tribunales militares para todos los delitos contra el Ejército y la Patria. En marzo de 1906, la aprueba un exaltado Parlamento.

En un arrebato de indignación, usted, teniente coronel Macià i Llussà, será el único militar que denuncie en Barcelona la actitud del Ejército. Al mismo tiempo, como presa de una mística revelación, descubre en su íntimo almario un ferviente catalanismo, que nunca sintiera antes. Entre tanto, nace en Gerona el 11 de febrero el movimiento de Solidaritat Catalana. Persigue la unión de todos los partidarios y defensores de la Autonomía, desde Nicolás Salmerón, el antiguo presidente de la República, hasta el carlista duque de Solferino. Se abrazan en Barcelona Salmerón y el duque. Pero el conde de Romanones, ministro de Moret, no puede por menos de preguntarse en Madrid de dónde procederá el catalanismo de Salmerón, si nació en Alhama la Seca y era unitario durante la República.

Aún lejanos los tiempos de *Mori en Cambó, que és un traïdor i visca en Macià, que és català!*, Cambó hace la presentación de usted, todavía teniente coronel, como candidato a Cortes por Barcelona y Borges Blanques. Desatinados, protestan los militares y lo envían a Santoña. Quieren que retracte su conversión al catalanismo y retire sus candidaturas. Usted dirige al Rey unas cartas, que pretende leer ante el tribunal militar. Pero se pierden o traspapelan convenientemente, camino de Palacio. No obstante, elegido por Barcelona y las Borges, lee copia de aquellos escritos en el Parlamento, en medio del consiguiente revuelo. El Ejército lo separa de sus filas.

El 5 de febrero de 1909, pronuncia Moret un discurso en el Parlamento, que Cambó cree salpicado de «resonancias anticatalanas». De súbito, usted se levanta fuera de sí y empieza a increpar a Moret a gritos. Es preciso sujetarlo y suspender la sesión. Algunos diputados liberales pretenden agredirlo. Aunque indignados por su incalificable conducta, lo protegen los conservadores. Pero desde aquel día, empieza a extenderse en la Villa y Corte la leyenda de que usted, ya exteniente coronel de Ingenieros, nació y morirá ido de atar.

Cambó apacigua a un lívido Moret, que tiembla de ira. Usted sigue gritando fuera de sus casillas. Pero, ante el perplejo Cambó, se serena de improviso y confiesa no recordar siquiera lo ocurrido. Por último, de mal grado y alegando todavía la desmemoria de sus razones por el arrebato, ofrece disculpas al jefe del Gobierno. A la luz de lo que sucederá en Prats de Molló, así que pasen siete años, y del final de tan ampulosa pantomima, tengo la certeza de que, también aquel día, rindió otra de sus histriónicas actuaciones, en la propia Cámara, a mayor gloria y ejemplo de su imagen cervantina y teatral: la del caballero dementado, acometiendo a cuchilladas el retablo del bribón maese Pedro.

Disuelta Solidaritat Catalana, en 1910, su excelencia se retiró del Parlamento, afirmando que el problema de Cataluña jamás sería resuelto en las Cortes del Reino. Reelegido en los comicios siguientes, se mantuvo en sus trece aunque ochocientos catalanes fletaron un tren especial, para ir a Madrid y presentar su acta al Congreso. En la Gran Guerra, como la llamaban los franceses, se mostró decidido intervencionista, a favor de los aliados, con la esperanza de que una solución internacional redimiera a Cataluña, al término de las hostilidades.

Fracasada la Asamblea de Parlamentarios y refugiado en Francia, volvieron a elegirlo. En un antuvión, *de bell antuvi,* mudó de criterio y tornó al Parlamento. Según declarara a su regreso, quería servirse de la Cámara para exponer su actitud ante la asamblea y la huelga general de 1917. Al transcurso de otros siete años, se opuso terminantemente al proyecto de Autonomía, aprobado por la Mancomunitat de Cataluña. Como en verdad fue el caso, creía que el Gobierno de la corona jamás aceptaría las condiciones propuestas. Fundó entonces Estat Català —su versión personal del Estat Català de la Primera República—; pero el golpe de Estado de Primo de Rivera en Barcelona, apoyado al principio por la Lliga y la alta burguesía catalana lo obligó a extrañarse de nuevo en Francia.

Caído Primo de Rivera, no incluyeron a su excelencia en las primeras amnistías del Gobierno Berenguer: el general Dámaso Berenguer. En otro de sus desplantes, de impecable hechura dramática, compareció en Barcelona y quiso personarse ante las autoridades, para responder de los procesos pendientes. Pero la Policía lo devolvió a Francia, con discreto sigilo. Planteada la crisis y sustituido Berenguer por el almirante Juan Bautista Aznar —sordo testaferro de Romanones, al que Alfonso XIII llamaba «el lector de Rocambole», por su mucha afición al *roman-feuilleton* francés, y de quien dijo Gabriel Maura que si geográficamente procedía de Cartagena, en términos políticos, venía de la luna— viajó a Barcelona con venia oficial y lo acogieron en triunfo fieles y amigos.

Al frente de una nueva agrupación, Esquerra Republicana de Catalunya, formada a todo correr en la barriada barcelonesa de Sants, donde medio siglo antes circuló la leyenda de que un ensalmador local curaba milagrosamente a los contrahechos, se presentó a las elecciones municipales de abril de 1931, en coalición con la Unión Socialista. Se esperaba que los comicios fueran la confrontación señera y decisiva entre otro partido republicano, Acció Catalana, y la Lliga, monárquica y conservadora, con un ministro, Joan Ventosa i Calvell, en el Gabinete del almirante Aznar.

Pero la presencia carismática de su excelencia, l'avi o el abuelo, estaba más arraigada en el inconsciente colectivo de Cataluña que lo supuesto por usted, aun en su mucha egolatría. En la Barcelona urbana, obtuvo la Esquerra cuarenta y tres mil votos; diecisiete mil más que la Lliga. En las comarcas, venció y avasalló la coalición republicana. En todo el antiguo Principado, frente a veintisiete mil ochocientos cincuenta votos de la Lliga, obtenía la Esquerra ciento seis mil seiscientos setenta y seis.

Alarmado el Gobierno Provisional de la República por la proclamación del Estat Català, bajo el régimen de una República Catalana y en una inexistente confederación ibérica, así como por la convocatoria de su primer Gobierno en Barcelona, a los tres días de declarada la Segunda República, envió a conferenciar con usted a dos ministros catalanes, Lluís Nicolau d'Olwer y Marcel·lí Domingo, junto con el consejero de Justicia, Fernando de los Ríos. En prolongados encuentros con su excelencia, los tres intentaron convencerle de la más imperiosa necesidad, en aquellos momentos históricos: la retirada de su arbitraria y unilateral implantación de una República Catalana.

Fernando de los Ríos propuso resucitar la Diputación del General o Generalitat —«una noble y vetusta institución»—, con apropiadas directrices contemporáneas. Usted no sabía de qué le hablaba; pero escuchó complacido, mientras aquel catedrático granadino de derecho político le contaba cómo en el siglo XVI se reunía la Generalidad en aquel mismo palacio y por eso vino a darle su nombre la Mancomunidad. La «vetusta» fundación, que inició su andadura por la historia como recaudadora de impuestos, podía proseguirla ahora en Cataluña, bajo los auspicios de la Segunda República Española.

Su excelencia, quien mantenía a veces un insólito silencio en aquellas conversaciones, en tanto parecía traspasar a sus interlocutores con los ojos azules, se mostró muy complacido con la sugerencia de Fernando de los Ríos. «De acuerdo, don Fernando, de acuerdo. A partir de hoy, el Gobierno de la República Catalana será el Consell de la Generalitat.» No obstante, fiel a sus inconsistencias y siempre dispuesto a vocearlas, luego dirá que aquel día le arrancaron el mayor de los sacrificios, aunque en hecho de verdad hubiera telefoneado a Alcalá Zamora felicitándose, muy satisfecho, por la inopinada resurrección de la Generalitat. El 22 de mayo confiesa al periodista César González-Ruano haber sido separatista, cuando la Monarquía imponía su servidumbre «a latigazos» a Cataluña. Ahora, en un régimen republicano dispuesto a reconocer la libertad catalana, ya no lo es.

No quiso sumarse a la delegación de Fernando de los Ríos el ministro del Interior, Miguel Maura, consciente de su propio genio atrabiliario y temiendo chocar con usted, como antes sostuvo su excelencia la ignominiosa riña a gritos con Moret en el Congreso. Después de un celebrado viaje de Alcalá Zamora por Cataluña, que mucho satisfizo al honorable president cuando se retrataron juntos y exaltados por el entusiasmo ciudadano —un fervor que parecía casi tan delirante como el de Barcelona, a la proclamación de Estat Català—, publicó una nota Maura encarándose directamente con su excelencia. Como era de rigor, sintiéndose afrentado, volvería a manifestar sus intrincadas contradicciones y a falsear, sin ningún género de escrúpulos, unas realidades manifiestas y conocidas.

El 29 de abril, protestaba Maura preguntándose cómo se atrevía usted a designar *ministros* de la Generalitat, aunque los llamaran *consellers*, cuando el Poder Central no cedía, delegaba ni renunciaba en nadie sus atribuciones. Hasta que los Ayuntamientos catalanes no redactaran un Estatuto y éste fuese debatido y aprobado por las Cortes, no permitiría el Gobierno Provisional el incumplimiento del Pacto de San Sebastián. En otras palabras, el acuerdo del 17 de agosto de 1930 entre republicanos catalanes y castellanos, reconociendo las atribuciones ejecutivas de Madrid y la Autonomía de Cataluña, si la aprobaban las Cortes en una futura República.

No firmó aquel pacto el honorable president, por hallarse todavía en el destierro. Pero al año siguiente, manifestaba que la nota de Maura era errónea o apócrifa, porque contradecía lo convenido con Domingo, Nicolau y De los Ríos. Tampoco se privaba de recurrir a lo retórico y demagógico: sus mejores recursos junto con la talla quijotesca e inconfundible. Dijo no atribuir veracidad alguna a las palabras del ministro de Gobernación, después de la efusiva acogida de Cataluña a Alcalá Zamora y del abrazo de los dos presidentes, que el pueblo entero aclamó como un símbolo.

Tuvieron que desmentirlo De los Ríos y Domingo. Afirmaron que Maura estaba en lo cierto y el país entero, castellanos y catalanes, se obligaba al cumplimiento del Pacto de San Sebastián. Sólo las Cortes Constituyentes, en la plenitud de su soberanía, decidirían la estructura jurídica del Estado Español. Enmudeció entonces el honorable, no por respeto a la palabra de aquel par de ministros sino porque en el fondo semejantes bizantinismos administrativos le dejarían casi indiferente. Por enzarzados y contradictorios que sonaran sus propios principios a oídos ajenos, usted creía pensar y sentir en irrebatibles términos históricos. No faltaba más y no en vano se ha sido teniente coronel de ingenieros y terrateniente morganático, para sacrificarlo todo a la causa sagrada del Estat Català.

El 2 de agosto de 1931, el proyecto de Estatuto llamado de Núria, porque en aquel santuario se reunieron los compromisarios para redactarlo, era abrumadoramente aprobado en Cataluña por casi seiscientos mil votos a favor y tres mil doscientos setenta y seis en contra, si bien ciento noventa y cinco mil quinientos diez electores se abstuvieron de votar. El honorable president llevó a Madrid el documento suscrito y quizás fueron aquéllos los momentos más cumplidos de su vida. Un impulso colectivo, oculto en el inconsciente nacional, inducía a las masas a sublimar su elevada estampa: más de caballero de los leones que de hidalgo de la triste figura. Víctor Alba ha contado cómo pueblos enteros, castellanos y aragoneses, se volcaban aclamándolo al paso de su tren. Su recibimiento en la capital fue casi tan entusiasta y tumultuoso como el de Barcelona a Alcalá Zamora.

El 9 de diciembre de 1931, las Cortes votaban y promulgaban la Constitución de la Segunda República. Largo y airado sería el debate acerca de la Autonomía. Acaso no habría aceptado el Parlamento el Estatuto, de no haberlo defendido Azaña con su tesis de que la unidad española exigía una Cataluña autónoma. Cedieron a la Generalidad un importe de los impuestos indirectos, equivalente al costo de sus servicios administrativos. El Estado y la Generalidad gobernarían conjuntamente el sistema educativo. Pero se permitiría a la Generalidad la creación de escuelas e institutos de enseñanza media, donde se profesaría igualmente el castellano y el catalán.

Inquebrantablemente, se opusieron los socialistas a que legislara la Generalidad en materia social. Temían el antagonismo de la sindical anarco sindicalista, la Confederación Nacional del Trabajo —la CNT «o casi nunca trabajar», como traducía un mordaz Azaña—, mucho más fuerte en Barcelona que en todo el resto del país. Pero decían fundarse en otro temor: el de que la burguesía catalana impusiera una legislación retrógada en el viejo Principado. Cabe que el Estatuto se empantanara largos meses en la Cámara, de no haber medido la insensata sublevación de Sanjurjo, en agosto de 1932, contra el Gobierno y los proyectos de Estatuto y Reforma Agraria. Fracasada la intentona y apresado Sanjurjo, *el León del Rif*, el 9 de setiembre las Cortes votaban mayoritariamente la reforma y el nuevo régimen para Cataluña. Hubo trescientos catorce votos a favor, frente a veinticuatro opuestos.

No era aquél el Estatuto de Núria sino el redactado por el Parlamento. Se cedía a la Generalidad el orden público, la legislación civil, la administración municipal, las obras públicas, las minas y los museos. Una comisión mixta, recién designada, cuidaría del traspaso de los servicios. En otra de sus genialidades, el molt honorable president gritó en Barcelona: *Ja som lliures!,* «¡Ya somos libres!». Pero se contradijo inmediatamente, con la expresa promesa de posteriores ampliaciones del Estatuto. Era la época de las multitudinarias recepciones, populares y oficiales. El pueblo se echaba a la calle, para celebrar a sus estadistas. Recordemos cómo acogieron Barcelona y Madrid a Alcalá Zamora y a su excelencia. Con toda justicia, también Azaña fue aclamado en Barcelona como el hombre que hizo posible el Estatuto.

Terminados aquellos festejos, todos los sueños de su excelencia, tan patéticos como a veces proféticos, se incumplen o demoran. En los discursos, empieza a difundir su ideal de *la caseta i l'hortet,* «la casita y el huertecito», para todos los catalanes. Más de cuatro décadas después de su muerte —el año del fallecimiento de Francisco Franco—, dirá Víctor Alba que semejante quimera fue enseguida ridiculizada por la Lliga como una imposible e irresponsable cursilería. La Lliga o la Lliga Catalana, como vino a llamarse entonces, precavidamente, el partido de Cambó.

Añade Víctor Alba que aquel sueño pequeño burgués quizás hubiera sido posible en el siglo XIX. Pero lo invalidaba la concentración industrial de una era como la nuestra. No obstante, en una paradoja que no dejaría de complacer a su excelencia, su ideal empieza cumplirse precisamente a partir del epílogo del franquismo. En un contexto histórico y financiero muy distinto del suyo, lo hará realidad el desarrollo económico, con la casa de campo o playa, adonde escapan los barceloneses en su automóvil los fines de semana.

Fracasa su excelencia en la búsqueda de un entendimiento con la CNT, dominada y radicalizada por la FAI, la Federación Anarquista Ibérica. De hecho, se extrema y encona la confrontación del poder político con aquel sindicato, después de las huelgas y el fallido levantamiento obrero del bajo Llobregat, en enero de 1932. Apresados, deportan a Guinea a los dirigentes cenetistas. Comisario de la República en la colonia, los recibe Guillermo Cabanellas, el hijo del general y futuro historiador de la Guerra Civil. Les dice que no piensen evadirse vivos de aquel infierno, con la selva y el océano por lindes, hasta que hayan cumplido su condena o los indulte el Gobierno.

Con su secreto asentimiento, el doctor Josep Dencàs y Miquel Badia hacen revivir una versión modificada de Estat Català y le proporcionan escuadras de choque: las Joventuts d'Esquerra Republicana-Estat Català (JEREC). Sus *escamots* o milicianos desfilan uniformados con camisa verde, en evidente imitación de *le camicie nere* del Fascio italiano que mucho admira Dencàs. Rompen huelgas, disuelven reuniones obreras y se enfrentan a diario con la CNT. Dencàs saldrá elegido diputado, en las elecciones de noviembre de 1933. Después de la muerte de su excelencia, será conseller de Gobernación con Companys y hará de Miquel Badia su jefe de las fuerzas de Seguridad.

En los comicios de otoño de 1933, los cenetistas piden la abstención. La Lliga consigue una victoria mínima y pírrica, aunque victoria en fin de cuentas. Lleva veinticinco diputados al Parlament de Cataluña, frente a otros veintidós escaños de la Esquerra. Entre líneas o al margen, aunque el partido de su excelencia siga en el poder, se advierte la mengua de su magia carismática. Como ya dijimos, antes le bastaba comparecer y ser quién era para imponerse. Se entela o termina aquel prodigio personal. A finales de 1933, a sus setenta y cuatro años, también su vida física se acorta y trunca de forma inesperada.

El 19 de diciembre, despierta con un catarro y el vientre hinchado. Su médico de cabecera pide consulta y le diagnostican un fuerte ataque de apendicitis. Lo operan el

20 de diciembre. Sobrevive pero su cirujano, el doctor Corachán, se muestra pesimista puesto que se produjo una peritonitis. La víspera de su muerte, la tarde del 24 de diciembre, lo visita Carles Pi Sunyer. Usted lo recibe sentado en la cama y todavía lúcido. Sabe que se muere y afronta su destino casi con desapego. No obstante, lo consumen obsesivos y oscuros presentimientos acerca de Cataluña y España. Le dice a Pi Sunyer que más que el retorno de las derechas con Lerroux, le aterran sus barruntos y corazonadas de una catástrofe inimaginable, que no acierta a concretar ni explicarse acaso porque también tiene la certeza de no llegar a verla. Fallece horas después, a media mañana del día de Navidad.

Si viviese, contaría ciento cuarenta años. No alcanzaría el par de siglos, míticos e imperiales, que *La Chanson de Roland* atribuye a Carlomagno; pero sólo le faltarían seis decenios para igualarlos. Creo que la Cataluña actual no dejaría de asombrarlo, por sus estructuras y formas de vida política. Se sentiría tan aturdido entre nosotros como aquel emperador de la Tercera Cruzada, Federico I Barbarroja, a quien la leyenda supone encantado y dormido en una cueva fuera de los mapas. Desde el año de gracia de 1100, allí reposa de bruces en una mesa de piedra por donde se le derraman las barbas encendidas. Tan sorprendido usted, repito, como el propio Barbarroja frente al mundo, si los dos revivieran. De paso, cuentan que el imperante, no usted, despertará antes del juicio final y ha de volver entonces para imponer la paz definitiva a Europa.

No le sorprendería la decadencia y casi desaparición de Esquerra Republicana, a efectos prácticos y políticos, al igual que antes se disolvió su Estat Català en la Esquerra. No en vano, en los presentimientos de la agonía, compartiría a su modo y manera aquella sentencia de su contemporáneo Azaña, cuando escribió que todo es transitorio a la medida del hombre y nada lo es tanto como el poder. Pero enarcaría las cejas, perplejo, al ver a un partido de derechas —aunque sean dos los partidos diremos uno, el de la presidencia, para abreviar y entendernos— gobernando en

Cataluña desde la primavera de 1980. Hace ahora la friolera de veinte años.

Más iba a maravillarlo, en su desconcierto, que aquel partido carezca de mayoría absoluta en el Parlament. Pero pacte y se apoye en otro, también de derechas, en el Gobierno Central, falto a su vez de mayoría absoluta en las Cortes, hasta las elecciones parlamentarias del año 2000 y siempre a merced del partido y del president, que rige y *virreinea* desde Cataluña. Todo ello en una Europa Occidental donde no despertó todavía Barbarroja; pero gobiernan los socialistas o los socialdemócratas en todos los demás países, con excepción de Irlanda.

A usted, quien previó al morirse el drama de la España más trágica y negra, la de la Guerra Civil, asolándolo todo y sin excluir a Cataluña, y quien también mostraba un ocasional talante irónico, como lo desplegó al retirar a Maluquer i Viladot del palacio de la Generalitat, la presente situación en Barcelona y en Madrid le parecería poco seria. Semejantes remiendos, reiteraciones y trabalenguas se le antojarían propios de la sátira nacional, tantas veces inadvertida, que aquí venimos llamando la Españeta.

Tanto o más que el regreso de la Monarquía, lo desconcertarían las palabras de su lejano heredero en la presidencia de la Generalitat, el molt honorable Jordi Pujol i Soley. El 7 de octubre de 1999, declaraba públicamente que España no existía. En otros términos, que ahora serán los de mi paráfrasis, la restaurada realeza reinaba felizmente sobre el vacío porque España no era una nación. Sólo lo serían en la península Cataluña, Euskadi y Galicia. España se reducía a «una realidad afectiva, histórica, de intereses y memorias comunes; pero no una nación».

Semejantes disparates —anticonstitucionales transgresiones de cualquier Estatuto, el de sus tiempos, president, o el nuestro— se resumían en un mal remedo de su proclamación del Estat Català. Como a su vez el Estat Català, supuestamente federado a los demás «pueblos hermanos», era otra improvisada adaptación del concepto de Estado, según Pi y Margall. Vertebrado, como sabemos, en un humanismo que condena a quien impone su poder sobre el prójimo, el federalismo de Pi fue a transformarse a través de usted en lo que el profesor Manuel Fraga, presidente de la Xunta gallega, llamaba el año pasado «una botaratada de Pujol».

Si usted urdió la payasada de Prats de Molló para revelar a Europa la existencia de Cataluña y su causa, en el juicio de París, también su actual sucesor quiso exponer la nación catalana a los ojos del mundo. Así presupuestó cuarenta y seis millones de dólares, unos setecientos millones de pesetas —cifras casi desconocidas en su época— para contratar los servicios de una agencia publicitaria londinense, la Ogilvy & Mather, al calor de la Olimpiada barcelonesa de 1992. La agencia publicó una anuncio a doble página en el *New York Times, International Herald Tribune, Financial Times, Time, Newsweek, Fortune, The Times, The Economist, Der Spiegel, Stern, L'Express* y *Panorama.* Sobre un fondo que tiraba a rojo veneciano, aparecía un punto con el nombre de Barcelona. Al pie, iba una pregunta idiota y retórica. «¿En que país pondría usted este punto?» En la página adjunta, coloreada allí Cataluña en el mapamundi, venía la respuesta en grandes negritas. «En Cataluña, naturalmente.»

Su descendiente político y administrativo, el honorable Pujol, no tuvo demasiada suerte con aquella costosa campaña, sufragada por los contribuyentes. Según su propia admisión, en sus múltiples viajes al extranjero —casi doscientos a estas horas, desde que alcanzó el poder—, lo exasperan preguntándole qué significan exactamente su presidencia y la Generalidad. Por último, resolvió abreviar afirmando no presidir la Generalidad sino una nación, que es Cataluña. Se lo oí repetir, en idénticos términos, en la inauguración de los nuevos locales de Plaza-Janés, el 17 de setiembre de 1998, cuando el gerente de la casa cometió el imperdonable descuido de presentarlo como president de la Generalitat. «No, señor, perdone usted. Yo soy el presidente de Cataluña.»

No iba a contarnos Pujol que la Generalitat fue un descubrimiento de Fernando de los Ríos, como los holandeses del siglo XVII reinventaron los molinos de viento chinos anteriores a Cristo. Le habría bastado repetir lo que dijo en privado, después de ganadas las elecciones de 1980: «La Generalidad soy yo». Él y su hombre de confianza; entonces Lluís Prenafeta, aunque a Prenafeta lo cesaría en la secretaría de la presidencia diez años después. Asimismo, como vino a proclamarlo indirectamente, también era él Cataluña y no sólo su primer mandatario. «Alteza», informaba Prenafeta al padre del Rey por encargo de su dueño, recién interpuesta la querella contra Pujol y otros antiguos dirigentes de Banca Catalana, «la acusación contra el presidente de la Generalitat es un ataque político a Cataluña».

Por el contrario, usted jamás se declaró presidente de Cataluña. Se limitaba a presidir Estat Català y la Generalitat. Por añadidura, sobreponiéndose a sus sentimientos viscerales de terrateniente y teniente coronel, dedujo una sensata lección democrática del incidente del *Cu-cut*. Como antes lo recordábamos, en primavera de 1931 confesó haber sido separatista bajo la Monarquía, aunque renunciase al separatismo en una República democrática. Al margen de su retórica ocasional, como la voceada el 14 de abril de 1931, aquellos principios debieran haber influido y determinado a su presente sucesor. Es fama que Narcís Pujol —miembro de Estat Català, partícipe de la triste y ridícula intentona del 6 de octubre de 1934 y encarcelado por el franquismo entre 1939 y 1940— adoctrinó en los ideales de su excelencia a su célebre sobrino.

No obstante, en una vibrante soflama a las juventudes del partido a la que aludíamos en el prólogo a estas cartas, dijo Pujol que las próximas elecciones servirán «para mandar al carajo de una puñetera vez», *per enviar al carall d'una punyetera vegada* a la oposición más significativa: los partidos socialista y popular. Trasladado aquello a distinta pauta, para gobernar solos, *nosaltres sols,* y es de suponer por siempre jamás; presidiendo entonces de veras el muy honorable la Cataluña que ahora asegura representar. No creo yo que a usted, president, se le hubiese ocurrido nunca ordenar a Dencàs, Badia y sus escamots que despacharan al carajo a la Lliga y de paso barrieran a palos a la abstencionista CNT, con la que buscó en vano la convivencia política.

Permítame proseguir y terminar estas breves semblanzas comparadas de sus excelencias. Al igual que usted, el señor Pujol manifestó repetidamente no ser separatista. Como sabemos, él sólo pide una relectura de la Constitución y luego, volviéndola del revés, como el traje vacío de un espantapájaros, sostenerla por el dobladillo de las calzas, sacudirla y comprobar cuánta calderilla cae de los bolsillos o entresijos de la ley fundamental. Separatista no puede serlo en buena lógica. Puesto que a su parecer España no existe, tampoco cabe romper la baraja ni distanciarse de lo inexistente.

Sin embargo, en una de sus demandas, acaso la más singular hasta la fecha, pidió al Rey y al príncipe de Asturias que hablen el catalán en Cataluña, sino a tiempo completo y valga aquí el anglicismo, al menos hasta la mitad de sus discursos y parlamentos públicos y privados. A usted jamás se le pasó por las mientes que don Niceto Alcalá Zamora o su jefe de Gobierno, don Manuel Azaña, se expresaran *part time* en la lengua de *La cuareta* o «La aguanieves», de mosén Cinto Verdaguer, que aprendí de memoria en mi sufrida infancia y usted acaso recitó en sus mocedades. Termina el poema con una moraleja, falsa y acomodaticia, muy propia de una mentalidad de mercero, de *botiguer de vetes y fils. Qui fa bé, bé trobarà.* «Quien obre el bien, hallará el bien.» Prefiero al Verdaguer que escandalizaba a la burguesía barcelonesa, condenando a éste o a aquélla por *torracollons.* Una expresión gloriosamente intraducible, de payeses apegados a la tierra, que aquel cura tan místico y lírico traería de Folgueroles.

El bien nacionalista, en forma de revolución cultural, se impuso por las buenas y culminó en los Juegos Olímpicos de 1992. Aquel verano repartía la Generalidad metros cuadrados de gratuitas banderas catalanas, para adornar los balcones. Los alevines del partido y del Omnium Cultural llenaban a Barcelona de carteles y pintadas, reclamando en inglés, la lengua de Shakespeare y su amante el conde de Southampton, *Freedom for Catalonia!* «¡Libertad para Cataluña!»

Venía todo con la amable y sigilosa bendición del molt honorable. Uno de sus siete hijos y su novia se retrataron adornados con tan justiciera consigna y la bandera imprescindible. Como escribió Gregorio Morán, todos fingían desconocer que en un régimen constitucional y en un Estado de derecho, las libertades se legislan en las Cortes y votan en los colegios electorales. La pintada de unos chuscos, en el arranque de la autopista de Francia —hacia París y Prats de Molló, de tomar un giro hacia el Vallespir apenas cruzada la frontera— pedía que liberasen a Barcelona de Convergencia, el partido de Pujol.

Prosiguió la revolución cultural con el empecinado apoyo del penúltimo conseller de Cultura, que es «megacatalán» y se exhibe en la televisión con el ratón Mickey, para satírico regalo de Terenci Moix. Espero que a su excelencia le suene al menos el roedor de marras, puesto que daban sus cortos en el Publi el año de su muerte. Trajo el conseller la ley de inmersión en el idioma, aprobada con el consenso tácito o expreso de la oposición en el Parlament, del Gobierno español y de la Corte Suprema: una ley que otro día será modificada, perfilada o desatendida, si se quiere impedir que desaparezca el castellano en Cataluña, erradicado al igual que las viruelas.

Añadió el megacatalán otra ley para el doblaje de las películas —«filmes», las llama horrendamente el diccionario de una Academia Española, que ya vuelve a ser real, y donde algunos inmortales se han preguntado hasta cuándo seguirá la Generalitat burlando el Estatuto, en materia del idioma—, para el doblaje de las películas, reitero, en exclusivo catalán. De momento, semejante precepto quedó en semi silencioso suspenso, como la tumba del profeta o la espada de Damocles, puesto que los estudios y las distribuidoras americanas pusieron el grito en el cielo. Después pasó a mejor vida, porque la ciudad y el viejo Principado tienen necesidades más serias y urgentes, como dijo el alcalde de Barcelona y cita Moix, que el dudoso deleite de oír a Sharon Tate expresándose como una ama de casa de Granollers. La señora Tate, añadiré para orientarlo, es una versión actual y americana de Greta Garbo, en arrabalero subido y procaz.

Daba a entender Pi Sunyer que el calamitoso augurio de sus últimas horas, al preguntarse usted por el porvenir de Cataluña y España, sería el de la guerra civil. Yo me inclino a creer que a las puertas de la muerte —*Lasciate ogni speranza voi ch' entrate,* «abandonad toda esperanza quienes entráis aquí», leía Dante en el umbral del infierno—, presentiría la cómica y terrible transformación de la tradicional Españeta en el espectáculo del presente nacionalismo catalán. Digamos para entendernos que su presagio, agudizado por el desconcierto de la agonía, iluminó un retablo del porvenir donde diversos aspectos de su visión serían para usted completamente incomprensibles.

Vería cuanto ya resumimos de pasada —quema la lengua y el alma recordarlo— y aun vería más porque la panorámica actual se ensancha y extiende cada mañana. Por su alucinación de desahuciado cruzarían al sesgo las banderas y pintadas de la Olimpiada: *freedom for Catalonia*. El anuncio imbécil en la prensa extranjera, con Barcelona y su punto en el mapamundi. El honorable, diciéndole a Prenafeta que la Generalidad era él. El honorable, pidiendo que la Familia Real se exprese en catalán y castellano, mitad y mitad, cuando vuelva a Cataluña. Las leyes del megacatalán y su exhibición pública con el ratón Mickey, que por cierto en una previa encarnación se llamaba Mortimer. Vería por último al honorable ganando las elecciones en 1999, ahora por los puros pelos y para aliarse, *encore une fois,* con el partido del Gobierno Central.

Y no digamos nada de los negocios fracasados y los negocios pringados, con un saldo conjunto de millares de millones, donde la imaginación se quema, como declamaría el poeta de la «Oda al Santísimo Sacramento del altar» y los toros de Guisando hartos de pisar la tierra. Baste citar los nombres, porque según William Barrett —sí, claro, ya sé que no sabe de quién le hablo— la historia contemporánea se escribe en topónimos inolvidables como Guernica, Hiroshima y Buchenwald. En nuestras latitudes y en distinto contexto, rezaríamos otro rosario, menos trágico pero también patético y además ridículo: Banca Catalana, el caso de los Casinos, la operación Roca, *La Gran Enciclopèdia Catalana, Destino, El Correo Catalán,* etcétera.

Mejor desmemoriarse del espectáculo presentido, honorable president, abandonando a la vez toda esperanza —de lejos, le sonará Dante— y adentrarse paso a paso en la eternidad insondable. Sea lo que sea y salga lo que salga.

Atentamente,

Carlos Rojas

Nothing that is so is so.
Nada de esto es esto.
Shakespeare, *Twelfth Night,* acto IV

Sabino Arana y Goiri
En el limbo de la confusión

Muy señor mío:

Avant tout, le passé, como apremiaba Charles de Gaulle a los altos oficiales que se ofrecían a servir a la Resistencia Francesa. Ante todo, el pasado y aquí despacio y buena letra, traduzco yo. Así se lo espetó a André Malraux en voz baja. Entre muchos parpadeos del tic nervioso que lo afligía, repuso Malraux, fuera de propósito, no haber conocido hasta entonces el rostro del hombre por quien luchaba en nombre de Francia. *Avant tout, le passé*. Para empezar, averigüemos de dónde venimos. Luego sepamos por qué ponemos la vida por su ley al tablero, como decía don Jorge Manrique en versos de pie quebrado.

Como casi todos los nacionalistas de su leva, don Sabino Arana y Goiri —*Sabín* para los fieles después dc su muerte prematura, a los treinta y ocho años—, descendía usted del más rancio y encendido carlismo. Su padre, Santiago de Arana, antiguo alcalde de Abando y riquísimo naviero apostólico, donó cincuenta mil duros de entonces a la causa tradicionalista. Avala el dato el testimonio de su hija Paulina, citado por Jon Juaristi en *El Bucle Melancóli-*

co: un título con mayúsculas, por gracia de Espasa Calpe, que a mí se me antoja baldío anglicismo.

Vendido el caserío de Abando —donde usted vino al mundo en 1865— y puesta a precio la cabeza del alcalde por el ejército alfonsino, don Santiago rehizo la fortuna en la postguerra pero no la salud espiritual. La derrota del llamado Carlos VII y su huida a la Francia republicana, el 15 de febrero de 1876, agravaron sus depresiones irremediables y patológicas. Acogido en diversas clínicas francesas, como antes se refugiara en Bayona durante la Guerra Civil, falleció en 1883. Era *un uomo finito*, como diría Giovanni Papini de sí mismo veintinueve años después. Un hombre acabado, en sentido histórico, moral y aun religioso.

También aquel año usted y su hermano mayor, Luis, se fueron a estudiar a Cataluña. No se aclararon las razones de Luis para seguir la carrera de arquitectura en Barcelona. En su propio caso, aventura Stanley Payne el parecer de que su fragilísima salud y los médicos que lo atendían aconsejaron el clima mediterráneo, para ayudarlo a sobrevivir y entrar con buen pie en la hombría. Fuera cual fuese el caso, su hermano murió nonagenario y usted perecería muy joven, como ya lo apuntamos, del mal de Addison. Un trastorno tuberculoso de las glándulas suprarrenales, que a la vuelta de catorce años acabaría con el dirigente catalanista Enric Prat de la Riba.

La marcha a Barcelona era el principio de sus verdaderos viajes, los que imbrica el destino con permanentes aprendizajes. Antes, los únicos desplazamientos de usted y Luis fueron al colegio de Nuestra Señora de la Antigua, en Orduña. Con obligados veraneos en Vizcaya, prolongaría la estancia en Cataluña hasta 1888, cuando se trasladó a Bilbao y de allí, definitivamente, a la casa de Pedernales donde moriría. No resulta muy clara la influencia de la *renaixença* católica en su pensamiento, cuando tan notables eran sus diferencias temperamentales e ideológicas con los catalanistas de época. Pero lo cierto es que Dios, el acaso o lo que fuera, como diría Unamuno, lo condujo a Barcelona con el ánimo dispuesto para la conversión al vizcainismo.

Luis se propuso probarle que el tradicionalismo del gigantesco y barbado Carlos VII, el que en vano juró volver de Francia después de huido, era dañino y contrario a la independencia de Vizcaya, su *Bizkaya*, única causa por la que merecía la pena morir en nombre de la fe. Usted prometió estudiar la historia patria y adherirse luego a la verdad apostólica o nacionalista de forma inquebrantable. Si bien el legado de la autoridad familiar recaía en Luis, al fallecimiento de don Santiago, no se limitó a él a convertirlo y ungirlo en el vizcainismo. También quiso transformarse en su vocero y mozo de espadas ideológico. En los albores del nacionalismo vasco moderno, adoptaba Luis una versión vizcaína de los consejos que el conde Buonaparte diera a sus hijos, en el lecho de muerte: «Giuseppe, tú eres el mayor. Pero no olvides que Napolione es el jefe de la casa».

Desde aquel día, tratará Luis de imitarlo en todo, sin descuido de su extremismo y terrorismo verbal. Usted manifiesta aborrecer a España, la opresora, con todas las fuerzas de su ánimo. También anticipa la fruición, «el verdadero júbilo», que sentiría si la viese despedazada en una guerra civil o internacional. ¡Que borren del mapa y desaparezca la tierra del *maketo* enemigo! A la muerte de Cánovas del Castillo en 1897, descerebrado a tiros por el anarquista Michele Angiolillo en el balneario guipuzcoano de Santa Águeda, celebra Luis el asesinato del «cerdo español», en una carta particular. Usted quiere que casen los vizcaínos con mujeres de cuatro apellidos vascongados, sin sospecha de castellanismo, judaísmo o extranjería. Para purificarlos, usted y Luis cambian los nombres de familia de sus esposas. La suya, la campesina Nicolasa Achica-Allende se convierte en Achica a solas, porque lo de Allende traería una sombra de mestizaje. Antes se desposó Luis con una cocinera aragonesa mudándole los apellidos, Égües y Hernández, en Eguaraz Hernandonea para divertida sátira de Juaristi.

Usted y su hermano diseñan los futuros escudos vascos. En aquel particular, tan artístico y patriótico —la variada emblemática que debería presidir la historia de *Euz-*

kadi, o bien hoy Euskadi—, Luis, el arquitecto, tiene mejor mano. Casi todos sus diseños conjuntos se pierden para la historia; pero, inspirándose en el pendón de Vizcaya, crean la *ikurriña*. Sobre el fondo rojo original plantan dos cruces señeras. Una, muy blanca, simboliza el cristianismo. Otra, con las aspas cruzadas, evoca el roble inmarcesible de Guernica o acaso el verde de la enseña inquisitorial. También al día de san Andrés de 885 —caprichosa fecha que escoge para atribuirla a un mítico combate—, retrotrae usted la independencia de Vizcaya, al vencer entonces Juan de Zuría a los leoneses en la batalla de Arrigorriaga, que naturalmente nunca tuvo lugar.

Como lo señala Stanley Payne, nunca hubo analogía posible entre Euskadi y Cataluña, a juicio de usted, puesto que el Principado no era sino una parte vergonzante de España, de *Maketaria*. Por fuerza, los fueros catalanes y aragoneses resultaban muy distintos de los vascos y navarros. No obstante tampoco olvidaba la forma en que los catalanes elaboraron su transición ideológica, desde la renaixença al nacionalismo político. En otros términos, desde la literatura a las aspiraciones autonómicas. Aunque Valentí Almirall terminaría amargado y desengañado, como lo citan Alejandro Lerroux y Jesús Pabón —«Antes que catalanes somos hombres y los grandes ideales de libertad y democracia, verdaderamente humanos, están por encima de esas ridículas tonterías»—, el liberalismo de Almirall y su concepción maketaria de una Cataluña autónoma, monárquica o republicana, sirviendo de modelo a todas las regiones de una España unida, lo separaban definitivamente de usted.

Más cerca se sentiría de Josep Mañé y Flaquer, antiguo catedrático de latín y castellano en la Universidad de Barcelona y dos veces director de *Diario de Barcelona*. Desde su juventud antiapostólica, Mañé se había desplazado hacia el conservadurismo y la confesionalidad. El sufragio universal, defendido por Almirall, se le antojaba una herejía revolucionaria, frente al restringido «a una minoría con valores», impuesto por Cánovas del Castillo con el pucherazo y el turno pacífico. En la Restauración alfonsina, Cánovas ofreció a Mañé y Flaquer el Gobierno Civil de Barcelona. Lo rechazó para no comprometer su independencia ideológica.

Mucho admiraba Mañé a Cánovas; pero lo combatió resueltamente por haber presentado a las Cortes el decreto de disolución de los fueros vascos y navarros. Siempre sostuvo aquellos privilegios en sus editoriales de *Diario de Barcelona* y en sus libros *El oasis: viaje al país de los fueros,* 1876-1880 y *El regionalismo,* 1886. Las agradecidas diputaciones forales vascas lo nombraron hijo adoptivo de Vizcaya. En lo más íntimo, presumo que no se opondría usted a tanta gratitud. Pero desde su perspectiva ideológica, Cataluña seguía irredenta y aherrojada a Maketaria. Sin salvación posible.

Con semejantes antecedentes, no sorprende que se iniciara como escritor con un estudio del lenguaje. Al emprender su *Gramática elemental del Euskera vizcaíno,* 1888, inevitablemente redactada en español, pensaría en el andaluz Antonio de Nebrija, autor de la primera gramática castellana y en el ofrecimiento de su obra a la Reina católica, puesto que «siempre fue la lengua compañera del Imperio». En los tres lustros escasos que le quedaban de malograda vida, nunca abandonó los estudios filológicos, aunque tampoco completaría su tratado gramatical. Ni que decir tiene, jamás habló con soltura el euskera que predicaba y prefería expresarse en el aborrecido castellano.

Aunque José Antonio de Aguirre sostenga lo contrario, las tribus de lo que Sánchez Albornoz llamaría «la depresión vasca» hablaban varios dialectos durante la dominación romana, a menudo incomprensibles entre sí. La primera obra en euskera apareció en Burdeos en 1545, cincuenta y tres años después de la impresión del libro de Nebrija. La gramática original vasca, *El imposible vencido,* 1745, se adelantó a la suya en otros ciento sesenta y nueve años. La escribió Manuel de Larramendi, jesuita y confesor de Mariana de Neoburgo, la viuda de Carlos II el hechizado. También publicó Larramendi un *Diccionario trilingüe del castellano, vascuence y latín* en 1745. Creía aquel erudito que ustedes, los vascos, descendían de un personaje del Génesis bíblico, Tubal. O acaso fuese Jabal o Yubal, doble inventor de la cítara y la flauta. Tal vez de Tubalcaín, muy hábil con el mazo y maestro en trabajos de cobre y hierro forjado.

Usted se dispuso a purificar el euskera, unificando sus muchos dialectos. A poco firmaba las oposiciones a la recién creada cátedra de Lengua vasca, en el Instituto de Bilbao. Competía en aquellas pruebas con el joven Miguel de Unamuno. Pero los venció a los dos el bachiller en teología Resurrección María de Azkue. Aunque Luis de Michelena lo considere mentor de todos los filólogos vascos de la época, Emilio Salcedo asegura que lo folclórico se le daba mejor a aquel sacerdote que la etimología y la lingüística. Así vino a dejar una obra monumental y muy entretenida, en tres volúmenes, *Euskaleriaren Yakintza* o *Literatura popular del País Vasco.*

Cuatro años después, en 1892, publicaba *Vizcaya por su independencia.* Allí ensayó su fantasiosa interpretación de Arrigorriaga y otras batallas míticas. Cuando al año siguiente unos amigos quisieron celebrar su libro con un banquete en Begoña, se despachó a gusto con un llamamiento a la independencia. Ante el desconcierto escandalizado de los comensales fueristas y carlistas, reclamó la soberanía y la libertad para toda la región. A los pocos meses, fundaba una revista bisemanal, *Bizcaiterra* o *El Vizcaíno,* donde expuso su ideología y sus teorías lingüísticas. Entre tanto, se repartían Vizcaya los partidos católicos y los maketarios. Es decir, los carlistas, integristas y foralistas frente a los conservadores canovistas, liberales sagastianos, republicanos, federales y posibilistas. Como faltaba una fuerza independentista, empezó por buscarle local. En julio de 1894, fundaba *Euzkaldun Batzokija,* el Centro Vasco de Bilbao.

En breve, usted y Luis pasaban a la acción directa, como diríamos hoy en día, aunque su praxis fuese estrictamente simbólica. Al término de un concierto de música local y ante el roble de Guernica, quemaron la bandera española y patearon sus cenizas. El 31 de julio del año siguiente, establecía el Consejo Provincial Vizcaíno de donde, andando el tiempo, vendría el Partido Nacionalista Vasco, bajo el lema de *Jaungoikua eta lagi-zarra*, Dios y las viejas leyes. Los doce puntos fundamentales del Consejo, editados en Bilbao en una antología de su pensamiento político, a los veintinueve años de su muerte, componen un programa alucinante.

Propone usted un Estado regido por el absolutismo, el racismo y el prenacional-catolicismo de la Españeta más integrista. Una Vizcaya libre sería católica, apostólica y romana, en su política interior y en todas sus relaciones con el extranjero. Mantendría un perfecto acuerdo entre lo sacro y lo laico: lo divino y lo humano. Pero discriminaría al maketo, aislándolo en todos los órdenes de la vida. De otro modo, fuera imposible laborar a mayor gloria de Nuestro Señor, «aquí en esta tierra que pisamos». Vizcaya sometería lo civil a lo sacro y el Estado a la Iglesia. Pero en otra de sus flagrantes contradicciones y en el quinto punto de *Jaungoikua eta lagi-zarra*, denegaba usted el sentido confesional de la nación: «Vizcaya establecerá una clara distinción entre el orden religioso y el político, entre lo eclesiástico y lo civil».

Para crear la confederación de Euskalerria y sin mengua de su propia autonomía, Vizcaya se confederaría con las tierras hermanas de Álava, Benabarre, Guipúzcoa, Laburdi, Navarra y Zuberoa sobre las bases fundamentales de la lengua, la raza, la fe y las costumbres ancestrales. El lema *Jaungoikua eta lagi-zarra* obligaría a los vascos a ser antiliberales y antiespañoles. Para ser fieles a su nación y a su conciencia, los fueristas deberían declararse abiertamente separatistas.

El lenguaje era el mejor medio para inmunizarse del «contagio español» e impedir la contaminación de la raza. En un rasgo que parecería irónico en distinto autor, pero distaba de serlo en un fanático nacionalista como usted, añadía otra salida de pie de banco que bordeaba el dadaísmo aunque lo precediera en tres decenios. Si los maketos aprendían el euskera, los vascos deberían esforzarse por estudiar el ruso, el noruego o «cualquier otro idioma desconocido», para emplearlo en lugar de su lengua ancestral mientras permanecieran sujetos al yugo de España.

Faltaba el martirio en su trayectoria política y por último se lo concedieron las autoridades. En agosto de 1895 lo condenaban a cuarenta y un día de cárcel por atentado contra el orden público. Como había rehusado satisfacer una multa por otros cargos, prolongaron su cautiverio cerca de tres meses. Al estallido de la Guerra Hispano Americana, le apedrearon la casa de Pedernales. Pero el desenlace de la contienda —el Desastre la llamarían, si bien los americanos indemnizaron a España con veinte millones de dólares, después de la entrega de Cuba, Puerto Rico, Guam y las Filipinas— aseguró su elección en las próximas elecciones provinciales y fue usted el primer diputado nacionalista vasco. En el trienio siguiente se deterioraron su quebradiza salud y sus esperanzas. Empezaban a concentrarse en Bilbao la banca y la marina mercante españolas. A los altos hornos se unían industrias de gran empuje, como la hidroeléctrica y las del cemento y el papel. La colaboración económica con Maketaria se hacía más estrecha e indispensable. Tuvo que cerrar la revista y la editorial. En las elecciones de 1901 perdería su acta solitaria.

No tenía más salida que la renovada purificación en el martirio. En mayo de 1902, a los tres días de aclamado Alfonso XIII, telegrafió al presidente de los Estados Unidos, Theodore Roosevelt —el gran cazador de fieras, en una sarcástica oda de Darío y el alocado capitán de los *rough riders* en la carga de la colina de San Juan, durante la Guerra de Cuba—, saludándolo y felicitándolo. Lo congratulaba por la aprobación de la enmienda Platt en el Congreso, sin comprender que aquella propuesta convertía a la isla en una colonia económica americana. De paso, ensalzaba a Roosevelt por haber liberado a Cuba de la esclavitud. El telegrama fue interceptado por las autoridades, como usted esperaba, y volvieron a encarcelarlo.

En noviembre lo juzgaron y absolvieron de delito de rebelión. En la cárcel se le había ocurrido despachar otro telegrama —esta vez a lord Salisbury, *premier* británico—, ensalzando a Eduardo VII por el venturoso final de la contienda con los boers. Esperaba que el yugo británico fuese suave en aquellas tierras y más tuviese de protección que de despotismo. También al calor de aquel cable, que debía antojársele una iluminación de los cielos, escribió a Luis otra de sus ocurrencias salvadoras: la independencia de Euskadi bajo el amparo del Reino Unido, en un día no muy alejado. El Partido Nacionalista Vasco, en cuyo nombre había redactado el borrador del telegrama, lo retuvo juiciosamente.

El 22 de junio publica el semanario *La Patria* un reportaje, que usted aprueba en la cárcel de Larrínaga, solicitando la creación de un partido vasco españolista para reconstruir el Estado, con especial autonomía para Euskadi y pleno respeto al centralismo. Al día siguiente escribe a Luis que muchos creerán que claudicó en la lucha. No reconocerán aquel texto, tan distinto de su pensamiento anterior cuando predicaba odio eterno al despótico «hijo del romano», al Estado español. ¡Cuánto se equivocaban y qué bello era sufrir por la patria, en mitad de la incomprensión! Con dudosa consecuencia o solución de continuidad, centraba su carta en aquella beatífica exclamación. Por lo demás era consciente del daño causado a su prestigio, al sacrificar tantos años de trabajo, aunque abrigaba el convencimiento de que su hermano no dejaría de comprenderlo.

El 24 de agosto mandaba anunciar en *La Patria* la convocatoria de una Liga Vasca Españolista para las cuatro provincias. El 26 de octubre publicaba el semanario la adhesión de «muchos millares de vascos» a la liga. De hecho, aquella organización nunca llegaría a ser una realidad política ni cambiarían las siglas del PNV. Casi al borde de la agonía dimite su presidencia en Ángel Zabala. Fallece el 25 de noviembre de aquel año. Nicolasa volverá a casar en 1910. A Luis, su atrabiliario pero fiel secretario de despacho, lo expulsan del partido cinco años después.

En presencia de la muerte, la última realidad incontrovertible, regresamos al sarao de los *Caprichos*. O a una puesta de largo de la Españeta donde nadie percibe su identidad ni reconoce a los demás. La prisión y la tuberculosis lo llevaron a desvirtuarse y medio renegar de sus principios y supuestos políticos. En un imbricado de contradicciones —tejas dispuestas en sentido opuesto pero encabalgadas unas en otras— se desdice y trata de justificarse con la incomprensión ajena. Se refugia y oculta en lo que los ingleses llamarían *self-pity* o *self-compliance*. El román paladino y maketario lo traduciría por regodearse en su propia desgracia, mientras se emplaza por encima del desconcierto y la confusión ajenas.

Aunque desentendidas de sus fundamentos ideológicos, las generaciones del porvenir guardarán su espectro profético en un relicario invisible. Lega las caras opuestas de dos ideales contradictorios, que al final parecen enfrentarse con puntos cardinales tan irreconciliables como oriente y occidente. Talmente como los rostros de Jano, que adoptó por armas de su casa Manuel Godoy Álvarez de Faria. Bien es verdad que su extremado catolicismo y su pía resignación cristiana ante la muerte, muy alabadas por Luis Arana y Goiri, no encajarán ni por asomo con el radicalismo leninista de la ETA.

Pero su odio racista —la peor forma de soberbia, que es el pecado más rehundido en los infiernos, según un juez tan justo como Dante Alighieri—, será parte fundamental e inalienable de su herencia, a través del inconsciente colectivo. Si Macià se refería a «los pueblos hermanos de la península», cuando proclamaba efímeramente el Estat Català dentro de la República Federal, usted quería que se despedazara España entera para que Euskadi prosperara y perdurase.

Así el sentimiento cómico de la Españeta, tan propio de los nacionalismos peninsulares —pienso en el señor Pujol, reclamando tratamiento de jefe de Estado o en usted mismo, cuando atribuye los orígenes de Vizcaya a ridículas batallas nunca ocurridas— se entretalla con un sentimiento trágico de la existencia, que no será sino el sentimiento terrorista del racismo. Media sólo un paso entre algunos de sus pronunciamientos personales, donde el propósito justifica todos los medios, y la bomba que en junio de 1987 puso ETA en Hipercor, de Barcelona, con sus veintiún muertos y cuarenta y cinco heridos. Todos inocentes, naturalmente, como previeron sus asesinos que iban a serlo. Doce años después, en el aniversario de la estremecedora carnicería, la Asociación de Víctimas del Terrorismo propone un monumento a los sacrificados. Por azarosa coincidencia, aquel mismo día, el PNV, Euskal Herritarrok y Eusko Alkartasuna presentan una proposición al Parlamento Vasco, condenando «el levantamiento fascista» y su vulneración de los derechos individuales y colectivos de Euskadi «con prácticas genocidas».

Aunque aquellas tragedias ocurrieran mucho después de su muerte y el fluir del tiempo sea irreversible, tengo la convicción de que sin usted Euzkadi no sería el Euskadi actual, ni fuera la misma la historia del País Vasco y de una España, tan aborrecida por su racismo, con la que quiso reconciliarse al final de su vida, por razones intrincadas e incomprensibles. Si cayó usted en aquel punto de los infiernos, adonde destierra la *Commedia* a los falsos profetas, los de cabezas rotadas y ojos en la espalda, le agradecería que tuviese la bondad de volverse y leer lo que sigue a propósito del Estatuto de Euskadi; las más de ochocientas víctimas mortales de ETA y el alto el fuego indefinido, publicado por los terroristas el 17 de setiembre de 1998. Si bien el 29 de noviembre de 1999, daban por finalizado el alto el fuego y dejaban «a discreción de ETA» las órdenes de reanudar las operaciones, después del 3 de diciembre.

A las pocas semanas de proclamada la Segunda República, el 31 de mayo de 1931, una comisión designada por la Sociedad de Estudios Vascos anunciaba el término de su proyecto, para un Estatuto General Autónomo Vasco dentro del Estado español. El Gobierno Central mantendría su jurisdicción sobre la política exterior, las comunicaciones, el derecho penal y comercial, así como las relaciones con la Iglesia en determinados presupuestos. El País Vasco tendría un Parlamento propio, con representantes elegidos en las cuatro provincias. También gobernaría la Policía y las Fuerzas Armadas, que pasarían a denominarse «Milicia Vasca» en la versión autónoma local. Un debate de dos días en las Cortes, del 25 al 26 de setiembre, declaraba anticonstitucional la relación entre la Iglesia y el Estado en la propuesta estatutaria. Cuando a las tres semanas se aprobaba el artículo 26 de la Constitución, los diputados vascos y navarros abandonaron el Parlamento en señal de protesta.

En junio de 1932 se presentó un segundo proyecto de Estatuto. No se mencionaba al Estado Vasco, para no provocar las sospechas apostólicas de presunta herejía liberal, sino de Euskadi o el País Vasco Navarro. Los vascos cumplirían el servicio militar en su tierra y las relaciones con la Iglesia se adaptarían a los supuestos jurídicos del Estado español. El 19 de junio los navarros rechazaban toda la propuesta, por una mayoría de catorce municipios —ciento veintitrés frente a ciento nueve—, con la abstención de otros treinta y cinco. Con la obligada exclusión de Navarra, los representantes de Vizcaya, Guipúzcoa y Álava confiaron el proyecto de un nuevo borrador estatutario a una junta de cuatro republicanos, tres miembros del PNV, un trío de socialistas y dos pares de representantes de Acción Nacionalista Vasca y el carlismo.

Convocadas nuevas elecciones legislativas para el 19 de noviembre de 1933, se acordó votar el plebiscito, en las Vascongadas, el 5 de noviembre. Entre numerosas acusaciones de irregularidades, se aprobó el proyecto por casi cuatrocientos mil votos a favor. En las parlamentarias vencerían las derechas y darían paso a lo que llamaba Antonio Machado el intermedio picaresco de la República. Los nacionalistas vizcaínos y guipuzcoanos lograron doce escaños, frente a otros diez de los carlistas navarros y alaveses y dos de la izquierda —la gran derrotada por todo el país— en la circunscripción de Bilbao.

Según se dijo en la carta a don Niceto Alcalá Zamora, el 2 de octubre de 1934 la Confederación Española de Derechas Autónomas derribaba el Gobierno. Gil Robles exigió la entrada de su partido en el Ejecutivo a través de tres ministros cedistas moderados. Uno de ellos, Rafael Aizpún, era paisano suyo, Sabín, y supongo tendría los cuatro apellidos, impuestos sine qua non por su racismo. Respondieron socialistas y catalanistas con una fallida huelga general y los levantamientos de Cataluña y Asturias. Por una semana, ocupó la UGT las minas de Vizcaya. Como citaremos en la carta a Antonio Machado, se cometieron dos errores políticos imperdonables, por parte de cedistas e izquierdistas, que agravan y superan todos los crímenes según Talleyrand: acaso la más alta mente doctrinal y administrativa europea, amén de la más cínica.

El PNV, aquel fruto de su ingenio ideológico —el de usted y no el de Talleyrand—, se abstuvo de aliarse con las derechas o las izquierdas, en las elecciones que llevaron al poder al Frente Popular en febrero de 1936. José Antonio de Aguirre Lecube, entonces un valor ascendente del nacionalismo y antes delantero del Atlétic de Bilbao y fabricante de chocolate, hizo pública defensa de la fe cristiana y la justicia social en el Parlamento. Sus pronunciamientos no impidieron que José Calvo Sotelo —demagogo monárquico del Bloque Nacional, luego asesinado por los guardias de Asalto de la República— recordase en la Cámara algunos de sus conocidos asertos separatistas. Verbigracia, aquello de que los españoles eran lo «más vil y despreciable de Europa». Como es sabido, triunfó el Frente Popular. Pero presa Euskadi de una crisis de identidad política y desplazados la mayor parte de los votantes nacionalistas a la derecha, descendió el PNV a un abismal veintiocho por ciento del electorado.

Fue precisa la Guerra Civil para que ustedes obtuvieran su Estatuto. Triunfó el Alzamiento en Álava y Navarra. Según doble testimonio de Ernest Hemingway y su paisano vizcaíno Julián Zugazagoitia —ministro de un Gobierno de la República en la Contienda y luego ajusticiado por

Franco— las brigadas navarras fueron las mejores fuerzas de choque de los sublevados. Con la paz, al decir de Dionisio Ridruejo, aquellos mozos regresaron a sus valles y montañas, sin reclamar los despojos de la lucha ni aprovecharse de su sangrienta contribución a la misma. Tomás Domínguez Arévalo, conde de Rodezno y prohombre carlista de descuidada elegancia y tristísimas ojeras a quien conoció usted cuando él andaba por las mocedades, sería ministro de Justicia en el primer Gobierno del Generalísimo. Aceptó la cartera a pesar de sí mismo y a instancias de Serrano Suñer. Acabó defendiendo el reconocimiento de don Juan de Borbón y moriría en 1952, probablemente desengañado de todo.

No prendió el Alzamiento en Vizcaya. El jefe que debía conducirlo, Alfonso del Oso Romero, escribió a Franco una dignísima carta que ha publicado Jesús Palacios en nuestros días. Daba cuenta de su fracaso sin detallar los motivos y respetuosamente abreviaba el final, porque le quedan cincuenta minutos de vida. En la provincia de Guipúzcoa, la Legión irrumpía en Irún y alcanzaba la frontera el 5 de setiembre de 1936. Una semana después caía San Sebastián. Aquella misma tarde, el socialista Francisco Largo Caballero formó un Gobierno de Unión con republicanos, socialistas y comunistas. Aseguraba Aguirre haber negado su participación, en protesta por los crímenes del Frente Popular en Vizcaya. Pero no impidió que otro nacionalista y profundo católico, Manuel de Irujo y Ollo, se incorporara al Consejo como ministro sin cartera.

Evacuado el Parlamento de Madrid a Valencia, finalmente aprueba el Estatuto el primero de octubre. Por aclamación, eligen a José Antonio de Aguirre en Bilbao como primer *lendakari* y el 7 de octubre jura sus poderes bajo el roble de Guernica. Vuelto su hermano al PNV, se da de baja en cuanto conoce el nombramiento de Aguirre. La insoslayable ofensiva franquista se demorará hasta 1937, mientras trata en vano el Caudillo de tomar Madrid en otoño del año anterior. El 23 de noviembre, Mola, Saliquet y Varela le comunican la absoluta imposibiliad de asaltar la capital en un ataque de frente. Al transcurso de cuatro meses, diversos factores sellarán la suerte de Vizcaya y del frente del Norte. A la desunión entre los altos jefes militares, se suman la casi inexistente red hospitalaria y la falta de aviación y adecuados mandos secundarios.

El 26 de octubre de 1936 independiza Aguirre a todas las fuerzas armadas del País Vasco, que se hallaban en Santander y Asturias, y las pone bajo el Consejo de Defensa de Euskadi. Aunque el general Francisco Llano de la Encomienda, quien había rehusado alzarse en Barcelona en julio de 1936, ostente en Bilbao el mando conjunto para Vizcaya, Asturias y Santander, Aguirre lo desautoriza y obliga a trasladarse a Santander culpándolo de ineptitud. El general Toribio Martínez Cabrera sustituye a Llano de la Encomienda; pero el 5 de mayo de 1937, en mitad de la ofensiva franquista sobre Vizcaya, el lendakari asume el mando supremo en Euskadi. A espaldas suyas, muchos oficiales profesionales empiezan a llamarlo *Napoleontxu*, o Napoleón el pequeño.

En el destierro se le irá el santo al cielo a José Antonio de Aguirre Lecube, un vizcaíno que pronuncia el castellano con acento burgalés según Azaña. Hablará del placer espiritual y aun físico —«sí, sí, físico»— que proporcionan la confesión y la comunión, después de una noche pecaminosa. Hasta que Antonio de Senillosa, monárquico barcelonés, liberal, antifranquista y descreído, lo deje sin habla llamándole hedonista incorregible por gozar, como disfruta, por la noche y por la mañana. En el exilio, donde morirá todavía joven, sostiene que los vascos emplean la lengua de sus antepasados: la anterior a la conquista romana. No es cierto y por añadidura desdice de sus afanes, don Sabino, por unificar el euskera. También jura Aguirre ante Dios que la aviación franquista cometió el bombardeo masivo de Guernica, lo cual sí se ajusta a la estricta verdad histórica.

El 22 de marzo de 1937 Franco y Mola disponen la ofensiva del Norte. Se distribuirá en dos amplios sectores el Cuerpo de Ejército de José López Pinto con Cuartel General en Burgos. Confían al primero, a las órdenes de José

Solchaga, el ataque sobre Vizcaya y la toma de Bilbao. Mola ordena la ofensiva el último día de marzo. A las siete y veinte de la mañana, cuatro bombarderos y nueve cazas arrojan tres toneladas y media de bombas sobre el pueblo de Durango. Dejan ciento veintisiete muertos y un centenar de heridos, en los hospitales improvisados. La barbarie de Guernica —el acontecimiento trágico más sobresaliente de la Guerra Civil, gracias a Picasso— se perpetra el 26 de abril, aprovechando un día de mercado. La Casa de Juntas y el árbol debajo del cual había jurado Aguirre permanecen incólumes. Pero se derrumban el Ayuntamiento; la iglesia de San Juan; el asilo Calzada y el refugio de Santa María, donde todos los acogidos mueren abrasados. Harro Harder, un horrorizado oficial alemán de la Legión Cóndor, supone que quedarían miles de víctimas debajo de las fachadas sin casas y en el fondo de los cráteres humeantes.

Cae Bilbao el 19 de junio. Arroja la campaña catorce millares de prisioneros y más de ocho mil desertores. Mientras las últimas tropas de Euskadi se repliegan sobre Laredo y Santoña, Franco desencadena la ofensiva de Santander el 13 de agosto. A los ocho días los mussolinianos de la brigada Flechas Negras emprenden su avance final en aquel sector. Al día siguiente capitulan los *gudaris* vizcaínos. En Laredo promete el general Mario Roatta que todos los vascos comprometidos, militar o políticamente, pasarán a Francia e Italia. Tan pronto las tropas españolas sustituyen a *le Freccie Nere* en el sector, incumplen el acuerdo y apresan a los vencidos. Roatta no alcanza ni a protestar porque el Duce lo devuelve enseguida a Roma. La historia del primer Euskadi y su efímero Estatuto ha concluido.

El siguiente Estatuto se promulgará en 1979, a las cuatro décadas y un par de años del bombardeo de Guernica y la caída de Bilbao. En diciembre de 1978, se presenta al Congreso lo que entonces se llama proyecto de Estatuto de Guernica. Aunque ya otro árbol reemplazara al primero, consumido por la vejez, lo redactaron en la Casa de Juntas de la villa foral, junto al roble sagrado. A finales de junio del año siguiente, la propuesta de ley orgánica para el régimen vasco parecía encallada en la Cámara. La impedían discrepancias formales y dificultades de contenido. En otro contexto democrático, esta vez monárquico, se reiteraban los escollos con que había tropezado el previo Estatuto, en las Cortes republicanas.

Entablaron negociaciones privadas Carlos Garaicoechea y Adolfo Suárez: los presidentes del Consejo General Vasco y el Gobierno de España. Con inevitables concesiones por ambas partes, volvió el Estatuto al Congreso y fue sancionado por la Comisión Constitucional. Excepto Herri Batasuna, brazo legislativo de ETA, todas las fuerzas políticas de Euskadi aprobaron los acuerdos de los dos presidentes. Me imagino que su hermano se hubiese opuesto a aquel proyecto de autonomía, como renegó del anterior. Por cuanto atañe a usted, el profeta de las retractaciones contradictorias, se hace imposible predecir al revés si lo aceptaría o lo habría repudiado.

Componían el Estatuto cuarenta y siete artículos, seis disposiciones transitorias y una adicional. Regiría en Álava, Guipúzcoa y Vizcaya. Se reconocía a Euskadi —su Euzkadi— como nacionalidad, con un Gobierno o Consejo Nacional, y un lendakari o presidente. Cada cuatro años, el Parlamento Vasco sería elegido por sufragio universal, con idéntico número de representantes para Vizcaya, Guipúzcoa y Álava. El Parlamento designaría al Gobierno Autónomo y al lendakari, si bien a éste lo nombraría el Rey. Se reconocía al castellano y al euskera como lenguas oficiales. La enseñanza sería impartida en cualquiera de ambos idiomas, aunque el castellano era y es la lengua oficial de España.

De familia carlista, como ya se sabe, siempre fue usted devoto e incuestionable hijo de la Iglesia. ETA, *Euskadi ta Askatatuta* o Tierra Vasca y Libertad, nacida en la universidad jesuita de Deusto en el curso 1959-1960, hizo pública su primera proclamación en 1962. Separada entonces del PNV en el destierro, se arrogó el uso de todos los medios, sin excluir la violencia terrorista «si fuese necesaria», para lograr la independencia de las provincias vascas a ambos lados del Pirineo. En una Europa que ETA preveía como federal, Euskadi se liberaría para siempre de dos naciones opresoras: España y Francia.

Si Macià presuponía y proclamaba el Estado federal para toda la piel de toro, ETA lo extendía arbitrariamente a Europa entera. Por otra parte y a través de un oscuro inconsciente histórico colectivo, creo que el racismo independentista de la proclamación provino de usted. Si bien el tiempo es tan irrevocable como la muerte, en una universo aparentemente hostil a la vida humana, acaso quepa derivar que Euskadi habría terminado por existir aunque nunca hubiese sido Sabino Arana. Pero también deduzco que sin usted, jamás habría sido ETA.

Semejante imposibilidad, tan indemostrable como antes lo era el teorema de Pierre Fermat, contiene una paradoja adicional, puesto que los etarras se sentirían tan lejos de usted como de Fermat, identificándose muchos de ellos con Lenin. Es decir, el Lenin que asumía la jefatura de unos intelectuales revolucionarios, quienes encabezaban la lucha de clases y establecerían la dictadura del proletariado. No obstante, en 1970 se produjo una escisión irrebatible entre la ETA de dos Asambleas, la V y la VI, por ser aquélla defensora del terrorismo y ésta, aunque leninista, opuesta a la lucha armada. Más tarde habría otra confrontación entre los etarras «militares», inclinados a reducir el extremismo a muy concretos objetivos y «los político-militares», o *poli-milis,* que ejecutarían casi todas las muertes atribuidas a la agrupación. Por añadidura, provocarían otra odiosa forma de terrorismo: la del GAL, al servicio secreto del Estado.

El tercer asesinato a manos de ETA sería uno de los más significativos, en la escalada de la violencia. El 2 de agosto de 1968, caía un alto jefe de la Brigada Social de San Sebastián, Melitón Manzanas, de conocida y divulgada brutalidad. En los días más paralizantes del verano, en pleno agosto, comprendió el país que la inestabilidad del franquismo era ya irremediable. Repuso el Gobierno con la supresión de las garantías civiles para la provincia de Guipúzcoa, como las había retirado el año anterior para todas las Vascongadas. Centenares de sospechosos, entre quienes se contaban diversos sacerdotes, fueron apresados.

Uno de los condenados en el proceso de Burgos por la muerte de Manzanas, Mario Onaindía, daría a Jon Juaristi, separado de ETA como el propio Onaindía, la más estremecedora descripción de Euskadi ta Askatatuta en aquellos tiempos. No perseguían los etarras, parafraseo a Onaindía a través de Juaristi, la venganza franquista sobre Euskadi sino sobre ellos mismos para inmolarse a mayor gloria de sus principios. Pero no creían que el País Vasco mereciera su sacrificio. Por el contrario, tenían la paradójica certeza de que era indigno de su sangrienta expiación. No sé si llegaría a captar usted tan trágico absurdo —más existencialista que leninista a mi modo de ver—; pero me parece muy veraz en su terrible contradicción. Sólo faltaría añadir, como deduzco por mi cuenta, que la doble entrega mortal de los etarras y sus víctimas era igualmente vana. Morir ya no valía la pena, como le dijo André François-Poncet a Galeazzo Ciano, al comunicarle el yerno de Mussolini la declaración de guerra de Italia a Francia.

El 24 de enero de 1969, el Gobierno decreta el estado de excepción en toda España, con la vacilante oposición del ministro de Información y Turismo, Manuel Fraga. Para conmemorar el trigésimo aniversario de la Victoria en la Guerra Civil, el 28 de marzo se decreta la prescripción de los delitos políticos anteriores al final de la contienda. Pero el 3 de diciembre del año siguiente, empieza el proceso de Burgos contra dieciséis vascos, comprendidos dos sacerdotes. Los acusan de terrorismo, bandidaje, asociación ilícita, posesión y transporte de explosivos. Seis encausados por rebelión militar e incitación al asesinato serán condenados a la máxima pena.

El presidente desaloja la sala cuando un acusado, Francisco Izco de la Iglesia, grita: «¡Euskadi ta Askatatuta!» y parte del público lo corea en pie. Además de los seis reos de muerte, los otros enjuiciados reciben penas que suman medio millar y diecinueve años de cárcel mayor. Quinientos mil fieles acuden a la plaza de Oriente de Madrid, en defensa del Gobierno. Un semanario francés, *Le Nouvel Observateur*, describe el acontecimiento como el cónclave multitudinario de todos los demonios de España. Se pretende responder así a las protestas ilegales en el país y las gigantescas manifestaciones antifranquistas, que desfilan de cabo a cabo de Europa. Languedoc y Rosellón se cubren de grandes pintadas, hasta la Junquera: *Franco, assassin! Franco, assassin!* El ministerio de Información y Turismo pide discretamente a los directores de periódicos que soliciten el perdón de las condenas a muerte en sus editoriales. Con voz cada vez más quebrada y vacilante, anuncia Franco el 31 de diciembre el indulto de aquellas penas.

El jueves 20 de diciembre de 1973, el presidente del Gobierno, almirante Luis Carrero Blanco, es asesinado por la ETA en la calle Claudio Coello de Madrid, cuando volvía de su misa y comunión diarias siguiendo el recorrido de todas las mañanas. Su coche de mil ochocientos kilos vuela veinte metros y se estrella en el patio de los jesuitas. Con Carrero perecen su chofer y un policía de la escolta. Un Franco lloroso y titubeante acude a los funerales de quien lo sucedió al frente del Consejo. Pronuncia entonces una frase, que jamás se ha comprendido a ciencia cierta: «No haya mal que por bien no venga». En cualquier caso, como diría Hamlet, el régimen está acabado por dentro. Sólo le falta perecer por completo y abandonar su caparazón humano: *its mortal coil.* La noche señalada será la del 19 al 20 de noviembre de 1975, cuando perezca el Caudillo en el inevitable desenlace de su interminable agonía. Con hombres tan identificados políticamente como Melitón Manzanas y Luis Carrero Blanco, inmola ETA a más de ochocientas víctimas. Me imagino que la mayoría serán inocentes. En el caso de que cualquier ser indefenso, sea quien fuere, pueda ser culpable cuando lo sacrifican a ciegas distantes verdugos.

Del 8 de enero al 7 de abril de 1989, Euskadi ta Askatatuta decreta una tregua mientras sostiene conversaciones con delegados gubernamentales en Argel. Reanudan los terroristas la apertura de todos sus frentes, cuando las fuentes oficiales niegan supuestos acuerdos que ellos habían difundido. Entre 1984 y 1992 perpetra ETA un centenar de atentados. Desde 1992, apresada la cúpula de la organización, los crímenes descienden a sesenta. Puesto que usted había escrito que cuanto despedace a España será motivo de fruición para los euskaldunes, los comandos homicidas se extienden por todo el país. Aparte de la atrocidad de Hipercor y puesto a reseñar algunos de los más significativos atentados, en el supuesto de que cualquiera de aquellas salvajadas trascienda a las demás, escogeremos casi al azar —un tenebroso azar— otros tres crímenes.

El estallido de una bomba en una atestada cafetería de Madrid, a pocos pasos de la dirección General de Seguridad, deja el saldo sangriento de cuatro muertos y sesenta y cuatro heridos. En Vic lanzan una camioneta, cargada de explosivos, por la rampa de acceso de una escuela porque allí educan a los hijos de los guardias civiles. En julio de 1998 un etarra navarro —de extraño parecido con un Lorca muy joven— asesina fríamente a un concejal y su esposa en Sevilla. Elegido diputado foral por el Parlamento navarro, al verano siguiente sale de presidio, donde cumple una condena de sesenta años, se posesiona del escaño y regresa a la celda.

En 1995 todavía demanda ETA un previo acuerdo con el Gobierno, para imponer una tregua indefinida y unilateral. El Consejo ni siquiera responde. Sabe que pronto se plegarán los terroristas, publicando un alto el fuego. El primero de julio de 1997, la Policía rescata del encierro etarra, donde lleva año y medio secuestrado, a un funcionario de prisiones: José Antonio Ortega Lara. Es un puro esqueleto viviente, igual que aquel que exhibían en Burdeos y posaba para Goya en otro siglo. Estúpidamente, el Gobierno y los medios de comunicación echan las campanas al vuelo, como si la sorda guerra contra unos desesperados separatistas asesinos hubiese terminado.

ETA se ve obligada a secuestrar a otro inocente, un concejal por el Partido Popular del Ayuntamiento de Ermua, maketo sacrificado por ser hijo de un albañil gallego. Los terroristas exigen la vuelta de todos sus presos a Euskadi y ponen por precio la cabeza de aquel muchacho, Miguel Ángel Blanco, si no atienden su demanda en el término de dos días.

Saben que ningún Gobierno cedería ante semejantes exigencias. Pero persiguen un acto de pública barbarie, para resarcirse del rescate de Ortega Lara. Apenas cumplido el plazo, reaparece Miguel Ángel Blanco, el 12 de julio, con dos tiros en la nuca. Morirá una hora después en un hospital de San Sebastián. En las fotografías divulgadas, mantiene un raro gesto de inocente placidez. Al igual que si se hubiese olvidado o desentendido de su trágica y absurda suerte.

La reacción nacional fue inmediata. En el propio País Vasco, la gente invadió las calles en airada y dolorida protesta. En Madrid cortaron el tránsito desde Barajas a la Puerta del Sol y dos millones de personas se manifestaron contra aquel crimen odioso. En Barcelona, otro millón desfiló hacia la plaza de Cataluña. Si bien pensé siempre, como H.G. Wells, que las afirmaciones multitudinarias y los desfiles políticos sirven para rehundir las suelas de los zapatos y no para pensar, aquella tarde coincidí con Rafael Borràs en Madrid y nos unimos a la riada humana.

Confesaré, señor Sabino Arana, no saber de cierto si me arrepiento o no de haber participado en aquel ritual de masas. Me repelió el improvisado montaje, sobrepuesto a la espontaneidad. En lo que debía haber sido una afirmación de callada ira, un gentío demagógico alzaba los brazos al unísono y coreaba el ridículo grito de «¡Hijos de puta! ¡Hijos de puta!». Mientras, la periodista Victoria Prego chillaba por los micrófonos repetidamente, en mal castellano: «¡A por ellos! ¡A por ellos!». Por otra parte, elementos abertzales alegaron en Euskadi que hasta las demostraciones en su tierra fueron organizadas por los medios de difusión del Estado opresor, con profesionales del escándalo público llegados en autobús. A veces resulta imposible saber dónde termina la manda racista de su legado y empieza la siniestra estupidez de la peor España negra.

Uno de los padres fundadores de ETA, el abogado Julen Madariaga, eligió un compromiso dialéctico. Admitía lo genuino de las primeras protestas, ocurridas en el País Vasco. Pero denunciaba el supuesto montaje carnavalesco de las convocadas fuera de Euskadi. No obstante señalaba el desconcierto de ETA ante el rechazo de su pueblo. Aún habría otros crímenes aislados: coletazos de una organización dispuesta a probar en vano que el repudio al asesinato de Miguel Ángel Blanco era una farsa gubernamental. La última víctima —al menos hasta el año 2000— fue un concejal del Partido Popular de Rentería, Manuel Zamarreño, sucesor de otro también asesinado. De pronto, el jueves 17 de setiembre de 1998, anunciaba Euskadi ta Askatatuta, en un comunicado de cuatro folios, su declaración «unilateral» e indefinida de alto el fuego, aunque guardase las armas «a título defensivo».

La prosa del documento era propia de analfabetos profesionales. Euskal Herria afrontaba una ocasión única para «romper los pactos y ataduras con Madrid y París». Como usted mismo, en sus mejores tiempos, apelaba a la unidad de todo Euskadi español con Navarra y las provincias vascas francesas. Pero también pedía una solución democrática al cruel conflicto y esperaba que el Gobierno de España se prestara a iniciar conversaciones. A través de aquel fárrago de encontrados rebatimientos, manifestaba ETA su siempre «pacífica voluntad».

Se deponía la lucha armada, como si no hubiese ocurrido absolutamente nada. Paz aquí, señores, y después gloria. Que no en vano colaboró la Iglesia de Euskadi en el logro de la tregua. El obispado de Vizcaya llegaría a publicar un documento donde se refería al mundo de «exclusión y dolor» de los presos etarras. Los comparaba con Jesucristo, porque también él fue «encarcelado y torturado». Todo lo cual no era sino una imbécil y odiosa blasfemia eclesiástica. Hasta el presidente de los Estados Unidos, quien un año después no vacilaría en bombardear Yugoslavia y Kosovo, hablaba de las esperanzas ofrecidas en aquella coyuntura por unos terroristas con centenares de muertos en la conciencia. En el gratuito supuesto, por parte de Clinton, de que ellos o él hubiesen tenido conciencia alguna vez en su vida.

Pero ETA tornará a matar, ciega y estúpidamente, una y otra vez. Dondequiera que usted se halle —en el ámbito eterno de los ciegos de espíritu, supongo—, puede sentirse satisfecho de su obra. A los once meses de la declaración unilateral e indefinida de alto el fuego, ETA la denunciaba y ponía a sus agentes al inmediato servicio y cumplimiento de las órdenes de la superioridad. Inaugurando con sangre un nuevo milenio, el 14 de enero del año 2000 un coche bomba destrozaba en Madrid al teniente coronel de Intendencia Pedro Antonio Blanco García. Un millón cien mil personas volvían a manifestarse, condenando el atentado en la capital.

El 22 de febrero una furgoneta, estacionada en las cercanías de la Universidad de Vitoria, explosionaba al paso del automóvil del secretario del PSE-EE de Álava, Fernando Buesa. Perecían Buesa y su escolta, el ertzaintza Jorge Díaz Elorza. El lendakari José Ibarretxe rompía inmediatamente el pacto legislativo con EH porque la coalición no condenaba, sólo «lamentaba» aquellos asesinatos. El Gobierno vasco declaraba tres días de luto oficial a todo Euskadi. Un antiguo alcade de Vitoria, José Ángel Cuerda, describía de forma cabal aquella trágica situación: «Estamos viviendo momentos de puro fascismo». El 7 de mayo unos etarras acababan a pistoletazos al periodista José Luis López de la Calle, en la villa guipuzcoana de Andoain. El 4 de junio abatían de un tiro en la cabeza al concejal de Durango Jesús María Pedrosa Urquiza. El puro fascismo amenazaba con perpetuarse.

En la obligada conclusión, volvemos al lema que encabeza la carta. Estremece comprobar cómo su sombra tuberculosa se extiende por encima de la historia, por tenebrosos y sangrientos caminos. *Nothing that is so is so.*

Nada de esto es esto, como decía el payaso de *La noche de epifanía*. Usted volvía al españolismo en su agonía y daba a entender a los fieles que olvidasen mucho de lo que predicara, o lo interpretaran al revés de cómo lo expuso. Esto sí, debía quedar en claro que inmolaba su vida en bien de la causa. También ETA se desmemoriaba de sus centenares de asesinatos y aun de aquellos, en sus propias filas, caídos en los enfrentamientos con las fuerzas de Seguridad o a manos del GAL.

Por gracia de Euskal Herria se vuelve a vivir la turbia hipercrisis de identidad personal que precedió su descenso al limbo. Se reitera la ignorancia de no saber quién se es, ni de qué se va o se iba disfrazado. ¿Era usted el racista independentista de los cuatro apellidos, que fue hasta casi el final de su existencia? ¿O era el pragmático espíritu, que reivindicaba la soberanía española como el auténtico camino para la consecución de la patria vasca? Puesto todo ello en el contexto actual, ¿se mató en vano en nombre de Euskadi y Euskadi ta Askatatuta, durante treinta años? ¿O fue el alto el fuego el truncado prólogo indispensable de la independencia? ¿Va a permitir de veras el terrorismo de ETA que los muertos sepulten a los muertos, como por cierto reza el Evangelio?

Nunca adquirieron la ambigüedad y la esquizofrenia histórica caracteres más extravagantes, Sabín, que en el palabreo de su testamento político y el comunicado de alto el fuego. ¡Cuánta razón tenía Goya y de qué modo prosigue la zarabanda de la vida, después del macabro sarao del racismo y el crimen! *Avant tout, le passé.* Ante todo, el pasado. Inevitablemente, pienso en su contemporáneo Azorín, hombre de proteicos cambios políticos aunque también tuviera una sabia visión de la historia, cuando proclamaba y repetía en la juventud aquello de vivir es ver volver y vivir aquí es volver a ver lo mismo.

Sinceramente,

Carlos Rojas

Don Alejandro Lerroux García
Dondequiera que pare

Muy señor mío:

Más de medio siglo después de su muerte, casi todo el mundo lo ha olvidado. Quienes recordamos su paso por este valle de lágrimas, lo hacemos con una curiosidad mediada entre la admiración y el desprecio. Por lo demás, usted se reduce a un término, lerrouxismo, que prodiga la Cataluña del muy honorable Pujol y de las juventudes de Convergència Democràtica de Catalunya, aquellas que piden que la lengua nos acompañe. Lo del *lerrouxismo,* por una vez al menos en redondilla, sirve un poco para todo. Para denostar al profesor Alejo o Aleix Vidal Quadras, aun después de decapitado por su propio partido. O para zaherir a los magnates de Hollywood, si imponen el doblaje de sus películas al español, que no al catalán, por obvias razones crematísticas.

Lerrouxismo, todavía en redondilla para enfatizarlo, es cuanto contravenga o denueste el poder del doctor Pujol, tantas veces reelegido él en Cataluña. En la intimidad política, como lo esbozamos en el prólogo y la carta a Macià, lo espetó claramente el honorable a sus juventudes, en una reunión a puerta cerrada de devotos y creyentes, entre las delirantes aclamaciones de sus cachorros. *Pujol president! Catalunya independent!* «¡A ver si mandamos para siempre *al carall* —al mismísimo carajo—, en la próxima campaña, al Partido Popular y a los socialistas!»

Donde sea que se encuentre, si usted llega a leer todo esto no dejará de sonreírse, detrás de sus quevedos. Despachar al quinto carajo, a perpetuidad, a la oposición es el quintaesenciado sentido secreto de la verdadera democracia. En nuestros tiempos, tan ferviente deseo queda en bravatas y latiguillos. En los suyos, terminó en una Guerra Civil donde se fusilaba a la oposición. Desde su prudente destierro portugués, usted denunció dos veces los crímenes de media España. Los de la otra mitad, los calló precavidamente hasta su muerte y acaso los calle todavía. Y conste que estos últimos crímenes fueron más que los anteriores, porque se encargaron de proseguirlos los tribunales militares, después de terminada la contienda.

También perdura un ditirambo suyo, famoso y ya aludido aquí, que no se atrevió a repetir en sus memorias. Me refiero a su editorial de *El Progreso*, en setiembre de 1906. «Jóvenes bárbaros de hoy, entrad a saco en la civilización miserable y decadentes de este país sin ventura; destruid sus templos; acabad con su dioses; alzad el velo de las novicias y elevadlas a la categoría de madres para virilizar la especie.»

Acaso sea una injusticia reducir a un muerto a un puñado de palabras, si el extinto no es Winston Churchill y las palabras su arenga de toma de posesión del *Premiership*, en mayo de 1940, cuando más que discurso fue aquello brillante soflama: «...si es preciso, lucharemos con cuchillos de cocina y cascos de cerveza; pero yo os juro que aquí nunca nos rendiremos», o la otra soflama, que tampoco fue discurso, de un Demóstenes vencido pero inquebrantable: «Acerca de la Corona». Usted disculpe, don Alejandro, don Ale, que por mi parte lo de las novicias no vuelve a imprimirse.

De manera extravagante, repercute su elocuencia en la memoria involuntaria nacional y sobre todo en el inconsciente colectivo barcelonés, que no es lo mismo que el catalán. Aunque sea por ósmosis y desde la intrahistoria a la actualidad histórica, recuerdan en Barcelona su mote de *el Emperador del Paralelo* que en Tarragona, pongo por caso, no significará nada. Si a usted y a mí nos corresponde encontrarnos en el infierno, que Juan Pablo II da ahora por inexistente o convierte en ciudad satélite del limbo, no dejaré de preguntarle si semejante apodo lo puso en circulación Emili o Emilio Junoy, *el Negret de les Rambles* o *el Negrito de las Ramblas*. Junoy, individuo ingenioso y agitanado, fue uno de sus escasos escuderos y confidentes con fama de hombre probo y por añadidura desprendido y humorista.

Aunque recuerden al Emperador del Paralelo, muchos ignoran a quién correspondía tan burlesca identidad. Asimismo, rehundieron en la desmemoria que también lo llamaban *El Caudillo*, en la Barcelona de principios de siglo. Desde la atalaya de nuestro presente, fascina comprobar cómo se enredan en el pasado las vidas de algunos muertos. Copió Franco de Chiang-Kai-shek lo de Generalísimo, o se lo copiaron para su uso en el poder. Pero es pura coincidencia que Chiang-Kai-shek adoptara la forma de mando, supremo y absoluto, que Carlos IV había concedido a Godoy después de la histriónica guerra con Portugal, además del almirantazgo de una Castilla que nunca podrá ver el mar, como decía Azorín.

No por simple concurso del azar, el general José Millán Astray —designado jefe de Prensa y Propaganda en Salamanca, después de la aclamación de Franco al imperio de todas las Armas y la presidencia del Consejo, en octubre de 1936— empieza nombrando *Conductor* a un Franco que antes había sido mando a sus órdenes en el Tercio. Traducción es aquélla de *Führer* o *Duce*, en la lengua de ambas Castillas. A poco, con el beneplácito del Generalísimo, el título de «Jefe del Gobierno del Estado» se reduce convenientemente a «Jefe del Estado», en el papel timbrado del Cuartel General. Al mismo tiempo, Millán Astray transforma al *Conductor* en *Caudillo*.

Sorprende que un agudo observador como usted, con sus ojos oscuros y veteados de verde como los de un gato persa, no hubiese advertido, desde su voluntaria expatriación portuguesa, cómo se apropiaba Millán Astray de su viejo apodo demagógico. No cabe duda de que al cambiar al Conductor en Caudillo, también pasaba Millán Astray desde Hitler y Mussolini a Alejandro Lerroux García. Los tratos de usted con Millán, el Tuerto de Loma Redonda, y sobre todo con el padre de aquel general, exaltado y comediante como un personaje valleinclanesco, venían de antiguo.

En la crisis parcial, que siguió a los sucesos de 1934 en Asturias y Cataluña, pasó usted a ocupar la presidencia del Consejo y la cartera de la Guerra interinamente. Pese a los reparos de don Niceto Alcalá Zamora, le faltó tiempo para rescatar a Millán Astray de la reserva y ponerlo en un cargo pasivo. Aunque el presidente de la República creía a Millán Astray una especie de payaso ido, usted sostuvo con su peculiar retórica que era agravio e injusticia el desentenderse de un militar dos veces mutilado, que «era español y puso el pecho por escudo de España». Elevando al cielo los ojos en blanco, firmó el decreto Alcalá Zamora.

En 1886, cuando el padre del futuro legionario —también llamado José— era director de la Modelo de Madrid, una manifestación callejera contra la pasada Guerra de Cuba y la presencia colonial en la isla, dejó varios heridos en las calles y un pescadero muerto. Como director de *El País* y presunto responsable de los desordenes, la Fiscalía del Reino dictó acto de prendimiento contra usted. Desde entonces se ocultaba con el sol como los vampiros y volvía al periódico al anochecer, disfrazado con peluca y barbas rubias. Nunca anduvo escaso de valor físico, en los editoriales o los muchos duelos que sostuvo en el Retiro. Lo procesaron cincuenta veces; pero sólo llegaría a cumplir una condena de medio año y un día. Gajes del oficio, como decía de los atentados su contemporáneo Alfonso XIII, después de sobrevivirlos.

Harto de esconderse, un disanto por la mañana pedaleó en su flamante bicicleta hasta un ventorrillo de las afueras, donde, imprevisiblemente, fue a toparse con el director de la cárcel y un comisario escoltando a un par de endomingadas furcias. No alcanzó a huir y Millán Astray le dijo que aquellas señoritas ayudaban en el cumplimiento de un servicio secreto. También usted, prosiguió en voz baja y con una ironía más gruesa que la soga de una trainera, aportaría su preciado concurso a las autoridades, si se las piraba en su bicicleta y olvidaba aquel encuentro.

A cencerros tapados, nace una íntima amistad entre usted y Millán Astray, que recuerda en sus memorias aunque calle el escandaloso drama, vivido por el alcaide al hilo de un par de años. Como Ángel Ossorio y Gallardo lo relata por menudo y yo recogía en mi libro acerca de la confrontación de Miguel de Unamuno con el general Millán Astray, José Vázquez Varela —un perdis madrileño de discreta clase media, hijo de una viuda gallega, Luciana Borcino—, cumplía breve condena en la Modelo por el hurto de una capa. Ya en 1886 delató su madre las cuchilladas que le asestara el jovenzuelo, en una riña familiar por cuestiones de dinero. Al cabo había retirado la denuncia Luciana Borcino; pero desde entonces vivía aterrada por la obsesión de que su único hijo y la sirvienta, Higinia Balaguer —amante del indeseable por más señas—, querían envenenarla.

En verano de 1888, la protesta vecinal por la negra peste que humeaba desde la casa condujo al hallazgo del cadáver de doña Luciana, medio socarrada y descuartizada a hachazos en el vano intento de incinerarla. Prendidas Higinia y una amiga, de pésimos antecedentes, la sirvienta acusó a José Vázquez Varela de matricidio. Añadió que el perdulario carecía de coartada, porque Millán Astray se dejaba comprar por los presos con posibles. Les concedía generosos permisos de tapadillo para atender asuntos familiares y aun para deleitarse con la gracia pinturera de *La Reverte*: la señorita torera que se preciaba de planchar en el suelo de un revés a cualquier guapo que la llamase maricona. Los penados gallegos de buena conducta se excarcelaban gratis. Para mayor abundamiento de las coincidencias, Higinia sirvió en casa de los Millán Astray antes de ser doncella de la difunta Borcino.

Como usted recordará todavía, en el rincón de la eternidad reservado a los turbios espectros de la Españeta, en el juzgado y la cárcel hizo el alcaide protestas de inocencia y hasta sufrió un ataque de angina de pecho. Mientras, aquel escándalo soliviantaba y dividía al país. Testigos de cargo, que parecían inamovibles, se desvanecieron como los árboles en la niebla y no resurgirían hasta después de dictada la sentencia. Vázquez Varela y Millán Astray fueron absueltos. Higinia Balaguer recibió la última pena y su amiga, Dolores Ávila, dieciocho años por complicidad y encubrimiento. Pío Baroja, quien pronto colaboraría en *El País* y entonces estudiaba Medicina, presenció de lejos la ejecución de Higinia al garrote vil. Al paso de cuatro años, Vázquez Varela defenestraba y mataba a una muchacha en la calle Carretas. Entonces lo condenaron a cadena perpetua.

El alcaide absuelto prosigue su carrera y otro día publicará sus memorias. Pero la infamia del padre obsesiona siempre a su hijo, quien lleva a cuestas del alma el recuerdo del crimen de la calle Fuencarral. A escondidas de Millán Astray, toda la oficialidad del Tercio hace burla de su edípica y cavilosa pesadilla. Vázquez Varela, Higinia Balaguer y Dolores Ávila pertenecen a la España más tenebrosa. Aunque usted y los Millán Astray sean legítimos representantes de la Españeta, ellos no superan la dramática payasada —valga aquí una amplia y acaso en parte injusta generalización—, ni pueden compararse con un hombre de su talla.

Se dijo que Napoleón no era sino un loco, convencido de ser Napoleón. Usted fue el mayor protagonista de la novela picaresca, aunque sólo creyera ser don Alejandro Lerroux o don Ale. Por gracia suya y a la luz de su vida, la literatura devino historia en mitad de la Españeta. Como en tantas otras ocasiones, desde los tiempos de William Shakespeare, también se transfiguraba la historia nacional en teatro o narrativa literaria.

En diversos aspectos de su doble crónica, privada y pública, se trenza un surrealismo *avant la lettre* con las más genuinas tradiciones de la picardía fabulosa. Al parecer, descendía usted de un blasonado primer escribano de Cámara de Felipe V, *le sieur* Le Roux. Su padre, el de usted y no el del regio escribiente, era capitán veterinario del Ejército. Usted nació bizco y el autor de sus días —albéitar y no médico si bien muy leído en fisiología y anatomía, según su filial testimonio—, lo operó tan felizmente como si los dos fuesen personajes de Vicente Espinel o Mateo Alemán.

Por lo que atañe a otras consideraciones, le supongo perfecta salud física cuando vino al mundo, a juzgar por el vigor físico, parejo al de un hércules de feria, que siempre lo distinguiría. En verano de 1897 y en su primer viaje a Cataluña, estuvo a un tris de ahogarse en Palamós, en una prueba de inhumana resistencia debajo del agua para la que nunca tuvo rival. Llegaba usted al Principado, rubricando sus protestas en los editoriales de *El País* contra las indecibles torturas, infligidas en Montjuich a los sospechosos del sangriento atentado de la calle de Canvis Nous, o Cambios Nuevos, el 7 de junio de aquel año. En la campaña de 1901, pretendieron los anarquistas impedirle el acceso a la tribuna y usted se abrió paso a puñetazos, dejando una ristra de acardenalados y aturdidos por los suelos.

Aunque no le atrajo la veterinaria, quiso ser militar como su padre. Pero pronto dejaría la carrera de las armas. Airado y clamoroso ateo en sus días mitineros, había sido antes devoto lector del santoral, monago y aprendiz de latinista con un tío cura. Tampoco concluyó el bachillerato, a pesar de su mucho talento. Según cuenta, fue a impedírselo el fallecimiento de su madre. En 1923, ya diputado a Cortes y jefe de un partido y una minoría parlamentaria, se hizo bachiller y abogado en la Universidad de la Laguna de una tacada.

Lejos quedaba entonces su primera juventud, antes del periodismo en Madrid y las campañas barcelonesas. Según Indalecio Prieto, llegó a la dirección de *El País* después de haber sido crupier y *bouncer* —chulo fortachón para cuanto se prestara— en las timbas ambulantes, que llevaba de reata por las ferias del campo Antonio Catena, el propietario del periódico. En *El País* empezaría como director nominal y hombre de paja, a la vez que cabeza de turco de demandas y procesos. Pero su pluma, su inventiva y su retórica escrita pronto lo harían alma y director efectivo del diario.

En una plataforma unida y progresista de las legislativas de mayo de 1901, los republicanos barceloneses le brindaron su candidatura. Hizo las primeras gestiones acerca de usted Joaquim Vila, viejo zorrillista que andando el tiempo moriría acogido en su casa. «Caudillo, don Ale, amigos para siempre», fueron sus últimas palabras. Si se decidía por la lucha, le aconsejaba Junoy, debería llevar la talega repleta y satisfacer muchos sobornos, en una ciudad tan fenicia como Barcelona. Por añadidura, se obligaba indefectiblemente a plantar los huevos encima de la mesa.

Cataluña entera suponía que fue entonces a Barcelona sostenido y financiado por Segismundo Moret, el ministro liberal de Gobernación. Por el contrario, asegura Joaquín Romero Maura que los archivos de Moret o de su secretario y luego íntimo suyo, Natalio Rivas, no documentan ningún acuerdo secreto entre ustedes. No obstante, median telegramas de Moret al gobernador de Barcelona, durante el último Consejo de la Regencia, exponiendo la imperiosa necesidad de una candidatura gubernamental en las próximas elecciones legislativas. Leopoldo Romeo, director de *La Correspondencia de España* y varias veces diputado por Belchite, juraba haber sido su correo y correveidile con Moret en los recónditos tratos.

A la salida de su primer mitin electoral, en Sants, le tirotearon el coche. Rompió a reír porque afortunadamente no dejó víctimas el atentado. Usted y el viejo presidente de la República, Pi y Margall, fueron los únicos republicanos elegidos en aquellos comicios, apodados de los cuatro presidentes: el doctor Bartomeu Robert, Albert Rossinyol, Lluís Domènech y Muntaner y Sebastià Torres, por la Sociedad Económica de Amigos del País, el Fomento del Trabajo, el Ateneu y la Lliga de Defensa Industrial y Comercial. Triunfaron los autonomistas. Después de su victoria, en una reunión a puerta cerrada entre la Unió Regionalista y el Centre Nacional Català, nacería la Lliga Regionalista con Enric Prat de la Riba como secretario.

Será reelegido en 1903 y 1905. En Barcelona crea su Vieja Guardia, título pretoriano que en la Guerra Civil le plagiará la Falange sin advertirlo. Con testimonios de ancianos lerrouxistas, Ramón Garriga, quien lo conoció de viva voz, ha dejado un ensamblaje de su secreto discurso fundacional a los custodios. Convocadas las municipales, auguraba confidencialmente, se harían ustedes con la administración municipal, a través de las concejalías. También sería suya la provincial, con la conquista de las Diputaciones. Venciendo en las legislativas, alcanzarían la mayoría en el Congreso. Por último, llegarían a la jefatura del Gobierno y al logro de todos los objetivos políticos. Habas contadas.

Se cumplieron todas sus previsiones. Sólo equivocó la naturaleza de sus postreros objetivos políticos. Ya no serían los de sus estruendosas campañas, apenas iniciado el siglo. Los del Caudillo y Emperador del Paralelo, con sus *aplecs* o jiras al Tibidabo; merendolas de pan de payés y chuletas regadas con priorato, que pronto copiarían los señoritingos autonomistas, a la sombra de la antigua capilla de dom Bosco. Su cambio de frente político es una de las más sabrosas paradojas de una Españeta, imprevisible por ir siempre disfrazada, sin que ella misma advierta en ocasiones sus máscaras, embozos y tapujos. Así lo señalamos antes, en la introducción y cuando escribimos al Rey.

Desde la jefatura del Gobierno, ya no amenazaba con destruir los templos del país, ni con mandar a sus lobatos a hacer madres de las novicias desveladas —perdóneme si tan pronto incumplo mi promesa—; o con prender fuego a Cataluña por los cuatro costados porque, amándola con apasionada hondura, quería purificarla. Todo lo contrario, breve e interrumpidamente, compartiría el poder con el conservadurismo filofascista después de desplazarse muy a la derecha del centro. Nada quedaba entonces de su furioso anticlericalismo revolucionario, aunque militarista. Decía con sorna andaluza el presidente Alcalá Zamora que todos los rosarios, que rezara en sus días de monaguillo, los multiplicaba in péctore en el banco azul.

También describió Ramón Garriga de mano maestra a la cumbre de la Vieja Guardia. Salvo Joan Pich y Pon, barcelonés y alcalde de Barcelona en el porvenir, los demás —todos de una moral administrativa parecida a la de Pich—, procedían de puntos dispares de la península. Emiliano Iglesias, de Pontevedra; Rafael Guerra del Río, de Canarias y José Rocha, de Cartagena. Con su apoyo y amparo, los cuatro mostraron escandalosa rapacidad para enriquecerse. Bastará recordarle en dos notas las provechosas carreras de Pich y Pon y Emiliano Iglesias.

Casi analfabeto, venía Pich de humildísima familia. Sus públicas barbaridades, trinchando la morfología y la sintaxis castellanas, fueron legendarias en Barcelona. Dejó justa fama de incomparable venalidad en una concejalía del Ayuntamiento y la superó después como alcalde accidental de la ciudad. Truhán ambicioso e inteligentísimo, fue uno de los impulsores de la Exposición Internacional de 1929. Convenientemente, olvidó su radicalismo republicano para servir al Rey y a Primo de Rivera en la Asamblea Nacional. Usted lo hizo subsecretario de Marina en uno de sus Gobiernos y virrey sin corona de Cataluña, como presidente de la Generalidad, gobernador y alcalde de Barcelona, después de la dramática y grotesca revolución de octubre de 1934.

El aborrecimiento y el desprecio que dejara Pich y Pon en Cataluña lo obligó a destituirlo, para gran satisfacción de Alcalá Zamora. Al año siguiente, el turbio asunto del estraperlo, con su ruleta aparentemente tramposa —«mesa de trucos», la habría llamado Cervantes en un juego de palabras, que ya usaba en las *Novelas ejemplares*— lo retiró para siempre de la política. A Pich y al estraperlo volveremos, con su venia, hacia el final de esta carta. Baste recordar ahora que aquel zascandil, espabilado e insaciable, fue también un hombre de visión. Experto autodidacta en todo lo relacionado con la electricidad, advirtió enseguida que el porvenir de sus fuentes energéticas estaba en los saltos de agua y no en el carbón.

Huérfano desde los catorce años, Emiliano Iglesias se hizo abogado en tanto trabajaba en el periódico *La Unión Republicana*. Cuando sus estrellas se cruzaron en Galicia, durante la campaña a Cortes de 1904, él era ya jefe de los republicanos gallegos. Admirado de la inteligencia de aquel joven, de sólo veintisiete años entonces, lo llevó a Barcelona e hizo su lugarteniente en la plaza. Emiliano Iglesias aceptó la defensa de Francisco Ferrer Guardia, en el proceso por su presunta complicidad en el atentado de Mateo Morral a los Reyes en 1906. Suicidado después del intento de magnicidio, se descubrió entonces que Morral había profesado en la Escuela Moderna del libertario Ferrer. Por falta de pruebas, Emiliano obtuvo la absolución y el prestigio de su procónsul imperial se elevó deslumbrante, como un chispero cohete volador.

Además de director de su revista *El Progreso*, el jurista gallego sería letrado de Juan March: «La primera fortuna de España y la séptima del mundo». Aquel mallorquín sin escrúpulos, naviero enriquecido como un creso con el contrabando, las centrales eléctricas y el monopolio del tabaco de Marruecos, era a juicio de Cambó el último pirata del Mediterráneo. Andando el tiempo, financiaría el fúcar el vuelo de Franco de Canarias a Marruecos y trabajando para él aprendió Emiliano Iglesias el arte de sobornar a jueces y testigos. Además sería un privilegiado y escogido de los dioses a quien March, que despreciaba a media humanidad y aun a usted le había negado dos créditos, admiraba sinceramente.

El 26 de abril de 1909, al principio de la interminable contienda de Marruecos, una huelga general en protesta por el envío de tropas al Rif, se convertía en una revuelta popular en Barcelona. Contra el parecer del gobernador, Ángel Ossorio y Gallardo, quien esperaba arbitrar una solución pacífica, se declaró el estado de guerra. Se alzaron barricadas y ardieron las iglesias. Cuando volvió la normalidad, impuesta por las tropas llegadas del resto de la península, la Semana Trágica se cerraba con ciento cuatro muertos —un centenar de civiles y cuatro militares— y sesenta y ocho templos quemados, entre iglesias y conventos.

Aunque nada tuvo que ver con los disturbios y se había ausentado de Barcelona al principio del levantamiento, Ferrer fue condenado a muerte y fusilado. Por toda Europa estallaron furiosas protestas multitudinarias, sin parangón hasta seis decenios después cuando las últimas ejecuciones del franquismo provocarían otras mayores. Prendieron y encausaron a Emiliano Iglesias. Pero su proceso fue sobreseído a los tres meses, si bien al ingresar en jefatura le dijese un policía que pronto su viuda recogería sus pertenencias, porque iban a asesinarlo en la celda.

Llegado al Parlamento dos años después, Emiliano se revelaría como un poderoso polemista. El 14 de abril de 1931, ocupó el Gobierno Civil de Barcelona en un golpe de audacia. Lo hizo desalojar el capitán general, Eduardo López Ochoa y Companys vino a sucederlo por unas horas. Le bastaron para afirmar después, metafórica o textualmente, que el defensor de Ferrer había arramblado hasta con los tinteros de plata de aquel palacio. Al igual que la de Pich y Pon, su carrera terminaría en las primeras Cortes de la República, aunque en 1933 todavía lo mandaba usted de embajador a México. De vuelta en Madrid, Emiliano asistiría al entierro de Calvo Sotelo, en julio de 1936. «Éste es un día de llanto para todo el país», dijo en el cementerio a Gil Robles. Acusado de ser un agente de March —quien sería encarcelado y huiría inmediatamente con el director de la prisión—, Emiliano Iglesias, el de la revuelta cabellera rizosa y la rosa o el ramillete de violetas en el ojal de la chaqueta, fue desposeído del acta y expulsado de las Constituyentes.

Su propia carrera política, don Alejandro, empezó a declinar en Barcelona en 1906. Salmerón, único presidente vivo de la Primera República y su jefe político en Unión Republicana, se sumó al movimiento autonomista de Solidaridad Catalana, después del asalto al *Cu-cut*. Inmediatamente, se separó de Salmerón y empezó a atacarlo en *El Progreso*. En 1907 lo vencieron en las urnas. Condenado por el Supremo a ocho años y un día de presidio, ¡por la aparición en *Rebeldía* de un poema, «Os simples», del gran poeta portugués Abílio Manuel da Guerra Junqueiro! escapó, con muy buen juicio, a Francia y Argentina.

Cayó de pie, como los gatos y los granujas literarios al cambiar de dueño. Los fieles reunieron una cuantiosa colecta para que viajara a Buenos Aires y viviera a lo gran señor. El más desprendido aunque no el único de sus liberales cirineos le contaría a Ramón Garriga que su aventura porteña le costó una fortuna, en extraños negocios fallidos; el corretaje de obras de bibliófilo entre otros. Pero daba aquellos dispendios por bien empleados, porque usted era un genio inolvidable. Desde luego, nunca devolvería un céntimo.

Vuelto a elegir en las municipales barcelonesas de 1908, la condena le impide posesionarse de la concejalía. No tuvo parte en la Semana Trágica; pero la aprovechó políticamente. En 1910 la elección al Congreso le confiere la aguardada impunidad y se posesiona de su escaño en las Cortes. Todavía defiende a Ferrer fusilado y ataca a Maura en el Parlamento. No obstante inicia un cuidadoso viraje político en 1910 y condena la huelga general, declarada en Barcelona. A los dos meses de estallada *the Great War* o *la Grande Guerre,* en la que siempre será aliadófilo, pronuncia un significativo discurso en la Casa del Pueblo de Barcelona. A principios de siglo, rememora entonces, era preciso enardecer al «pueblo acogotado» apelando a su indignación y no su inteligencia. Ahora ya no cabe engañarlo sino enseñarle a razonar, porque la era de las barricadas ha terminado.

Pero la corrupción de su gente, más extremosa que la suya propia cuando la condona y encubre, lo perseguirá hasta su muerte política en 1936. La lacra terrible y risible de tanta dádiva y venalidad sigue actualizando la picaresca españetera. Convierte la historia de sus tiempos en una literatura digna de las coplas de ciego, con todo el ámbito nacional por aforo público. Empiezan a pringarlo los escándalos financieros de la mayoría radical en el Ayuntamiento de Barcelona. En 1910 se ve obligado a abandonar la coalición Republicano-Socialista, creada por hombres tan limpios y desinteresados como Gumersindo de Azcárate y Pablo Iglesias, antes de que ellos lo expulsen.

En 1926, bajo la Dictadura de Primo de Rivera, colabora en la fundación de Alianza Republicana. En su nombre, firmará el pacto de San Sebastián el 17 de agosto de 1930. Con usted suscriben aquel acuerdo, para establecer un convenio revolucionario, Álvaro de Albornoz, Marcelino Domingo y Ángel Galarza por el partido Radical Socialista; Manuel Azaña por Izquierda Republicana; Santiago Casares Quiroga por la Federación Republicana Gallega y Alcalá Zamora y Miguel Maura por la Derecha Liberal Republicana. Indalecio Prieto y Fernando de los Ríos se adhieren de manera particular, puesto que el PSOE opta por inhibirse hasta conocer las conclusiones adoptadas. Por Acció Catalana, Acció Republicana de Catalunya y Estat Català se suman al pacto Manuel Carrasco i Formiguera, Maties Mallol y Jaume Ayguader.

Usted siente la convicción de que en San Sebastián tratan de preterirlo. A sus espaldas, todos acuerdan en la necesidad de incorporarlo a la Junta Revolucionaria, por su largo historial político. Pero, estigmatizado por la corrupción, también resuelven alejarlo del Comité Ejecutivo, que llevará la dirección del movimiento. Bajo la presidencia de don Niceto, forman la directiva Prieto, De los Ríos, Azaña, Domingo y Albornoz. Antes no le cabía la menor duda del triunfo de la República y en lo recóndito aspiraba a presidirla. Aunque nunca lo confiese abiertamente, acaso en San Sebastián empiece a apear aquella íntima esperanza.

El 14 de diciembre de aquel año, prenden en Madrid a la mayor parte del Gobierno Provisional de la República: Alcalá Zamora, Maura, Largo Caballero, De los Ríos y Giral. Con ellos se reúne en la Modelo Casares Quiroga. Según comenta un sarcástico Miguel Maura, lo llevan a aquella cárcel desde Jaca para que colabore cómodamente en los trabajos de la Junta Republicano-Socialista. Lluís Nicolau d'Olwer, Azaña, Domingo y Prieto consiguen ocultarse.

Usted permanece tranquilamente en su domicilio, durmiendo largas siestas de dos horas en pijama y envuelto en una bata de lana, a sabiendas de que los agentes de Su Majestad, a las órdenes del general Emilio Mola, no se atreverán a apresarlo. Así de grande es entonces el poder invisible del pícaro más genial de la Españeta, sobre los tendidos del Ruedo Ibérico. Camino de la Modelo, Maura pregunta por usted a los policías que lo detuvieron. Responden al unísono, escandalizados: «¡Oh, no, a don Alejandro no lo molestarán!».

Presidido por un sonriente antiguo alto comisario en Marruecos, el general Ricardo Burguete, el consejo de guerra de la Junta Republicano-Socialista se transforma en un festival revolucionario, entre el 20 y el 21 de marzo de 1931. El pueblo aplaude a los encausados mientras entran en el Supremo y vuelve a aclamarlos delirantemente cuando salen a la calle. Los condenan a medio año de arresto; pero de hecho los absuelven y aquello es una pura farsa porque la ley de penas condicionales los deja en libertad.

Proclamada la República, se replantea la ambigua situación de San Sebastián. Su historia será infamante o dudosa en el mejor de los casos; pero lo ennoblece su leyenda, por así decirlo. Quieren acogerlo y concederle un ministerio, en el primer Gobierno del nuevo régimen. No obstante, resuelven al hurto darle la cartera de Estado para que tenga poca oportunidad de pringarse con la codicia de sus mesnadas. Ya en el primer verano de la República, su secretario particular, Antonio Sánchez Fuster —a quien usted mismo tacha de voraz y nada escrupuloso—, ofrecía suculentos negocios a Maura, en tanto usted le brindaba su lugartenencia, tan pronto fuese presidente del Consejo. Maura lo rechazó todo indignadísimo.

En verdad, su nombramiento como ministro de Asuntos Exteriores, que tardó un par de días en aceptar, era un disparate mayúsculo. No conocía otro idioma que el castellano, aparte de dos o tres centenares de palabras en catalán, gavilladas en el Paralelo imperial. Leía un poco el francés; pero no lo hablaba, escribía o entendía al oírlo. A través del testimonio de Salvador de Madariaga, recuerda Paul Preston sus andanzas de ministro de Estado, en *la Societé des Nations* de Ginebra. Aunque el cargo halagase su vanidad sin límites, habría abochornado a cualquier otro diplomático, cierto o supuesto por conveniencia y razón de Estado.

Sin previa consulta y por la prensa de La Habana, supo Madariaga que acaban de designarlo embajador en Washington. Acató el puesto con hartos recelos, obligado a servir a alguien tan moralmente sospechoso como usted. No llevaba ni siete semanas en Washington, cuando, en una decisión muy propia de aquellos extravagantes entremeses republicanos, lo hicieron representante en Ginebra. Empezó una comedia de enredos y errores en la Sociedad de Naciones, con Madariaga de intérprete y apuntador, puesto que usted era incapaz de seguir las deliberaciones en la lengua de su antepasado Le Roux. También le escribía Madariaga los discursos en el idioma de La Fontaine, donde los zorros discurren en voz alta como los hombres. Pechisacado y convencido de que su francés incomprensible era más claro que el fulgor del sol, leía sus brillantes intervenciones para regodeo o indignación de la asamblea.

Como ministro de Estado, toma la promesa de su presidencia a Alcalá Zamora, el 10 de diciembre de 1931. Es promesa y no juramento porque la República era constitucionalmente laica desde la víspera. «¿Prometéis cumplir y hacer cumplir la Constitución y las leyes de la República?» «Prometo.» «Si así lo hacéis, que la nación os lo premie, y si no, que os lo demande.» Pero, abierta la crisis y vuelto a formar Gobierno Azaña, usted renuncia a cualquier cartera en aquel Consejo de concentración republicana y socialista. Teme que el partido de Prieto y Largo Caballero esté excesivamente representado en el Gabinete. «Ya que se nos desdeña, vámonos», le dice Diego Martínez Barrio, su internuncio en el radicalismo y ministro de Comunicaciones en el Gobierno Provisional.

El 21 de febrero de 1932, llena usted el coso de las Ventas, puesto que como orador de masas será siempre incomparable en su tiempo y no digamos en el nuestro. De aquel discurso, que luego alega haber olvidado en el exilio, se dice que es la puesta a punto, pública y oficial, de su abierta oposición al Gobierno socialista y republicano. La gente que abarrota los tendidos es muy distinta de quienes lo vitoreaban en la Barcelona de principios de siglo. Pero le enorgullece advertir que una burguesía derechista y clerical lo aplaude con el fervor de sus antiguos jóvenes bárbaros.

Siendo usted una esponja retórica, que todo lo absorbe y después reparte a chorros y rociadas en diatribas y sermones, a veces sus latiguillos adquieren resonancias evangélicas. Alude al hombre y al *sábath* hebreo; a Cristo y al sábado. «España no debe ser para la República sino la República para España.» Es preciso conseguir que la raza, el pueblo y toda la sociedad, en suma, se identifiquen con la República y encuentren en ella hogar, iglesia, taller, tribunales de justicia y verdadera libertad. De pie en el graderío, lo aclama el respetable hasta atorarse y enronquecer.

Como ya vimos aquí, en la carta a don Niceto Alcalá Zamora, los sucesos de Casas Viejas —una matanza de campesinos, que se hacen quemar vivos para no rendirse a los guardias civiles y de Asalto, en enero de 1933, mientras otros, del todo inocentes, son asesinados a mansalva por las fuerzas del orden— traerán la derrota del Gobierno Azaña en las municipales de abril de aquel año. Se consuma la sarcástica parodia de aquellas otras elecciones, también municipales, que instauraron la República dos años atrás. Desinformado y dejándose llevar por su despectiva elocuencia, dirá Azaña desde el banco azul que en Casas Viejas sólo ocurrió lo previsible a inevitable. Desde los escaños de la oposición, replica Martínez Barrio que el Consejo se ha cubierto de «sangre, fango y lágrimas».

Caído el Gabinete Azaña el 5 de setiembre, finalmente alcanza usted la presidencia del Gobierno por un mes. Se ha cumplido el epílogo de su profecía barcelonesa. Como la proverbial breva madura, vino a sus manos el poder ejecutivo aunque se halle a años luz de quien era tres décadas antes. El conservadurismo parlamentario tiene sus cabezas visibles en usted y el joven dirigente salmantino de la Confederación Española de Derechas Autónomas, José María Gil Robles. Pronto lo sucede Martínez Barrio al frente del Gabinete. Pero volverá a la presidencia en noviembre, después de las elecciones legislativas y el amplio triunfo de las derechas.

Como sabemos por la carta a don Niceto, no sin largas vacilaciones, el 23 de abril de 1934 firma el jefe del Estado el decreto que amnistía a Sanjurjo y los acusados de colaboración criminal con la Dictadura, como Calvo Sotelo. Sanjurjo, quien había sido contertulio suyo en Madrid y siempre dijo que usted, únicamente usted, representaba la verdadera República, se afinca en Portugal y vuelve a conspirar. Calvo Sotelo regresa del exilio y ocupa un escaño en las Cortes. El 23 de abril, en protesta por las largas dudas del presidente ante la ley de Amnistía, antes aprobada por el Parlamento, dimite usted la jefatura del Gobierno.

Su testaferro, Ricardo Samper, hereda y retiene la presidencia hasta el 2 de octubre, cuando Gil Robles, cada vez más impaciente por hacerse con el poder, derribe el Gobierno. Como también lo recordábamos anteriormente a don Niceto, él se sentía más cómodo con Samper —bisojo al igual que usted de niño y aparente cruce de pescado y cotorra— en la cabecera del banco azul que con usted o Azaña. Asimismo, mediado el paso del Gabinete Samper por la historia, presencia y padece usted una rotura o deserción política, que airadamente resume en su memorias sin perdonarla.

El 17 de junio de 1934, en una conferencia en el Teatro Victoria de Madrid, Diego Martínez Barrio se separa del partido Radical y crea el Radical Demócrata. Asegura haber adoptado una penosa resolución madurada desde mediados del año anterior. Denuncia al Gobierno Samper por docilidad servil a usted, entre bambalinas y bastidores, mientras deroga toda la obra legislativa de las Constituyentes, aprobada con el concurso y el asentimiento de los radicales en casi todos los casos.

En plena Guerra Civil, desde su destierro en Estoril, imprime usted un artículo anónimo, que volverá a publicarse en 1963, póstumamente reivindicado por *La pequeña historia*. Acusa a Martínez Barrio de degradado y envilecido, por hacer causa común con quienes pusieron el poder «en manos de la Rusia comunista, que ha traído a España a sus hordas para desatar en ella una guerra social, sembradora de la anarquía». En redondilla y con mayúsculas lo culpa de triple perfidia: al *Partido,* a la *República* y a la *Patria.* Recurre a su mejor retórica y pregunta de manera tan académica como desprendida: «¡Desventurado! Dentro de este triple crimen execrable, ¿qué importa la deslealtad a Lerroux?».

Su final político empieza en primavera de 1935. Resultará escandaloso, risible y dramático, como solían serlo los cartones para tapices, al borde de la gran catástrofe que fue la Guerra de la Independencia. En un día de aquel abril cuya fecha exacta borró la desmemoria, recibe por la valija presidencial una carta, redactada en francés, de cierto Daniel Strauss: judío austriaco, al parecer de nacionalidad holandesa, domiciliado en México.

Asegura ser aquélla la primera noticia que le llega de Strauss. Esto parece dudoso o increíble porque su sobrino e hijo adoptivo, Aureliano Lerroux, anda complicado en la intriga de trampas y dádivas que se revela entonces. Inclusive ha recibido dos relojes de oro de Daniel Strauss, de dos mil ochocientas pesetas cada uno, destinados a usted y a Rafael Salazar Alonso: el ministro de Gobernación que fuera de Samper. En tiempos de aquel pasado Consejo, era realidad bien conocida que usted lo atalayaba y disponía todo en su casa y también en el Gobierno Samper, como si el Ejecutivo fuese otra rama prohijada en la familia.

Con su socio Perl, decía Strauss haber inventado una ruleta de sólo trece números, el estraperlo, que escapaba a la prohibición de los juegos de azar, impuesta por la República, porque no se regía por lo fortuito sino por la retentiva y la rapidez de cálculo. Salazar Alonso había autorizado el estraperlo, como juego matemático y no casual. Pero, estrenado con éxito en los casinos de San Sebastián y Palma de Mallorca, el ministerio de Gobernación se retractó dos veces y vino a prohibirlo. De hecho, aunque lo callase Strauss en la carta, se había comprobado en Palma que un aparato de relojería regulaba la ruleta y el crupier —su antiguo menester en las ferias del campo, don Ale— conocía anticipadamente la casilla favorecida, en cuanto se detuviera la rueda.

Como usted no repuso, el infatigable Strauss cursó recuento y denuncia de los cohechos, requeridos y pagados en la Españeta de los radicales, donde todo se suponía en venta. Puesto que no le permitían explotar su ruleta, quiso al menos resarcirse de los untos que prodigó en el Gobierno Samper, en su familia y en otros puntos negros de la geografía política nacional. Alcalá Zamora rebosaba satisfacción porque el escándalo le permitía alejarlo de la jefatura del Consejo. «Si yo estuviera en su lugar, don Alejandro, empezaría a preocuparme en serio.» El 20 de setiembre dimitía el Gobierno en pleno y el liberal Joaquín Chapaprieta Torregrossa formaba nuevo Consejo, con usted al frente del ministerio de Estado. Por unos días, un destino simétrico e irónico le devolvía su cartera original a la proclamación de la República.

El 22 de octubre pasaba a las Cortes la denuncia de Strauss. Desmoralizado, usted sólo acertó a decirse víctima de una intriga política. Después de largos interrogatorios y cuidadoso examen de la documentación aportada, la Cámara aprobaba su inocencia. Por tres votos, también eximía a Salazar Alonso. Quedaban encartados su sobrino Aurelio, delegado del Estado en la Telefónica; Eduardo Benzo, antes subsecretario de Salazar Alonso; Santiago Vinardell, jefe de la Oficina de Turismo en París; Sigfrido Blasco, diputado por Valencia e hijo del célebre novelista Vicente Blasco Ibáñez; Miguel Galace, delegado del Estado en la Compañía Madrid-Zaragoza-Alicante; el director general de Seguridad, José Valdivia y, naturalmente, Pich y Pon.

Gil Robles hizo su tibia defensa en las Cortes. Soberbio parlamentario y mediocre político, de impaciente y desaforada ambición, esperaba entonces librarse de usted y sus radicales para ascender a una jefatura del Consejo, que no alcanzaría jamás. En noviembre otro escándalo, bastante más oscuro que el del estraperlo, parecía comprometer al partido Radical. Una orden de pago —aceptada y revocada por la República, vuelta a aprobar por el Supremo— a una entidad, *África Occidental,* regentada por un antiguo conocido suyo provocaba su salida del Gabinete, aunque la CEDA seguiría en el Consejo. Finalmente, caído el Gobierno, llamaba Alcalá Zamora al liberal y centrista gallego Manuel Portela Valladares. Enfurecido y defraudado, afirmó Gil Robles que iba a constituir un *Frente Nacional,* contra la revolución y todos sus cómplices. En las elecciones de febrero de 1936, usted ni siquiera salió elegido.

El 17 de julio de 1936, el comisario y antiguo confidente del general Mola, Santiago Martín Báguenas —pronto asesinado en Madrid al fracaso del Alzamiento en la capital—, le comunica que aquella tarde se producirá el Levantamiento en Marruecos y al día siguiente va a extenderse a la península. También le aconseja ponerse a salvo en Portugal. Usted pasa entonces con su esposa a la finca que poseen en San Rafael y el 18 de julio emprende viaje a Lisboa, conducido por su chofer y escoltado por el jefe de Seguridad de su escolta. Su familia carece todavía de pasaporte en regla; pero piensa seguirlo a las cuarenta y ocho horas. No conseguirán reunirse con usted en Portugal hasta el 11 de agosto.

Apenas desembarcado en su exilio voluntario, concede unas declaraciones en abierto apoyo a la Rebelión a un periódico derechista cubano, *Diario de la Marina.* El 30 de enero de 1937, las reproduce muy ampliadas el semanario *L'Illustration* en París. No se trata ahora de un pronunciamiento o asonada, como los decimonónicos, sino de un

Levantamiento Nacional, tan sagrado y legítimo como la Guerra de la Independencia. Más sacrosanto aun, porque no sólo se dirime la libertad del país sino también el orden social y económico, el hogar, la Iglesia, la propiedad privada, la cultura, la conciencia y la vida. En suma, el rescate de toda una civilización y una historia.

Investido Franco con la jefatura del Estado y los supremos poderes militares y civiles de la España sublevada, usted le escribe y felicita el 12 de octubre de 1936: el día mal llamado de la Raza que conmemora el descubrimiento de América. De forma imprevisible, no menciona aquella carta en sus patrióticas declaraciones a *L'Illustration*. Ocho años después de su fallecimiento, Franco le dice a su primo Franco Salgado Araujo que usted le escribió repetidamente durante la Guerra Civil. No añade, ni Pacón pregunta, si él le contestó alguna vez.

Después de ciertos tanteos y frustrados intentos para que le permitan el regreso a España, torna en julio de 1947. El régimen finge desentenderse de su presencia, como si fuese un espectro del pasado que empuja todas las puertas en busca de la vida perdida. Si abrigó la ilusoria esperanza de que el segundo Generalísimo —segundo detrás de Manuel Godoy, ya se sabe— reconociera su defensa del Movimiento Nacional, como aguardaba Julián Besteiro la venia de la Dictadura para la creación de un partido Laborista, antes de que lo condenaran a muerte primero y a cadena perpetua después, debió desengañarse muy pronto.

Muere usted sin haberse enterado de lo que repetirá agudamente Gil Robles, vuelto también a España al cabo de otro destierro portugués, aún más largo que el suyo. Franco, decía Gil Robles, no perdona a nadie a cuyas órdenes estuvo en el pasado. Así al propio Gil Robles, porque fue su ministro de la Guerra cuando él era jefe de Estado Mayor. Y menos a usted, en fin de cuentas, porque presidía aquel Gobierno donde desempeñó Gil Robles la cartera de Defensa por siete meses.

Fallece a los ochenta y cinco cumplidos, el 27 de junio de 1949, cuando no lleva ni otros dos años de vuelta a España. En el epílogo de su larga existencia, tal vez le divierta saber que el estraperlo —la ruleta de trece números—, vino a transfigurarse, a través de un sardónico proceso semántico, en el término que designaba el mercado negro de los pobres, en la primera postguerra franquista. Se extingue, ni que decir tiene, confortado con todos los auxilios espirituales de la Iglesia.

Sinceramente,

Carlos Rojas

Pablo Iglesias Posse
Dondequiera que se halle

Muy señor mío:

Cuarenta y dos años antes que Franco, también nació usted en El Ferrol, a veces conocido como El Ferrol del Caudillo, el 18 de octubre de 1850. Reinaba doña Isabel II y aquel mismo año había dado a luz a un niño, fallecido a las pocas horas de asomarse a este mundo irrazonable y cruel. Todo Madrid lo creía hijo de Manuel Lorenzo de Acuña y Devitte, marqués de Bedmar. El Rey Consorte despachó entonces al general Narváez —jefe de Gobierno con poderes excepcionales, otorgados por las Cortes— aquella esquela ya citada en otro pasaje de este libro: «La Reina acaba de parir a un hijo; pero, como no es mío, no voy a reconocerlo».

Se cuenta que amenazaba don Francisco de Asís con dimitir e irse al extranjero. Narváez se encerró a solas con él, le soltó una épica escandalera y amenazó con aprisionarlo en Segovia. Cedió don Francisco. Acaso lloriqueara un poco al amparo de una puerta, como pronto veremos que cantaba una coplilla, supuesto invento de don Ramón del Valle-Inclán en otro siglo.

Pudieron ahorrarse la carta y la escena porque, sin que ellos lo supieran, el inocente había rendido el alma al cielo. Dimitiría el espadón —*el bicho de Loja*, lo llamaba Juan o Joanet Prim Prats— el 14 de enero de 1851, por causa de aquellas diferencias con la Casa Real, amén de otras más con la Reina madre o Gobernadora, doña María Cristina: a quien los carlistas motejaban *la regia puta* y el pueblo llano, la ladrona. No tenía usted entonces ni tres meses y es fama que Narváez rugió al marcharse de vacaciones a París: «Aún no me han vencido».

Si la eternidad de los muertos no es mudez interminable, se preguntará en voz alta qué significa este recuerdo retrospectivo y calidoscópico de semejante Españeta, regia, despótica, lasciva, consentida y corrompida junto al martirio regoyesco de la más terrible España negra, que padeció usted en la infancia y la adolescencia. Yo respondería a que todo y nada al mismo tiempo, aunque no sé si me explico. Sólo pretendo exponer el contraste entre el país oficial, en la cumbre política y administrativa, como diría la jerga de nuestros tiempos, y la increíble visión de otro pueblo, también real y patético, al Este del infierno entre El Ferrol y la Villa y Corte.

Apenas cuenta usted diez años, ya muerto su padre, cuando su madre lo lleva a Madrid con un hermanito tuberculoso. En Madrid tiene que acogerlos en el hospicio municipal, mientras ella se esfuerza por ganarse el pan de todos como asistenta y lavandera. En al asilo aprende tipografía y a los catorce años, «trabajando a destajo», como puntualizará Antonio Padilla, mantiene a su madre y al pobre tísico. (Cuando en 1910, elegido diputado por primera vez a los sesenta años, presente al Parlamento el Programa Socialista, una de sus medidas será la prohibición del trabajo a los menores de catorce años y la jornada de seis horas para los adolescentes de catorce a dieciocho.)

Morirán su madre y su hermano. Su salud y su carácter quedarán siempre marcados por tantas angustias. Según Gerald Brenan, aquellos años terribles le infunden un temple y una voluntad, que lo convertirán en creador y dirigente del socialismo español, aventajando a otros mejor preparados y acaso más aptos. A la vez, las muchas penalidades de la infancia y la adolescencia le proporcionan una desdeñosa inflexibilidad —«su cerrado y personalísimo calvinismo obrero», lo llama Raymond Carr—, que distingue toda su carrera política. En el Parlamento temerán por igual la dureza de su oratoria y la desdeñosa superioridad de sus sardónicas sonrisas, al fondo de su corta barba blanca y bajo los ojos como tizos, en tanto escucha las réplicas de sus adversarios.

Entre el clamoreo de una delirante multitud, la Revolución de 1868, la más *Gloriosa,* acaso lo lleve a la Puerta de Alcalá para presenciar la triunfante entrada en Madrid de Juan Prim: aquel general correoso y bilioso, idolatrado entonces y asesinado dos años después. En el vano central de la puerta, donde en 1814 pendían dos de las mayores telas de Goya, *El 2 de mayo en Madrid* y los *Fusilamientos del 3 de mayo de 1808,* celebrando el regreso del padre de la Reina acabada de destronar, Fernando VII el Deseado, pende ahora una larga pancarta. Tira Prim de las riendas y detiene la montura. Por primera vez esboza una sonrisa, mientras recorre con los ojos las grandes letras del cartel. Entre puntos de exclamación y en madrileño chamberilero, lee allí: «¡Muera esta puta!».

Pero la Revolución no se reducirá a griterío de muchedumbres y regresos triunfales como el de Prim. Surgirán conservatorios de Artes y oficios —imitaciones de los centros de *Arts et Métiers* franceses— donde completará su educación técnica e intelectual, aunque el setenta y cinco por ciento de los españoles adultos sean todavía analfabetos. En junio de 1870, se reunirá en el Ateneo Obrero de Barcelona el Primer Congreso de la Federación Regional Española de la Internacional, a la que usted va a adherirse enseguida. Culminados en el Congreso de Londres del año siguiente los desacuerdos de Karl Marx y Michael Bakunin, la Federación mantendrá el tono marcadamente anarquista, que adoptara desde su fundación. Cuando usted y el periodista José Mesa Lleompart se opongan y declaren marxistas, serán expulsados en abril de 1872. Con otros proscritos, fundarán entonces la Nueva Federación Madrileña. Mesa Lleompart será el primer presidente y usted su secretario.

Proclamada la Primera República, en mayo de 1874 lo eligen dirigente de la Asociación del Arte de Imprimir, inmediatamente atacada por los propietarios de la prensa burguesa. Aquellos años de su vida política, hasta cierto punto perdidos u ocultos en la oscuridad, irán a confluir en la fundación clandestina del Partido Socialista —llamado desde el principio PSO, Partido Socialista Obrero a sugestión suya, luego Partido Socialista Obrero Español—, el 2 de mayo de 1879, en una taberna y merendero público de la calle Tetuán de las Victorias de Madrid.

Redacta el acta fundacional con otros catorce tipógrafos, un doctor en ciencias, cuatro médicos, dos plateros, un marmolista y un zapatero. Aunque suscrito en un figón, ya se advierte en aquel documento «la bendita intransigencia» de su estilo y sus convicciones que tanto lo enorgullece. Así su horror al compromiso político y la exclusiva afirmación del socialismo, con el drástico repudio de los demás partidos, el republicanismo y el anarquismo. Mantiene el criterio inalterable de que todas aquellas instituciones dañan gravemente los intereses obreros.

Cánovas rechazó el sufragio universal, que reconocería Práxedes Mateo Sagasta. Cuando el turno pacífico lo lleve al poder, legalizará Sagasta los derechos de asociación del proletariado, en 1881. Con sus novecientos tipógrafos e impresores como núcleo central, el PSO empieza a extenderse por las provincias y atrae a centenares de obreros de otras profesiones. Inmediatamente denuncia usted el incumplimiento de las tarifas salariales, legisladas por la República. Sólo la mitad de la patronal acata aquellas reformas y usted convoca la primera huelga de la Restauración.

Trescientos operarios acuden al paro y diversos periódicos se declaran en quiebra. Las publicaciones liberales y conservadoras fuerzan la intervención del Gobierno. Lo encarcelan y condenan a tres meses de prisión con la entera junta directiva del PSO. Se ofrece a defenderlos Pi y Margall, aquel segundo presidente de la Primera República. La huelga triunfa aunque casi todas las empresas afectadas rehusarán el empleo a los socialistas. Desde aquel día desconfiará usted de la eficacia de la cesación del trabajo como arma política. Al mismo tiempo, de acuerdo con una estricta praxis marxista, empieza a creer que el atraso industrial de España impide el movimiento revolucionario, en un plazo inmediato o previsible.

Al transcurso de cinco años, crea en 1886 el primer periódico del partido, *El Socialista*. Dirigido por usted hasta su muerte y con un capital inicial de menos de mil pesetas —novecientas veintisiete para ser exactos— se pone a la venta como semanario. En sus artículos y editoriales, manifiesta una y otra vez su inflexibilidad, su «bendita intransigencia». Aunque por temperamento sea un revolucionario, acata el sistema parlamentario de forma pragmática y expeditiva. Pero ataca a los otros partidos, especialmente a los más avanzados, puesto que atraen «el voto engañado» de los obreros. Numerosos intelectuales, con el doctor Jaime Vera a la cabeza —uno de los médicos firmantes del acta fundacional—, se separan del socialismo.

Prosigue su camino con la persistencia de un iluminado. Antonio García Quejido, otro de los fundadores del PSO, y Francisco Mora, un antiguo corista, crean en Barcelona la UGT, la Unión General de Trabajadores, en 1889. Nace la sindical con tres mil trescientos adheridos y sus objetivos son estrictamente laborales: mejorar la condición obrera y acudir a la huelga en circunstancias extremas y muy limitadas. También se exige una moralidad absoluta, en la vida privada de los afiliados. No obstante, la enemiga anarquista y el resentimiento contra «Madrid y el centralismo castellano» impedirán el significativo crecimiento de la UGT, en la capital del Principado o la Rosa de Fuego, como la llaman algunos anarquistas emigrados a América, según Joaquín Romero Maura.

En 1905 le eligen concejal del Ayuntamiento de Madrid. Cinco años después, usted y Francisco Largo Caballero consiguen escaños en el Parlamento de la Monarquía.

Por primera vez, dos socialistas —un tipógrafo y un estuquista, con extraordinario conocimiento de los mármoles y sus cualidades, que mucho admirará a Manuel Azaña— entran en las Cortes. También este año empiezan a cambiar las elecciones adulteradas por el caciquismo —el sistema impuesto por Cánovas sobre un país en el cual descreía radicalmente— y dejan de falsificarse los comicios en provincias. Según Brenan, también usted y Caballero —así lo llamaban algunos de sus íntimos, como Indalecio Prieto— alteraron las identificaciones secretas, en las marcas de agua de sus candidaturas, para ser elegidos en las Municipales, aunque contaban con votos suficientes para obtener las concejalías.

Le restan quince años de vida y le llaman el abuelo. Resentida o agravada a temporadas, su pobre salud lo convierte a veces en un inválido. Pero su voluntad se mantiene indomable. En invierno acude a las Cortes tocado con su gorra de obrero y envuelto en su vieja capa castellana. En vano trata Largo Caballero de persuadirlo a adquirir un abrigo moderno, diciéndole que protegen y duran más que las capas. Usted calla y se limita a mirarlo con sus ojos duros, oscurísimos y un tanto alucinados. Mantiene su autoridad en el partido; pero todos comprenden que tendrá que cederla o compartirla, si no la pierde o se la arrebatan.

El año 1917 será un año de dolorosas pruebas para usted, como enfermo y dirigente. Estalla en Barcelona el movimiento de las Juntas de Defensa de Infantería. Con el coronel Benito Márquez al frente, piden los junteros la reforma del sistema de ascensos y recompensas. En secreto, les promete su apoyo el Monarca. Pero el 22 de mayo, el Gobierno manda arrestar a Márquez y sus mandos en Barcelona. Responden las Juntas con un plazo de doce horas, para libertar a toda su oficialidad. Aunque las disolverán definitivamente en 1922, caído el Gobierno del marqués de Alhucemas —Manuel García Prieto de nombre natural—, el nuevo primer ministro, Eduardo Dato, cede a los junteros y aprueba sus reglamentos en junio de 1917.

Promovida por Cambó, se reúne en Barcelona una

Asamblea de Parlamentarios: setenta y un representantes de los seiscientos sesenta que componen ambas Cámaras. Piden la verdadera democracia y unas Cortes Constituyentes. Pero basta la presencia del gobernador civil, para que se disuelvan enseguida. Como ya sabemos, su presidente, Raimon d'Abadal, alega ceder a los imperativos de la fuerza. Aunque el sainete concluya de forma incruenta, se vive en el convencimiento de que la Monarquía se cuartea o empieza a derrumbarse. Según Antonio Padilla, clama Lerroux que en menos de tres días presidirá la República o saldrá para el exilio. A Lerroux usted lo desprecia y aborrece cordialmente.

El 13 de agosto un manifiesto, redactado por Julián Besteiro, declara la huelga nacional revolucionaria, convocada por el PSOE. Encamado y muy enfermo, usted se pronuncia por el apoyo a los ferroviarios en paro; pero se opone al sentido revolucionario de la huelga. Sólo un voto en la Ejecutiva sostiene su criterio. Determinan aquella huelga las crecientes ganancias de las empresas, con sus exportaciones a una Europa en guerra, sin que el alto coste de vida permita beneficiarse a los obreros. Entre 1913 y 1917, subieron los precios en un cuarenta y nueve por ciento, mientras los salarios se acrecentaban sólo trece puntos.

La huelga resultó sangrienta en Madrid, Cataluña, Asturias y Vizcaya. Los junteros se ofrecieron entonces al Gobierno, en defensa del «patriotismo nacional». Fracasó y terminó el paro con el prendimiento de Besteiro, Largo Caballero, Daniel Anguiano y Andrés Saborit. El 29 de setiembre, un consejo de guerra los condenaba a reclusión perpetua. Pero elegidos para cuatro concejalías madrileñas al año siguiente, un nuevo Consejo, presidido por Antonio Maura, los puso en libertad.

La Primera Guerra Mundial, que debía terminar con todas las guerras, hizo posible la Revolución Bolchevique, la Unión de Repúblicas Socialistas Soviéticas y la Tercera Internacional o Comintern. La Revolución se impondría a «los blancos» y a la intervención extranjera en la Contienda Civil. En la URSS afirmaba Vladimir Ulianov, Lenin, que algún día los obreros y campesinos tendrían urinarios de oro. A partir de 1919 los socialistas españoles se verán obligados a aceptar o negar su ingreso en la Tercera Internacional. Fundamentalmente, usted se identifica con la tesis de Besteiro, en la época la personalidad más prestigiosa del partido. Se apoyará la dictadura del proletariado en la Unión Soviética, sin mengua de la independencia política del socialismo español.

En un Congreso Extraordinario del PSOE, entre el 9 y el 19 de diciembre de 1919, se optaba por la adhesión a la Segunda Internacional, por catorce mil votos frente a doce mil cuatrocientos noventa. En abril de 1920, la Federación de Juventudes Socialistas se unía a la Comintern, reorganizada aquel año en Moscú, y fundaba el primer Partido Comunista. En junio resolvía la UGT el rechazo de la Internacional Sindical Anarquista. Otro Congreso Extraordinario, el 9 de abril de 1921, derrotaba por más de dos mil ochocientos votos y de acuerdo con los deseos de usted el ingreso en la Tercera Internacional. Abierta entonces una escisión entre socialistas y leninistas —*moscuteros,* los llamaba el habla vernácula del partido—, volvió a fundarse el Partido Comunista.

En la Dictadura de Primo de Rivera, casi al final de su vida, presenció otras discrepancias entre sus correligionarios. Combatido por Prieto y De los Ríos, pero de acuerdo con Besteiro y la Comisión Ejecutiva de la UGT, el secretario de la sindical, Largo Caballero, aceptaba el nombramiento de consejero del Trabajo en el Consejo de Estado de Primo de Rivera, el 6 de octubre de 1924. Al mes siguiente, creados por el nuevo régimen los Comités Paritarios de Representaciones Obreras y Patronales, nuevamente dispondrá Largo Caballero la colaboración en aquellas organizaciones, contra el vehemente parecer de Prieto y Fernando de los Ríos.

Su final llegará el 9 de diciembre de 1925. Dos días antes, todavía atiende la visita de Besteiro y charla por los codos con él. Al marcharse Besteiro, se acuesta para no volverse a levantar. Fallece sin haber presenciado la revolución triunfante ni la llegada al poder de sus hombres. No obstante, en un país de historia tan efímera y plagada de altibajos, después de tres cambios de régimen, una Guerra Civil, con los consiguientes fusilamientos y persecuciones y una Segunda Contienda Mundial, su obra —el partido y el sindicato que hizo posibles—, serían con la Monarquía parlamentaria tres instituciones centenarias, que perviven por encima de todas las demás.

Proclamada la República, tres socialistas entraron en el Consejo Provisional y en el primer Gabinete Constituyente, como ya vimos en otra carta de este libro. Mientras se adoptaba como escudo de España los blasones de la Regencia de Serrano en 1869, Largo Caballero asumía la cartera de Trabajo; Prieto, la de Hacienda y Fernando de los Ríos, la de Justicia. A través de crisis parciales y cambios de ministerio, persistiría la alianza de republicanos y socialistas hasta setiembre de 1933. Dimitido Azaña por los sangrientos sucesos de Casas Viejas, el partido se negó a apoyar cualquier otro Gobierno. En nombre de su grupo parlamentario, Prieto declaraba definitivamente concluida la colaboración del PSOE con el republicanismo.

Ignoraba Prieto que él mismo se sentiría tentado a aceptar la jefatura del Consejo, que le ofrecía Azaña desde la presidencia de la República, después de las elecciones de febrero de 1936, el transitorio y turbulento triunfo del Frente Popular en la llamada primavera trágica y la destitución de Alcalá Zamora. De haber vivido hasta entonces, usted fuera octogenario y le habría desconcertado la división del PSOE, entre una izquierda caballerista; un centro con Prieto como dirigente y una derecha, muy minoritaria, con Besteiro y De los Ríos.

En mayo de 1936, dimitía Largo Caballero la presidencia del PSOE. Las Juventudes del partido, pronto unificadas con las comunistas, empezarían a llamarlo *el Lenin español*. Bajo un enorme retrato de Vladimir Ulianov, habló Caballero a cincuenta mil almas, en las plaza de las Ventas de Madrid. En otro mitin, celebrado en Cádiz, afirmaba perseguir la pronta extinción del capitalismo y negar el trato político a toda la burguesía republicana. En Écija los caballeristas apedreaban a Prieto. Sólo la intervención del doctor Juan Negrín y la escolta prietista pudieron rescatarlo entero y con vida.

Fernando de los Ríos sería embajador de la República en los Estados Unidos, durante la Guerra Civil. Vivía horrorizado por aquella tragedia, más en términos históricos y morales que sencillamente políticos. Vencida la República y retirado el plácet fue a despedirse del presidente Franklin Delano Roosevelt, a quien un periodista americano había calificado de temperamento de primera categoría y entendimiento de quinto rango. Nunca se recobraría el antiguo embajador de su asombro, cuando Roosevelt le preguntó estúpidamente si no esperaba que Franco trajese en breve un régimen liberal y democrático a España.

Estallada la contienda, olvidó Largo Caballero su vehemencia revolucionaria y su repudio de la burguesía democrática. Pasó a presidir el tercer Gobierno de la España republicana en guerra, el 5 de setiembre de 1936. Aunque los socialistas se reservaron cinco ministerios en el Consejo, colaboraron con republicanos, comunistas y hasta un nacionalista vasco sin cartera, Manuel de Irujo, como ya se dijo en la carta a Sabino Arana.

Todavía encabezará otro Consejo Largo Caballero, desde el 5 de noviembre de 1936 hasta el 18 de mayo de 1937. Lo reunió dos días antes de abandonar la capital con todos sus ministros y trasladarse a Valencia, en el erróneo convencimiento de que Madrid caería muy pronto. La ciudad no resistiría ni una semana, le dijo Prieto —ministro de Marina y Aire en los Gabinetes de Caballero— a Julián Zugazagoitia, director de *El Socialista*, como lo había sido usted, luego titular de Gobernación con el doctor Negrín y en la paz fusilado por Franco, como lo señalamos en otro lugar. Los sucesos de mayo de 1937 en Barcelona, con la confrontación armada de las fuerzas gubernamentales y marxistas frente a las anarquistas, en tanto el presidente de la República permanecía sitiado en el Parque de la Ciudadela

—una guerra momentánea dentro de otra interminable, concluida con la llegada de nuevas fuerzas de Asalto desde Valencia, armadas de las más largas bayonetas que se viera en Cataluña—, precipitaron la caída de Largo Caballero.

Presididos por Juan Negrín, se sucedieron otros dos Gobiernos hasta el final de la contienda y la derrota republicana: el «de la Victoria», del 18 de mayo de 1937 al 5 de abril de 1938 y el «de Unión Nacional». El último sería ratificado en la postrera sesión de las Cortes, reunidas en el castillo de San Fernando de Figueres, el primero de febrero de 1939, dos meses antes del término de la Guerra.

Abreviemos ahora. Aquí se acorta el espacio y en el mundo el tiempo, que supongo muy relativo para ustedes, los huéspedes de la eternidad. Como se dijo en otro lugar, falleció Franco la noche del 19 al 20 de noviembre de 1975. («Cristóbal, esto se acabó.») Dimitido el último presidente de un Consejo del pasado régimen, escogía el Rey en su puesto a Adolfo Suárez, el 3 de julio de 1975. En febrero del año siguiente, empezaban a registrarse los partidos políticos, abolida la previa legalización obligatoria o *el paso por la ventanilla*. El mismo Partido Comunista sería autorizado el 9 de abril. El 15 de junio se celebraban elecciones generales. Por ciento sesenta y cinco escaños, frente a otros ciento dieciocho del PSOE, triunfó la Unión de Centro Democrático, el partido de Adolfo Suárez. Eran las primeras elecciones libres, celebradas en España en cuarenta y un años, desde aquellas que dieron brevemente el poder al Frente Popular.

El 6 de diciembre de 1978, un referéndum nacional aprobaba la primera Constitución de la Monarquía. Ante ambas Cámaras la promulgaba pero no juraba el Rey, como ya sabemos, el 27 de diciembre. El 29 de enero de 1981, en mitad de una profunda crisis económica, persistentes rumores de un próximo golpe de Estado y la constante sangría del terrorismo etarra, Suárez hacía pública su dimisión. El 23 de febrero, mientras se procedía en el Parlamento a la segunda ronda de la votación para la presidencia del Gobierno, que no había conseguido el candidato centrista, Leopoldo Calvo Sotelo, dos días antes, fuerzas de la Guardia Civil, al mando del teniente coronel Antonio Tejero, irrumpían en la Cámara y empezaban a disparar las metralletas contra la cúpula de aquella sala. Rendidos los golpistas y fracasada la intentona de madrugada, sin que por fortuna se derramara la sangre, sería investido Calvo Sotelo.

Pero la crisis de la UCD era irreparable. Anunció Calvo Sotelo su previa renuncia a la candidatura presidencial en los próximos comicios y se dividió la unión en tres partidos distintos. Después de descubierto otro proyecto de golpe de Estado, con el designio de secuestrar al Rey y deponerlo por perjuro, se celebraron las elecciones el 27 de octubre de 1982. Felipe González, secretario general del PSOE y abogado laboralista sevillano de cuarenta y dos años, obtuvo el cuarenta y siete por ciento de los votos. Era la mayoría más amplia de un partido político español, jamás lograda antes en las legislativas y probablemente nunca más vuelta a conseguir. La UCD se quedaría en un fatídico y grotesco seis por ciento y el propio Calvo Sotelo perdía el escaño.

Charles Powell recogió una mención que de usted hizo el Monarca, al firmar el nombramiento del nuevo jefe de Gobierno. Le dijo el Rey entonces al presidente del Congreso: «Si mi abuelo hubiese podido tener esta relación con Pablo Iglesias, habríamos evitado la Guerra Civil». Empezaba la más larga permanencia de un hombre, González, en la jefatura de un Gobierno español, después de la de Franco. Irónicamente, tan prolongada navegación por los mares del poder comenzaría bajo el lema de «por el cambio».

El cambio no andaba falto de contradicciones. En la campaña electoral, el partido manifestó la voluntad de integrarse en la Comunidad Económica Europea, aunque se condicionaba a un referéndum la adhesión a la OTAN, Organización del Tratado del Atlántico Norte, al grito mitinero de «OTAN, de entrada no. Bases fuera». Los Estados Unidos querían ratificada aquella adhesión, ya sin más y casi ordeno y mando, puesto que Calvo Sotelo la había aprobado casi en las últimas horas de su Gobierno.

El vicepresidente del Consejo, Alfonso Guerra, afirmaba la voluntad de crear ochocientos mil puestos de trabajo, en el primer mandato socialista. Pero el Gabinete de González había heredado la ruina del Tesoro y un dramático descenso de la demanda interna, debido a la ineficacia de las empresas estatales. Asimismo, el Estado tuvo que expropiar veinte bancos y quinientas cincuenta sociedades mercantiles e industriales de Rumasa, para evitarles la quiebra, asumiendo pérdidas por valor de trescientos mil millones de pesetas.

Entre el 23 y el 25 de setiembre de 1984, el presidente del Gobierno reconocía ante las Cortes que fueron errores manifiestos la promesa de los ochocientos mil puestos de trabajo y la oposición a la OTAN. Después de muchas demoras, el 3 de marzo de 1986 se celebraba el referendo a propósito de la Organización del Tratado del Atlántico Norte y culminaba un sinfín de contradicciones en aquella consulta. Los mismos gobernantes, que en 1982 habían puesto en duda o combatido la adhesión en espera de que la consulta popular la denegase, ahora hacían campaña en favor del tratado.

Por añadidura, a la doble mirada de un hipotético Jano, uno de los voceros más intransigentes contra aquella organización militar, Javier Solana, sería secretario general de la OTAN trece años después y teóricamente al menos —ni que decir tiene, las verdaderas órdenes procedían de la Casa Blanca y el Secretariado de Defensa americano— dispondría el comienzo y el cese de sus bombardeos sobre Yugoslavia y Kosovo, en primavera de 1999.

En el tutilimundi de aquella feria, de la que usted no habría comprendido nada en absoluto, en su inquebrantable entereza, cada dirigente persistía en obrar y expresarse al revés de como le correspondía, desde el poder o la oposición. Hacían equilibrios retóricos el presidente y el vicepresidente para desdecirse de lo dicho. Pedían el ingreso en la OTAN para rubricar la entrada en la Comunidad Económica Europea, que se conseguiría el 12 de junio de 1985. Reiteraban que el Congreso apoyaba la voluntad nacional de pertenecer al tratado del Atlántico Norte.

Pero la voluntad nacional parecía desacordar con el Parlamento. El 16 de febrero de 1986, ciento cincuenta mil manifestantes renegaban de la OTAN en Barcelona. A los seis días, multiplicaban aquella protesta otros trescientos mil en Madrid. El jefe de la oposición, doctor Fraga Iribarne, recomendaba abstenerse en el referéndum y decía desde su escaño que el cuerpo le pedía el «no» más rotundo. Tan contradictorias mudanzas, propias del mejor sarao de la Españeta, resultaban incomprensibles a los extranjeros. Así lo manifestaron el secretario general de la OTAN en la época, lord Carrington, y la primer ministro de la Gran Bretaña. Ambigua y prudentemente, declaraba la Conferencia Episcopal su pacífica disconformidad con todos los bloques militares.

La consulta confirma la permanencia en la OTAN. Pero en realidad triunfan las abstenciones, con once millones setecientos mil votos. Los «síes» ascienden a nueve millones y las respuestas negativas, a seis millones ochocientos setenta y dos mil. Tocan a vuelo las campanas del Gobierno, en el doble júbilo de pertenecer a la Unidad Europea y recabar una parte en la defensa de «los valores de Occidente»: una expresión que recuerda «las reservas espirituales», también de Occidente, claro, proclamadas por el franquismo. Lo que nadie anticipa entonces, en España o en el resto de la comunidad europea, es el derrumbe del muro de Berlín y la caída del comunismo en la Unión Soviética, en el plazo de muy pocos años.

Los escándalos públicos, motivados por la codicia o la jactancia del poder, empiezan en otoño de 1984. El primero viene determinado desde el extranjero y al parecer no serán los socialistas los únicos lucrados en un gigantesco cohecho. Se descubre en Alemania que diversos políticos se aprovechan de un poderoso consorcio económico, Flick. Un diputado socialdemócrata alemán asegura que con sus fondos se financió la victoria del PSOE. En noviembre de 1984, demuestra la revista *Der Spiegel* que desde la República Federal Alemana se remitieron tres millones de marcos a España, a través de agrupaciones de diverso signo, «exportando ideología». Luego todo se encubre y olvida. Pero otras financiaciones ilegales alemanas son todavía debatidas en los tribunales, cuatro años después de perdido el poder por los socialistas.

Un espectáculo de otro orden, producto de la vanidad y la estulticia, hace las delicias de la prensa y los mentideros, en julio del año siguiente. El jefe del Gobierno se pavonea a bordo del *Azor*, el yate de gala y recreo que sirvió a Franco para cobrar «el mayor atún del mundo» cuando su enfermedad de Parkinson ya era evidente. El filósofo Heleno Saña, ya mencionado en estas cartas y residente en Darmstadt desde hace cuatro decenios, reiteraba por carta lo que ya había escrito en 1983: «Esto no es un Gobierno sino un colmado de gitanillos».

Una España oficial, parodiada a través del primer escándalo financiero y el impolítico desplante del *Azor* —«una nave que pertenece al Estado», sólo acierta a balbucir un portavoz de la Presidencia—, se entrejunta con la peor España negra. Prosiguen los atentados en las Vascongadas y ETA los exporta al resto de la península. No puedo detallarle cada uno de los ochocientos crímenes del terrorismo, mencionados en la carta a Sabino Arana. Pero sé que le habrían horrorizado aquellos asesinatos. Si bien a veces, por mor de la galería, sostuvo usted la violencia como último recurso político, al igual que para el cristianísimo Luis XVI los cañones eran el definitivo recurso de los reyes.

Como muestras de la lista siniestra, bastará recordarle la voladura de un autobús, con dieciséis guardias civiles y un peatón americano destrozados en Madrid el 9 de setiembre de 1985. Al año siguiente, entre otros atentados, un par de explosiones gobernadas a distancia matan a dos grupos de guardias civiles: uno de cinco números y otro de nueve. También caen el vicealmirante Cristóbal Colón de Carvajal y el reiterado conspirador Ricardo Sáenz de Ynestrillas. El rastro sangriento, cubierto de cadáveres políticos, militares y civiles, trasciende este libro. Si bien no concluya allí, la estela de crímenes culmina en el atentado de Hipercor.

El terrorismo del Gobierno ocultaba sus delitos. Desesperadas por su impotencia ante la ETA, las fuerzas de Seguridad recurrieron a los homicidios encubiertos. El 20 de noviembre de 1984, abatían a tiros en su consultorio a Santiago Brouard, un pediatra bilbaíno y dirigente batasunero de sorprendente parecido con Pablo Ruiz Picasso. En abril de 1985, la *Gendarmerie* francesa detuvo a varios delincuentes profesionales. Confesaron haber trabajado para unos servicios secretos de la Policía española —el GAL o Grupo Antiterrorista de Liberación— y recibido dos millones de pesetas por cada refugiado etarra que eliminaban. En noviembre, la Guardia Civil prendía a Mikel Zabalza, supuesto terrorista y empleado en la Compañía de Autobuses de San Sebastián. Desapareció para resurgir luego, flotando muerto en el Bidasoa.

En octubre de 1986, la Dirección General de la Guardia Civil pasaba del general José Antonio Sáenz de Santa María a un civil: el ingeniero industrial y delegado del Gobierno en Navarra Luis Roldán. Cuando en 1994 huya Roldán al otro extremo del mundo, con centenares de millones defraudados, se comprobará que su elección no pudo haber sido más disparatada e incomprensible. La prensa francesa acusaba abiertamente al GAL de ser un montaje de la Seguridad española. En España empezaba a hablarse de «mafia policial» y de «felipismo»: dos términos que harían fortuna en la pequeña historia, como la habría llamado don Alejandro Lerroux a quien usted aborrecía acerbamente.

En enero de 1988, el fiscal Baltasar Garzón ordenaba el procesamiento del subcomisario José Amedo y el policía Michel Domínguez, por diversos delitos en concurso con el GAL. Ambos vivían como reyes Midas advenedizos, prodigando dispendios muy superiores a sus sueldos y quemando fortunas en los casinos. Un antiguo mando de la Guardia Civil me dijo entonces: «Todos los países mantienen servicios paralelos y ocultos. Recuerde a Kennedy y sus tratos con la Mafia para exterminar a Castro. Pero la Españeta, como usted llama a veces a este desdichado país, recurre a la eterna chapuza hasta en los crímenes oficiosos».

El Gobierno mantendría los pronunciamientos triunfales. El 22 de junio de 1986 el PSOE había vuelto a ganar las elecciones por mayoría absoluta, aunque perdiera dieciocho escaños. Coalición Popular conservaba sus ciento cinco diputados. Al año siguiente las empresas estatales, antes gravemente deficitarias, arrojaban beneficios de más de treinta mil quinientos millones. No pudo privarse de exclamar el vicepresidente del Gobierno: «¡Somos el partido de los pobres!». Algunos caricaturistas hicieron su agosto, preguntando si se refería a los pobres de espíritu o a los pobres diablos. El 14 de diciembre, se declaraba una huelga general contra la política económica del Gobierno. El secretario general de la UGT, Nicolás Redondo, declaraba que las diferencias entre la sindical y el partido parecían irreconciliables.

No pasarían siglos desde su muerte sino sólo decenios, don Pablo, para que aquella España resultara muy distinta de la suya; tan diferente, desde una perspectiva social y económica, como puedan serlo dos antípodas. Al igual que todas las naciones del primer mundo, industrializado y tecnológico, se iba dividiendo el país en una minoría riquísima —dentro de la cual medraba otra, cada vez más rampante y ampliada por la corrupción— y una vasta clase media, con ingresos fijos, que venía a creerse la razón de ser del Estado. A esta última la cortejaban izquierda y derecha desplazándose hacia el sacro y mítico centro de las campañas electorales. La derecha renunciaba al antiguo conservadurismo; el PSOE a la lucha de clases y el comunismo a la dictadura del proletariado.

No obstante, también seguía y sigue extendiéndose una minoría social de parias del capitalismo: empleados eventuales, universitarios sin porvenir, cesantes y emigrantes. Marginados todos ellos, de quienes los poderes políticos se desentendían y desentienden casi por completo. Me limitaré a añadir que en los Estados Unidos, la potencia más rica del mundo y de más sólida economía —muy admirada por el presente jefe del Gobierno español—, diez millones de hogares viven en la indigencia y arrojan un saldo terrible de treinta millones de pobres. En muchas reservas indias, el desempleo alcanza al setenta y cinco por ciento de los llamados «nativos americanos».

Celebradas las elecciones al Parlamento Europeo en junio de 1989, se convocaba en octubre las generales al Parlamento y al Senado. Encabezando la Comunidad Autónoma de Castilla y León, José María Aznar presidía entonces el Partido Popular como empezaba a llamarse la antigua alianza. En aquella plaza de Las Ventas, donde en mayo de 1936 perorara Largo Caballero bajo la efigie de Lenin, aseguraba Felipe González que el PSOE seguiría gobernando hasta muy entrado el siglo siguiente.

En la demagógica obsesión por mantenerse en el poder, desadvertíase el presidente del Consejo de que un partido, vuelto a elegir tres veces seguidas, no era una auténtica representación democrática sino un inevitable sistema establecido y un sindicato de intereses creados. El 29 de octubre el PSOE mantenía la mayoría absoluta por un sólo escaño y perdía ochocientos mil votos. A poco fracasaban las semisecretas conversaciones con ETA en Argel.

Los amenes del año coincidieron con el escándalo protagonizado por Juan Guerra, hermano de Alfonso, «por uso indebido de la Delegación del Gobierno en Andalucía». Como Amedo y Domínguez, ostentaba Juan Guerra una fortuna muy por encima de sus ingresos conocidos. Concurrió aquel escándalo con otro, el caso Rosendo Naseiro, que atañía a los populares en Valencia. Dijo Felipe González haber rechazado la dimisión de su vicepresidente. Añadió que si Alfonso Guerra salía del Consejo, también él cesaría en la presidencia. Tanta palabra vana vino a disiparse como el humo en el viento, porque el 12 de enero de 1991 Guerra anunciaba su cese irrevocable, sin que González abandonara la jefatura del Gobierno. Nunca se demostró que Alfonso Guerra se hubiese lucrado con los abusos de su hermano. Pero resultó «culpable» de manifiesta «negligencia», a los ojos del pueblo.

El 29 de mayo de 1991, descubría el diario *Mundo* el caso Filesa: la mayor corrupción del paso del PSOE por el poder. Sociedades cercanas al partido habían percibido centenares de millones, para «asesorar» a bancos y otras empresas con informes inexistentes. En último término, todo se traducía y arromanzaba en la financiación ilegal del PSOE. Todavía hoy mantiene una juez diversas investigaciones en torno a Filesa. Nunca se justificaron los ingresos en bancos suizos de más de ochocientos millones de pesetas, percibidos de empresas alemanas como Siemens y Alsthom. Otros ciento cincuenta millones abonó Seat a la coordinadora de Finanzas socialista, Adelaida o Aída Álvarez. De nuevo, aunque sólo fuese por «negligencia» o incompetencia, las siempre negadas responsabilidades políticas del caso parecían alcanzar a Felipe González y Alfonso Guerra, sustituido en la vicepresidencia por el ministro de Defensa Narcís Serra.

Repetidamente devaluada la peseta en 1993, con una deuda pública que sólo puede enjugarse en el supuesto de que cada contribuyente abone setecientas mil pesetas al Estado, según Jesús Cacho; un paro de tres millones y medio de cesantes; uno entre cada cinco hogares españoles en la pobreza; amenazas de inmediato traslado de empresas extranjeras como Suzuki y Seat, por primera vez un sondeo pone al PP delante del PSOE en el favor nacional.

El 28 de diciembre, el Banco de España intervino el Banco Español de Crédito, donde se abría un agujero negro de trescientos setenta mil millones de pesetas. Para entonces cambió de gobernador el Banco de España, sucediendo Luis Ángel Rojo a Mariano Rubio. Cesó Rubio por concomitancias con Ibercorp: una empresa financiera, muy beneficiada en el mercado de valores con informaciones reservadas. (Como pocos años antes de que usted naciera, don Pablo, se enriqueció Narváez de la noche a la mañana acaparando bonos devaluados del Estado, que luego subirían en la bolsa como un castillo de fuegos verbeneros.) Frente al Congreso, tampoco pudo justificar Rubio un exorbitante fraude fiscal.

La caída del gobernador casi se imbrica con el caso Roldán. Después de un cúmulo de informaciones contradictorias, finalmente, en 1995, capturan en Laos al antiguo director general de la Guardia Civil y lo devuelven a España. A casi cada campanada se suma un encubrimiento. Llega al Congreso el desfalco de ochenta mil millones de Javier de la Rosa y la consiguiente retirada del capital kuawati; pero la mayoría socialista impide su investigación. También implican a Aída Álvarez en comisiones ilícitas y tráfico de influencias, además del cheque percibido de Seat. Pero un responsable y oficioso portavoz del partido asegura que aquella mujer es intocable porque sabe demasiado. Los antiguos gerentes de Ibercorp provocan la indignación del país, declarándose dispuestos a abonar sólo una parte de las multas impuestas. De nuevo los salva y encubre la mayoría en el Congreso.

Entre desmentidos y contradicciones, acosado por doquier, convoca González otra consulta electoral para el 16 de junio de 1993. Desdiciendo de casi todas las encuestas, vencen los socialistas aunque pierdan la mayoría absoluta. Sus escaños descienden a ciento cincuenta y el Partido Popular pasa de ciento seis diputados a ciento cuarenta y uno. González acuerda un compromiso con los Gobiernos autónomos de Euskadi y Cataluña. La oposición lo acusa de establecer «pactos antinaturales». No puede anticipar que en 1996, el mismo PP recurrirá a parecidas componendas, al vencer por escasa mayoría en otros comicios generales. El entero sistema político se va convirtiendo en un juego de irónicas prevaricaciones, incapacidades y flaquezas.

Tediosa e inacabablemente, se suceden los escándalos. El nuevo secretario del grupo socialista, José María Mohedano —hombre de supuesta independencia y conocida actitud antifelipista—, dimite acusado de recibir pagos de una empresa fraudulenta. Por primera vez pierde el PSOE las elecciones al Parlamento Europeo. Se denuncia la malversación de miles de millones en la UGT. Probará su inocencia el secretario general del sindicato, Nicolás Redondo. Pero cede su puesto a Cándido Méndez.

En 1995 un nuevo escándalo de proporciones mayúsculas envuelve al CESID —una organización encargada de estudios para la Defensa, como eufemísticamente vienen llamándose los servicios de inteligencia o espionaje—, al descubrirse micrófonos secretos en la Zarzuela que acechan al propio Rey. El escándalo precipita las renuncias del vicepresidente del Consejo y el ministro de Defensa. También Javier de la Rosa intenta involucrar a Juan Carlos I, en un préstamo con fondos de lo defraudado a KIO, a través de un íntimo amigo del Soberano Manuel Prado Colón de Carvajal. El Monarca regresa enseguida del extranjero, donde se hallaba de vacaciones y Prado niega la existencia del préstamo. La Junta de Fiscales no recomienda el procesamiento de Felipe González, en el caso GAL; pero, retirada la inmunidad parlamentaria, encausan al antiguo ministro del Interior José Barrionuevo y al que fue secretario de Estado, Rafael Vera.

A la vuelta de un par de años, amanecerían en Alicante los cadáveres de dos etarras, detenidos y eclipsados en 1993. Procesaron al coronel Enrique Rodríguez Galindo por sus muertes. Como no podía valerse del encubrimiento, recurrió el Gobierno a un alarde ascendiendo a Galindo al generalato. A aquellos espectáculos de España negra, con desapariciones y cadáveres mal devorados por la cal de un vertedero, contrapunteados con los crímenes etarras que el terrorismo del Estado trataba de combatir, seguía el ritual de los escándalos financieros. Con un fraude en el papel suministrado para el *Boletín Oficial del Estado*, acumuló una cuantiosa fortuna su directora, Carmen Salanueva. También se descubrió que dos empresas FUCODEX y EDUCTRADE, habían obtenido contratos del Gobierno por valor de treinta mil millones de pesetas, en pago de suculentas comisiones.

Volvió a anunciar elecciones generales Felipe González, esta vez para marzo de 1996. Denunció en el Parlamento «una conjuración contra el Estado», como ya lo había intentado el ministro del Interior, frente a una sala que se vaciaba ostentosamente porque exigía la presencia del jefe de Gobierno. Mientras, un antiguo presidente de Navarrra autónoma era encarcelado con uno de sus consejeros por complicidad en el enmarañado caso Roldán.

Abierta de forma oficiosa con el año 1996, fue a cerrarse la campaña electoral el 2 de marzo. Por sólo 15 escaños, 156 frente a 141, perdería el PSOE ante el PP. Ansiosamente, tendría que recurrir Aznar a aquel pacto antinatural, que tanto apostrofaba. Sólo gobernaría de acuerdo con Pujol cuyo partido, Convergència i Unió, contaba con 16 diputados en el Parlamento.

No se abstiene González de decir una salerosa vaciedad: nunca fue tan triste la victoria ni tan dulce la derrota. Como añadiría el escritor inglés Charles Morgan —posterior a sus tiempos en una generación cumplida, don Pablo, y hoy completamente olvidado— ciertas realidades históricas en las civilizaciones nacionales, o para el caso en la europea, jamás se desarraigan del todo y siempre reverdecen. Morgan se refería a la Francia ocupada por los alemanes en la Segunda Guerra Mundial; pero creo que sus consideraciones son válidas para el PSOE. Si bien no debe el partido su terca supervivencia a González sino a usted, aunque lleve más de siete decenios sepultado y comiendo tierra.

Los catorce años de Gobierno socialista convierten a la España oficial en su propia caricatura, corrupta y trapacera, aunque no falta de precedentes. El más cercano sería el lerrouxismo del estraperlo, aunque lo supere ampliamente en nuestros días la picaresca multimillonaria al socaire del poder. A pesar de logros innegables, lo peor del negativo balance socialista no es el país esquilmado por la prepotencia, como diría Jesús Cacho, el paro, las quiebras y el solapado terrorismo oficial sino la cínica desesperanza, que vino a sembrar en la conciencia nacional.

El profesor Enrique Ruiz Fornells, quien no creo que haya sido nunca socialista y cuyo abuelo, el general del mismo nombre, fue jefe del Cuarto Militar de la Presidencia en la Segunda República, me predecía que el Partido Popular ganará las próximas elecciones generales sin la mayoría absoluta, que consiguió en marzo del año 2000. Después tardará mucho en volver al poder, si es que vuelve, como rezaba un famoso responso que comentaré de pasada en otras páginas. El que concluía en un torbellino de higueras, hormigas, caballos y toros olvidadizos. Tan desmemoriados como la mayor parte de nuestros conciudadanos.

Lo cierto es que el socialismo ha sobrevivido a sus muchos avatares. De un siglo al otro y abocado ahora a un nuevo milenio, pervivió más allá de la lucha de clases, el nihilismo, la transformación socialdemócrata y la renuncia al marxismo impuesta por González. En la cumbre del poder, enterró su última encarnación en un sistema, que Europa adjetivaba como el más conservador junto con la Gran Bretaña de Margaret Thatcher. En aquella época, el partido de los pobres parecía propiedad de los cresos, en tanto florecían los bancos a la vuelta de casi cada esquina. Superó el socialismo al felipismo; a los míticos ochocientos mil puestos de trabajo, a crear de raíz y desde la pura nada; al Grupo Antiterrorista de Liberación y a la retahíla de corrupciones, en que se enfangaba y abismaba a cada paso.

Sin Pablo Iglesias no se hablaría de socialismo en España, o lo llamarían de forma distinta. Sobran razones para desecharlo, después de su paso por el poder: su *anábasis*, dirían Jenofonte y Saint-John Perse o Marie-René-Álexis Saint-Léger, aunque usted no sepa de quién le hablo. Pero puesto a perdurar como paradigma histórico y político, el socialismo inclusive sobrevivió a Pablo Iglesias, aunque se lo deba todo. Rebasó su memoria y no me duelen prendas ni conciencia al iterarlo.

Trascendió el socialismo su vieja capa madrileña, su acerada retórica, sus despectivas sonrisas desde el escaño y su mirada que a veces fingía la alucinación. También enterró a otro Pablo Iglesias, muy distinto del anterior, el que se moría charlando entretenidamente con Besteiro, sin que Besteiro, que no llegaba ni a la suela de sus botas —las supongo castellanas, abotonadas y de media caña—, adivinase o presintiera que dos días después usted, el abuelo, habría fallecido. A pesar de tantos pesares, en este país de tanto españoleo, trasiego, desmemoria y mudanza, puede sentirse orgulloso de su obra, dondequiera que se halle.

Le saluda y se despide,

Carlos Rojas

A cuatro profetas

Mestre de Sant Climent de Taüll
En la gloria

Maestro, salud:

Os saludo copiando un verso de Rubén Darío, en su «Letanía a Nuestro Señor don Quijote», porque no habrá gloria más merecida que la vuestra en la terrena eternidad. Suponía Rubén que poca salud tendría el caballero Quijano o Quijana, entre los halagos y parabienes de la multitud. Pero yo imagino que vos gozáis del bienestar, puesto que no cabe más selecta ni inmarcesible inmortalidad que la vuestra entre los frescos de Sant Climent, en el Museo de Arte de Cataluña del Palacio Nacional de Montjuich, en Barcelona.

No obstante, sarcásticamente, nunca sabremos quién fuisteis y por siempre jamás desconoceremos vuestro nombre y semblanza. Constaba en Sant Climent la fecha de consagración de la iglesia y aún permanece inscrita en una columna del lado del Evangelio. El 10 de diciembre del año de la Encarnación del Señor, 1123, Ramon o Ramón de Roda, obispo de Barbastro, dedicó aquel templo en honor del mártir Climent o Clemente. También depositó en el altar mayor unas reliquias de san Cornelio, asimismo obispo martirizado.

Ramón de Roda, obispo de Barbastro, realizó notable carrera en ambos mundos, éste y el otro, puesto que la Iglesia lo ha canonizado. En la tierra, fue prior de la comunidad de Saint-Sernin, en Toulouse del Languedoc y luego capellán de un monarca aragonés, Alfonso I el Batallador. Acompañó al Soberano en la victoriosa campaña de Valtierra, contra un minúsculo reino de taifa. Lo siguió en el asedio y asalto de Zaragoza, en 1118, sólo cinco años antes de que el aguerrido prelado consagrara Sant Climent de Taüll.

En la campaña de Zaragoza, componían el grueso de las fuerzas cristianas caballeros gascones voluntarios. Pero Eduard Carbonell, actual director del Museo de Arte de Cataluña, cree que los condes de Pallars y los señores del valle de Boí —donde ocho siglos después Isidre Nonell se recrearía retratando cretinos locales con bocio— batieron el campo en Zaragoza y luego participaron en la victoriosa batalla de Cutanda, cuando los benimerines trataron en vano de recobrar la ciudad. Por añadidura, guerrearían junto a Alfonso en las rápidas conquistas de Tarazona, Calatayud y Daroca. Quedó el Ebro por frontera con la morisma y fue Zaragoza capital de Aragón.

Con el botín y los expolios de tantas correrías y combates, financiarían los Erill y los Pallars la reconstrucción y decoración de diversas iglesias románicas, como Sant Climent y Santa Maria de Taüll. Seguían una larga tradición, heredada del siglo anterior. En el ábside de Sant Pere o Pedro del Burgal, perdura el retrato de Llúcia de Pallars, viuda del conde Artau I. Con la vera efigies de la señora, agradecía la iglesia la mayor de sus donaciones: ofrecida entre 1081 y 1090, los años de su viudez antes de la muerte. En 1085, el obispo Bernat de Urgell y un hijo de la condesa, Artau II, firmaban un documento de concordia y dotación al templo de Santa Maria d'Aneu.

Vos seríais uno de los pintores itinerantes, que recorrían los valles del Pirineo leridano ofreciendo sus servicios artísticos. Cabe en lo posible que fueseis francés, como los gascones al mando del Batallador. Acaso no hablabais una sola palabra de catalán, casi recién aparecido en la época con las demás lenguas romances. Las consagraciones de Sant Climent y Santa Maria preceden en diecisiete años el *Cantar de Mío Cid*, fechado por Menéndez Pidal en 1140. El profesor de la Universidad de Barcelona Felipe Mateu Llopis, quien más de medio siglo atrás se llamaba a sí mismo «la Cátedra» en clase, verificó la fecha a través de la numismática.

Quizás fuese la vuestra la lengua de oïl —*la langue d'oïl de la Chanson de Roland,* donde todavía cabalga Carlomagno a los doscientos años, como lo recordábamos en la carta a Francesc Macià— o más probablemente la lengua de oc, por oïl o *sí*, la del Languedoc y el Roussillon. Por ventura visteis y trabajasteis en Italia. Ni que decir tiene, a través de Italia, se extiende la lueñe y gigantesca sombra de Bizancio por todo el románico catalán. Carbonell advierte la influencia italiana en la calidad de vuestros pigmentos. Trajisteis al valle de Boí la pintura indirecta y al parecer, no la compartisteis con nadie. Oscurecíais y transparentabais los azules con un fondo negro y aplicabais el cinabrio, importado de la España musulmana, sobre los hematites molidos con que bruñían el metal los caldereros.

Sea cual sea vuestro origen, tuvisteis una personalidad artística sin parangón en la época. No se compara con vos en genio, técnica u originalidad el Maestro del Juicio Final, pintor de algunos de los frescos de la iglesia hermana de Sant Climent, Santa Maria de Taüll, también consagrada por san Ramón de Barbastro el día siguiente de ofrendado a los cielos Sant Climent. Es una pena que vuestra obra permanezca tan solitaria y mutilada, sin más muestras rescatadas de otras iglesias. A veces me he preguntado si moriríais poco después de la consagración de Sant Climent. Pero también se desconoce vuestra muerte. Talmente como si fueseis inmortal. O como si el pantocrátor de Taüll —Cristo bendiciendo al mundo en mitad de la almendra mística— hubiese brotado de la pura nada. Como dice el Génesis que por obra de Dios surgieron la tierra y el agua.

Y ahora, desde la divina creación, descenderemos en picado a la picaresca españetera en versión local y muy catalana. Un irónico y oblicuo destino hará que aquella truhanería, encabalgada al descuido, termine por legarnos la magnificencia del Museo de Arte de Cataluña, en sus frescos románicos. Como lo ha expuesto Stanley Meisler, antiguo corresponsal de *Los Angeles Times* en Madrid y erudito especializado en Joan Miró, todo empieza en verano de 1919 y nace de un fortuito encuentro en la iglesia de Santa Maria de Mur, dispuesto por la sapientísima casualidad.

En tren, diligencia y a lomos de mula, viajó entonces Joan Vallhonrat Sadurní de Barcelona a Santa Maria. Hoy por completo olvidado, era entonces un conocido cartelista y había sido condiscípulo de Picasso en la escuela de Bellas Artes de Llotja. De hecho, Picasso expuso un retrato al carbón de Vallhonrat en su primera exposición barcelonesa, la de Els Quatre Gats, en febrero de 1900. Ensombrerado y con un codo en cabestrillo, bajo la capa de supuesto terciopelo, Vallhonrat parece quebradizo, enjuto y mefistofélico. A Santa Maria de Mur, iba a copiar los frescos románicos, para el Institut d'Estudis Catalans, el Instituto de Estudios Catalanes, aunque previamente dispusieron los hados que nunca los realizara. Por el contrario, en una imprevista coyuntura, Vallhonrat empezaría a crear el Museo de Arte de Cataluña, aquella fatigosa mañana de agosto.

En Santa Maria, maestro, se topó el cartelista con un par de aprovechados pícaros extranjeros: un polaco nacionalizado americano, Ignacius Pollak y un francés, Gabriel Dereppe. Muy juntos y atentos, revisaban los trabajos de un trío de italianos ocupados en desconchar las pinturas del ábside. Aquellos técnicos, Franco Steffanoni, Arturo Dalmati y Arturo Cividini, aplicaban dos capas de algodón y encoladura a las pinturas: el pantocrátor en su mandorla, el tetramorfos o tétrada de los evangelistas, el apostolario y el friso incompleto con los milagros de la Virgen. Luego repicaban y arrancaban delicadamente la argamasa medieval, que servía de fondo a los frescos.

Con aquella técnica, el *strappo* o arranque, trasladarían las pinturas a otros muros como quien pega una húmeda calcomanía. Había otro sistema, el *stacco* o desprendimiento, que permitía el traspaso de los frescos y dejaba intacto el mortero del muro. Educados delincuentes si los hubo, Pollak y Dereppe realizaban una operación muy lícita, según informarían al atónito Vallhonrat. Además trabajaban para Lluís Plandiura, conocido y hacendado tratante en azúcar, amén de coleccionista de pintura medieval y de *picassos* de principios de siglo. Plandiura, muy experto en bellas artes, era también catalanista de pro y prez; pero ya había apalabrado la venta de los frescos de Santa Maria de Mur con el Museum of Fine Arts de Boston, donde todavía hoy pueden admirarse.

En hecho de verdad, maestro, aunque vuestra medieval inocencia no alcance a creerlo, aquellos tratos de ingeniosa granujería, entre puros catalanes de la Españeta, los avalaba la Iglesia. Según el Concordato convenido en 1851, gobernando Bravo Murillo y siendo ministro de Estado el marqués de Miraflores, a los dieciocho años de entronizada Isabel II —señora conocida unas veces como la del mal vivir y otras, no menos verazmente, como la de los tristes destinos—, mientras reinaba en la Santa Sede Pío Nono, se proclamó la religión católica única en España y quedaron las escuelas al cuidado y vigilancia del episcopado.

Como no bastaba con tanta servidumbre, que nunca habría aceptado un Felipe II redivivo, el Gobierno se comprometía a reconocer las congregaciones de San Felipe Neri y San Vicente de Paúl, «así como otra de las órdenes aprobadas por la Santa Sede». Jamás se determinó la orden del caso y Pío Nono introdujo cuantas quiso, desacatando de continuo el Concordato. Mientras, se comprometía el Estado a proveer la dotación del clero y permitir a la Iglesia la libre enajenación de sus bienes. Así malbarató la parroquia de Santa Maria de Mur sus frescos a Plandiura. Por su parte, autorizaba el Vaticano a los compradores de bienes eclesiásticos a «gozar de ellos en paz y seguridad». De este modo se permitía a un aprovechado, tan rico y erudito como

Plandiura, vender impunemente las pinturas de Santa María de Mur al Museo de Bellas Artes de Boston.

Tampoco dictaron leyes o disposiciones el Estado o la Mancomunidad, que impidieran el expolio del patrimonio nacional o eclesiástico. En una Cataluña con mentalidad y desapego de la más pura Españeta, poco o nada importaba al episcopado que unos caballeros de industria despojaran a la Iglesia de sus frescos medievales, parcialmente devorados por el tiempo y la incuria que ustedes, los pintores románicos, ofrecieron a las parroquias. O que aquellos indeseables redondearan el pillaje, trafagando con sus pinturas al otro lado del Atlántico o Mar Tenebroso. Se consumaba tanta vileza con el concurso del *strappo* y el *stacco* italianos, después de que la inepcia eclesiástica y civil permitiera el deterioro de los frescos a lo largo de ochocientos años.

Como ha escrito en su tratado de sociobiología Edward O. Wilson, la decepción y la hipocresía son los recursos más humanos en la conducta de los negocios y la vida social. Al engaño y la impostura de la Españeta, en su acepción sacra o profana, deberíamos añadir la incuria: el «desprecia cuanto ignora», de Machado en *Campos de Castilla.* En el mejor de los casos, desconociendo el *stacco* y el *strappo,* el Institut d' Estudis Catalans manda copiar a cartelistas como Vallhonrat las agonizantes pinturas del Pirineo. Será Vallhonrat, de quien injustamente nos desmemoriamos, quien repique la alarma por tanto escándalo en Barcelona.

Se hacen eco de la denuncia parte de la prensa y Joaquim Folch i Torres, director del fondo moderno y medieval del Museo de Arte de Barcelona. Como dice Stanley Meisler, su tenacidad hará posible el Museo de Arte de Cataluña, en el Palacio Nacional. Con préstamos del Ayuntamiento, la Mancomunidad y la banca, la Junta de Museos de Barcelona firma un acuerdo con Pollak, en enero de 1920, para el traslado de los frescos y su instalación en la ciudad. Pollak y los técnicos italianos recibirán seiscientas setenta y cinco mil pesetas en pago de su labor.

Plandiura se niega a entregar las pinturas de Santa Maria de Mur. Asegura tenerlas firmemente comprometidas con el museo de Boston y en 1921 las embarca para los Estados Unidos. El Museum of Fine Arts le abona ochenta mil dólares por aquellas obras. También vende a los Cloisters del Metropolitan Museum de Nueva York otro fresco, con una característica ilustración románica de la epifanía. Luego, insaciable en sus hambres de coleccionista, adquiere los murales de otras cinco iglesias: el llamado conjunto de Sant Quirze de Pedret, con las pinturas de Sant Quirze, Sant Pere d'Ager, Santa Maria d'Aneu y Sant Pere del Burgal.

Con el tiempo, aquellas pinturas pasarán al Palacio Nacional de Montjuich. En el tercer ámbito del ala románica del museo, permanecen la condesa de Pallars y los arcángeles del ábside de Santa Maria d'Aneu, con las alas desplegadas y llenas de ojos abiertos. Verídicamente, cuenta Dante haber visto ángeles, alas y ojos como aquéllos en el paraíso, a los pies de la Trinidad. Dante, maestro, pertenecía a la generación siguiente a la vuestra y Boccaccio, quien pudo haber sido vuestro nieto, compara en su *Trattatelo in laude di Dante* unos ojos angélicos, semejantes a los de Santa Maria, con los que aparecen en el plumaje entreabierto de los pavos reales.

En un malhadado giro de los negocios, caída la bolsa en Wall Street y depreciado el azúcar, vende Plandiura su colección de pintura románica y gótica a Cataluña. La tasan y compensan en siete millones de pesetas, una cantidad entre increíble e inconcebible en la época. Como se recordará, doce años antes se había firmado el contrato con Pollak para el traslado de los frescos románicos pirenaicos. Pero aún tardarían otros cuatro años Steffanoni, Dalmati y Cividini en desconchar los frescos, recoger las telas y despacharlas a Barcelona.

Murales procedentes de nueve iglesias pirenaicas compusieron el centro original del museo. Entre aquellos frescos figuraban los vuestros, eterno maestro anónimo, así como los de Santa Maria de Taüll, obra de vuestro colega y acaso discípulo, el artista del Juicio Final. Aunque fuese un héroe de gesta nunca cantado, como dirían los ingleses, Vallhonrat se sentiría satisfecho y orgulloso, inclusive en el olvido en que vivió y moriría. Según cuenta Meisler, el propio Vallhonrat regaló a Picasso un cartel, con el pantocrátor de Taüll, y Picasso lo atesoró en el castillo de Notre-Dame-de-Vie hasta su muerte.

La historia de la Españeta se entreteje con la España más regoyesca y trágica, como los cráneos de Lorca, Dalí y su hermano homónimo se funden conjuntamente en varias pinturas dalinianas de 1927 y 1928. Ignoraréis de quién os hablo; pero comprenderíais mi analogía, si vieseis *Cabeza ameba* o *Autorretrato partido en tres*, en el museo de Figueres. A la historia del Museo de Arte de Cataluña, ensolapada con la del país, le debemos un breve repaso para vuestra información personal, aunque paréis desde hace siglos en aquel agujero negro de la muerte, donde la eternidad devora el tiempo de todos los hombres.

Con la Exposición Universal de 1929, el dictador Primo de Rivera y la Corona pretendían agradecer a Barcelona el apoyo del capitalismo catalán al general, en su golpe de Estado del 13 de setiembre de 1923. Cuando inauguraron aquel fausto acontecimiento y sus muchos festejos, no estaban todavía dispuestos los frescos románicos en Montjuich. Asimismo, las relaciones de Primo de Rivera con Cataluña se habían deteriorado tanto, que el propio Folch i Torres —asesor artístico de Francesc d'Assís Cambó, aunque éste sea un asunto que omitiremos, por más que concierna a otras esencias de la Españeta— fue cesado como director de los Museos de Arte, en una de las alcaldadas del régimen.

Resolvieron exhibir en el Palacio Nacional una exposición de arte español, en lugar de los fondos románico y gótico. La noche de la inauguración, en tanto coronaba la montaña de Montjuich una diadema de rayos —agigantada, la plagiaría Albert Speer sobre el campo Zeppelin de Nuremberg, en el congreso nazi de 1934—, cantaba frente al museo un maño con faja y cachirulo: «Brillarían más los rayos del Palacio Nacional/ si en la cúpula pusieran a la Virgen del Pilar».

Se resintió o indignó el respetable, en su acendrado catalanismo, preguntándose por qué no pediría el barítono que la Virgen de Montserrat rematara la montaña y el palacio. Aunque os parezca increíble, por haber vivido en una edad de creencias más racionales aunque no exentas de fanática brutalidad, aquellas insignificancias encendían y arrastraban a los barceloneses de la época. Y a tales estupideces se reducían los sentires nacionales y nacionalistas.

Hoy, en una era de progreso tecnológico y político, semejantes necedades toman distintos caracteres ideológicos. En 1988, la Generalidad hacía coincidir el centenario de la primera Exposición Universal de Barcelona con el supuesto milenario de Cataluña y honraba como fundador del Principado a Borrell II. No obstante la fecha era falaz o andaba errada. Aunque diez siglos antes Hugo I, antiguo carnicero y primer Capeto francés, llamara al conde para reconocerlo y recibir su vasallaje en Aquitania, no hubo lugar para el acatamiento. A la llegada de Borrell el Soberano se había desplazado al norte de Francia, donde una tenaz rebelión lo retuvo guerreando años enteros.

Os sonará a música celestial esta faramalla, porque Borrell os precedió en doscientos años y andaría olvidado cuando vinisteis al mundo. A la hora de la consagración de Sant Climent, no reconoceríais otro monarca sino el Batallador. Más os sorprendería e interesaría la suerte de los frescos románicos, incluido vuestro pantocrátor, desde la segunda Exposición Universal hasta este año de gracia, cuando según dicen mendazmente empezamos siglo y milenio. En el transcurso de tal lapso histórico, que comprende el proceso de mi vida, Cataluña y España entera padecieron la mayor de las tragedias.

En 1934, quince años después de denunciados Plandiura, Pollak y Dereppe por Vallhonrat, se inauguraba el Museo de Arte de Cataluña con los frescos románicos como piedra angular. Aun ahora —vos en olor de inmortalidad anónima— os sorprenderá semejante tardanza, incompatible con la prontitud que Alfonso I conducía sus campañas. Si hubieseis alcanzado a vivir otro siglo, acaso conocierais a los maestros ingleses de la sala capitular de Sigena. Ellos os recitarían un antiquísimo proverbio de su isla: «Véngano la muerte de España, porque siempre llegará tarde». O bien contarían cómo apodan a Barcelona en su tierra *where the nuts come from*. Tradúzcase: «(la ciudad) de donde vienen *las nueces* o sea los necios y pedazos de alcornoque». Dichos y proverbios son aquellos que algún día, movido por la estricta curiosidad intelectual, inquiriré en la *conselleria* de Cultura de la Generalidad, si no se halla tan atareada todavía en hacer hablar en catalán al pato Donald.

Olvidaros del pato. Os ahorro más digresiones, para que no me acusen de perder el tiempo con apostillas. En la última Guerra Civil, de 1936 a 1939, quisieron salvaguardar el museo de los bombardeos. Trasladaron parte de sus fondos a Olot y almacenaron los demás en una masía del Alto Ampurdán, *can* Delcalç de Darnius, incautada a la familia Senillosa. En enero de 1939, en plena retirada republicana de Cataluña, allí los vio por última vez Carles Pi Sunyer, antiguo alcalde de Barcelona ya mencionado en otra de mis cartas: la dirigida al honorable Macià.

En 1942, los frescos románicos regresaban a Montjuïc. Por falta de presupuesto adecuado y exceso de desidia, un cuarto de siglo después empezaron a cerrar aquellas salas. Melancólica y verlaineanamente, contemplábamos la lluvia de una gotera ante la *Virgen de los consellers*, del valenciano Lluís Dalmau, en el último aposento del arte gótico. En 1973, volvió a abrirse el museo con diversos cambios de presentación. De nuevo lo clausuraron entre 1990 y 1995. Restaurados y ambientados los frescos por la arquitecto italiana Gae Aulenti, en naves que recuerdan sus iglesias de origen, el Palacio Nacional permanece a menudo vacío de público catalán. Suelen visitarlo extranjeros escogidos y turistas venidos de otros puntos de la piel de toro.

Nunca me sentí tan orgulloso de ser catalán y español y tan enfurecido y avergonzado de serlo, como en el Museo de Arte de Cataluña y en el Museo Picasso, de Barcelona.

Debo el orgullo, maestro, a vos y a Picasso. A ambos os tengo por catalanes, como lo detallaré más adelante, aunque acaso nacisteis francés, como ya dije, y Picasso fuera malagueño. Mi bochorno e indignación proceden del comportamiento de demasiados miserables, vestidos de conserjes y conserjas, que custodian los museos y ladran en castellano o en catalán, pringando las dos lenguas con sus voces. En mi presencia al menos, semejantes espectáculos jamás se dieron en el Prado ni por supuesto en ningún museo extranjero.

Cada año conduzco a los estudiantes de una universidad americana, Emory University, al Museo Picasso y al Museo de Arte de Cataluña. Casi cada año nos ofende y ataca verbalmente algún indeseable, guarda jurado del arte al servicio de la Generalitat, mandándome callar y llevarme a los discípulos a otra sala. Que ya basta, vaya, de tanta retórica. Rezuman allí el pus y el resentimiento, inadvertidamente fascistas, de la Españeta barcelonesa contra todo lo intelectual. «Cuando dicen cultura, echo mano a la pistola», proclamaba Hermann Göring a título de chanza, porque aquel criminal de guerra, afamado piloto y codicioso ladrón de la pintura ajena, era también un experto en historia del arte.

Lo más curioso y patético del caso es que en cuanto se les replica y amenaza con exponer su conducta a la dirección se amedrantan y callan aquellos funcionarios. En el Teatro Museo Gala Salvador Dalí, de Figueres, nunca tropecé con tanta insolencia uniformada. Aunque los frescos románicos no llegaran a iluminar las iglesias del Ampurdán, por desconocidas razones, tampoco se extendió hasta allí la Españeta en sus vertientes más cavernarias. Al menos, yo quisiera creerlo así.

Una lógica interna, como dirían los novelistas postpirandellianos, que trasciende la razón, el tiempo y la historia, dispuso que Vallhonrat diseñara aquella réplica de vuestro pantocrátor, que según cuentan conservó Picasso toda su vida. Vos, quienquiera que fueseis, Picasso y Salvador Dalí sois hitos humanos de una de las culturas artísticas más conspicuas y creadoras, que ha dado Europa al mundo: la catalana.

Aunque vuestro influjo en la historia de la pintura sea mínimo por comparación, vuestra grandeza es tan señera como la Giotto di Bondone: un artista contemporáneo de Dante, en el *duecento* y el *trecento* florentinos. Por añadidura, sueño a veces con haber vuelto a la Sixtina y contemplo dormido la majestuosidad de aquel *Juicio Final*, donde Miguel Ángel anticipa o inventa el barroco, para su uso particular e intransferible, desde la cima del renacimiento y con medio siglo de antelación. En el sueño, transferido vuestro pantocrátor a aquella capilla, no se rebaja a su lado el Apocalipsis de Buonarroti, como tampoco desmerecerían los *giottos* de Asís o la *Madonna d' Ognisantti* de Florencia. ¡Y ya es mérito el de Giotto y Miguel Ángel, a fe, si no se comparan desfavorablemente aquellas obras suyas con la única que sobrevive de las vuestras!

Se ha dicho y repetido que Giotto y Miguel Ángel dotan a la pintura europea de un fundamento humanista, aunque los dos morirían sin saber de cierto *cosa era Europa,* qué era Europa. En esta época nuestra, moderna y postmoderna, que acaso se nos fue de las manos con el siglo XX, Fred Licht —poco importa que también lo desconozcáis e ignoréis la existencia del continente donde ha nacido— cree que el último humanismo comienza con don Francisco de Goya. Asegura aquel crítico que el Goya de la *Maja desnuda* eleva a carne viva de mujer lo que antes era un signo o un símbolo mitológico o estético.

Yo iría más lejos o más atrás, maestro. Antes que Goya, Miguel Ángel y Giotto, vos humanizasteis a Cristo resurrecto. De la imagen del Hijo de Dios, en tanto afirma por escrito ser la luz del universo —*Ego sum lux mundi,* reza el Evangelio abierto en la almendra mística— hicisteis al Hijo del Hombre. Basta mirar a los ojos de vuestro Santo Cristo para advertir que no representa la razón divina ni el sentido absoluto del firmamento. Es mucho más y mucho menos que todo ello. Su identidad es la de un hombre nacido de mujer y por lo tanto quebradizo y perecedero, aunque otros lo supongan el centro del universo al resplandor del sol. O bien, por mejor decirlo, Cristo se convirtió en un mortal sin otra eternidad que la conferida por vuestros pinceles a un muro de Taüll.

De manera tan extraña como paradójica, en una obra clarividente e innovadora como la vuestra, son muy tradicionales la temática y la composición del fresco que dejasteis en aquel templo del valle de Boí. Como ya lo señalamos, es bizantina su factura y acaso vino expedida a través de Lombardía. En la almendra mística o mandorla —término muy propio de la iconografía y la litúrgica, aunque todavía desconocido por el diccionario de la Real Academia Española, en su edición de 1992—, vuestro Hijo del Hombre sostiene en la mano izquierda el Evangelio de san Juan. Aquel libro canónico del Nuevo Testamento se abre por el octavo capítulo y parte de su duodécimo versículo: «Quien me siga no anda en las tinieblas, sino que tendrá la luz de la vida». Mientras tanto, Jesús bendice a la congregación de Sant Climent con dos dedos de la diestra.

En esta aparición de la Divinidad o Teofanía —palabra habitual en la crítica artística, la historia de la Iglesia y la liturgia, si bien ignorada por el diccionario de la Real Academia, en 1992, aunque entre sus miembros de número se contaron muy leídos sacerdotes, arzobispos y hasta cardenales— vuestro Hijo del Hombre, maestro, se envuelve en una túnica gris, de pliegues blanquecinos, punteada de cinabrio. Su manto, de bordes enjoyados, viene a confundirse con el fondo de la mandorla, donde campean el alfa y el omega: el principio y el fin de toda creación.

Al igual que otros Cristos románicos —el del frontal de la iglesia de la Seu d'Urgell o el de Sant Vicenç de Cardona—, el vuestro es un Divino Nazareno nunca sacrificado. O acaso cauterizaron las heridas de los clavos del calvario, en sus palmas y sus pies, en el instante de la resurrección. Asimismo, como parece insoslayable en los frescos románicos, el conjunto de los cuatro evangelistas o Tetramorfos —un sustantivo litúrgico, muy propio de la iconografía y la historia sagrada, aunque rechazado o no descubierto por el diccionario de la Real Casa, en su edición de 1992—, apropiada y puntualmente rodea la *Majestas Dei* en la mandorla.

Un ángel, un león y un toro anuncian a Mateo, Marcos, Juan y Lucas. Un par de serafines, con las alas cubiertas de inevitables ojos abiertos, guardan los extremos del ábside. Debajo, separados por una estrechísima ventana, perduran fragmentos de seis arcos desiguales. Uno es mucho más amplio que los otros cinco. Junto a aquel vano reaparece san Juan, sosteniendo el Evangelio con una mano velada por un pliegue del manto. Al otro lado, María ofrece una pátera luminosa de ambiguo significado. Podría ser su divina maternidad: textualmente el útero de la luz del mundo. Junto a la Madre de Dios permanecen los apóstoles Bartolomé y Tomás, flanqueados por delgadas columnas. Distanciado de ellos por la lucerna, se yergue Santiago junto a Juan. El tiempo y la negligencia borraron el resto del apostolario: término habitual en la historia eclesiástica y en la crítica de arte, sobre todo la dedicada a la obra de El Greco, todavía desconocida por los académicos en 1992.

En los arcos que preceden el ábside y al igual que si surgiese de la nada en mitad de un círculo, bendice a la parroquia la mano del Altísimo con el índice y el cordial extendidos, junto al anular y el meñique doblados. El gesto recuerda a Miguel Ángel y su *Creación del hombre,* en la bóveda de la Sixtina, cuando Dios animó a Adán con un toque de los dedos, treinta y tres años antes del *Juicio Final.* En otro círculo, descubrimos al Agnus Dei o Cordero Divino: el de los siete ojos de la sacra sabiduría. «...siendo como es (el Cordero) Señor de los señores y Rey de reyes, y los que con él están son los llamados, los escogidos y los fieles», escribió san Juan en el Apocalipsis.

Otros fragmentos de Sant Climent desmerecen por comparación con vuestro pantocrátor. Evidentemente, pertenecen a otra mano muy distinta de la vuestra. Eduard Carbonell atribuye los seis ángeles del ábside opuesto al maestro del Juicio Final, que decoró la iglesia hermana de

Santa Maria. También aparece en Sant Climent un personaje de ajena ejecución, que en ocasiones identificaron con Job o con Jacob. Asimismo, el intradós del arco contiene unas escenas que no os pertenecen. Muy fragmentada y casi perdida, perdura una de aquéllas. Narra la otra la parábola del rico y el mendigo Lázaro, como la refiere san Lucas.

Glosa y reitera el fresco el terrible y bellísimo proverbio evangélico de que antes se deslizaría un camello por el ojo de una aguja que entraría un rico en los cielos. O bien, en este caso particular en el seno de Abraham. «Hijo, acuérdate que recibiste bienes durante toda tu vida», dice Abraham al poderoso, muerto y abismado en los infiernos, «y Lázaro —el pordiosero que yacía ante la mansión del hacendado y a quien piadosos perros sin dueño lamían las llagas—, al contrario, males; y así éste ahora es consolado y tú atormentado».

Vueltos a vuestra Teofanía, su doble proporción axial resulta casi impecable. Se diría que únicamente la quiebra el arco desmesurado sobre el evangelista, con el libro en la diestra oculta por el manto. O bien los pliegues del ropaje de Cristo, junto con el doble gesto de sus manos. Heredada de Bizancio y según uso común en los frescos románicos, la simetría se muestra perfecta en los trazos faciales del Hijo del Hombre. En tal sentido y al margen del tamaño exagerado de la mandorla —la mayor entre las rescatadas del pillaje del tiempo y la desidia de los hombres—, vuestro legado, maestro, sólo se distingue parcialmente de las demás almendras místicas.

Ocho siglos después de las consagraciones de Sant Climent y Santa Maria, escribió Stefan Zweig que casi todo el rostro de Fiodor Dostoyesvki era el de un *mujik* destripaterrones; salvo las pupilas, lucientes y hundidas alma adentro en aquel semblante de yuntero. De manera análoga, si me permitís la analogía, por los ojos del Hijo del Hombre sobresale la mandorla de Taüll, entre todas las que perduran mutiladas y traspasadas al museo. Cristo eleva las oscuras pupilas hacia la bóveda del ábside, sobre la cual se extienden los cielos. Pero no parece buscar al Padre en su gloria inmutable, aunque desde la cruz del Gólgota le preguntara por qué lo había abandonado. Más bien muestra en la mirada una fija atención, matizada por el escepticismo y la curiosidad intelectual.

En el encaro del Cristo de Taüll leo, o quisiera leer, el socrático humanismo de sentirse hombre, para advertir al punto el irreparable desconocimiento de cuanto concierne a la condición humana. Me refiero al tremendo y también socrático sólo sé que no sé nada, con el cual equilibraba el filósofo el deber de conocerse a sí propio. De nuevo al revés del Hijo de Dios en el Calvario, el Hijo del Hombre en Sant Climent parece aceptar su mortalidad: aquélla donde siempre termina nuestra ignorancia de quién realmente somos y cuál pueda ser nuestra verdadera circunstancia en la tierra. Me imagino que lo de la circunstancia lo añadiría aquí don José Ortega y Gasset, a quien todavía adeudamos una carta en este libro.

Casi sin querer, como desenredamos los rabos de dos cerezas, paso de Ortega a Miguel de Unamuno. Mucho supo él de España, la Españeta y Cataluña, así como de otra ignorancia, muy distinta de la socrática, que atribuía a un sinnúmero de filósofos nacionales y el pintor Ignacio Zuloaga descubrió en el modelo de uno de sus mejores retratos: el enano Gregorio el botero. En otras palabras, el supino desconocimiento de los que no dicen ni saben nada de nada. Pero tampoco pudo percatarse Unamuno del salto cualitativo y retroactivo, que a vos os llevaría a anticipar su sentimiento trágico de la vida, en más de ocho siglos. En los ojos de vuestra humanísima *Majestas Dei,* precedisteis su existencialismo y también aceptasteis la descabellada contradicción de la existencia humana, a la vez efímera y racional, con la singularísima serenidad de los verdaderamente elegidos.

Quisiera creer que Velázquez en su *Cristo* y Salvador Dalí en *Cristo de san Juan de la Cruz* cerraron o escondieron los ojos del crucifijado, porque se sabían incapaces de pintar un encaro tan humano como el del Hijo del Hombre en vuestra mandorla. Ver claro es pensar claro, escribió en 1914 el joven Ortega y Gasset en sus *Meditaciones del Quijote,* y semejante nitidez de concepto y visión resulta insuperable en la obra maestra de Cervantes. Si esto fuese cierto, tampoco cabría mirada más sabia y penetrante que la que vos, *reverent mestre,* dejasteis en Santa Maria de Taüll.

A excepción del cultural y éste sólo en determinados aspectos, cualquier nacionalismo me parece un despropósito y una negación aberrante del humanismo en la historia. Incapaz de fundarse el catalanismo en una etnia racial, social o religiosa, escogió la lengua como molde de su identidad. Diariamente la conduce a extremos tan ridículos como odiosos —detestables por cursis—, en el afán particularista de la eterna Españeta catalana. En este preciso punto y mientras trato de terminar la carta a vos, el gran desconocido, tropiezo con una noticia que no puedo soslayaros.

Me informa la prensa que el *Govern* o Gobierno de la Generalitat —ya no es *Consell,* claro, como lo llamaba Macià para indignación de Miguel Maura— ultimó un proyecto para acoger temporalmente —en un plazo de seis meses o un año— a dos mil refugiados kosovares. El Govern ofrecerá a aquellos desdichados un curso acelerado de catalán, para hacerles comprender la relación histórica de Cataluña con España y Europa. Pese a tan laudables propósitos, la Generalitat tropieza con serias dificultades en la búsqueda de traductores del albanés al catalán. En tan duro trance, acaso venga a mediar la Virgen de la Mercè o Merced, a quien hicieron capitana generala de la defensa de Barcelona, contra las tropas de Felipe V, en 1714. (El destino dejó en agua de borrajas tan patriótico propósito cultural. Concluyó la guerra de Clinton en los Balcanes, tan pronto aquel rijoso estadista se supo desaprobado en las encuestas americanas. Volvieron los kosovares a su tierra, ignorantes del catalán y la identidad catalana, para dedicarse a la persecución y exterminio de los servios, con la amable complacencia de sus libertadores: las tropas de las Naciones Unidas.)

Frente a un idioma como el castellano, el tercero del mundo y el primero en almas que lo tienen por lengua materna, según debatible afirmación de Lázaro Carreter, uno de los presidentes de la Real Academia, me parece ridículo construir una supuesta nacionalidad sobre los cimientos de una lengua, que de hecho termina al pie de los Pirineos, en el huerto de mi casa. Más consecuente sería haberla edificado, culturalmente, en torno a vos y en nombre de una gloriosa tradición artística, que arranca de los frescos románicos y desciende o asciende hasta Salvador Dalí. En la nómina, obedeciendo a su propia voluntad, incluyo a Pablo Ruiz Picasso. Jaime Sabartés —secretario, amigo y espolique, entre largas y silenciosas intermitencias— tenía el propósito de ofrecer a Málaga su colección privada de *picassos*. El pintor lo disuadió. *¿Por qué Málaga? Yo me limité a nacer allí. Entrégalo todo a Barcelona. No tienes otra opción, si de verdad quieres donarlo.*

De estos particulares, conversaba con el antiguo conseller de Cultura, Joan Rigol, el pasado otoño en el Ecuestre barcelonés. Conté cómo en los aledaños de Columbia University, donde Lorca escribió su «Oda a Walt Whitman» y «Grito hacia Roma», todas las paradas de los autobuses anuncian el museo medieval de los Cloisters. Pero sólo excepcionalmente se oye hablar en catalán entre los visitantes del Palacio Nacional, en Barcelona. Juntos lamentamos la desidia ciudadana, ante un museo tan prodigioso como el presidido por vuestra Teofanía. Luego discrepamos, aunque no a propósito del arte sino de su cotejo con la literatura.

Dijo Rigol que *els mestres de la renaixença,* los maestros del renacimiento de la literatura catalana en el siglo XIX, tardíamente encabezados por el Verdaguer de «La cuareta» o «La aguzanieves», no eran nadie o casi nadie junto a los muralistas románicos o unos titanes, contemporáneos nuestros, de la talla de Gaudí, Picasso y Dalí. No obstante, quiso puntualizar, aquel Ramon Llull a quien precedisteis en un siglo sobrado se compara favorablemente con vos y acaso os supere. Callé y reí a gusto para mi gobierno particular. En plagio evidente pero inadvertido de vuestro Santo Cristo, también yo alcé los ojos al cielo. Si llegasteis a escucharnos, caiga donde caiga vuestro destierro eterno, supongo que también vos sonreíais a solas. Resignaros y tened piedad de este pobre pueblo nuestro: la Españeta catalana. Entre tanto, yo cierro y de nuevo saludo vuestra gloria imperecedera y mutilada, en mitad de los frescos, frontales, baldaquines, cimborrios, calvarios, incensarios, dovelas y capiteles, que cobijan vuestra Divina Majestad.

Maestro, salud, salud para siempre.

Carlos Rojas

Don Miguel de Unamuno y Jugo
En el sentimiento trágico de la eternidad

Estimado rector magnífico:

Fueron sus últimas palabras en la tierra: «¡No! ¡Esto no puede ser, Aragón! ¡Dios no puede volverle la espalda a España! ¡España se salvará porque tiene que salvarse!».

Bartolomé Aragón Gómez, único testigo de su fallecimiento en la biblioteca de su casa salmantina, había narrado la escena a su biógrafa americana, Margaret Rudd, en 1962, cuando ella preparaba un libro sobre su vida y su obra: *The Lone Heretic,* El hereje solitario. Volvió a contármela a mí, en Madrid, en 1995. Me detallaba lo que hoy conoce o debería conocer el mundo entero, después del prólogo de José María Ramos Loscertales, «Cuando Miguel de Unamuno murió», a *Síntesis de economía corporativa,* del mismo Bartolomé Aragón, publicado en 1937 por la Universidad de Salamanca.

Hablo de nuevo de su muerte patética y extraordinaria, comentada por tantos exégetas y biógrafos. Con Margaret Rudd, recuerdo a Emilio Salcedo, Luciano Gómez Egido, Andrés Trapiello —quien en su libro *Las armas y las letras,* lo llama adecuadamente el hombre más libre de España—

y Carlos Feal, cuidadoso editor crítico de sus apuntes acerca de la contienda fratricida, que usted no pudo sobrevivir: *El resentimiento trágico de la vida. Notas sobre la Revolución y la Guerra Civil Españolas.*

Después de proferida la última profecía, muere en absoluta soledad puesto que ni siquiera Bartolomé Aragón advierte su fallecimiento. La circunstancia es todavía más trágica e irónica porque usted se hallaba tan físicamente acabado, al término del primer año de la Guerra Civil, que el propio Aragón temía que bordeara la agonía y aquél fuera su último encuentro. Para mayor mordacidad del destino, sus primeras palabras a Aragón, a las cuatro y media de aquella tarde de san Silvestre, fueron: «Hoy me encuentro mejor que nunca».

Al igual que Aragón, José María Gil Robles, con quien fue a toparse anteayer o trasanteayer en la universidad —una de las pocas salidas desde su hogar, donde lo confinó tácitamente el Cuartel General mientras la Policía vigilaba día y noche el portal de la calle—, tuvo la impresión de que usted se moría a ojos vistas. Se despacharía aquella mañana, como lo hacía de continuo, contra el resentimiento trágico que impuso la Guerra y los muchos crímenes, perpetrados a diario en la llamada Zona Nacional. Pero Gil Robles no se muestra demasiado explícito, cuando recuerda su encuentro fortuito en *No fue posible la paz.*

Aunque el 7 de octubre, Gil Robles haya escrito desde Lisboa a Luciano de la Calzada, jefe de las Juventudes de su partido, Acción Popular, que se ponga con toda su gente al servicio del franquismo —«ni ahora, ni más adelante, queremos otra cosa que lo que quiera y ordene el mando», dice entonces en la carta si bien luego lo desmiente y hoy lo confirma, documentalmente, Jesús Palacios—, en esta breve visita a Salamanca acaso teme que lo detengan e impidan el regreso a Portugal. Usted mismo, don Miguel, había escrito en setiembre a Quintín de la Torre que el exilio voluntario de Gil Robles —«¡figúrese, Gil Robles!»— era un dato terrible y significativo. Por sí sólo expresaba el torvo porvenir de los españoles.

Hablaría amigablemente con Gil Robles en la Universidad de Salamanca. Pero en los días del Frente Popular había recriminado a unos energúmenos de las Juventudes Socialistas, que pedían a gritos la cabeza del dirigente derechista, diciéndoles que cabeza nunca la tuvo. En su carta a Quintín de la Torre, tres meses atrás, no dejaba de clamar contra todos los crímenes. «El Caudillo —supongo que se refiere al pobre general Franco— no acaudilla nada en esto de la represión, del salvaje terror de la retaguardia.» Mantenía usted el criterio de que el culpable de tanta sangre vertida era el general Mola: «Un monstruo de perversidad, ponzoñoso y rencoroso». Después de su muerte, escribirá José Ortega y Gasset —también en el destierro voluntario, al igual que Gil Robles— que usted había fallecido «de mal de España». Así entrecomillado, en un artículo para *La Nación* de Buenos Aires.

Pero todavía estamos en su biblioteca y es la noche del 31 de diciembre de 1936. Por largos instantes, en tanto permanece cabizbajo e inmóvil, Aragón respeta su silencio. De súbito, mientras cae de bruces sobre la mesa camilla, el tufo de sus zapatillas, socarradas por el brasero, sobresalta a su visitante. Bartolomé Aragón se precipita a sostenerlo y comprende que abraza a un cadáver. Guarda bastante presencia de ánimo para apartarlo del brasero y llevarlo en brazos hasta el sofá, gritando instintivamente: «¡Yo no lo he matado! ¡Yo no lo he matado!».

A sus voces, acude Aurelia, la sirvienta. Traen a un médico de urgencia, que confirmará la defunción. Ha fallecido de un ataque cerebral, cuando vaticinaba la supervivencia de su país, por voluntad de un Dios con cuya descreencia luchó y se debatió durante casi cuarenta años. Avisan a su hija María, quien aquella tarde visitaba a Pilar Cuadrado: la dueña de esta casa, que alquiló usted al perder su residencia como rector. Cuando regrese otra de sus hijas, Felisa, con su nieto Miguel, lo hallarán exánime en el diván; pero ya sin gafas y con los ojos cerrados. Pilar Cuadrado le sostiene la cabeza en el halda. Luego su compasión va a entrelucirse de humana vanidad. Dirá que usted falleció en sus brazos, o lo acogió ella en el instante de su muerte. No es cierto; pero aquella mentira, acaso disculpable o comprensible, será sólo la primera en un cúmulo de falsedades, grotescas y siniestras, que prodigarán Salamanca y la Españeta franquista a su defunción.

El Adelanto trae su esquela al día siguiente. «Funeral: Hoy 1 de enero a las once de la mañana. Iglesia parroquial: Purísima Concepción. Conducción del cadáver: Hoy, viernes, a las cuatro de la tarde. Casa mortuoria: Bordadores, 4. El duelo se despide en la iglesia y Puerta de San Bernardo.» Felisa manda imprimir el versículo 16 del salmo 37 de David: «Tú me escucharás, Señor. Dios mío». Cierra el obituario el final de su poema «El Cristo de Velázquez». «...¡mis ojos fijos en tus ojos, Cristo,/ mi mirada anegada en Ti, Señor!»

Antes de que empiece la farsa de su entierro, verdadero friso de gárgolas goyescas a semejanza de los *Disparates*, nos preguntamos por qué tendrá que salvarse obligatoriamente España. O quién será este Dios que no puede desasistirla, si es cierto lo que usted grita en su agonía. Sesenta años después de su muerte, escribirá Pedro Cerezo Galán que en su última entrevista con Alfonso XIII, el 5 de abril de 1922, usted se sentiría profeta, puesto que antes había escrito que siempre son los videntes quienes coronan y deponen a los reyes. No creo que fuese del todo cierto en aquella ocasión, porque a las puertas de palacio declaró a los periodistas con rápida llaneza: «He salido como he entrado».

Por el contrario, sí murió como un profeta proclamando las limitaciones de un Rey de Reyes, cuya existencia venía cuestionando desde 1887. Contendiendo consigo mismo entre la razón y el corazón; es decir, a través de su sentimiento trágico de la vida. Cuando en tiempos de la Monarquía le aconsejaron unirse al reformismo de Melquíades Álvarez, asesinado en la Modelo de Madrid en agosto de 1936, replicó con los ojos relampagueantes de santa ira detrás de la gafas sin montura: «¡Con el trabajo que me cuesta creer en Dios, ahora me piden que crea en Melquíades Álvarez!».

La noche del 21 al 22 de marzo de 1897, el terrible destino de Raimundín —su tercer hijo, enfermo de meningitis tuberculosa e hidrocefalia, al igual que una hija de Goya— lo llevó en un arrebato al convento de los dominicos salmantinos, antes del alba. Allí se encerraría día y medio, mientras su esposa y sus colegas universitarios se desvivían buscándolo. Goya se había autorretratado en el Saturno del comedor de la Quinta del Sordo, devorando a todos sus hijos muertos a excepción de Xavier, quien debía sobrevivirlo. Usted se preguntaría por su propia culpabilidad, al concebir a Raimundín. En otras palabras, al acoger a la muerte en casa, en la persona de aquel niño que no cesaba de reírse como un imbécil.

Aquella Semana Santa de 1897, usted se entregaba al ateísmo intelectual. Si bien pedía el auxilio de la Madre Misericordia, la madre de un Creador en quien ya no alcanzaba a creer, sólo concebía un mundo sin Dios. Al mismo tiempo, no podía por menos de preguntarse si no estaría loco. Veintisiete años después, cuando redactaba en París *La agonía del cristianismo,* voluntariamente desterrado de la Dictadura, describió la cristiandad original —«por mal nombre el cristianismo primitivo»— como el culto a un Dios hecho hombre, que se encarnaba, sufría, agonizaba y fenecía para luego resucitar y transmitir su agonía a los creyentes.

En 1931 publicó la última de sus novelas —o *nivolas* como irónicamente las llamaba—, *San Manuel Bueno, mártir,* y dio en imaginar allí otra Semana de Pasión. En el pueblo de Valverde de Lucena, don Manuel Bueno, el párroco a quien todos toman por santo aunque sea incapaz de aceptar la vida perdurable en su fuero secreto, dice a otro incrédulo al darle la comunión: «No hay más vida eterna que ésta... que la sueñan... eterna de unos pocos años». Luego pide a la supuesta narradora que ruegue por ellos, los descreídos: «...Y reza también por Nuestro Señor Jesucristo».

Entre tanto Blasillo —el bobo del lugar y una evidente transfiguración literaria de su Raimundín, aunque nadie haya atinado a advertirlo— repite a gritos el sermón de las siete palabras, que cada Semana Santa, siempre la Semana Santa a través de su vida y su obra, predica don Manuel. «¡Dios mío!, ¿por qué me has abandonado?» Por supuesto, el cura incrédulo y Blasillo se refieren a distintos abandonos, porque a don Manuel Dios le ha negado la fe y al idiota la razón.

Un instante antes de la muerte, cuando iba a derrumbarse junto a aquel brasero donde se le requemarían las zapatillas, recobraría la creencia en un Dios incapaz de abandonar a su país en guerra. Veintitrés años antes, en *Del sentimiento trágico de la vida en los hombres y en los pueblos* —acaso su mejor tratado filosófico, pese a tantas reiteraciones enfáticas y retóricas como abundan el libro—, había escrito que de la *Crítica de la razón práctica*, se deduce la existencia de un Creador, condicionado a la inmortalidad del alma y no al revés. El imperativo categórico de Kant reclamaba el alma imperecedera y para sustentarla aparecía Dios.

En un eco del primer capítulo de *Del sentimiento trágico de la vida*, «El hombre de carne y hueso», Dios se transformaba en la razón de ser de la inmortalidad de España. Era aquélla casi la más irracional de sus conclusiones, al borde de la nada o la eternidad. Pero también había escrito usted, en *Del sentimiento trágico de la vida*, que el hombre estaba enfermo de irracionalidad desde que advirtió en sí mismo la condición humana, a través del previo descubrimiento de la muerte. Al principio de la prehistoria, unos seres tan razonables como el gorila, el chimpancé y el orangután, nuestros primos hermanos, contemplaban atónitos cómo el hombre, aquel ridículo mono pelón y enloquecido, enterraba a los muertos como si quisiera ocultarlos.

Usted había proclamado el vehemente deseo de vivir eternamente, con el chaleco puesto y sujetando a su perro por la correa. Pero fallecía olvidado de sí mismo y sin otro pensamiento que la inmortalidad de España. No obstante, en una grotesca parodia de aquellas convicciones, la Españeta del nacional-catolicismo salmantino —un puro Estado campamental, la llamaría certeramente Serrano Suñer al año siguiente— se disponía a convertir su entierro en una farsa inicua, que haría tablado o escenario de toda la ciudad.

Como lo anticipaba la esquela, a las once en punto de la mañana empezó su funeral en la iglesia de la calle Ancha. Aunque usted había sido un paria apestado en Salamanca, desde su debate con Millán Astray en el paraninfo de la universidad, el 12 de octubre de aquel año —Día de la Raza, con mayúsculas y por más señas—, aquel templo de oscura fachada, nave y cruz latinas, se llenó entonces de ciudadanos uniformados. Con el nuevo rector, Esteban Madruga, y el decano de Filosofía y Letras, José María Ramos Loscertales, encabezaban el duelo sus tres hijos —Rafael, Miguel y Fernando—, a quienes el Alzamiento había sorprendido en la llamada Zona Nacional, como a usted mismo. Bajo la *Inmaculada*, que José de Ribera pintó en Nápoles en 1635, oficiaba el párroco Valentín González y el coro, dirigido por el maestro Bernalt, entonaba el réquiem.

Esteban Madruga tuvo la dignidad de consultarlo antes de aceptar el rectorado, que le había quitado el franquismo como también lo separaron de aquel cargo y oficio la Monarquía y la República. Por su parte, recordará hoy Ramos Loscertales lo que usted le dijo en diversas ocasiones, después de su confrontación con Millán Astray: «José María, yo moriré como Concha, como mi mujer; pero más deprisa, más deprisa». Aquella mañana, bajo un seudónimo, *Tresgallo de Souza,* que en realidad era su tercer apellido y ahora firmaba en la prensa para no comprometer a su familia, todavía retenida en la Zona Gubernamental, publicaba Maximiano García Venero en *El Adelanto* un artículo de título patético e irrisorio: «Justicia y honor de la Falange a don Miguel de Unamuno».

El texto de García Venero fue previamente aprobado por Manuel Hedilla, en nombre del partido y el mismo Hedilla lo sometió a la censura militar. Aunque por orden de

Franco le diese el visto bueno el Cuartel General, el Generalísimo y la Junta Técnica del Estado se abstuvieron de mandar una representación a los funerales o al entierro. Quien no faltó a las exequias fue Ernesto Giménez Caballero, íntimo colaborador de Millán Astray en Prensa y Propaganda. A la mañana siguiente, publicaría en *El Adelanto* otra elegía de título más sensato que el de *Tresgallo de Souza*: «Paz para un agonista. La muerte de Unamuno». En aquel trastrueque de convicciones e identidades, que vivía Salamanca después de su fallecimiento, también G. C., como gustaba de firmarse a veces Giménez Caballero, reclamaría fraudulosamente su nombre para la Falange. Concluía el artículo afirmando la imperativa necesidad de vocear, brazo en alto, ante su tumba: «Lo mejor de tu alma está PRESENTE en España. ¡Descansa en paz!».

Cumpliendo con la esquela, saldrá el féretro de su casa cuando suenen las cuatro en la catedral. En la acera de la calle de Bordadores, lo tomarán a hombros cuatro falangistas: Víctor de la Serna, Antonio de Obregón, Emilio Díaz Ferrer y el célebre tenor Miguel Fleta. Aunque De la Serna sea un nazi fanático y en ocasiones muy cursi, que en 1945 se desmelenará contando en *Informaciones* «la fiesta mayor de los cielos» a la llegada del alma de Hitler, también tuvo decencia y arrojo para visitarlo, después del 12 de octubre. Por añadidura, se ha exhibido paseando con usted por la puerta del Río y el puente Romano. También suya, de Víctor de la Serna y García Venero, fue la idea de apropiarse su memoria, en una triste bufonada política que inmediatamente bendijo Hedilla.

Precediendo un cortejo de bedeles, con hachones encendidos, cuatro profesores sostienen pálidos cirios. Al decano de Derecho, Isidro Beato y Sala, con otros tres catedráticos —¡todos firmantes de su destitución en octubre!—, Manuel García Blanco, Francisco Maldonado de Guevara y Nicolás Rodríguez Aniceto, les correspondieron las cintas de la caja. García Blanco, su albacea literario, será un escrupuloso editor crítico de sus obras. Como usted tampoco lo olvidaría, fue Maldonado de Guevara quien lo puso en el disparadero, la mañana de su diatriba contra Millán Astray, al denunciar un triángulo de ciudades rojas —Madrid, Barcelona y Bilbao en sus vértices—, como el eterno opresor de la verdadera España.

Naturalmente, quien no acudió al entierro fue el general Millán Astray. Desde el primer domingo de adviento, empalma los trancazos y la víspera recibió encamado al untuoso Giménez Caballero. Suplicaba venia para escribir el artículo acerca de usted y asistir a los funerales. De perfil en la almohada, lo miraba el legionario con su único ojo —«su ojo de cíclope», lo llamaría redundantemente el visitante al recordarlo— y nunca repuso. G. C. interpretó aquel silencio como un asentimiento. Esta misma mañana de año nuevo, mientras el coro entonaba el réquiem en la Purísima, desafiando el frío y la fiebre, se vistió Millán Astray y se fue a la cárcel.

Juró por su honor a los reos de muerte que habían terminado los asesinatos oficiosos y tolerados de las sacas. Un médico, superviviente de la Guerra Civil pero entonces condenado a la última pena, contaría que el general tuerto y manco habló a los cautivos con sereno decoro y sin dar vivas a la muerte como solía. Al cabo, estrechó la mano de algunos penados y volvió a casa a pie para acostarse inmediatamente.

Frente a su nicho abierto, el jefe de las milicias locales y próximo alcalde de Salamanca, Manuel Gil Ramírez, formó y cuadró un piquete de falangistas. A la pálida luz de invierno, bajo los cielos de pizarra, subían los gritos abyectos que clausuraban la increíble fantochada. «¡Camarada Miguel de Unamuno y Jugo!» «¡Presente!» «¡Arriba España!» Estremecidos de asco, crujirían sus huesos en las tinieblas. O acaso, no. Quizás sonría al recordarlo, como algunos muertos al toparse con Dante en la *Commedia*. Pero no cabe duda de que aquella tarde lo sepultaron en su nicho. «¡Qué solos se quedan los muertos!» exclamaba el tísico Bécquer, uno de sus poetas preferidos. La matanza de la Guerra Civil doblaba el primer viernes de 1937 y se adentraba en su segundo año.

En el críptico lenguaje de la literatura, usted había anticipado aquella contienda entre supuestos hermanos. También aseguró en diversas ocasiones que la literatura era hoy en día la adecuada expresión de lo filosófico. La guerra hizo de una de sus nivolas, *Abel Sánchez,* 1917, el tremendo augurio de la gran carnicería. En el prólogo a la primera reedición de aquel libro, fechado en Hendaya durante su destierro de la Dictadura, recordaba cómo en la plaza Mayor de Salamanca vino a confesarle Cambó —el gran volatinero, lo apodaba Alcalá Zamora, como creo que ya dijimos— que la envidia nacional había nacido en Cataluña. ¿ Por qué no en España? le preguntó usted entonces. ¿De dónde sino procedía la vieja Inquisición, siempre rediviva?

En otra reedición de *Abel Sánchez,* a cargo de Carlos A. Longhurst, se dice que redactó aquella obra en uno de los periodos más desgarradores de su vida. Tres años antes, el primer Gobierno de Eduardo Dato —Dato volvería al poder en 1917 y 1920— lo había destituido del rectorado, sin ofrecerle ninguna explicación. Longhurst cita su prólogo de Hendaya y su afirmación de que volvían, al componerlo, todas sus angustias en tanto pensaba y escribía la nivola. Por añadidura, cayó *Abel Sánchez* en la absoluta indiferencia nacional, aunque alcanzaría notable suceso traducida al francés, alemán y holandés.

Según su propia confesión de autor y lector, la envidia era la pasión de Abel Sánchez. Pero mejor fuera llamar odio a aquella envidia. Me refiero a un rencor asesino, semejante al que casi veinte años después presenciaría en la España nacional, antes de su pública rotura con el franquismo. Ya Joaquín Monegro, su protagonista o *agonista* como lo llamaba a veces, se había preguntado: «¿Por qué nací en tierra de odios? En tierra en que el precepto parece ser: *Odia a tu prójimo como a ti mismo*». El subrayado es mío y espero que me lo perdone; sólo pretendí enfatizar la terrible cuestión. A propósito de otros énfasis acaso superfluos, creo que un defecto léxico de su novela radica en lo explícito de los nombres de sus personajes. El de Abel Sánchez se explica por sí mismo y el de Joaquín Monegro es una clara referencia a Caín y algunas de las tierras más yermas de la península: los Monegros zaragozanos. También es aquél un paisaje, que Francisco de Goya —tan zaragozano él como los Monegros, si bien un capricho de su madre lo llevaría a nacer en un Aragón aún más profundo, la aldea de Fuendetodos— reiteraría en ciertas obras suyas. Así la *Riña a garrotazos*, de las *Pinturas negras*.

En el óleo, en tiempos estampado en un muro de la Quinta del Sordo, dos lugareños, hundidos en el páramo hasta las rodillas, se disponen a matarse a palos. Inevitablemente, aquella pintura vendría a ilustrar diversas obras sobre la Guerra Civil donde usted fue a morir, aunque su hija Felisa le dijo a Margaret Rudd que no falleció de causas naturales sino lo asesinaron, de forma moral y espiritual. Por más que en el prólogo de Hendaya llamara a la sociedad la fuente más profunda de sus libros, también admitió que en parte procedían de su propia vida. De inmediato vino a contradecirse implícitamente, al ahorrarnos todo detalle acerca de su afirmación; acaso porque los profetas suelen omitir su biografía, cuando predicen el porvenir ajeno. Pero también espero que vuelva a disculparme, si derivo mis propias conclusiones de aquel prólogo, impreso el mismo año en que yo, pobre de mí, vine al mundo y se cumplió el primer centenario de la muerte de Goya.

Como cuenta Indalecio Prieto y ya cité en otro lugar, tenía usted un hermano medio ido al igual que Blasillo: Félix José Gabriel de Unamuno, de profesión farmacéutico y siempre avecindado en Bilbao. Recién proclamada la República, cuando presidía el nuevo Consejo de Instrucción, correspondió a Prieto informarle de la súbita muerte de su hermano. Recibió las nuevas no sólo apenadísimo sino también devastado. No dejó de sorprender a Prieto tanta aflicción, porque Félix siempre fue una cruz de la que optaba por distanciarse. En su paranoico odio envidioso, chillaba el farmacéutico a la salida de la botica, si la chiquillería lo perseguía por la calle y llamaba por su nombre —«¡Miguel de Unamuno! ¡Miguel de Unamuno!»—, pretendiendo confundirlo con usted. Cuando regresó de Hendaya en olor de multitudes, a la caída de Primo de Rivera, Félix se paseaba por Bilbao con un letrero al cuello para aviso de íntimos y extraños: «Por favor, no me hablen de mi hermano».

En su desequilibrio, resentía furiosamente el necio ser su parodia, como lo es la Españeta de la verdadera España. Moriría sin enterarse de que en *Abel Sánchez* intentó usted ponerse debajo de su piel. Para hacerlas suyas y acaso comprenderlas, se apropió las identidades de Félix y Joaquín Monegro en la nivola. Paradójicamente también se identificaba con Abel Sánchez, el distante triunfador, a quien no percibimos nunca por dentro hasta el final de la obra, cuando paga con la vida el único juicio que profiere acerca de Joaquín. No se revela Abel al lector en función de sus confesiones, como sería en parte el caso de Joaquín, sino a través del desesperado rencor de Monegro.

Asimismo, por medio de aquella pasión, alcanza usted la sima más oscura y estremecedora del sentimiento trágico de la vida: su *malebolge* la habría llamado Dante, puesto que así designó el centro del infierno. Al igual que antes Byron en *Cain: A Dramatic Mystery in Three Acts,* se pregunta Joaquín si no será eterno su odio o si la inhumana aversión que alienta hacia Abel no vendrá a ser la única forma de inmortalidad. Ni que decir tiene, semejante perennidad sería infernal y vuelvo a remitirme al *malebolge* interminable, helado y dantesco. Talmente como creía usted que el odio fratricida se perpetuaba entre los españoles, a lo largo de la historia.

Jamás se le borraría la enmarañada trama de *Abel Sánchez* o para el caso el asunto del *Cain* byroniano. Según su testimonio, Joaquín y Abel se conocían «desde antes de la niñez, desde la primera infancia». Era Joaquín el más voluntarioso en tanto Abel aparentaba ceder en todo, para a la postre salirse con la suya. Instintivamente todos los amigos tendían a aislar a Joaquín; pero admiraban y favorecían a Abel, aunque nunca les pidiese nada. El escogido nació o se hizo pintor a ciegas o de forma intuitiva. Pintaba como cantan los pájaros y obtuvo el éxito en plena juventud. Joaquín cursó medicina. Quería inmortalizarse en un descubrimiento, que fuera fruto original de la investigación. Pero tal vez perseguía la curación de sus pacientes, porque no podía sanarse a sí mismo de su odio eterno.

Abel casó con Helena, la prima y prometida de Joaquín, a la que acaso sedujo o violó en su estudio cuando pintaba su retrato. Usted lo sugiere entre líneas sin desvelarlo. Por el contrario, exaspera la fácil iteración de los nombres en la nivola, puesto que otra Helena, la semidiosa, trajo la Guerra de Troya. Vino a desposarse Joaquín con Antonia, una pobre mujer a quien no amaba por mucho que ella se esforzara en hacerlo feliz, dentro de sus evidentes limitaciones intelectuales. Vueltos Abel y Helena del viaje de bodas, enfermó gravemente el artista. Tuvo que sanarlo Joaquín venciendo el impulso de asesinarle, porque su rencor envidioso lo necesitaba vivo. Por perversa ironía del destino, aquel aborrecimiento derivaba de la incapacidad de amar —la impotencia de Satán—, como lo reconoció Joaquín en una de sus escasas confesiones y espaciadas visitas a la iglesia.

Como era de esperar, pinta Abel Sánchez su obra maestra en torno al sacrificio de Abel. Joaquín ofrece una soberbia presentación del cuadro, en un discurso donde suena un coro de ecos: el de su sentimiento trágico de la vida, don Miguel; el del *Cain* de Byron y el de *Paradise Lost* del ciego Milton contrapunteando la voz y la presencia del ángel de las tinieblas. «¡Pobre Caín! Nuestro Abel Sánchez admira a Caín como Milton admiraba a Satán...» Por primera vez en su vida, Abel se manifiesta conmovido mientras abraza a Joaquín. Pero su antagonista siente cómo un demonio particular le susurra al oído y en las entrañas su secreto deseo de estrangular al envidiado.

Joaquín y Antonia tendrán una sola hija, Joaquina. Abel y Helena conciben un hijo, Abelín. Para cuidar a su padre, que se dice un leproso del alma, Joaquina renuncia a su vocación monjil y permanece en el mundo, tradúzcase el infierno de su casa, aunque luego casará con Abelín. Mantiene usted una exasperante pasión por la simetría literaria, que lo llevará a llamar Joaquinito al nieto de los antagonistas. Abelín va a convertirse en médico, discípulo y hasta cronista científico de su suegro, aunque sólo lo mueva el desdén hacia su padre carnal. Contra las insinceras protestas de Joaquín, asegura el joven que Abel es de corcho y tan desapegado e indiferente, que ni siquiera vive para la pintura.

Caen los dados de manera prevista. Si Abelín fue médico, Joaquinito se inclina por el arte. Dibuja antes de romper a hablar y su juego preferido es la embobada contemplación de los paisajes y monigotes, que le esboza el abuelo. Por su parte, enfermo de insuficiencia cardiaca, Abel no tiene otro solaz ni interés humano que aquel niño. Presa de celosa exasperación, Monegro le implora que se separe de su nieto: «Que te vayas, que te alejes, que nos pierdas de vista; te lo ruego, te lo suplico...». De improviso, le replica Abel. Dice que la criatura teme instintivamente el contagio de «la mala sangre» de su consuegro. Un sino tan súbito e irrevocable como el desenlace de algunas tragedias de Eurípides, verbigracia *Hécuba,* destruye entonces a Abel Sánchez y concluye la nivola a la que él dio título con su nombre.

Joaquín lleva las manos a la garganta de Abel. Pero antes de que pueda estrangularlo, fallece el pintor de angina de pecho. Hasta la hora de su propia muerte, un año después, se confesará Monegro verdugo de Abel. De hecho, es reo de un pecado casuístico y existencial mucho más profundo, aunque lo sea por omisión. Debió haber amado a Abel al igual que un hermano, en vez de aborrecerlo. De ahí el fratricidio indirecto de Joaquín y su tangencial premonición literaria, don Miguel, de la Guerra de España. Tres años después de concluir aquel prólogo a la segunda edición de su nivola, pondría su presagio en términos proféticos desde su escaño en el Parlamento. «Llegará un día en que nos asesinemos los unos a los otros, en nombre de un crucifijo de piedra o unas insignias de barro, con la quijada de un asno.»

En *Les Voix du silence*, 1961 —una obra que usted no llegaría a conocer— asegura André Malraux que la metáfora confiere un destino histórico a la literatura. En el caso de *Abel Sánchez* y la Guerra Civil, lo cierto sería precisamente lo opuesto. La historia vino a convertirse en literatura, a imagen de la nivola que la anticipaba. También usted, haciendo causa común con los sublevados de julio de 1936, querría coincidir con los compatriotas enemigos: con *El otro* eterno, como llamó a un drama suyo de 1931, subtitulado *Misterio en tres jornadas y un epílogo.* Igualmente, en *Abel Sánchez* y a través de Joaquín Monegro, se había identificado con su hermano demente y envidioso, aunque hubiese escrito en *Del sentimiento trágico de la vida* no comprender en absoluto el deseo de nadie por ser alguien distinto, en este mundo de hombres de carne y hueso.

Para mí al menos, no cabe otra explicación de su conducta aquel verano. Es cierto que el 10 de febrero de 1935, había acogido en su casa a José Antonio Primo de Rivera, con Rafael Sánchez Mazas y Francisco Bravo Martínez, jefe salmantino de Falange y antiguo discípulo suyo. Luego los acompañó a un mitin en el teatro Bretón, donde Primo de Rivera se mostró nervioso y cohibido por su presencia. Pero a los pocos días aseveraría haber acudido a aquel acto por vago interés intelectual, aunque siempre repudiaría el fascismo. También el 22 de abril de 1936, había escrito a Ramón Castaneyra Schamen, diciendo que crecían a un tiempo anarquismo y fascismo: hasta entonces lo había apodado *fajismo*, en caprichosa traducción literal del italiano. En otra carta del día siguiente, ésta a Emma Clouard, confirmaba el fracaso del Frente Popular y el ascenso del fascismo y el sindicalismo.

Todo lo anterior no justifica su inmediata adhesión al Movimiento. Usted era un antiguo socialista, el hombre que proclamó la República en Salamanca y también un diputado por la coalición republicano socialista, aunque pronto renunciaría al escaño. Para unirse al Alzamiento necesitaba unas razones más propias y mucho más unamunianas. Si una vez dijo a un doctorando americano que todas sus obras literarias se encarnaban en la vida misma, también se exigiría una pauta personal de conducta histórica. Permítame acotar que la referencia a sus novelas no era completamente cierta, puesto que sin *Cain*, de Byron, no habría alcanzado los últimos abismos del sentimiento trágico de la vida, ni *Abel Sánchez* sería el libro que fue. O que todavía es, a la mirada retrospectiva.

En cualquier caso, cuando aquel 19 de julio de 1936, domingo por más señas, el capitán José Barros Manzanares proclama en Salamanca el estado de guerra, en un bando concluido con vivas a la República, usted sale del casino sombrero en mano, relampagueantes los ojos azules, y grita aquello de «¡Viva España, soldados y ahora por el faraón del Pardo!». Aquella mañana lo ven pasear del brazo de Salvador Vila Hernández: antiguo alumno suyo y actual catedrático de árabe y rector de la Universidad de Granada. Usted tiene el convencimiento de que la paz se restablecerá en breve; pero Vila Hernández es más aprensivo. A los días lo prenden con su esposa.

Se interesa enseguida por ellos y no dejará de sentirse responsable de su suerte, porque Vila Hernández estaba en Salamanca de vacaciones, sin otro propósito que visitarlo y charlar con usted. Le dicen que el matrimonio se encuentra muy bien, porque lo detuvo la benemérita y no una de las partidas incontroladas, que ya asesinan en la mayor impunidad. Pero a Salvador Vila Hernández lo llevan a Granada y lo ejecutan sin formación de causa. El 26 de noviembre, casi mes y medio después de su épico enfrentamiento con Millán Astray, escribe en las notas para *El resentimiento trágico de la vida*: «En Granada han fusilado los falangistas al pobre Salvador Vila. Estos degenerados andaluces, con pasiones de invertidos sifilíticos y eunucos masturbadores».

Pero todavía faltan casi otros tres meses para el escándalo del paraninfo. El mismo 19 de julio, el comandante Francisco Valle Martín le confirmó en su puesto de concejal, después de apoderarse de la alcaldía. Acepta y se dice «un elemento de conciliación», siempre al servicio de España y la República. Se esfuerza por creer que representa la supervivencia de un vago liberalismo, en el consistorio y en el rectorado. El 29 de julio amanecerán en la zanja de un campo los cadáveres del último alcalde y del presidente de la Casa del Pueblo, Casto Prieto Carrasco y José Andrés Manso. Los asesinaron en una saca los falangistas vallisoletanos, que no paran de vengar la muerte de Onésimo Redondo —fundador de las fascistas Juntas Castellanas de Acción Hispánica—, en un encuentro fortuito con una patrulla republicana, junto al pueblo segoviano de Labajos. A José Andrés Manso lo entierran a la entrada del cementerio, para que le pisoteen la hoya al pasar.

Todavía el 10 de agosto, manda una extensa carta a un socialista belga que al correr de los años yo leería en inglés —publicada por el Spanish Relief Committee, una organización franquista americana—, junto con los testimonios de Alcalá Zamora, Alejandro Lerroux y Gregorio Marañón, bajo el título conjunto de *Spanish Liberals Speak On Spain, Hablan de España los liberales españoles.* Dice que la carta llegará pronto a su corresponsal, por vía de Valladolid y Pamplona donde van a censurarla. Tal vez para entonces haya terminado aquella guerra terrible. Entre tanto ratifica su inquebrantable liberalismo, aunque viva unido a sus enemigos de siempre. «Amo la libertad de pensamiento.» Recuerda el entusiasmo nacional que acogió la República en 1931. Pero aquella España estuvo a punto de perecer, despedazada por sí misma. «Yo fui uno de aquellos que deseaban salvar la humanidad y desconocían al hombre.»

En tanto escribía al socialista belga, apresaron a su amigo el doctor Filiberto Villalobos. Antiguo diputado de la CEDA y ministro de Instrucción Pública, Villalobos había mandado distribuir por todas las escuelas el discurso que pronunció usted a su jubilación, en setiembre de 1934. Enseguida se desvive e interesa por su suerte, como lo hiciera en vano por la de Prieto Carrasco y Vila Hernández. No volverá a ver al doctor, porque no lo libertan hasta julio de 1938, cuando usted lleva casi dos años muerto.

Ocho días después de la detención de Filiberto Villalobos —el médico más prestigioso de Salamanca—, *El Adelanto* traduce y publica una entrevista que concedió usted a Maury Henry Biddle Paul, *Cholly Knickerbocker,* para la International News. El 29 de setiembre, en su coloquio con otro desengañado —el católico holandés Johannes Brouwer, traductor de Ortega y de varios testimonios de los arcabuceros españoles en Flandes—, dirá que el corresponsal o los trujamanes le falsearon las declaraciones. Pero buena parte del diálogo parece responder a su atormentado espíritu por aquellas fechas. «Ésta no es una lucha contra la República liberal sino por la civilización. Lo que representa Madrid no es el socialismo, no es la democracia, ni siquiera el comunismo. Es la anarquía, con todos los atributos que esta terrible palabra supone. Un alegre anarquismo lleno de cráneos y huesos de tibias y destrucción.» Verídicamente, pero sin prever cuánto se adelantará el cumplimiento de su vaticinio, profetiza que al término de la contienda se va a enfrentar con los vencedores.

El 22 de agosto la República lo destituye como rector vitalicio. Niegan su nombre a un instituto de Segunda Enseñanza de Bilbao y cerca de allí arrancan una placa que daba su apellido a una calle, para concederla a Simón Bolívar. También lo separan de todos los cargos y comisiones, relacionados con el ministerio de Instrucción. El 29 de setiembre, el presidente de la Junta de Defensa, general Miguel Cabanellas, le devuelve el rectorado. Escrito de puño y letra por Cabanellas, el decreto resulta un galimatías casi ilegible en la prosa iletrada e hilarante del espadón: «...siempre sincero, del maestro de Salamanca, acusan el matiz dominante de su empresa con la pretensión de derrocar, a golpe de pluma, lo que aquél solamente fue reconocido por los hombres, ya que no por ellos, sino por Dios otorgado». Cuando nueve días después conceda una entrevista al periódico derechista francés *Le Matin*, ni siquiera aludirá a su reposición.

El 26 de setiembre, Ramos Loscertales —el decano de Letras y hombre de tibio pasado republicano, a quien salvó de la cárcel al avalarlo—, convoca una reunión con usted y el vicerrector, Esteban Madruga. La Junta de Defensa encargó a Ramos un documento, que ensalce la sublevación y se dirija a «todas las universidades y academias del mundo». Compuesto por el decano, con retoques de usted y Madruga, el escrito —enviado en castellano a la América Hispana y en latín horaciano al resto del mundo— lleva su sello inconfundible desde el propio arranque del primer párrafo.

La universidad denuncia al Gobierno de la República, en razón de unas extremas e innecesarias crueldades como los asesinatos de eclesiásticos y laicos, así como el bombardeo de santuarios y ciudades abiertas. Los profesores de Salamanca afirman abstenerse por pudor de revelar toda la ola de crímenes, perpetrados por los republicanos. «Al poner en conocimiento de nuestros compañeros en el cultivo de la ciencia la dolorosa relación de hechos que antecede, referidos estrictamente al orden de valores, solicitamos una expresión de solidaridad, en relación con el espíritu de este documento.»

Antes de que concluya setiembre, recibirá la visita de Brouwer. Simpatizante del Movimiento, aquel católico holandés se desplazo a la España sublevada con otros enviados extranjeros. Repostaron en Torquemada, provincia de Palencia, donde los atendieron unos muy urbanos y decorosos falangistas. Entre diversas curiosidades locales, les indicaron un vertedero de víctimas, recién ejecutadas en una encrucijada. «Eran sólo una maldita docena. Si quieren verlos, todavía calentitos, allí los encontrarán.» La visión de aquellos muertos, proseguirá Johannes Brouwer, hizo de Torquemada el arranque de su camino particular a Damasco. Aunque ninguno de los dos alcance a saberlo entonces, morirá Brouwer fusilado por los alemanes en la Holanda invadida, después de convertirse al marxismo. En la España de la Guerra Civil basta una sospecha para ajusticiar a quien discrepe del Alzamiento. Aquello, concluye el holandés, no es sino una ortodoxia de asesinos.

Estalla usted entonces y se entrega a un angustioso monólogo de hora y media. «Estas muchachas, estas mujeres son peores que los hombres: estas vírgenes solteronas, estas fanáticas. Pasan la vida en celibato y ante el espectáculo de las ejecuciones, sienten todo el placer que les fue negado.» Da por muertas la libertad civil y la independencia espiritual, como las derogaron en Italia y Alemania. En medio de su amargura, sonríe burlonamente al referirse a las procesiones que a diario recorren Salamanca. Cubiertos de medallas, sosteniendo largos cirios, desfilan hombres, mujeres y niños. No culpa usted a la Iglesia de semejante circo sino al clero español, el más analfabeto de Europa. Los militares corren parejas con los curas en ignorancia universal. «No hay cultura que nazca, crezca o prospere bajo un régimen absolutamente militar. Es imposible. Es imposible», repite. «Con los militares nada puede progresar. Son unos botarates.»

El 26 de abril, en la dehesa salmantina de Antonio Pérez Tabernero, los generales de División, Germán Gil Yuste, Gonzalo Queipo de Llano y Andrés Saliquet, con sus colegas de Brigada Emilio Mola, Fidel Dávila, Luis Orgaz y Miguel Ponte otorgan a Franco el mando de todas las fuerzas, con el voto en contra o la inhibición de Cabanellas. A los dos días lo nombran jefe del Gobierno y Generalísimo. El primero de octubre, en representación de la Junta de Defensa Nacional, Cabanellas se desdice y contradice precavidamente. Vitorea a Franco como jefe del Estado español y le entrega los poderes absolutos del Gobierno y del país soberano, en el burgalés salón del trono de Capitanía General.

Desaparecida la Junta de Defensa, permanece en Burgos la Junta Técnica supuestamente presidida por Dávila. Franco se traslada a Salamanca y el obispo Pla y Deniel le cede el palacio episcopal. En diversas ocasiones, a primeros de octubre, lo visita usted, don Miguel. Casi siempre le suplica la redención o el indulto de presos y condenados. Asombrosamente, tiene a Franco por un infeliz de pocas luces, que no podrá sostenerse en el poder. A veces lo desconcierta, pidiéndole que se abstenga de bombardear Bilbao porque allí posee usted dos casas. En otra audiencia, lo sorprende al espetarle que ante todo lo ocurrido se ha olvidado del padrenuestro. Alude al absurdo de pedir el cumplimiento de la voluntad divina, en medio de tantos crímenes y tantísimo dolor. «Es muy extraño», reflexiona Franco, «porque todo el mundo me asegura que usted tiene una memoria excelente.»

El destino escoge el pequeño paraninfo de la universidad, como escenario del drama que va a desenlazarse el 12 de octubre, día o fiesta de la Raza en la época. Para usted aquélla será otra fecha señalada: la de la proclamación del sentimiento trágico de la razón histórica y la de su última profecía pública, si *Abel Sánchez* fue presagio encubierto de la Guerra Civil. Por conocerse demasiado, quería limitarse a la presentación de los oradores y luego callar. Pero una carta en el bolsillo de su chaqueta, le quema la cadera y el alma, camino de la universidad. Se la envió la próxima viuda de su amigo Atilano Coco, el único pastor protestante de Salamanca, condenado a muerte por masón. A instancias de usted, aquella misma mañana suplica la pobre mujer que la reciba Pla y Deniel. El prelado se niega a verla y Atilano Coco será pasado por las armas el 8 de diciembre, unas tres semanas antes de su propia muerte.

En la presidencia del paraninfo, donde ostenta la representación del jefe del Estado como rector perpetuo, se sientan con usted Pla y Deniel; la esposa de Franco; el general Millán Astray; el gobernador civil, Ramón Cibrán; el teniente coronel Ramón Pérez Lucas, por el Gobierno Militar; el presidente de la Diputación, Francisco Márquez y el alcalde, Francisco del Valle. Con gesto inescrutable, da a conocer a los conferenciantes: los catedráticos Ramos Loscertales, Vicente Beltrán de Heredia —profesor y dominico— y Francisco Maldonado de Guevara. Cerrará el acto un parlamento de José María Pemán. Como ya se dijo, empiezan a agitarlo y enfurecerlo las palabras de Maldonado. Carmen Polo de Franco y el obispo le oyen murmurar: «¡Es que yo no aguanto más! ¡No resisto esta vergüenza!». En el sobre de la carta de la mujer de Atilano Coco, toma nerviosas notas. «Odio a la inteligencia que es crítica y diferenciadora inquisitiva y no inquisidora que es examen.» «Vencer y convencer.»

Pálido como un aparecido, se pone en pie antes de que terminen los aplausos a la florida palabra de Pemán. Dice que no quería intervenir; pero tampoco puede callar ahora. Se ha mencionado una guerra, en defensa de la cristiandad, como usted mismo lo hizo otras veces. Pero aquella matanza es sólo una guerra incivil. «Vencer no es convencer y hay que convencer, sobre todo, y no puede convencer el odio que no deja lugar a la compasión; el odio a la inteligencia que es crítica y diferenciadora, inquisitiva, mas no de inquisición.»

Prosigue implacable, en el sobrecogido silencio de la sala. Antes llamaron a vascos y catalanes la anti-España. Con idéntica razón dirían ellos otro tanto de la zona franquista. Por añadidura, allí está el señor obispo Pla y Deniel —«su menudencia» se estremece en el sillón—, que es catalán y usted mismo, que nunca dejó de ser vasco. Él podría impartir la doctrina cristiana a esta otra España, que obviamente la ignora. Usted se pasó la vida escribiendo en vano, para enseñarle el castellano que tampoco sabe. Éste sí es un auténtico imperio: el de la lengua española.

Desatinado y agitando el único brazo, se levanta Millán Astray. «¿Puedo hablar? ¿Puedo hablar?» Un legionario, o acaso un falangista emboscado, ruge el santo y seña del Tercio: «¡Viva la muerte!». Hasta que se le corte el resuello, se entrega el general —el tuerto y manco de Loma Redonda— a una chillona perorata. Cataluña y el País Vasco son dos cánceres en la carne sana del país. Como un frío bisturí, extirpará el fascismo a tanta población podrida. Él saluda a sus fieles moros, que si antes le destrozaron el cuerpo hoy llevan Sagrados Corazones prendidos a los albornoces. Pero, asombrosamente, calla y se cuadra en cuanto usted lo interrumpe y vuelve a tomar la palabra.

Ha oído un grito necrófilo, vitoreando a la muerte. Se pasó la vida creando paradojas; pero aquélla le parece repelente. El general Millán Astray es un inválido como Cervantes, aunque aquí terminen los parecidos entre ellos. El general quiere crear una nueva España, mutilándola a su imagen y semejanza: exterminando a vascos y catalanes para sanarla. Incapaz de contenerse, devuelta la voz por un demonio con cruel sentido del sarcasmo, brama Millán Astray: «¡Muera la inteligencia!». Corrige Pemán, solícito y prudente: «¡No, no, mi general! ¡Mueran los malos intelectuales!». De inmediato, se corta el tumulto y vuelve a enmudecer el paraninfo. Todos parecen presentir su penúltimo vaticinio, antes de profetizarle a Aragón que Dios no le volverá la espalda a España. Ahora será el suyo un augurio, que debieran haber grabado en aquellos muros como supremo ejemplo de su sentimiento trágico de la razón histórica.

«¡Éste es el templo de la inteligencia! ¡Yo soy su supremo sacerdote! Vosotros habéis profanado su sagrado recinto. Yo siempre he sido, diga lo que diga el proverbio, un profeta en mi propio país. Venceréis, pero no convenceréis. Venceréis porque tenéis sobrada fuerza bruta; pero no convenceréis porque convencer significa persuadir. Y para persuadir necesitáis algo que os falta: razón y derecho en la lucha. Me parece inútil pediros que penséis en España. He dicho.»

El resto es silencio como diría el príncipe Hamlet, resignándose a morir tan absurdamente como cualquier otro hombre. Un silencio, que quiebra en ocasiones su voz cada vez más desfallecida, hasta que fenezca clamando contra un imposible. El mismo día de su epopeya en la universidad, acude a la tertulia del casino reunida en lo alto del palacio Rodríguez Ledesma. Amigos y colegas, como el dominico Beltrán de Heredia, escapan al igual que si viesen a un paria apestado. La burguesía salmantina quiere ahuyentarlo a voces, que equivalen entonces a una demanda de fusilamiento. «¡Rojo! ¡Traidor! ¡Mal español!» Cuando su hijo Rafael quiere llevárselo por la puerta de la calle del Congreso, usted golpea enfurecido el suelo con el pie. «¡No, yo salgo por la entrada principal!»

Con el silencio, prosiguen la guerra y las sacas en la cárcel, si bien Millán Astray debe reiterar sus súplicas a Franco para que cesen de una vez. En la intimidad, entre los muchos trancazos que lo afligen aquel otoño, no se recata de mentir a boca llena el tuerto de Loma Redonda. A su editor, Manuel Quero, le jura que lo del paraninfo estaba previsto y ensayado entre usted y él para darle la oportunidad de guarecerse en su casa de unos falangistas, fanáticos y dementes, empeñados en asesinarle. Quero, un infeliz que en un distante porvenir amasará una fortuna, lo cree a pies juntillas.

De Grecia viene Nikos Kazantzakis y le hace una entrevista bastante inteligente. Pero miente más que Millán Astray para no crearse problemas con la censura franquista, de la que vive aterrado, como después se lo confesará a su amante, Eleni Samios. Su coloquio con el futuro autor de *Cristo de nuevo crucificado*, 1948, no se publicará en España hasta 1962. Kazantzakis introdujo en el texto falsedades incalificables. Curándose en salud, le atribuye unas declaraciones marginales, donde se identifica con el Alzamiento a mayor gloria de la civilización. No obstante, termina citándolo verídicamente. Usted, dice, se siente muy solo. Tanto aislado como Benedetto Croce en Italia.

Para no comprometerlo, Francisco Bravo se ofrece a devolverle una furiosa carta política, que usted le ha mandado. Se encoge de hombros. ¿Devolverla, para qué? No la escribió para ocultar su convicciones. Como ya dijimos, aunque no concurran con su actitud y sus creencias, ciertos discípulos intelectuales —algunos que habían asistido a sus clases, al igual que el propio Bravo, y otros que nunca las frecuentaron como Aragón— comparten su soledad y hasta se muestran con usted en Salamanca. Merece la pena citar sus nombres, porque los honran. De nuevo, Francisco Bravo y Bartolomé Aragón, Esteban Madruga, Ramos Loscertales, Eugenio Montes y Víctor de la Serna. Pocos, muy pocos más.

Al hilo de los años, yo mismo dediqué un libro a su duelo con Millán Astray. Carlos Feal meditó y comentó magistralmente *El resentimientro trágico de la vida.* Don Miguel, cierro y acabo, si me disculpa la redundancia. Creo oír a lo lejos las campanas de la Españeta salmantina, con luto de España negra, doblando por usted antes de que desfilen los falangistas frente a su nicho abierto. «¡Camarada Miguel de Unamuno y Jugo! ¡Presente!» ¡Qué asco tan fatigado y tedioso nos vence al recordarlo! Mejor volver al silencio de unos párrafos más arriba. A la interminable quietud, que anticipaba el pálido Hamlet eternidad adentro.

En 1995, a la salida de *¡Muera la inteligencia! ¡Viva la muerte! Salamanca 1936*, me dijo Silvia Bastos: «Sólo en un país como éste podrían abstenerse o desmemoriarse de hacer una película acerca de la confrontación de don Miguel con Millán Astray. Acaso sería luego una pieza épica, tan clásica como pueda serlo en América *Birth of a Nation*, Nacimiento de una nación, de Griffith. Verdaderamente, somos diferentes». «Sí», asentí. «Por obra u omisión, somos la Españeta imperecedera. Esto no tiene remedio.»

Respetuosamente,

Carlos Rojas

Don José Ortega y Gasset
En la eternidad invertebrada

Estimado profesor:

Como todavía recuerdan aquí, donde tanto se olvida, usted fue catedrático de metafísica en la Universidad Central desde 1910 a 1952, cuando lo jubiló por causa de la edad y con todos los honores el entonces ministro de Educación de Franco, su antiguo discípulo Joaquín Ruiz-Giménez. De forma un tanto irónica vino a eximirse de servicio, porque no ejercía el magisterio universitario desde el principio de la Guerra Civil, acogido en el limbo de una larga excedencia impuesta por la historia.

Otras particularidades, aún más insólitas, presentan su obra y su vida docente. Murió ignorándolas en parte. Pero me imagino que no dejarían de solazarlo, si llegó a contemplarlas desde la eternidad de los muertos que supongo invertebrada, precisamente por interminable, como la España de uno de sus libros. Duerme usted en paz donde todo es anteayer y nada será pasado mañana, hasta aquella antevíspera del Juicio universal, fuera del tiempo efímero o infinito, al que uno de sus contemporáneos, Giovanni Papini, dedicó un volumen de grueso lomo y escasa fortuna.

Hete aquí que un ilustre mamarracho, enriquecido con la concesión de las academias Berlitz en España, a quien llamaban don Antonio Pascual, como en la corte de Felipe IV daban el don a unos bufones luego inmortalizados por Velázquez —recordará usted, pongo por caso, a don Luis de Aedo o Haedo, gentilhombre de placer y escribano en la secretaría de Cámara y Estampilla—, publicó en 1959 don Antonio Pascual que no don Luis de Aedo, claro, una *Historia universal de la filosofía*, en veinte volúmenes. También financió la edición de su bolsillo, con lo mucho que arramblaba explotando y jeringando a los bilingües monitores.

Titulaba don Antonio Pascual «De Ortega, Unamuno y otros impostores» el penúltimo capítulo del vigésimo volumen de aquella obra. Modestamente dio al capítulo siguiente su propio nombre y apellido, «Don Antonio Pascual». Allí solicitaba la generosa disculpa de sus lectores y epígonos, porque llevado por una muy humana vanidad se atribuía el don, mientras hurtaba aquel tratamiento a Sócrates, Platón, Aristóteles y al propio emperador Marco Aurelio. Simples flaquezas de la carne eran aquéllas, a la hora de enjuiciar el pensamiento universal.

Salvado tan noble preámbulo, resumía y recapitulaba don Antonio la tesis de los veinte volúmenes de su prodigiosa historia. Como usted y Unamuno, todos los filósofos anteriores a él fueron unos falsarios, o unos pretenciosos cortos de luces. A través de los siglos, semejante tropa de impostores o mediocridades apuntó a la verdad sin acertarla por azar o por pienso. Sólo haría diana en el corazón de la sabiduría aquel pozo de ciencia e historiador de la filosofía, escogido por la providencia. Por peteneras, lerén, y sin pararse en barras, se arrancaba el oráculo en tercera persona: «¡Hosanna, hosanna, por fin llegó el filósofo de los filósofos! ¡El pensador de los pensadores! ¡Don Antonio Pascual!».

Cuando aquel histrión dio por concluida su historia de la filosofía, usted llevaba cuatro años muerto. El martes, 18 de octubre de 1955, lo acabó un cáncer en el Madrid donde vino al mundo y del cual usted se preciaba de ser vecino honorario, aun por encima del legítimo orgullo que siempre le infundió su cátedra. Aquel mismo día apareció su obituario en *The New York Times*, con un largo editorial acerca de su pensamiento. Si bien anónima, la necrología era de Herbert Matthews, corresponsal de aquel periódico en la España republicana durante la Guerra Civil. Anotaré al margen —como usted solía mudar de tema a su antojo, unas veces enriqueciendo y otras dispersando sus ensayos—, que uno de los últimos libros de Matthews lleva por título una cita inadvertida de Mariano José de Larra: *Half of Spain Died* o *Aquí yace media España.*

De pasada, mediado su obituario, lo confundía Herbert Matthews con Unamuno. Aseguraba que usted profesó griego y regentó el rectorado de la Universidad de Salamanca. De inmediato, añadía verazmente que también dirigió la *Revista de Occidente* y fue diputado a Cortes con la Segunda República. Aunque Matthews lo ignoraba o quiso omitirlo, había dicho en el Parlamento que no se iba allí a hacer el payaso, el tenor o el jabalí. En otros términos, que no era la Cámara el circo o el zoológico de una Españeta incombustible. Pero lo cierto es que la agrupación política, que fundó con Alfonso García Valdecasas, Gregorio Marañón y Ramón Pérez de Ayala, fracasó prontamente y tuvo que disolverse.

Aseveraba Matthews que lo criticaron aquellos en quien creía y fue correctamente interpretado por otros, en quien nunca creyó. Era decidido partidario de la europeización de España y su teoría acerca de las masas y las minorías selectas identificaba a estas últimas con los seres que más exigían de sí mismos, sin distinción de clases, y no con los déspotas y los poderosos. El editorialista citaba a Salvador de Madariaga, cuando lo llamó «refinado intelectual» e hizo de usted y Miguel de Unamuno los portaestandartes del pensamiento español contemporáneo.

A continuación, refería su huida de España en verano de 1936 y sus doce años de voluntario exilio. Volvió para fundar en Madrid el Instituto de Humanidades, a la postre tan lastimosamente fallido como la Agrupación al Servicio de la República. En la intimidad, describía su situación en la España de Franco como una tregua armada, en la cual el régimen se desentendía de usted y sus tareas docentes. Jamás llegó a saber si aquella actitud obedecía al desdén o la prudencia, puesto que en fin de cuentas José Ortega y Gasset era el intelectual más relevante del franquismo, a los ojos del mundo.

Según decía el editorial del *Times*, contribuyó de manera decisiva al hundimiento de la Corona en 1931. Pero pronto tuvo que repudiar la República, proclamada al derrumbe de la Monarquía. De acuerdo con Matthews se malogró su obra política, puesto que en 1955 la España de Franco permanecía fuera de Europa. «No obstante, ciertas ideas nunca mueren ni se frustran por completo.» Aunque el presente nacional era muy ajeno a su pensamiento, tarde o temprano España se integraría a Europa y entonces advertiría el mundo que don José Ortega y Gasset no había vivido ni escrito en vano. Al menos, aquélla era la incontrovertible esperanza del antiguo corresponsal de guerra.

José María de Areilza y Martínez de Rodas, a la sazón embajador de España en Washington, aseguraba haberse dirigido a *The New York Times* la misma mañana del 18 de octubre, aunque su carta iba datada dos días después. Expresaba su disconformidad personal y diplomática por la supuesta alienación europea de la España franquista, manifestada en su necrológica. No le publicó el periódico la misiva hasta el 25 de octubre. Un retardo de media semana resultaba insólito y asombroso, por tratarse de la réplica de un legado de otra nación. Pero nunca se explicó aquella demora. Ignorando Areilza la verdadera autoría del editorial, encabezaba y dirigía su réplica *To the Editor of the New York Times*, «Al editorialista del *New York Times*». Se habría solazado Matthews, de haber podido anticipar que Areilza, amargamente arrepentido de aquella carta, trataría de ocultarla por todos los medios en España, al transcurso de diecinueve años. Después de haber sido embajador del Generalísimo en los Estados Unidos hasta

1960 y en París de 1960 a 1965, terminó por adoptar una postura de abierta oposición monárquica al régimen.

Aun hoy asombra que el embajador pasase por alto el lapsus de Matthews, al confundirlo a usted con Unamuno y atribuirle un rectorado y una cátedra de griego en Salamanca que nunca fueron suyos. En el primer párrafo de la réplica al *Times,* Areilza manifestaba su sorpresa al leer aquella misma mañana en el obituario que los españoles no pertenecían a Europa. Largo tiempo atrás, alguien escribió que África empezaba en los Pirineos. Más o menos, se pretendía entonces arabizar a España. Todo lo cual no era ofensa sino honor, a juicio de un vasco como Areilza, legado del Generalísimo.

No obstante, el editorial sobre su muerte insistía en negarle a España su pertenencia a la cultura europea. Como si el frívolo deseo de un periodista contemporáneo pudiera borrar y abolir dos mil años de historia. Concedía el embajador que usted, profesor Ortega y Gasset, fue un honorable ciudadano, respetado y admiradísimo. En la tercera década del siglo, creyó de buena fe que España carecía de «europeísmo» —entrecomillado en el original— y propuso un conjunto de medidas «para hacer de nuestra nación una comunidad europea». El resultado de aquellas gestiones políticas e intelectuales, declaraba Areilza en un abrupto giro paranoico, «fue una terrible catástrofe, rematada por una guerra civil que nos costó un millón de muertos y una pérdida irreparable, en el orden material y cultural».

Cerrado semejante párrafo —digno de un florilegio de disparatadas sentencias del filósofo Antonio Pascual, aunque fuese obra de alguien tan inteligente como Areilza—, donde se atribuye a su europeísmo la muerte de un millón de españoles en la Guerra Civil, como solía decirse en la época redondeando unas bajas mortales que no llegarían a las seiscientas mil, el embajador le concede, póstumamente, una buena medida de patriotismo. Afirma que pronto advirtió usted la gravedad de su error y se opuso a la demencia de una República, que precipitaba al país en el caos y la anarquía.

A su modo, la carta parafrasea el editorial, recordando que en 1936 usted huyó «de un escondrijo en la España roja, porque forajidos izquierdistas lo perseguían como a un peligroso fascista». Valga el relato de un drama que más se ajusta al de Areilza en Bilbao, donde se ocultaba aquel verano como él mismo me lo contaría, que a las circunstancias de su salida de España, profesor, después de haber firmado su adhesión a la República en guerra. El pintor Antonio Rodríguez Luna les diría a Francesca y Juan Simeón Vidarte en México, donde los tres compartían el exilio político: «A Ortega nadie lo amenazó ni forzó a firmar nada, aunque él diga ahora lo contrario; pero había allí un par de camaradas —aludía a Rafael Alberti y León Felipe— con unos pistolones pegados a la cadera que, si me lo piden a mí, yo les firmó cualquier cosa».

En semejante trance, prosigue su carta en Washington el embajador, conoció usted por propia experiencia «la rebelión de las masas, azuzadas por la demagogia y los agentes extranjeros». De ello se desprende que José María de Areilza olvidó su verdadero concepto del hombre masa, si no quiso adulterarlo para consumo de *The New York Times*. O no había leído el más divulgado de sus libros.

También protestaba Areilza de que el editorialista lo creyese un fracasado. Su brillante estilo fue casi único, en ciertos aspectos literarios. Con renovado interés volvían a aproximarse a su obra los universitarios. En su ilustrado afán de cooperación internacional, sembró fértiles simientes de apasionado patriotismo y penetrante análisis filosófico. En resumen y para abreviar, el embajador renunciaba a los baldíos debates acerca de «ser o no ser europeos». Usted mismo escribió una vez —es difícil precisar a cuál de sus obras se refería Areilza— que nada resultaba más falso y ajeno a la realidad que «los estereotipos». Valga aquí el término, entrecomillado en la carta.

Dos de sus hijos, Miguel y José, replican a Areilza. Escriben al embajador y le agradecen el telegrama de pésame, que increíblemente les mandó en tanto redactaba la réplica a Matthews. Para Miguel y José Ortega Spottorno, el cable se contradecía con la carta al *Times.* Después de atribuirle a su padre el exterminio de medio millón de españoles —Areilza había dicho un millón, como lo hicimos constar— tienen que retirarle la amistad. Piensan que aquella carta inicua ponía a su autor a la par del charlatán Federico García Sanchiz —«de profesión españoleador», lo llamaba la revista humorista *La Codorniz*— quien, a poco del regreso de usted a España, se permitió afrentarlo en parecidos términos y tuvo adecuada respuesta de sus hijos.

Por el mismo correo, Miguel y José se dirigen a Joaquín Ruiz-Giménez, devoto católico y ministro de Educación. Antes de incorporarse al Consejo, Ruiz-Giménez había sido legado español en la Santa Sede de Pío XII, desde 1948 a 1951. A su llegada a Roma, con cinismo de príncipe de la Iglesia renacentista, le preguntó el futuro cardenal Giacomo Lercaro al propio Areilza: *E questo bel giovanotto amico suo, Ruiz-Giménez, il suo ambasciatore, è cattolico davvero o sta nel segreto?* «¿Y este apuesto joven amigo suyo, su embajador, es un verdadero católico o está en el secreto?» A Ruiz-Giménez, el amigo y el ministro, le agradecen sus tres hijos —Miguel, José y Soledad— «la ternura y compasión» que mostrara por su memoria. También por motivos que desconozco, Soledad no firma la carta a Areilza tal como la reproduce Guillermo Morón en *Historia política de José Ortega y Gasset.* Los tres añaden que usted siempre manifestó la voluntad inquebrantable de «vivir acatólicamente», con la pulcritud y supremo cuidado que ponía en todos sus actos.

Horas antes de la última intervención quirúrgica mantenía el agnosticismo, sin que a sus hijos les cupiera duda de sus convicciones. Casi al cabo de la agonía, por deseo de su esposa, permitieron la visita de su amigo el padre Félix García, poeta, agustino y editor de las *Rimas sacras* de Lope. En la carta a Ruiz-Giménez los tres subrayan la falsedad absoluta de la especie, difundida por las agencias del nacional-catolicismo, de que hubiese pedido ser sacramentado. No comprenden cómo quienes se dicen católicos y predican sus creencias, mientan con tan burdo y explícito descaro.

El padre Félix García no desperdicia la ocasión de publicar en *ABC* el pío logro de haberlo absuelto, *sub conditione,* con su aquiescencia. Si aceptó el indulto de los cielos con la mente clara, «que hasta este mismo instante y en la medida que los ojos de los médicos y de la familia pueden juzgar, estaba impresionantemente perdida», o lo hizo con la conciencia ya muy difusa, «pertenece al misterio de Dios». Salvadas las patéticas contradicciones de la carta, agradecen los hijos cualquier servicio religioso a su memoria. Pero dignamente se abstienen de asistir a las misas por su alma. Punto final.

Su hermano Eduardo, un año mayor que usted, fallecería proscrito en Venezuela en 1965. Si la muerte fuese memoria interminable —una posibilidad que yo traduciría como el infierno o la salvación irrevocables, incapaz de escoger o descartar uno de los dos destinos—, recordará que en Madrid afirmaban que Eduardo heredó todo el pelo de la familia, rematada la estampa por una cabellera leonina, mientras a usted le correspondió el talento. También estaba él más avezado a los destierros, habiendo compartido el primero de los suyos con Unamuno en París y Hendaya, durante la Dictadura de Primo de Rivera. Con harto retraso, vino a evocarlo Eduardo en sus *Monodiálogos de don Miguel de Unamuno* en 1958. Con menor demora, cuatro meses después de su muerte, replicaba su hermano a Areilza el 3 de febrero de 1956, en *España Libre* de Nueva York.

Ratificaba Eduardo su laicismo, desde la adolescencia. Ateísmo lo llama abiertamente Gregorio Morán en *El maestro en el erial.* Recuerda su hermano cómo repudiaba las conversiones de penúltima hora, obnibulada la razón de los moribundos, en las que siempre fue maestra la Compañía de Jesús. Fracasó en el caso de Voltaire y difundió la infamia de que había perecido revolcándose en los excrementos, como antes lo decía la Iglesia del teólogo protestante Philipp Melanchton. En cambio, recordaba su hermano que usted jamás se mostró anticlerical. Se decía tan ajeno a las creencias religiosas, que no podía apoyar a los sacerdotes ni oponerse a ellos.

En todo caso, vueltos al torzal que centra la carta, terminaba yo en 1974 mi libro *Diez figuras ante la Guerra Civil*, que Rafael Borràs había contratado para Ediciones Nauta, cuando paré en Madrid, camino de Barcelona, desde Atlanta. En la tertulia que tenía Dionisio Ridruejo en Seminarios y Ediciones, conté mi propósito de publicar allí la carta de Areilza a *The New York Times* y la de sus hijos al embajador. Esta última, tal como la reprodujo en México Guillermo Morón, junto con la otra a Ruiz-Giménez y la de su hermano a Areilza a propósito de su manifiesta irreligiosidad.

Alguien —creo saber quién fue y tengo el convencimiento de que no era Dionisio— llevó la historia a Areilza, situado entonces en oposición al franquismo, como ya dije, y entre los más fieles a don Juan. Apenas aterrizado yo en Barcelona, me llamó urgentemente mi viejo amigo Antonio de Senillosa, a quien casi no había visto desde los días de la universidad, cuando de tarde en tarde paseábamos y discurríamos acerca de todos los imposibles, alrededor de las tres carpas doradas —sempiterno trío de peces japoneses— del minúsculo estanque del patio de Letras. Convinimos un rápido encuentro y no sin íntimo regocijo, empecé a temerme lo peor.

Despachadas las novedades políticas, teatrales y deportivas, que los amigos deben resumir al cabo de larga ausencia, por este orden y según consejo de Julio Cortázar en *Rayuela* —una novela que entra a saco en sus *Ideas sobre la novela*, sin citar su nombre o su libro—, empezó a confesarse el bueno de Senillosa. Con la encarecida súplica de que no publicara su carta al *New York Times*, lo enviaba de arcángel o correo diplomático Areilza, de quien Antonio era fiel seguidor juanista. En una fotocopia del original y en mi propia traducción, le di a leer la carta a Senillosa. Aterrado se llevó las manos a la cabeza, al igual que san Antonio Abad, tentado en Prado por las vírgenes infernales de Quentin Metsys y Joachim Patinir. «¡Hostia!» exclamó al toparse con lo del europeísmo y su responsabilidad por la muerte de un millón de compatriotas. «¡Esto es aún peor que cuanto presentía!»

Abrevio la lamentable historia, tan propia de una Españeta circunstancial, antes de pasar a sus dos obras maestras e imperecederas. Me resistí unos días, alegando que cada cual debía responsabilizarse de su pasado, más aún si pretendía conformar el porvenir como aspiraba a hacerlo Areilza. (De hecho, él sería después ministro de Juan Carlos I.) Que la reforma del futuro empezaba por la del trasanteayer, como usted mismo había escrito certeramente. Que no cabía secreto en una carta abierta, aparecida en *The New York Times*. Que, como había dicho Charles de Gaulle a André Malraux al entrevistarlo por primera vez en la Resistencia, *Avant tout, le passé!* Sepamos de cierto de dónde procedemos, para saber de fijo quién queremos ser.

Al final cedí y me resigné a no publicar la carta. Mentí en privado y aseguré que Senillosa me había convencido, recordándome que imprimirla equivalía a ofrecerla en fuente de plata al sistema establecido: a la medio moribunda Dictadura. De hecho, yo expuse aquel argumento y Antonio se mostró inmediatamente de acuerdo. Ya todos han muerto, salvo usted mismo. Hemos muerto, aunque algunos no lo sepamos todavía. Descansen y durmamos en paz vivos y muertos, en la buena tierra de la Españeta invertebrada.

Pero vamos a lo que verdaderamente importa: sus creaciones señeras, *La deshumanización del arte e ideas sobre la novela,* 1925, y *La rebelión de las masas,* 1930. Aquellas obras componen las más certeras profecías de un siglo, que se nos muere todos los días y del siguiente cuando aparecerá este libro con mis cartas. *La deshumanización* es un diáfano presagio del arte y la novela actuales. En casi setenta y cinco años, poco ha añadido la exégesis literaria a su percepción, aunque en muchos casos los doctores y pensadores actuales repitan sus ideas sin advertirlo, o se valgan de las mismas, deformándolas y oscureciéndolas, sin recordar aquello, tan suyo, de que la claridad es la cortesía del filósofo.

La rebelión de las masas se convierte en una clarividente anticipación de la sociedad de consumo, que el primer mundo —Estados Unidos, Canadá, Europa occidental y Japón— se aprestan a legar al próximo milenio. Es justo que los dos primeros ensayos, *La deshumanización* e *Ideas,* suelan aparecer unidos. Pero creo que los tres deberían editarse conjuntamente, con un prólogo crítico que ahora trato de abreviar. En el fondo, todo su pensamiento es cuestión de masas, minorías, perspectivas y puntos de vista. En otros términos, trata usted de renovar la doble valoración de lo humano y su realidad circundante.

Ciertas individualidades, conscientes de su superioridad, precederán aquí a sus masas y minorías. Alguien, creo que el fotógrafo rumano francés Brassai, afirmó en una ocasión que Picasso y Malraux —*Avant tout, le passé!*— no congeniaban verdaderamente, por muy sincera que fuese su recíproca admiración, porque cada uno se creía superior al otro frente a la eternidad. Algo parecido le ocurría a usted, tal vez a pesar de sí mismo, respecto a Picasso.

En Picasso y Proust situó los orígenes de la creación novelística y pictórica moderna y postmoderna, aunque el postmodernismo no llegaría a conocerlo ni falta que le hizo. A Proust lo mencionó generosamente en *Ideas sobre la novela,* con reparos menores. A Picasso, de cuyo cubismo trataba toda *La deshumanización del arte,* sin nombrarlo casi nunca, lo citó en una escueta nota, de línea y media. «Un ensayo se ha hecho en este sentido extremo» —se refería a la abstracción absoluta, *l'abstraction pure* como algunos críticos franceses calificarían después la obra de Barnett Newman— «(de ciertas obras de Picasso), pero con ejemplar fracaso.» Mencionaba el cubismo en dos ocasiones y de nuevo, paradójicamente, lo hacía para ocultarlo. En justa correspondencia, no creo que Picasso se haya referido nunca a sus libros. Será preciso relegar sus imposibles diálogos al limbo o el purgatorio.

Tampoco se ha estudiado en serio, al menos para mi conocimiento, hasta qué punto no se ocultará usted mismo en su calificación del arte moderno como juego. (Entiéndase siempre el cubismo y no el modernismo, en su peculiar terminología, cuando se refiere al arte moderno.) Hablando en plata, me pregunto si no se mofa de nosotros, sus lectores, en el texto. Ya vimos de pasada cómo su concepto de las masas nada tiene que ver con el de Marx, aunque mucho disfrutaría con el equívoco. Pero dejemos aquí a sus masas y minorías, que correctamente identificaba Herbert Matthews, si bien en breve volveremos a ellas. Regresemos entre tanto a la «deshumanización» que, aplicada al cubismo, me parece otro epigrama.

La auténtica deshumanización, como la había señalado Goya —a quien usted trataba fragmentaria pero magistralmente en 1958— no era la del arte sino la del hombre, a la hora de la muerte de la fe absoluta en el racionalismo. Siglo y medio antes de que se aproximara a Goya en un libro inconcluso, ya había advertido él todos los monstruos que poblaban el fondo del sueño de la razón: los mismos que se apoderaban de la humanidad para enajenarla y deshumanizarla en cuanto la razón se adormilaba.

Su sentido de la deshumanización artística, como dice percatarla en el cubismo, se reduce a la temática pictórica, que usted ve desprovista de asuntos y modelos humanos, sobre todo modelos, en todo el arte actual. Siendo maestro en la precisión del lenguaje, aunque el contenido de sus trabajos se ramifique y esparza —no tanto en este libro, *La deshumanización* e *Ideas*; pero sí en casi todos los demás—, conocía perfectamente su error irónico al catalogar el cubismo. Mejor habría sido referirse a una «rehumanización» de la realidad, a través de la pintura. Como diría el propio Picasso, a la vuelta de unos años, una guitarra e inclusive una cacerola pueden gritar y de hecho gritan en algunos de sus cuadros.

Basta aproximarse comparativamente, como ya lo hice en otra ocasión, al retrato cubista y picassiano de Ambroise Vollard, 1910, y al finísimo dibujo a lápiz que realizó Picasso de Vollard cinco años después, para percatarse de que en el primero la humanización del contradictorio modelo viene desde dentro, como usted mismo pediría en 1932 que se escribiese la verdadera semblanza de Goethe. Por el contrario, el acabado esbozo de 1915 humaniza al personaje mientras Vollard posa distraídamente para el artista.

Cuando usted publicó *La deshumanización del arte* e *Ideas sobre la novela*, hacía un año que André Breton lanzara en París su *Premier manifest du surréalism*. Consigno el dato de pasada, porque su libro nada tenía que ver con el surrealismo y todo, sí, con el cubismo. Lo repito por última vez, puesto que usted lo calló mejor que nadie. Por aquellas fechas, alternaba Picasso el cubismo sintético de *Naturaleza muerta con una red de pesca*, 1925, y el neoclasicismo del retrato de su hijo Paolo, niño, ataviado de arlequín, que dejó inconcluso el año anterior.

En verdad, usted alude siempre al cubismo analítico, el que más o menos se extiende de 1910 a 1913 y tiene sus remotos orígenes en *Les demoiselles d'Avignon*. Por cierto que se equivoca al establecer un juicio de valor y arma un olímpico lío, cuando asegura en aquella nota haber rozado Picasso la pura abstracción en obras recientes. En verdad, nunca se aproximó más a *l'abstraction pure* que en las postrimerías del cubismo analítico, en vísperas de la Primera Guerra Mundial.

Por aguda y certera, siempre me maravilló su analogía del cubismo con el jardín y el hipotético ventanal, a través de cuyos cristales percibía y pintaba una rosaleda el artista «moderno». Antes de *Les demoiselles d'Avignon*, las rosas recogidas en la tela habrían constituido la finalidad temática del pintor. El ventanal se componía de todos los medios técnicos, empleados en la copia del jardín. Con el cubismo se produjo una completa inversión. El jardín devino un mero pretexto temático, como lo era Ambroise Vollard en el retrato de 1910. Mientras, se transformaba el ventanal en el verdadero propósito de un retrato, para el cual no sería Vollard sino el motivo simulado.

Por el contrario, en el dibujo a lápiz del marchante, sentado y con las piernas cruzadas en tanto posaba para

Picasso una tarde cualquiera de 1915, los medios parecen casi evanescentes. Se diría que el lápiz apenas rozó el papel y Vollard, un ensimismado propenso a los cambios de humor y la cancamurria, se convertía en la única y definitiva finalidad de aquel retrato a la manera de Jean-Auguste-Dominique Ingres, aunque fuera un *ingres* deleble y apenas apuntado.

Lo mismo ocurría en el género novelístico, con la proustiana *À la recherche du temps perdu* y al término de un largo friso de antecedentes, donde emplazaba usted la obra de Dostoyevski, Stendhal y aun Cervantes. Antes tendía a identificarse la novela con la hipotética rosaleda de su parábola pictórica, convirtiéndose en una narrativa más o menos bizantina, sobre un entramado de peripecias y situaciones. Ahora con Proust y James Joyce —cuando sale de cajas *La deshumanización del arte* e *Ideas sobre la novela, Ulysses* lleva sólo tres años impreso y *Du côté de chez Swann*, el volumen inicial de *En busca del tiempo perdido*, se ha publicado en 1913, en plena transición del cubismo analítico al sintético—, también el jardín narrativo dio paso al cristal, que componen los elementos técnicos y formales del escritor.

De la obra de Proust dirá certeramente Jean Cocteau que es «un palimpsesto de jardines». De *Ulysses*, ha reiterado con toda razón Samuel Beckett que no es una novela acerca de algo sino una entidad literaria en sí misma y por sí misma. Pongo por caso, como lo sería un poema o una composición musical. Según su propio criterio, doctor Ortega y Gasset, la trama en *À la recherche* ni siquiera existe. Así se lo reprocha a Proust, puesto que un mínimo de acción argumental es imprescindible para la nueva novela. Como una abreviada referencia a la realidad lo era para el cubismo, me atrevería a añadir yo en este punto. En la obra de Proust o de Joyce, todo lo narrado a lo largo de centenares de páginas podría acortarse y resumirse en unas pocas y escuetas sentencias.

En *À la recherche* un supuesto narrador, que no será Proust aunque se llame como él, conjura detenidamente unas circunstancias intrascendentes de su infancia. Su larga evocación parece remedar el tránsito del firmamento a través de la eternidad. Pero todo se quiebra de improviso, en un ambiguo entrevero de primera y tercera persona, para volverse a abrir en la segunda parte del libro llamada «Un amor de Swann». Luego, de forma no menos inesperada y sin relación con los tratos sentimentales y carnales de Charles Swann y Odette de Crécy, cierra el volumen un tercer fragmento: «Nombre de tierras. El nombre». Allí se rememora otros amores frustrados, los del adolescente Marcel y Gilberte, la hija de Swann y Odette.

Usted afirmaba en *La deshumanización* que una realidad se fragmenta en otras divergentes, desde variadas atalayas. Si nos preguntamos cuál de aquellas realidades será la verdadera, debemos admitir que todas y cada una de ellas, sea cual fuera, resultará arbitraria tan pronto descartemos a las demás. En otras palabras, no existe más realidad que la de un abanico de puntos de vista. Fundaba aquellas consideraciones en la distinta aproximación emotiva, o grado de distanciamiento, entre un hombre célebre y moribundo y las cuatro perspectivas, alrededor de su cama, que representarían su mujer —la más cercana al agonizante—, el médico de cabecera, un avispado reportero y un pintor. Pero creo que también sirven aquellas reflexiones suyas como definición de la multiplicidad de encaros, conjugados en el cubismo analítico y la quebrada estructura de *Du côté de chez Swann.*

Pueden aplicarse a la narrativa proustiana las características generales, que usted atribuye al cubismo o arte deshumanizado. Si Picasso trata de evitar las formas vivas, o las transparenta y solidifica como la sal en la mina, Proust demora tanto la trama que parece imponerle la lentitud de la cristalización. Recordemos también la discrepancia entre el estatismo del cubismo analítico y la dinámica contemporánea del futurismo italiano. Asimismo, la intrascendencia resulta común a la novela y al cubismo. Proust exasperaba a Gide, antes de que de Cocteau le ofreciera su metáfora de los jardines imbricados. No comprendía Gide por qué el escritor de *À la recherche* dedicaba tantísimas páginas a describir una nimiedad como sus apuros para dormirse, noche tras noche, en la lejana infancia.

Junto a la morosidad, la intrascendencia, el arte como juego, la perfección técnica y la tupidez en el asunto argumental o pictórico, creía usted que Picasso y Proust reivindicaban la metáfora, no a título de ornamentación estética sino de sustancia representativa de la realidad. Pero morirían usted y Picasso, uno en 1955 y el otro dieciocho años después, sin comentar su coincidencia a propósito de la metáfora como «creación de arrecifes imaginarios» y florecimiento de «islas ingrávidas». Valga aquí su doble exégesis de aquella figuración, que acaso sea el más válido de sus muchos aciertos sobre el tácito cubismo.

Fundándose en la obra de Heinz Werner, *El origen de la metáfora*, usted la remontaba al tabú de las culturas primitivas. Como era impronunciable el nombre de Dios para los antiguos hebreos, conjuraban aquellos pueblos su terror cósmico con imágenes verbales. Me sorprende que nadie haya comentado la coincidencia de estas teorías de Werner y suyas con una conocida circunstancia, contada por Picasso a Malraux y recogida en su libro *La tête d'obsidienne*. En 1907, cuando el artista trabajaba en *Les demoiselles d'Avignon*, fue a toparse por azar con las máscaras de la Costa del Marfil, almacenadas en el Trocadéro para una próxima exposición. De improviso comprendió que aquellas carátulas no eran sino exorcismos del pánico universal, ante un universo infinito y hostil a la vida, salvo en este minúsculo rincón de los abismos.

Aquel sacro horror de los nativos de la Costa del Marfil, trenzado con el pánico de Picasso a quedarse ciego, por consecuencia de un mal venéreo, contraído en los burdeles barceloneses de sus mocedades y del que diría haber curado cuando casó con Olga Klokova en 1917, lo llevaría a pintar las máscaras más terribles de *Les demoiselles d'Avignon*. Me refiero a las carátulas del par de mujeres a la derecha del óleo. Cabe que el artista resolviera poner mascarones parecidos a los demás desnudos. Pero por motivos que nadie se molestó en preguntarle, dejó el lienzo por concluir y no llegó a firmarlo.

Asegura usted que «el arte nuevo» —huelga reiterar aquí que se refiere de forma conjunta a Proust y al cubismo— tiene a las masas en contra y siempre las tendrá. Me temo que se equivoque y su error sea más flagrante, por ser usted el mayor profeta sociológico de aquellas masas. Mayor desbarro, a la hora de sentar previsiones, fue el de Carl Gustav Jung cuando, apenas cerrada la exposición de Picasso en la Kunsthaus de Zurich en 1932, pontificaba en la *Neue Zürcher Zeitung* que las treinta mil almas que desfilaron por el museo componían un fenómeno pasajero. Jamás volvería a apelotonarse semejante multitud ante sus cuadros, puesto que Picasso estaba condenado al fracaso y el olvido.

No puedo por menos de preguntarme qué habrían pensado Jung y usted —no el Ortega que falleció en 1955 sino el Ortega de 1925—, si hubiesen visto pasar un millón de personas por otra exposición antológica picassiana, reunida en Nueva York entre mayo y setiembre de 1980. O cuál no fuera su asombro y el de Jung, responsable de las más disparatadas conclusiones críticas acerca de Joyce y Picasso, de haber presenciado la larga espera de centenares de miles de visitantes en Atlanta, para admirar el itinerante conjunto de los *picassos* del Museo de Arte moderno neoyorquino.

Al principio de *La rebelión de las masas*, escribió una afirmación luego bastante citada: ya no se encontraba sitio en parte alguna porque todo se había llenado. De no ser muy extemporáneos, inclusive se abarrotaban los espectáculos. Pero hoy en día la gente colma funciones públicas, que setenta años atrás eran tan minoritarias como las exposiciones de pintura cubista, o para el caso todo aquel arte picassiano que encendía la ira de Jung. En sus ávidas y colectivas preferencias, unas masas a semejanza del hombre medio de nuestra sociedad de consumo —o las minorías silenciosas, a las que solía referirse con tanto agrado el presidente Nixon— codiciosa y tumultuariamente, se apropiaron de un arte que desconocían o desdeñaban sus abuelos.

En un libro casi recién aparecido, *La civilización devora a sus hijos*, 1999, cita Heleno Saña al Herbert Marcuse de *El hombre unidimensional*, 1964. Sin advertirlo, parafrasearía Marcuse aquella aseveración suya, don José, acerca del carácter multitudinario de nuestra sociedad, al señalar que la soledad se había vuelto imposible, a todos los efectos prácticos y técnicos. Desde su propio criterio en *La rebelión de las masas,* la democracia y el avance tecnológico, realizaciones del capitalismo industrial, eran los campos de cultivo del hombre masa. Para Heleno Saña, el capitalismo pretende apropiarse toda la civilización para lucrarse de ella. En otro punto, señala el autor que el individuo medio —el que informa las masas y comparte su pensamiento— no se realiza como ser social sino se enajena en un conjunto de muchedumbres burguesas y egocéntricas.

Desde su perspectiva en *La rebelión,* las masas burguesas actúan sin ley ni reparo, imponiendo de forma despótica sus aspiraciones y preferencias. También las creía movidas por un afán de «mismeidad»: de sentirse como todo el mundo. De esta forma, aunque usted no lo supiera entonces, se apropiaron aspiraciones y preferencias que antes eran para ellas ajenas e inimaginables. Verbigracia, el cubismo o la lectura de Marcel Proust. Si ahora viviese, ya no le sorprendería el éxito de público de las exposiciones de Picasso en le Petit y le Grand Palais, de París, en 1966; o la acogida, todavía mayor y ya comentada, que obtuvo su obra en Nueva York. Las masas, escribía usted en 1925, tienden a ejercer un repertorio vital antes reservado a las minorías.

A modo de inevitables consecuencias de aquel fenómeno, no sólo cita la expansión de las masas sino también un elevamiento de lo que llama su nivel histórico. Supongo que todo esto viene unido a la autocomplacencia: la suprema satisfacción de nuestras anónimas mayorías silenciosas por su manera de vida y por haber llegado a ser como son. Semejante regalo es inefable o no necesita expresarse. Asimismo, creo que *La civilización devora a sus hijos* representa una feliz síntesis interpretativa de su vieja profecía acerca de la metáfora como razón de ser del arte supuestamente deshumanizado. Al igual que en otra época lo fue *Les demoiselles d'Avignon*.

El poder es narcisista, escribe Heleno Saña refiriéndose al capitalismo político del primer mundo, con los Estados Unidos como portaestandarte. No sólo exige obediencia sino también el fervor de los dominados. La veneración que se reservaba a los reyes incaicos y a los emperadores del Japón, supuestos descendientes todos ellos del sol, se dedica ahora al nuevo Imperio o el Imperio por excelencia. Nace así una forma de religión laica, con el supremo poder temporal como culto de latría.

En tanto adora al poder, la sociedad de consumo se celebra a sí misma y alcanza la cúspide de su nivel histórico. Todo ello trae consigo una nueva forma de racismo de masas. En ambas Cámaras de los Estados Unidos, se apoya poco menos que unánimemente cualquier operación de bombardeo que ordene la Casa Blanca en Irak, en Yugoslavia, en Kosovo, donde sea, mientras se lamenta de pasada y con consabida doblez «los daños colaterales»: las posibles víctimas civiles. Pero el Congreso y el Senado miden con fino rasero crítico el posible empleo de la infantería, porque entonces peligran de veras los preciosos hijos del pueblo masa. Se olvidaron convenientemente las épicas campañas americanas en Europa y el Pacífico, durante la Segunda Guerra Mundial. Sólo se piensa en Vietnam y en los miles de muertos, que volvieron en ataúdes blancos de aquella única contienda perdida.

En su obra *La España invertebrada*, 1921, una especie de apunte para *La rebelión de las masas* a cuatro años vista, dividía nuestra historia contemporánea en épocas *Kitra* y *Kali*, de acuerdo con los estudios de Max Weber de los puranas indios. Según aquella teogonía, en las primeras gobernaba una minoría selecta y exigente de sí misma. En los periodos *Kali* se encumbraban las masas porque Brahma había caído en el sopor. España dijo usted entonces —era el año de Annual y la antevíspera de la Dictadura—, sobrevivía en un interminable crepúsculo Kali.

No dejé de pensar en usted y en las eras Kitra y Kali, la noche del 13 de enero de 1998, cuando Paul Preston obtuvo el *Premio Así Fue. La Historia Rescatada*, en el madrileño palacio de Linares, que tiempo atrás creían embrujado y poblado de contritos espíritus incestuosos. Un viejo amigo, el escritor Josep Carles Clemente —de conocida filiación carlista e izquierdista—, me presentó entonces a la profesora e infanta María Teresa de Borbón Parma. Escuchó ella pacientemente mis protestas universales contra la Españeta y los Estados Unidos. Al cabo repuso en voz baja que acaso aquí no anduviéramos tan mal como yo decía. «Señora», seguí lamentándome, «todo lo nuestro es bajísimo de techo, empezando por sus parientes en la Zarzuela.» Se echó a reír y asintió. «¡Ah! ¡Esto sí!»

Acaso las etapas Kitra y Kali no coincidan de lleno con el predominio de España o la Españeta. Tampoco corresponden perfectamente los lindes de la rebelión de las masas con los de la Españeta, aunque se sobrepongan como los consabidos textos de un palimpsesto. Cuentan que hacia el final de su vida, gemía agriamente aludiendo al régimen y al nacional-catolicismo, todavía vigente: «También a mí me han comprado». No sé si será cierto, como todavía dudo y en verdad ignoro si toda España no fue enajenada por la Españeta. Nuestros fracasos en el pasado y nuestro presente, en tantos aspectos desolador, me inclinan a creerlo.

Pero en el ocaso Kali, todavía mis esperanzas se orientan hacia el pasado. No en vano recordaba aquello tan suyo de que se crea el porvenir con la reforma del pasado. En una era que ya no es, aunque sólo en determinados aspectos tecnológicos y políticos la hayamos superado, usted, maestro, vivió, pensó y escribió. Usted es una de las pocas contribuciones intelectuales serias, que España ha dado al mundo en este siglo. Predicó contra la barbarie de la especialización, aunque lo hiciese en mitad de la Tebaida, legándonos dos diáfanas profecías: una acerca del arte y la novela, la otra sobre la sociedad de consumo. Muy en hecho de verdad y a pesar de todos mis reparos, no conozco otro talento de más amplia diversificación que el suyo, desde que Leonardo pasó por la tierra. Lo firmo, rubrico y sello mientras encarecidamente lo saludo.

Con el mayor respeto,

Carlos Rojas

Don Antonio Machado Ruiz
En la eternidad de los augures

Estimado profesor:

En abril de 1938, los avatares de la Guerra Civil y el corte del frente republicano por Vinaroz, con la llegada al Mediterráneo de los requetés de Camilo Alonso Vega, le llevaron con su familia a torre Castañer, incautada a la duquesa de Moragas. Antes habían vivido un mes en el Majestic barcelonés, barridos y refugiados allí como quien aguarda en un andén, al decir de su hermano José. Wenceslao Roces, traductor de *Después* de Erich Maria Remarque y de *Das Kapital* de Karl Marx, a la par que subsecretario de Instrucción Pública, les dio alojamiento en aquel palacete decomisado.

En torre Castañer, creería adentrarse en sus viejos versos de *Soledades, galerías y otros poemas,* 1907. Según escribiría su hermano, se había secado allí el estanque del jardín, rodeado de falsas grutas donde aún anidaba el musgo. Discurría el agua por cauces de yeso partido y goteaba quedamente en una losa. A través de los parterres, erizados de maleza, se distinguía la capilla de tortuosa escalera y el panteón de los duques. El sol mañanero hería los prismas de la araña del comedor y derramaba el iris sobre la mesa de mármol. Absorto y apoyado usted de codos en el mantel, vio un día José sus manos abiertas y teñidas por todos los tonos del espectro, en tanto trataba de calentarse las palmas. Abril era aún frío y ustedes carecían de leña, orujo y carbón.

En público o ante extraños, callaba o repetía todo lo contrario. En privado afirmaba sus fatales presagios, desde aquel 7 de noviembre de 1936 en que tuvo que abandonar Madrid con todos los suyos. Irremisiblemente, la República iba a perder la Guerra Civil. Veinte años después, cuando José publicó en ciclostilo *Últimas soledades del poeta Antonio Machado (Recuerdos de su hermano José),* ya se había habituado al cumplimiento póstumo de todos sus augurios. A finales de 1938 anticipó el conflicto mundial a la vuelta de unos meses. A través de su ficticio Juan de Mairena, previó que Alemania sería derrotada en la gran matanza y Europa perdería la paz y la hegemonía en el mundo. De forma escalofriante, sin cesar de temer un final catastrófico para la humanidad, también anticipó la era atómica. «Es, por el contrario el miedo el más importante resorte polémico. Por eso se la aguzan los dientes o se arma hasta los dientes.»

No le confió a José su postrera profecía. La guardó para Ilya Ehrenburg hasta el verano de 1938, mientras los republicanos perdían la batalla del Ebro y se reducía la bolsa Mequinenza-Fayón, abiertas las compuertas de los embalses de Balaguer. No se limitó a confesarle a aquel ruso su certeza absoluta de que Franco se haría con la victoria. Quiso redondearla con otro criterio que nunca le había confiado a su hermano. «Después de todo, acaso nunca aprendimos a luchar. Además no teníamos bastante armamento. Pero no juzguemos a los españoles con demasiada dureza. Esto es el final y cualquier día caerá Barcelona. Para los estrategas, los políticos, los historiadores todo estará claro: hemos perdido la guerra. Humanamente hablando, ya no estoy tan seguro. Quizás la hemos ganado.»

Ehrenburg no quiso asentir ni replicar. Pero cuenta en el cuarto volumen de sus memorias, *Vísperas de guerra 1933-1941,* que ustedes se despidieron junto a la verja de aquel jardín, con grutas de burlería y escaleras de caracol sobre el emboscado panteón. Al corresponsal de *Izvestia* le pareció entonces que usted era tan viejo, sabio y vulnerable como España misma. Sonaban las sirenas y empezaba el próximo bombardeo. Ilya Ehrenburg no creyó leer en sus ojos una respuesta sino una pregunta. Del todo indescifrable.

No volverían a verse e ignoro si usted recuerda todo aquello en su tumba sobre el Mediterráneo. Allí, junto a la entrada del cementerio de Collioure. Un camino en cuesta, que adecuadamente lleva su nombre, conduce a la hoya donde se le pudren los huesos. *Ici repose Antonio Machado, mort en exil le 22 Fevrier 1939.* A los tres días dieron tierra a su madre con usted. De ella, Ana Ruiz, se despidió breve y cumplidamente en la agonía: «Adiós, madre». También anticiparía su tránsito con meridiana claridad, en agosto de 1937. En Rocafort, adonde lo había mandado el Quinto Regimiento desde Madrid, fue a confiarse con el escritor alicantino Pascual Pla y Beltrán.

La vida se excede a veces en dureza y crueldad, lamentábase entonces. Pero el dolor individual se encoge, recorta y desaparece junto a las catástrofes históricas. Enseguida, sin clara transición, volvió a personificar aquellas reflexiones, presintiendo su fallecimiento detrás de los Pirineos. «Sin embargo, cuando pienso en mi posible destierro, en una tierra que no sea esta atormentada tierra española, mi corazón se llena de pesadumbre. Tengo la certeza de que el extranjero significaría la muerte para mí.»

Hasta villa Amparo, en Rocafort y a media hora en tren desde Valencia, le llegaron propuestas para profesar en Gran Bretaña. Creo que las gestionó William Atkinson, un conservador inglés antifranquista, que sería jefe del departamento de Español en la Universidad de Glasgow y allí acogería por dos años a Luis Cernuda, después de la Guerra Civil. Las rechazó cortésmente. No quería precipitar su sino inevitable: el de perecer en el exilio en cuanto abandonara el país.

Tampoco quería abandonar a su numerosa familia. Había impuesto por condición que lo acompañara entera de Madrid a Valencia, para asombro de Rafael Alberti y León Felipe, cuando se ofrecieron a evacuarlo. La guerra lo había separado de su última amante, Pilar de Valderrama: la *Guiomar* de sus poemas y de unas cartas de amor, que a veces inciden en el lenguaje más cursi de la Españeta, satirizado en algunos poemas de *Campos de Castilla* aunque usted lo adoptara en la marea baja de su retórica enamorada. Discúlpeme si cito un botón de muestra de aquellas endechas a la que apodaba su diosa. «Adiós. Adiós; beso mil veces tu florecilla silvestre y la guardo en mi lírico herbario con una rosa y una flor de acacia. Adiós. Adiós. Tuyísimo.»

Al igual que todos los videntes, tuvo claro conocimiento de la muerte y estrecha convivencia con ella. En este punto, pienso en los otros visionarios a quienes mandé las cartas de esta sección. Recuerdo la mirada irónica e inquisitiva —«mas no de inquisición», puntualizaría Unamuno—, que el maestro de Taüll atribuye al Hijo del Hombre frente a la inmortalidad. Regreso al propio Unamuno, obstinado en pervivir hasta el día del juicio junto a su perro, también eterno ni que decir tiene, sujeto con larga y cómoda cadena. Evoca a Ortega y sus páginas acerca de eros, thánatos y don Juan. En este particular usted, Unamuno y Ortega se complementan. También creo que se habrían identificado con su precursor anónimo de Taüll, si hubiesen conocido su única obra, su obra suprema.

Pero fue Juan Ramón Jiménez quien comprendió mejor que nadie su relación con la mortalidad. Escribía Juan Ramón que usted, desde la niñez, se dejó «lo muerto, podre y quemasdá por todos los rincones del cuerpo y el alma». Al igual que maravillaría a algunos contertulios suyos, como Miguel Pérez Ferrero, la ceniza de los mal liados cigarros que le cubría las solapas. Concluye Jiménez que usted tuvo tanto de muerto como de vivo, «mitades fundidas por arte sencillo». También a Alberti, cuando lo visitaba en Rocafort, le parecía un responso de sí mismo. Por aquellas fechas, seguimos en verano de 1937, su madre sorprendió a Pla y Beltrán al decirle, dulce y sonriente, que ella estaba destinada a sobrevivirlo muy pocos días.

Será siempre imposible penetrar en sus más íntimas y prologadas «soledades». Lo entrecomillo para que no lo confundan con el título de su primer poemario o el libro de su hermano José. Infinitas veces citaron su definición de la poesía como palabra en el tiempo. Perduran vivos muchos de sus versos; pero las palabras y los poemas suelen pasan aún más deprisa que los hombres. Es curioso que quienes lo observaron de cerca en Madrid —algunos, como César González Ruano, sin que usted lo advirtiese—, tampoco esclarecieron lo que pensaba o sentía, cuando se aislaba de sus semejantes. En su «Retrato», en realidad un autorretrato en serventesios, conversa con el hombre que lo acompaña alma adentro. Si de él aprendió «el secreto de la filantropía», también espera hablar a Dios un día. Como después se plantearía la existencia de un Dios ciego, sordo o sordomudo, creador de la nada, tampoco entonces vino a aclararnos usted su ser más íntimo.

No hay razón para exhibir los propios defectos ni para confesarse de verdad, escribía a Unamuno en 1908, para que mucho después lo citaran Heliodoro Carpintero y Aurora de Albornoz. Posiblemente Rubén Darío estaría de acuerdo, cuando lo llamaba «misterioso y silencioso». Luego añadía rezar por usted a todos sus dioses —ignoro si ciegos y sordomudos ellos—, para que siempre lo salvasen. Amén. Con aguda certeza reparó Ortega en la lentitud de su ritmo poético. En un artículo de 1912, «Los versos de Antonio Machado», escribió que usted empujaba recelosamente sus poemas, como si fuesen una dolencia incurable.

En los años de la República y en antevísperas de la Guerra Civil, a veces se apartaba de su tertulia en el Café Varela, el de la calle Preciados junto a la plaza de Santo Domingo, y se iba a un bar de la calle Santa Engracia, esquina a la plaza de Chamberí. A escondidas lo seguía César González Ruano, pensando que andaba con «los pies muy abiertos y amortajados en sus botas pardas». Tal por cual como si llevase a cuestas su propio espectro o rempujara sus poemas, como decía Ortega. En el bar se abstraía ceñudo, contando con los dedos debajo del velador. Al transcurso de un cuarto de siglo, todavía se preguntaba Ruano si mediría las sílabas de un verso o repasaba el presupuesto familiar.

Contaría mal, como equivoca Cervantes las sumas y multiplicaciones del *Quijote.* Tampoco atinaba usted en su *Juan de Mairena,* al referirse a «doce poetas que pudieron existir», porque en verdad eran catorce en el texto. Uno de los supuestos escritores fue allí su homónimo Antonio Machado. «Algunos lo han confundido con el célebre poeta del mismo nombre, autor de *Soledades, Campos de Castilla,* etcétera.» No evitaba la irónica inmodestia y añadía que aquel Machado profesó en Soria, Baeza, Segovia y Teruel, para extinguirse en tierras de Huesca en fecha imprecisa. Larga paz a sus huesos, como escribió en un temprano poema después del entierro de un amigo.

La muerte ennoblece a los muertos. Así lo expresa en sus conocidas coplas a don Guido, señor de la pequeña aristocracia andaluza. En tanto tañen las campanas, usted se dice que algunos se preguntarán qué dejó el extinto en la tierra. Invierte el lugar común y piensa en lo que pudo llevarse al otro mundo. El balance de su vida resulta muy propio de su clase y su tiempo. Fue el caballero baezano amante de las timbas, los toros, los alamares y el humo de las iglesias. Dejar, deja ahora a una viuda, mucho más joven y rica, a quien se unió por sus haberes. Sentada la cabeza a su modo, vistió de nazareno después de casarse e ingresó en una cofradía.

No obstante, como merece la pena volverlo a subrayar, la muerte cincela las facciones de la mascarilla. Usted alaba los enjutos rasgos de don Guido y su afilado cráneo, en la almohada del lecho. De forma oscura e irracional, acaso prevea la penúltima transformación de su propia imagen. En una fotografía tomada en Barcelona la antevíspera de su evasión a Francia, con la barba rastrojera, los trazos consumidos y las gafas a media nariz, parece un esqueleto ajeno. Por el contrario, de cuerpo presente y envuelto en la bandera de la República en la cama de Collioure, se diría que aquel miércoles de ceniza recobró su verdadera identidad y vino a rejuvenecerse de improviso.

Después de enterrarlo, José encontró unas notas, olvidadas en un bolsillo de su gabán. Había apuntado el arranque del conocido monólogo del príncipe de Dinamarca. Ser o no ser, que ésta es en verdad la única cuestión de los mortales. Dormir, tal vez soñar. Piensa Hamlet en qué sueños pueden aguardarlo, cuando se despoje del efímero caparazón de la vida. *Must give a pause.* Todo induce a una larga pausa. Punto y aparte.

Llegada la hora, murió con escueta nobleza. Me pregunto si en tanto repetía aquello de *merci, madame; merci, madame,* se dirigía a su hospedera en Collioure, la señora Quintana, o a la propia muerte. En todo caso, *madame* Quintana lo comprendió perfectamente y años después lo describía a la perfección. *Il était un grand homme. Il savait souffrir.* Era muy grande porque aprendió a padecer. También escribir es sufrir en España, según sabio proverbio de Mariano José de Larra, el suicida. Usted fue con Bécquer uno de los mayores poetas del siglo XIX, aunque sus mejores poemas se publicarían en el XX. En realidad, Bécquer, otro sevillano fallecido cinco años antes de que usted naciera, hizo una poesía más propia de nuestros tiempos y anticipó el surrealismo, que usted despreciaría.

Si no creía en el surrealismo, creyó en Cristo porque también creía en el diablo. Con el demonio fue a toparse en torre Castañer, de acuerdo con el testimonio de su hermano. Corría el último invierno de la Guerra Civil y al frío se añadía el hambre. Igual que en Rocafort, trabajaba hasta el alba, envuelto en su viejo gabán y con las piernas arropadas en una frazada. Respetuosamente lo velaba José. De improviso se apareció un perro, salido de la nada. Era tan negro como el que vio Goethe, cuando se apercibía a escribir el primer *Fausto.* Cruzó por la estancia y se desvaneció en las sombras heladas. Usted dijo que acababan de encontrarse con Satán.

Si usted no pudo soslayar la confrontación con el rey de los infiernos, tampoco evitó Cristo su divina identidad. Tanto le impedía y agobiaba que para liberarse quiso morir por nosotros. Si una mañana vuelve a la tierra, por pura cortesía nos abstendremos de mencionarle su deidad, aunque venga a anunciar el término del tiempo y el juicio final. Aquel Cristo suyo, o de Juan de Mairena —no abandonado por el Padre como el del Evangelio de san Mateo o el del idiota Blasillo, en *San Manuel Bueno*, sino en cierto modo redentor del propio Padre—, me recuerda al pantocrátor de Taüll en su mandorla. Y discúlpeme si ni muerto sabe usted de quién le hablo, porque nunca mostró mayor inclinación crítica hacia la pintura.

También en otros aspectos, me recuerdan su pensamiento y su poesía algunos rasgos paradójicos del románico catalán. Aseguraba usted que antes de crear el ser, Dios concibió la nada —«la sombra: la pizarra oscura»—, sin la cual no existiría el firmamento. Pienso ahora en el baldaquín de Sant Martí de Tost, de principios del siglo XII, donde el *Maiestas Domini* —Cristo proclamándose la luz del mundo— surge en su almendra mística sobre un fondo de tinieblas azuladas, que no serán sino la sima del no ser. El anónimo artista adelantó una representación del vacío primígeno, que ocho siglos después usted haría suya.

En última instancia, su identificación fundamental no sería con Cristo sino con la naturaleza. Entre todos sus poemas, mis preferidos son el que encabeza su pregunta: «¿Eres tú, Guadarrama, viejo amigo?» y su «Carta a José María Palacio». Escribe a su corresponsal desde Baeza porque Soria —la ciudad antes amada con tanto fervor— se le hizo insoportable después de la muerte de su esposa, Leonor Izquierdo, el primero de agosto de 1912. Ella falleció tuberculosa a los diecinueve años, cuando usted ya frisaba los treinta y siete, mes y medio después de la aparición de *Campos de Castilla*. Aquel mismo verano solicitaría el traslado a Baeza y debieron concedérselo de inmediato, porque al otro curso ya profesaba en el instituto baezano.

Todavía en Soria, en el primer desconsuelo de la viudez, no se dirige a José María Palacio sino a Dios. Lo culpa de arrebatarle lo que más quería. Aun a sabiendas de la sordera divina, pide que lo escuche y acusa de haber obrado su omnipotente voluntad contra la suya, de pobre mortal desnudo y perecedero. En el último verso, confiesa su soledad con *el mar*: con el océano de lo eterno, sobre el que no dejan nuestras vidas sino estelas fugitivas.

Siete meses después del entierro de Leonor en El Espino, el cementerio soriano, el recuerdo de su mujer reaparece muy oblicuo y mitigado en la carta a Palacio. Finaliza marzo y en Baeza se anticipará el estallido de la primavera andaluza. Por el contrario, será aún tentativa y vulnerable en las frías tierras de Soria, debajo del Moncayo. Se pregunta en la carta si todavía hay violetas en los montes. O si ya se agostaron aquellas últimas flores invernales. Luego quiere saber de las margaritas en las zarzas. O si serpollan los ciruelos y se abren los lirios y rosales. O si trepan los furtivos por el monte, arropados en sus capas pardas. Al final, casi como un pretexto, evoca a Leonor sin nombrarla. Pide a Palacio que le lleve un ramo de rosas al alto Espino, «donde está su tierra».

En «¿Eres tú, Guadarrama, viejo amigo?» habla a la sierra, mientras trota por sus breñales y se adentra en sus bosques. Al igual que antes Dios, tampoco le responde el Guadarrama; pero usted casi se desentiende de su silencio. Pregunta a los peñascos si son los de la cordillera azul, que tantas veces había contemplado desde su ventana madrileña. Con aquellos recuerdos solapados en su interior, penetra por pinares y robledos al paso lento de su montura. Concluye que «Mil Guadarramas y mil soles vienen,/ cabalgando conmigo a tus entrañas». Resulta sencillamente prodigioso su traslado poético del criterio de Bergson, acerca de un tiempo intuitivo y humano por oposición al lineal y racionalista.

Bergson definía el tiempo como una suma de estados irreversibles. Para usted, vendría a ser todas sus visiones del Guadarrama y sus correspondientes memorias, bajo cada uno de los soles que las alumbraron. La serranía por donde penetra se convierte en una tácita metáfora poética del mar de la eternidad. Aquella cordillera, nueva transposición de la muerte, lo acoge con todos sus recuerdos en la perpetuidad de sus entrañas.

Pero si el tiempo tiende a menguar, también desmedra y se encoge esta carta. Antes de terminarla, quisiera volver a su profecía al término de la Guerra Civil. Supongo quiso decirle a Ehrenburg que dudaba de haber perdido la contienda en el tiempo bergsoniano, aunque aceptaba la derrota en el histórico. Querría identificarse entonces con la República cuya bandera le serviría de mortaja en Collioure. La misma que afirmaba haber proclamado en Segovia, en abril de 1931. En hecho de verdad y al menos en este particular, mantengo dudas que espero sepa perdonarme. Siempre pensé que aquello era media falacia y usted pretendía semejarse a su maestro Unamuno, quien sí la proclamó en Salamanca como es sabido y yo volvía a recordarlo en mi carta.

El 14 de abril de 1937, en el sexto aniversario de la República y en plena Guerra Civil, hizo una triple división ideológica del régimen. Hubo a su ver dos etapas en la República, desde la proclamación en primavera de 1931 —cuando, en su recuerdo al menos, las chiquillas cantaban en Segovia: «La primavera ha venido y don Alfonso se va./ Muchos duques lo acompañan/ hasta cerca de la mar./ Las cigüeñas de las torres/ quieren verlo embarcar»— hasta la disolución de las Cortes Constituyentes. Vino entonces otra República en la República, que terminaría con el triunfo del Frente Popular. Entreverados se vivieron breves Gobiernos, que usted llamaba de pura picaresca y no quería calificar de republicanos.

En su sexto aniversario, una *Tercera República*, salida de las urnas con el ascenso del Frente Popular, vivía horas que llamaba trágicas, heroicas y gloriosas. Su porvenir «nos inquieta y apasiona». Escogía eufemísticas generalizaciones, en tanto consideraba el futuro republicano y el desenlace de la Guerra Civil. Pero ya entonces daba la contienda por perdida, como lo sabemos por su hermano. Por mi parte, dudo que la última República nacida en la primavera trágica y cimentada con sangre en la lucha, según sus propias palabras, fuese su verdadera República.

Bien es verdad que siempre defendió la causa gubernamental, en sus escasas intervenciones públicas y en su colaboración en *Hora de España.* El 3 de octubre de 1936, en declaraciones al periódico madrileño *Ahora,* manifestaba no haber sido nunca socialista, aunque el socialismo fuera una grande e ineludible esperanza. Luego se refería al viejo concepto de «la revolución desde arriba», puesto en boga por Antonio Maura. La revolución, replicaba usted, no podían hacerla los ancianos sino el pueblo desde abajo y siempre sería obra de la juventud: «Una juventud sana y enérgica; capaz de mirar serenamente al mañana; una juventud realmente joven».

Muere el escultor Emiliano Barral, en el frente de la Casa de Campo. Había esculpido aquella cabeza suya, que se conserva en el archivo de Burgos y acaso sea uno de sus mejores retratos y usted lo elogia sentida y arrebatadamente. Capitán de las milicias de Segovia, cayó Barral defendiendo Madrid frente a los traidores, los mercenarios y los extranjeros. Más tarde, ya en Rocafort y en uno de sus artículos garrapateados durante la noche, que un pulido pendolista como José copia al amanecer, escribe que Roma defiende a Cristo, «como quien defiende la ternera para la vacuna». En cambio, Moscú se inyecta a Marx. «Pero cuando triunfe Moscú, no lo dudéis, habrá triunfado Cristo.»

El primero de mayo de 1938, la subsecretaría de Propaganda publica en *La Vanguardia* de Barcelona los trece puntos del doctor Negrín, sugeridos por el periodista americano Louis Fisher: «Fines de Guerra de la República española». A usted le encargan el comentario al duodécimo punto: «El Estado español se reafirma en la doctrina constitucional de renuncia a la guerra como instrumento de política nacional. España, fiel a los pactos y tratados, apoyará la política simbolizada en la Sociedad de naciones, que ha de presidir siempre sus normas». Se culpa a sí mismo, por el desapego ideológico que mantuvo en su juventud. No veía entonces sino malas artes, necedad y vacío, en la política de la Restauración. Pero ahora comprende que la política es una actividad esencialísima, «de vida o muerte para nuestra Patria». Por prescindir del imperialismo, defiende contradictoriamente la Constitución de 1931 y la conquista de América, puesto que incorporó parte de la geografía universal a la historia. Al final claudica y se niega a seguir, porque a otros les corresponde comentar los restantes puntos.

Ilya Ehrenburg cuenta haber oído a Manuel Tagüeña, el licenciado en físicas que mandaba el XV Cuerpo de Ejército, leer su soflama a los soldados del Ebro. «La España del Cid y la España de 1808 os reconocen como a sus hijos.» Según José Machado, el 22 de enero de 1939 Pere Bosch Gimpera, rector de la Universidad de Barcelona y *conseller* de Justicia de la Generalidad —«parece mentira que a un hombre tan sabio le gusten tanto las señoras», decía Lluís Companys de Bosch—, les urgió a emprender la huida a Francia aquel mismo día. Aún tuvo tiempo de redactar su último artículo, un elogio del general Vicente Rojo, que recogería un ciclista del ministerio de Defensa para llevarlo a *La Vanguardia.*

De ninguno de aquellos escritos se volvió a tener noticia. Pero se conserva su discurso a las Juventudes Socialistas Unificadas, que de hecho eran comunistas, del primero de mayo de 1937. Declaraba allí no ser marxista ni haberlo sido nunca. «Mi pensamiento no ha seguido la ruta que desciende de Hegel a Carlos Marx.» Se resistía a creer que el factor económico fuera el más esencial y el motor de la historia. Sólo veía en el socialismo una forma de convivencia, basada en el trabajo y la abolición de los privilegios clasistas.

También en su carta a María Luisa Carnelli, el 19 de noviembre del año siguiente, reiteraba su falta de filiación política. A los tres días añadiría en *La Vanguardia* que su ideario se reducía a aceptar la legitimidad de cualquier Gobierno, elegido por el pueblo. Apoyó a la República como libre expresión de la voluntad nacional. Si hubiese venido de un golpe de fuerza, se habría opuesto a ella.

Aquella era su República y la de la bandera que arroparía sus despojos. Una «República de trabajadores de todas clases», como rezaba la Constitución de 1931 a demanda de Largo Caballero. Años atrás semejante expresión se me antojaba una hilarante paráfrasis de Marx por voz de un marxista, el propio Caballero, que nunca tuvo tiempo de leer *Das Kapital.* Hoy en día, después de haber visto escorar el país entre la corrupción y la incompetencia, a la salida de una interminable Dictadura, aquel principio de la Constitución desaparecida me parece tan dignificado por la muerte de la República como los trazos de don Guido o de usted mismo, de cuerpo presente en Collioure.

Si al profetizar una póstuma y humana victoria republicana aludía al fracaso final del franquismo, acertó con treinta y siete años de antelación: los mismos que median entre su patética agonía —*merci, madame; merci, madame*— y la horripilante muerte de Francisco Franco. Como ya creo haber dicho en la carta al segundo Generalísimo, pasó su régimen y nada queda del franquismo, como no sea el Valle de los Caídos y la Seguridad Social. Conste que hablo *more berkeliano,* aunque el obispo idealista George Berkeley, tan denostado por Lenin, tampoco sería uno de sus pensadores preferidos. En otras palabras, sólo me constan aquellas obras a través de sensaciones y testimonios ajenos, porque jamás estuve en Cualgamuros y como residente español en el extranjero, tampoco me beneficié de la Seguridad Social en mi entera vida académica.

Paseando por la Real Academia de San Fernando las soledades de donde vengo y adonde voy, como diría su venerado Lope, la semana pasada pensaba en la carta que le dejé hilvanada en Barcelona. Irreparablemente fui a ensimismarme ante los cuatro retratos de Godoy en aquel museo. Hablo de su vera efigies juvenil, por obra de Agustín Esteve; el busto labrado en mármol por Juan Adán y reproducido de perfil, al hilo de largos años, en la estela que vela sus despojos en el Père Lachaise; el prodigioso cuerpo entero que le pintó Goya después de la Guerra de las Naranjas y el óleo, un poco posterior, de Antonio Carnicero, donde ya luce el fajín azul de capitán general de todos los Ejércitos.

No pude por menos de concluir que si aquello era cuanto restaba de nuestro primer Generalísimo —aparte de la litografía de Domingo Valdivieso, que Isabel y Rafael Borràs me habían regalado generosamente en 1992—, siempre sería tanto como la Seguridad Social y desde luego mucho más que el Valle de los Caídos. A fuer de verdad, también nos legó don Manuel Godoy la presente Monarquía que Dios guarde, como lo recordaba en mi respetuosa carta a don Juan Carlos de Borbón. A usted, quien escribió en *Campos de Castilla* que una España bostezante sucedía a otra moribunda, le admiraría que fuese aclamado al trono un Soberano que había asegurado no reinar nunca, en tanto viviera su padre, si éste no renunciaba a los regios derechos en su hijo como por veces lo hizo Carlos IV en el Deseado. La primera para salvarle la piel a Godoy; la segunda por un plato de lentejas, que recortado, con demoras y a escondidas le pasaba Fernando VII en el destierro romano, como ya sabemos.

Mientras en el país iba de boga el pegajoso pasodoble «Las habas verdes», que el conde de España, capitán general de Barcelona, cantaba y bailaba a solas ante los ahorcados políticos, el rey Fernando hacía la ley con el verdugo y el garrote vil, como diría un siglo después su contemporáneo Pedro de Répide. Me refiero al mismo Pedro de Répide, cronista perpetuo de la Villa de Madrid, que se creía bastardo olvidado de Isabel II y nieto carnal del Deseado. Pero también es cierto que aquel monstruo, Fernando VII y no Répide, fundó el Museo del Prado y se desvivió por dotarlo con la pinacoteca real.

Nadie entre los descendientes de Fernando VII igualó semejante hito cultural. Ni reyes ni reinas ni los cinco estadistas republicanos ni aquel dictador que les ofrecía homenajes en el Ritz barcelonés a usted y a su hermano Manuel. Ni el otro dictador, que se mantuvo casi cuatro décadas en el poder. De mar a mar, como diría usted, todo vino a empequeñecerse y a descender de cielo raso. Hoy por hoy, a los sesenta años cumplidos de su muerte en la pensión Bugnol-Quintana y a un cuarto de siglo de travesía democrática, aquí sólo queda un pueblo que no cree en nada. Una reciente encuesta del Centro de Investigaciones Sociológicas deduce que el setenta por ciento de los españoles vive desengañado de la política. Yo añadiría que al mismo porcentaje, o acaso a otro mayor, le tienen sin cuidado todos los ámbitos de la vida nacional.

Como le contaba en otra carta al maestro de Taüll, el Museo de Arte de Cataluña es un prodigioso legado de la edad media y me parece superior a los Cloisters del Metropolitan Museum de Nueva York. (Sí, claro, usted con ser usted no tiene idea, vivo o muerto, de qué le hablo.) Pero en el Museo de Arte de Cataluña toda la rotulación permanece en la nueva lengua del Imperio, que hoy soberanea en Cataluña a título poco menos que exclusivo. Léase, en catalán. Mientras, el Muy Honorable Presidente de la Generalidad y sucesor histórico de Macià y Companys, para que usted pueda entenderme, exige tratamiento de jefe de Estado y derecho a acudir a las ceremonias oficiales a un paso detrás del Rey y delante del presidente del Gobierno de España, si Franco iba a misa bajo palio. Desde Madrid se lo niegan enseguida y el Molt Honorable President calla discretamente. Otra vez será.

Además de lo achatado, impera aquí la ineficacia en todos los órdenes. El partido que realizó la transición se hundió arrastrando consigo un golpe de Estado, nunca esclarecido, en el que los conjurados ignoraban sus atribuciones de haberse impuesto aquella trama. Al menos, me digo, ambicionaba Franco a sabiendas la Alta Comisaría de Marruecos, si se imponía el Alzamiento. Así se lo comunicó a Sanjurjo en vísperas de su muerte en Boca do Inferno. Siguieron catorce años de Gobiernos socialistas, presidido por un conciudadano suyo, quien no había nacido realquilado como usted en el palacio de las Dueñas, si bien fuese sevillano. «Mi infancia son recuerdos de un patio de Sevilla,/ y un huerto claro donde madura el limonero.»

Si usted confesaba en plena Guerra Civil no ser marxista, también el señor González se declaró ajeno a aquella filiación antes de alcanzar el poder, como ya sabemos por la carta a Pablo Iglesias. El Partido Comunista de España profesó de «eurocomunista», en los últimos tiempos políticos de don Santiago Carrillo, como lo llama el Rey, y luego de «no leninista». Dolores Ibárruri acuñó una descripción del eurocomunismo que encantaba a Stanley Payne, un hispanista americano de derechas. «Lo del eurocomunismo está muy claro. Es comunismo en Europa y sanseacabó.» Por razones que en verdad ignoro, le dijo Franco a su primo, Franco Salgado Araujo, que la Pasionaria era «más lista que el hambre».

El año de gracia y de Nuestro Señor de 1996, empezó a gobernar don José María Aznar, malmaridado con las minorías vasca y catalana. Desde entonces el Muy Honorable Pujol se permitió pisoteos de la Constitución a cada canto del gallo, como el conde de España bailoteaba «Las habas verdes». Abuelo del presidente del Gobierno era don Manuel Aznar, viejo director de *El Sol* como usted no ignora. En la Guerra Civil, aquel caballero estuvo a un tris de ser fusilado en Zaragoza, cuando pasó a la zona franquista. El gobernador militar de la plaza quería ajusticiarlo por haber dirigido un periódico, de tanto renombre orteguiano y liberal. Con llamadas telefónicas, tuvieron que intervenir Franco y Mola para salvarlo, cuando faltaban escasas horas para la ejecución y ya andaba desahuciado y extremaunciado. Luego fue fidelísimo historiador franquista, director de *La Vanguardia* y diplomático del Movimiento.

Don José María Aznar fue inspector de Hacienda y disfruta de la memoria que se trae el oficio, aunque sólo la use en circunstancias convenientes, al igual que lo hacen todos los Borbones según el príncipe de Talleyrand. Menudito, bullicioso y muy ciclista, oculta unos incisivos dignos de la liebre loca de Lewis Carroll, bajo un espeso bigote que dice peinar desde los dieciocho años. Al principio de su mandato, me contó un amigo de su asesor de imagen —murió usted sin haber conocido tan prescindible profesión liberal, importada de los Estados Unidos— que el consejero técnico obligaba al presidente a regirse por un despertador de pulsera e iluminar el gesto, con una sonrisa, cada tres minutos y medio.

Si España es memoria estampada en un paisaje, como decía usted en una de las dos versiones de «A orillas del Duero», la Españeta será inevitable desmemoria. Nuestro presidente del Gobierno goza de notable retentiva poética. Apenas inaugurado su mandato, visitaba a don Rafael Alberti y le recitaba poemas suyos, que el poeta casi había desaprendido. Por la misma época, proclamaba don José María Aznar su admiración por el patriotismo literario de don Manuel Azaña y admitía aun mayor respeto por modelos extranjeros de conservadurismo como Ronald Reagan y Margaret Thatcher. Lo de los poemas declamados a Alberti, me recuerda las visitas de Pedro Garfias a torre Castañer, para conjurarle poesías de *Soledades,* en tanto usted asentía pesaroso y distraído. «Muy bien, muy bien. ¿De quién son estos versos?»

Forzado a buscar apoyo en Pujol, don José María moderó o abandonó sus loas al lírico españolismo de Manuel Azaña, presidente de la República y escritor alcalaíno. Perdido el poder por las derechas en Francia, Gran Bretaña y Alemania, rebajó su discurso ideológico. Si antes lo transfiguraban los ditirambos al conservadurismo de la Europa Occidental, se dio a predicar entonces las virtudes del centro como panacea y esperanza de los pueblos.

Hace un año el mundo desconocía la existencia de Kosovo: una provincia de la actual y muy reducida Yugoslavia, todavía confederada con Montenegro. Los servios creen a Kosovo su raíz y razón de ser. Para ellos sería comparable a lo que Soria significaba para un andaluz como usted, o lo que el Prado representa para un catalán como yo. Asimismo, había en Kosovo una gran mayoría de musulmanes de origen albanés y muchos de ellos eran independentistas, fanáticos o moderados. Slobodan Milosevic, el dictador yugoeslavo, les concedió la autonomía; pero vino a retirarla con los primeros brotes de terrorismo y violencia colectiva.

Como también lo recordábamos en la carta a Pablo Iglesias, el 23 de marzo de 1999 dispuso Javier Solana los primeros bombardeos de objetivos militares yugoeslavos. Era de ver a don Javier en Washington corriendo desalado en pos del presidente Clinton, como un fidelísimo perdiguero o un ordenanza portacolas. Los ataques aéreos debían respetar los objetivos civiles. Pero, naturalmente, se devastó todo: Belgrado casi a diario y también Kosovo. Aprobada una tersa paz, cesaron las incursiones de la OTAN y el ejército servio dejó Kosovo, para que lo ocuparan las fuerzas de la Naciones Unidas. Inmediatamente, con su pretendida ignorancia o tácito beneplácito, empezó en la provincia la sangrienta persecución de los servios por los albaneses. Con razón o sin ella, diría Goya, siempre lo mismo.

Añadiría Talleyrand, el denunciante de la selectiva memoria borbónica, que las incursiones aéreas de la OTAN —tan en desacato del derecho internacional como la limpieza étnica de Milosevic en Kosovo—, equivalían a una mayúscula equivocación y eran peores que cualquier crimen, puesto que los errores políticos traen todos los crímenes. De entrada, produjeron un salvaje encarnizamiento de la persecución racial de los kosovares musulmanes, expulsados a centenares de miles. Como ya se ha señalado, la humanitaria Generalidad de Cataluña dispuso que se enseñaría el catalán a los niños kosovares, que se acogieran en el viejo Principado. Lamentablemente, llegó la paz cuando se había advertido la falta de intérpretes albaneses y se empezaba a buscarlos con el candil de Diógenes. Así nadie puede hacer patria a nivel europeo.

Alexander Soltzenitsin, quien purgó su rebelión como abanderado del anticomunismo intelectual con años de presidio en Siberia y un largo destierro en América, denunciaba desde Moscú aquellas atrocidades. Sentenció que decaemos moralmente y vamos de cabeza al abismo. No veía él ninguna diferencia entre la OTAN y Hitler, aunque tampoco supiera la solución de los problemas que afligían a Yugoslavia. Mientras, Europa hacía honor al emblema que le legó Napoleón: una vieja ramera desmemoriada. Aun sin el entusiasmo saltarín y sonriente de Solana, todos los estadistas de los países de la OTAN se inclinaron ante el Imperio, con diversos grados de servidumbre o reticencia. El Papa había protestado contra los bombardeos. Pero la Santa Sede celebró la paz.

Como de costumbre, dimos ejemplo al mundo. El nieto de don Manuel Aznar viajó a Moscú; pero el presidente de Rusia, Boris Eltsin, rehusó recibirle y se limitó a hablarle por teléfono. Pensaría que semejante hombrecillo era el eslabón más flojo, en la cadena de mandos de la alianza. «¿Vino usted a presentar disculpas por los bombardeos de Belgrado?» le preguntó malévolamente, dejándolo sin habla. De regreso a España, se resarció Aznar, fotografiándose entre los niños kosovares refugiados y desautorizando a su ministro de Asuntos Exteriores, por haber expresado tímidas dudas acerca de la eficacia estratégica de los bombardeos. Se explayó el presidente del Gobierno sobre la omnipotencia de aquellos ataques aéreos, permitiéndose una broma sacrílega. Sólo la Providencia podía haber impedido el saldo de daños colaterales o víctimas civiles, que dejó la OTAN en Yugoslavia y Kosovo. Pero la edad de los divinos portentos pertenecía al pasado. Sanseacabó.

Supongo acertaría usted en su vaticinio a Ilya Ehrenburg, cuando le dijo que humanamente acaso no había perdido la Guerra Civil. «Quizás la hemos ganado.» Las ideas y creencias que siempre sostuvo para un país más justo, ilustrado, libre y progresista, cercano a la naturaleza y distante de las timbas, los toros y sobre todo de aquella Iglesia, que pronto sería la del nacional-catolicismo, no pueden perecer ni extinguirse del todo en esta tierra, como habría dicho y de hecho dijo Lincoln de la auténtica democracia. Hasta aquí estamos de acuerdo. ¿Cómo íbamos a diferir, cuando tanto de lo poco que sé lo debo a usted y a su obra?

Ahora bien, no haber perdido y vencer son realidades distintas. Su don Guido se sentiría muy a gusto en la España de hoy: la de la Monarquía escogida por Franco; con su Parlamento mudo durante la guerra de Yugoslavia y Kosovo; sus Suárez y González; con el presidente Aznar entre la chiquillería refugiada, tocado con una gorrita al bies e iluminada con una pegatina del escudo nacional; con el señor Solana trotando detrás de Clinton, en tanto dispone o anula ataques aéreos a las órdenes de un dueño, que no es entonces el pueblo español, ni tampoco el Rey de España, sino el presidente de los Estados Unidos. El que dice basta y concluye la contienda, cuando su popularidad cae en picado en las encuestas nacionales, mientras casi todos nuestros medios de comunicación arden y llamean en sacrosanto belicismo y el pueblo pasa de la guerra, de la paz, de la política y hasta de la pegatina en la cuca gorrita del jefe de Gobierno.

Don Antonio, aunque yo no sea nadie, convengamos los dos que quien de verdad ganó la Guerra Civil no fue sino la perenne, la desmemoriada, la indestructible Españeta, la que va de los cartones para tapices a los *Proverbios* pasando por los *Caprichos.* La Españeta sometida en la apariencia a una diversidad de avatares, que determina la historia. Si bien por dentro permanece inmarcesible y verde, como los espectros de los muertos en el Ebro según Alberti. Creo que si viviera, usted se mostraría tristemente de acuerdo.

Con el mayor respeto le saluda,

Carlos Rojas

A cuatro creadores

Pablo Ruiz Picasso
En el Serendip que le deseo

Maestro y muy señor mío:

Hace veinticinco años, el cuarto de siglo transcurrido desde la muerte de Franco, Serendip y *serendipity* se pusieron de improvisada boga en la crítica literaria americana. Hizo fortuna el par de términos y hoy es casi patrimonio del hombre de la calle y el ama de casa en los Estados Unidos.

Si bien aquellos nombres vienen de un relato de *Las mil y una noches,* que en tiempos publicó el inquieto Vicente Blasco Ibáñez en su editorial Prometeo, Serendip y serendipity son aún ignorados barbarismos en el país en que usted vino al mundo y la Barcelona, donde entró en hombría, contrajo una persistente enfermedad venérea y creó de la nada su maravillosa época azul. El Serendip de *Las mil y una noches* era un reino prodigioso, donde todo ocurría a la medida de los deseos de sus ciudadanos, antes aun de que pudieran expresarlos. Asimismo y aunque nadie se haya molestado en examinar la coincidencia, también repetía usted aquello tan citado de «Yo no busco, encuentro». Frase serendípida, a fe, si nunca la hubo, que pasa por paradigmática razón de sus hallazgos artísticos.

A veces, supongo que también preferiría no haber hallado. Casi medio siglo después de marcharse definitivamente de Barcelona a París en 1904, salvo por algunos viajes indispensables —para dar el pésame a su madre por la muerte de su padre, o para introducirla a su primera esposa, la bailarina rusa Olga Klokova, como un decenio antes la presentó a su amante Fernande Olivier—, confesaría a otra de sus queridas, Françoise Gilot, que casi en la niñez contrajo en un burdel barcelonés aquella dolencia venérea, de la cual no vino a sanar sino poco antes de casarse en 1917. En otras palabras, persiguiendo el placer y la hombría en el infierno de aquellos prostíbulos —inclusive los hubo especializados en carniceras, según Romero Maura—, fue a toparse con la tenaz enfermedad y la edípica posibilidad de morir ciego, como su padre.

Recuerdo que en 1984, con motivo de la presentación de un libro mío dedicado a su mundo, mágico y trágico, contó el pintor Modest Cuixart haber conocido al boticario que en la *Ciutat Vella* le proporcionaba medicamentos, para lo que el farmacéutico describía como «unas purgaciones pertinaces y en apariencia incurables». Por inesperados caminos, vino a confirmarlo Antonio de Senillosa. Su dentista era hijo de su amigo y condiscípulo en Bellas Artes, Manuel Pallarés, quien estaba destinado a sobrevivirlo aunque usted falleció a los noventa y tres años y Pallarés le llevara otros cuatro. También el odontólogo o sacamolero conocía de pe a pa la historia de sus terrores, sus puses y su gonorrea.

La progresiva e irrevocable condena de su padre a la ceguedad, la refirió usted a Rafael Alberti y él la cuenta en el segundo volumen de *La arboleda perdida*. Tanto se agravó la miopía de don José Ruiz Blasco —apodado en Málaga *el Palomero* porque abrigaba una absorbente pasión por la pintura de pichones y palomas, aunque fuese más bien indiferente para otros temas—, que en La Coruña, donde usted consumió los últimos días de la niñez antes de desembarcar en Barcelona, tenía que perfilarles las patas a aquellas aves porque a su padre ya no le daban los ojos para tanta precisión.

También en La Coruña o acaso en Barcelona, en otoño de 1895, como usted lo confesaría mucho después a Jaime Sabartés, le dijo don José Ruiz Blasco: «Hijo mío, ya no tengo nada que enseñarte. Desde hoy renuncio a la pintura». Como lo apunté en aquel libro dedicado a su mundo mágico, mítico y trágico, cualquier paráfrasis de semejante abdicación se me antoja estremecedora. Después de imponerle el asunto y sentido artístico de *Ciencia y caridad* y *Primera comunión*, dos cuadros de 1896, el hombre que lo concibió admitía su incapacidad para orientarlo de forma didáctica, aunque no abandonara el derecho a dirigir su porvenir profesional. Al mismo tiempo, renunciaba a su antigua vocación porque estaba perdiendo la vista.

De nuevo me parece que fue a encontrarse con todo lo opuesto a lo que su padre le ofrecía. En vez de dispensarle un extraordinario favor con su renuncia, su progenitor carnal y maestro lo transformaba en un hijo de nadie —un bastardo o *enfant adulterin*, como al transcurso de los años constarían los hijos que tuvo de Françoise Gilot, Paloma y Claude, en un juzgado de París—, puesto que el pintor que reniega de la pintura comete el primero de los pecados capitales. Se emascula, niega y aliena como creador. Desde su propio criterio, supongo que el paradójico deber de un artista invidente sería proseguir su trabajo en las tinieblas, como el protagonista de *The Moon and Sixpence* —una versión ficticia de la vida de Paul Gauguin, según William Somerset Maugham— sigue pintando ciego y leproso en la novela.

No obstante a nadie se sentiría más próximo que a su padre en la adolescencia. Unidos permanecían a través de las tinieblas, que se cernían sobre don José, y la sobrecogedora amenaza de su propia ceguera. En el Museo Picasso de Barcelona, entre el conjunto de pinturas y dibujos que allí dejara en 1904 para donarlos a la ciudad en 1970, en póstumo homenaje a Sabartés, tres autorretratos suyos al óleo, pintados entre 1896 y 1897, resultan particularmente significativos.

En dos de los cuadros, es todavía un niño de indecisas facciones, como lo era en la fotografía que le hizo su condiscípulo Ramón Riu Doria, a poco de llegado de La Coruña. Por cierto, vi aquella foto en 1997, en la exposición del MOMA neoyorquino *Picasso As A Portraiturist*, «Picasso retratista», con el apellido de Riu Doria equivocado. Hace años, me desapareció de su museo en Barcelona donde solía encontrarla. En el tercer autorretrato, le dio por tocarse con una peluca de petimetre dieciochesco, acaso para cubrir el cráneo al rape. Los trazos se le endurecieron y afirmaron. Llenos de luz pero cruzados de indefinida tristeza, los ojos grandes y renegridos —los ojos de la tía Pepa, en su maravillosa tela de verano de 1897, y de todos los Ruiz salvo su padre— posiblemente reflejan la mirada de quien ya vive despavorido por la ceguera.

De su tela de la tía Pepa, que usted contaba haber empezado y concluido a los catorce años en Málaga, mientras entraba y salía para jugar en las pausas con sus amigos en la playa, dijo Juan Eduardo Cirlot que era uno de los mejores retratos de toda la pintura española. Uno de su biógrafos, Patrick O'Brian, cree que tan rotunda afirmación poco tiene de extravagante. Puede extenderse y aplicarse a muchas vera efigies, que hizo de su padre en la niñez y la adolescencia. Muy especialmente a las cuatro obras maestras en tinta, lápiz conté y acuarela que encabezan la segunda sala de su museo en el palacio Berenguer de Aguilar, junto con algunas de las pruebas de diseño al natural, técnicamente increíbles, que realizó para el ingreso en Bellas Artes a los trece años.

Los ojos de don José Ruiz Blasco, tan excepcionalmente azules y delgadísimos en la familia, se hunden y entrecierran en casi todos los retratos. En ocasiones, su padre apoya la mejilla en la palma de la mano abierta. Su mano es fuerte, larga y huesuda. «En la mano se ve la mano», decía don José de los verdaderos artistas según su propio testimonio. Parece la mano de un modelo del Greco, aunque su padre veneraba a Velázquez y aborrecía a Doménikos Theotokópoulos. No será ésta la sola contradicción en aquel hombre, devastado por el pesar y la nostalgia. Usted mismo ha contado cómo desde 1891, el año en que la familia se trasladó desde Málaga a La Coruña porque don José había perdido uno de sus dos empleos, como subdirector del Museo Provincial, su padre era un ser destruido. En La Coruña únicamente salía de casa para profesar y regresaba en cuanto concluían las clases. Él, siempre tan atildado como un inglés a juicio de Sabartés, aunque Sabartés no lo conociera todavía, pasaba las horas muertas en pie y a solas detrás del balcón, contemplando los pespuntes del chirimiri o la caída gris e inacabable de los aguaceros gallegos.

Con la ceguera y la muerte como certezas inapelables, otra frustración acompañará a su padre hasta el fin de su vida. Si escapa de La Coruña y se desplaza a Barcelona, permutando puestos con un colega, lo hace con el propósito de afincarse luego en Palma de Mallorca, donde los cielos y el sol son más parecidos a los de Andalucía. Pero en Barcelona atraca y se embarranca. Allí le tocará morir, meses antes de la Primera Guerra Mundial, después de haber sepultado en La Coruña a su hija menor, Conchita, la única que guarda un notable parecido físico con él, fallecida a los siete años entre molliznas grises, entreveradas con chubascos y vendavales mareros.

Para colmar las desdichas, en los últimos años de su padre —o por mejor precisarlo hasta que usted se marcha definitivamente a París, en un vagón de tercera y en compañía de Sebastià Junyer-Vidal, según unas aleluyas incompletas que conserva su museo de Barcelona—, sus relaciones con don José serán turbias y enfadosas. No le cabe en la cabeza a su padre que no se procure un destino docente y persista en la descabellada bohemia. Menos aun comprende aquellas obras señeras del periodo azul, donde la influencia del Greco era tan manifiesta que el enojado don José ni acierta a reconocerse como modelo de sus pinturas.

Con todo y aunque nunca se haya reunido una exposición dedicada a usted y su padre, al menos para mi conocimiento, sus diferencias en Barcelona no desdicen ni descartan los soberbios retratos, que hizo del antiguo Palomero a partir de su llegada a la ciudad y la renuncia de don José a la pintura. Aun ahora, cada vez que visito su museo en los palacios de la calle Montcada, me abruma por inimaginable la idea de que un rapaz de trece o catorce años, entrado en la hombría casi sin pasar por la adolescencia, expresara de manera tan profunda y magistral la desolada soledad de su padre.

No me refiero a una sino a dos soledades. Lejos de Málaga, mientras la ceguera teje sus sombras entorno suyo, don José se siente cada vez más aislado y afligido. Su alienación pronto se extiende a toda la familia, en el hogar del desterrado. En una tabla diminuta, su madre se abstrae en la lectura del periódico, bajo la lámpara del techo. Desentendido de usted y su esposa, su padre calla y se ensimisma con la palma abierta debajo de la mejilla. Acaso sea ya incapaz de leer aunque en otro dibujo, posiblemente de invierno de 1897, pasea por Barcelona arropado en un largo gabán con la revista satírica *Gil Blas,* plegada y asomando por un bolsillo.

La otra soledad, la más significativa, será la interior. Me refiero a la que discurre o se precipita alma adentro, a través del espejo oscuro de san Pablo o la noche tenebrosa de san Juan de la Cruz, que pronto será uno de su poetas preferidos. Mantiene su padre un silencioso diálogo con las tinieblas, cuyos términos se llevará a la tumba. No sólo heredará usted de él, de don José Ruiz, una identificación con la pintura mil veces corregida y aumentada, sino también la capacidad para encararse con la soledad interior. En la niñez o en el despunte de la hombría en los burdeles, viene a toparse con aquella íntima alienación, debajo de una lámpara casera y barata que un antiguo discípulo mío, Gabriel Ponce de León, veía como un esbozo inadvertido de la luz de *Guernica.* Una luz que en la tablilla y después en la grandiosidad del mural, sólo confirma las sombras en vez de disiparlas.

El hallazgo y la expresión del aislamiento individual, a una edad tan temprana como la suya, emplaza su obra en la más significativa tradición del arte y la literatura españoles. Frente al convencional gregarismo de la Españeta, en su perpetua mascarada, Jean Cassou —quien a veces acompañó los destierros voluntarios de usted y Unamuno en Francia— ha señalado certeramente la quintaesenciada soledad, que preside el más característico sentido creador de la literatura española. A la soledumbre de Alonso Quijano, que hará de él don Quijote porque siempre enloquece quien está solo, como diría el propio Unamuno, añadiremos en la misma generación de Cervantes la *Soledad primera*, 1613, de don Luis de Góngora.

Anotemos por nuestra cuenta que el aislamiento político y personal, agravado por la sordera sifilítica, llevó a Goya a realizar las pinturas de la Quinta del Sordo. Por intrínsecamente españolas y abismadas en la soledad del artista, de tal modo las despedazó la crítica francesa, después de traspasadas a la tela y expuestas en París que su enfurecido propietario, el barón D'Erlanger, los donó al Prado y no al Louvre retractándose de su intención original. Cada vez que evoco aquella historia ejemplar, recuerdo lo que usted repuso a Gertrude y Leon Stein cuando le preguntaron cuál habría sido su suerte de haberse quedado en Barcelona. «Me habrían llevado a la pira y quemado vivo», contestó. Tal vez no. Incomprensible pero menos cruel, la Españeta se hubiese limitado a ignorarlo y sepultarlo.

En su generación y aunque él detestara el cubismo analítico, creyéndolo una tomadura de pelo, Unamuno, quien le llevaba dieciséis años, hizo de la soledad mortal y humana el origen de su sentimiento trágico de la vida. Como ya sabemos, también determinó casi al mejor Antonio Machado: el que buscaba a su interlocutor en sí mismo para descubrir a su indispensable complementario. Pero Unamuno supo y sintió no existir soledad más aterradora que la de la muerte. O no haber mayor desamparo que el de todo ser perecedero y racional, en mitad de un universo negados de la vida, aunque también brote y se extienda la muerte desde el propio centro de la condición humana.

Fue una desdicha que no coincidiesen en este mundo. De llegar a hablarse, acaso le habría probado a Unamuno cuán próxima se hallaba su pintura del sentimiento trágico de la vida, desde aquellos retratos de su padre, realizados en su niñez y adolescencia, hasta *Les demoiselles d'Avignon* y a través de todo el periodo azul. Pero, como ya vimos, a usted y a Unamuno los precede en ocho siglos el Majestas Domini de Taüll. Aunque se aparezca en mitad de la almendra sacra y se proclame la luz del mundo, un Cristo por primera vez humanizado cuestiona allí a los cielos desde el fondo de su desamparo. Se sabe mortal; pero no le basta sentirse «un ser hacia la muerte», como diría Martin Heidegger. El alineado aislamiento del Pantocrátor dimana de la discrepancia entre la certeza de su mortalidad y su desconocimiento de quién es él y quién seremos nosotros en la tierra.

A excepción del itinerante maestro de Sant Climent de Taüll y hasta sus tempranos retratos de don José Ruiz Blasco, nadie recogió mejor que ustedes semejante sentido de íntima soledad. Parece que el encaro abierto y ascendente del Pantocrátor se funda con la delgadísima y ahondante mirada de don José. Entre los dos, usted y aquel desconocido pintor del siglo XII, el arte y la literatura españolas abren sus calas más hondas en torno del abandono humano y los interrogantes de unos seres, aislados y perdidos entre la vida y el infinito.

Yo diría que también coinciden los dos en mitad del realismo español. No precisamente el de al pan pan y al vino vino, ni siquiera el de unos bodegones como los de Zurbarán, Meléndez y Goya —el Goya de la raja de salmón fresco y recién tajado—, sino el de unos mortales condenados a contemplar de hito en hito su incomprensible condición. En este sentido y aunque no venga confirmado por otras fuentes, creo muy cierto lo que cuenta Stanley Meisler acerca de aquel cartel con la mandorla de Taüll, que supuestamente atesoró usted en su alcoba hasta su muerte.

En la tabla con el retrato de familia, o en *Guernica*, la paradójica función de la luz se limitaba a acentuar las sombras; pero en las obras más significativas de la época azul, el entrevero de claridad y tinieblas obedece a muy distintos propósitos. Así en *La vie, Los desamparados* y *La Celestina,* tres telas de 1903, una blancura mate y levemente sonrosada como las nieves tempranas al sol de otoño, parece venir del alma o el corazón de sus figuras. De esta suerte, se vuelven todavía más vulnerables aquellos abandonados y desvalidos, al igual que se doraban desde lo más profundo los burgueses de Amsterdam retratados por Rembrandt.

Pero si Rembrandt van Rijn iluminaba sus modelos con oros viejos y cobres al rojo vivo, la cándida blancura que asciende desde el núcleo o ánima de sus propios personajes, entre las ocres penumbras de sus telas, no es sino la otra muerte: la que brota como un manantial desde el centro del individuo, frente al tenebroso firmamento. Me refiero a la íntima muerte, que contemplaba resignadamente don José Ruiz Blasco al mirarse las entrañas con los ojillos azules y cegarritas.

Siempre creí que un dibujo suyo de 1898 —de la ermita de Sant Salvador en Horta, según Josep Palau y Fabre— encierra el sentido y la razón de ser de todo su periodo azul. Aquel periodo azul, que C. G. Jung interpretó correctamente, aunque por razones equivocadas y extravagantes, como un descenso a los infiernos. En el esbozo, llamado indistintamente *El final del camino* o *El ángel exterminador,* hoy en el Guggenheim de Nueva York, usted desdobla sin advertirlo, a los dieciséis años, todo el sentido teleológico de la danza de la muerte medieval. Al mismo tiempo, también sin percatarlo, anticipa el significado de la blancura en un cuadro como *La vie,* pintado cinco años después.

A partir del siglo XV, un sentido democrático e igualitario informa la tradición castellana de *la dança mortal.* Implacable, convoca la muerte a los más poderosos de la tierra. Emplaza al papa, el emperador, el cardenal, el monarca y el patriarca. Enseguida desciende por la escala jerárquica, civil y eclesiástica, sin que nadie eluda su llamada. *A la dança mortal venid los nascidos.* A veces descubren las coplas referencias carnales, donde se identifican eros y thánatos. Habla la muerte de dos doncellas, que en vano pretenden resistirse a su reclamo. *Mas no les valdrán flores e rosas/ nin las composturas que poner solían./ De mí, si pudiesen, partirse querrían,/ mas non puede ser, que son mis esposas.*

Usted adopta otra forma narrativa en *El ángel exterminador.* Dos senderos serpean colina arriba. Al fondo discurre una hilera de berlinas y tilburíes abiertos. Por otra ladera, sube penosamente un séquito de desvalidos, tarados y contrahechos, cubiertos de harapos y ayudándose con palos y muletas. «Los ricos ascienden (al edén) en carroza y los pobres a pie», dirá años después, cuando le pregunten por el significado de aquel esbozo. Pero, en la cúspide del monte, no aguardan los cielos a la doble procesión. En la cumbre, abiertas las alas en forma de guadaña, espera el ángel de las postrimerías. Su rostro no es sino el cráneo hueco y la risa eterna *—le crâne vide et le rire éternel—* que Paul Valéry veía en la parca. Y el arcángel fantasmal es del color de la lechosa, opaca blancura de la muerte en unos cuadros suyos, que todavía están por pintar.

Sobre el ángel aliabierto, el firmamento se llena de negrura aunque unos reflejos grises desgarren las sombras a trechos. Si la blancura de la muerte anticipaba la palidez de Carlos Casagemas, desnudo en *La vie*, la oscuridad del infinito, detrás de las alas a hechura de dos hoces, también refleja la implacable ceguera que se va cerrando alrededor de don José Ruiz Blasco.

En 1907 *Les demoiselles d'Avignon* replantean su pleito particular con la muerte y las tinieblas: un litigio que evidentemente había heredado usted de su padre. A varios íntimos suyos y sobre todo a Sabartés, su casi perpetuo confidente, les expuso un problema exasperante. ¿Cuándo y cómo puede dar un pintor su tela por concluida? Como muchas de sus obras —incluida *Les demoiselles*— permanecen sin data ni firma, deduzco que las creía inacabadas en íntimo conflicto consigo mismo. No se habría limitado a olvidarlas, puesto que era un fanático coleccionista y compilador de casi todo, sin desacordarse de nada. Desde viejísimas cajas de cerillas a amarillentas fotografías de

Rodolfo Alfonzo Raffaello Pietro Filiberto Guglielmo d'Antonguolla, Rodolfo Valentino, como pudo comprobarlo el fotógrafo David Duncan.

Haré mía otra cuestión, para preguntarle por dónde caen los límites de *Les demoiselles d'Avignon*: la tela que el Museum of Modern Art de Nueva York paseó por media Europa en 1987. La vimos entonces en Barcelona, a un tiro de piedra de la calle de la Mercè donde había vivido con sus padres y a otra pedrada de la calle Comercio, donde paró por última vez en el barrio de la Ribera, antes de irse a París temeroso de que algún día Cataluña y la Españeta catalana lo quemasen vivo.

Parece que mi cuestión sea una insensatez, puesto que su óleo linda en lo alto con el supuesto arranque de los cortinajes y el techo de la mancebía. A levante y poniente, los límites laterales de *Les demoiselles* coincidirán con los pliegues de aquellas cortinas azules, grises, blancas y de un ocre al borde del rojo veneciano, que entreabren la sala mayor de un burdel de la calle Avinyó o Avignon.

Evidentemente, se trata de un prostíbulo aunque algún crítico se empeñe en negarlo. La identidad de la ramería la sentó usted mismo, cuando le dijo al doctor Jacint Reventós i Conti que *Les demoiselles* se inspiraba en una casa de señoras, o señoritas, de la que se servía en Barcelona con su padre, el doctor Jacint Reventós i Bordoy: aquel a quien retrató al carboncillo en su primera exposición barcelonesa, la de *Els Quatre Gats,* en 1900. Habida cuenta de que Reventós i Bordoy se inició en la práctica médica como ayudante del doctor Miquel Fargas, en su cátedra de ginecología, aunque luego se haría tisiólogo, resulta patente la identidad del estudiante de medicina, varias veces aparecido en los apuntes de aquel cuadro, antes de que usted decida omitirlo en la versión final de la vasta tela.

También se da por sentada y a punto fijo la respuesta a mi pregunta anterior. *Les demoiselles* linda con las tinieblas. Un firmamento de lobreguez interminable, absoluta negación de la existencia humana, se abrirá a ambos lados del cortinaje y seguirá tejas arriba del lupanar, mientras se abisma por debajo de los suelos. A Blaise Pascal lo amedrentaban las distancias del firmamento: su extensión inconmensurable aun para un matemático como él. A usted lo aterraba la muerte, esparciéndose por la sombra implícita detrás de la pintura y la vida, con la sola excepción, aislada y corpuscular, de nuestro pobre mundo.

Siempre supuso que uno de los acontecimientos trascendentales de su larga existencia, acaso el más revelador, fue su encuentro providencial con las máscaras negras de la Costa del Marfil. Todo vino a ocurrir una tarde del verano de 1907 —a punto de concluirse *Les demoiselles d'Avignon*—, cuando empujó por azar una puerta del Trocadéro y fue a toparse con las salas del Museo de Etnografía. Sólo revelaría la improvisada vivencia a André Malraux y él la hizo pública, después de su muerte. Usted quería dejar aquella sala pero no alcanzaba a moverse. De improviso, comprendió por qué era pintor. O creyó no haberlo comprendido hasta aquel momento de «absoluta epifanía», o total revelación, como diría James Joyce.

Advirtió que para los sabios salvajes de la Costa del Marfil, todo lo desconocido estaba poblado de espíritus perversos, de un extremo a otro del firmamento. «Por el contrario, las máscaras negras eran *intercesseurs*, mediadores nuestros frente a lo ignorado y al propio espíritu del mal.» También se percató de que la única forma de combatir aquellos espíritus —la ceguera, la muerte, el universo deshumanizado— era imitar su estampa destructora y exorcizarlos en una máscara tallada. Aunque no lo confesase de manera explícita, cabe que aquella misma tarde pintara las horrendas carátulas del par de figuras a la derecha de la tela. No obstante, también enmascaró a semejanza de ciertas esculturas ibéricas a la mujer que permanece a la izquierda del espectador. De manera significativa, obstinado en conjurar la amenaza de la invidencia, concedió sus ojos —los de todos los Ruiz, excepto su padre— a las rameras emplazadas en el centro de la tela.

También procede *Les demoiselles d'Avignon* de dos tradiciones españolas, artísticas y literarias, que a través de eros y thánatos, lo visible y lo invisible, cuestionan la realidad y la irrealidad en el centro del ruedo ibérico. Sin olvido de los mascarones del Trocadéro, desfilan en sucesión retrospectiva por *Les demoiselles* las deformaciones de las *Pinturas negras* goyescas; el mito de don Juan, de Tirso y Zorrilla; la metamorfosis del mundo en el *Quijote* y el rastreo de los sueños antes olvidados —«¡Alguien que yo quería ha muerto!»—, que anunciaba a Bécquer la muerte ajena y a usted el aterrado presentimiento de la ceguera.

Y sin embargo, en manos de alguien muy distinto de usted, también *Les demoiselles* pudo haber sido una pintura muy diferente: a hechura de la Españeta en vez de cortada por el patrón del realismo español. Supongo que nunca se olvidaría de su contemporáneo, el pintor cordobés Julio Romero de Torres. Nació Romero en 1880, meses antes que usted y allá por los días en que lo concebían en Málaga. Falleció cuando sólo frisaba el medio siglo. Cuentan que por azar en 1907, el mismo año de *Les demoiselles*, vino a dar Julio Romero con un estilo propio y técnicamente perfecto. Desde entonces, su hacer artístico más personal se redujo a la afirmación de la mujer folclórica, como refinada quintaesencia de una Españeta, un tanto paganizada, soñadora y misticona.

Españeta pura serían *Les demoiselles d'Avignon*, en manos de Romero de Torres. De hecho, ya había compuesto él escenas parecidas. Pienso en obras suyas cuyas como *La chiquita piconera* y me asombra lo poco que separa entonces la Españeta de la verdadera España, por cuanto concierne a la temática pictórica. Confieso que tanto me subyuga la cercanía de aquellos límites que volveré a esta cuestión, cuando aquí escriba a otro andaluz, Federico García Lorca, a propósito de *Romancero gitano*.

En el prostíbulo del cordobés, desaparecerían la máscara ibérica y los mascarones africanos. Jamás se le habría ocurrido a Romero de Torres prestarle sus ojos a una furcia o para el caso a cualquier mujer. Tampoco tendríamos la sensación de hundirnos en las tinieblas eternas o perdernos en la ceguera infinita, como cuando contemplamos

Les demoiselles en Nueva York. Por el contrario, nos quedaríamos con la estampa de un delicado calendario, ilustrado con unas gitanillas desvestidas, exhibiendo castamente su lánguida y sofrenada sensualidad. Si Goya, resucitado o eterno, contemplara aquel cuadro que aquí es mi mera hipótesis, se preguntaría cómo un pintor de las soberbias dotes técnicas de Romero de Torres pudo ponerlas al servicio de semejante estética.

Les demoiselles vendría a ser la antesala del cubismo analítico. Aquel cubismo y no el sintético, que es enteramente suyo, procede de la aventura conjunta de usted y Georges Braque, que no hizo nada a derechas en cuanto dejó de imitarlo consciente o inadvertidamente. Llegaría a plagiarle mejor que nadie, sin ni siquiera darse cuenta de ello. Pronto experimentaría Braque —un normando por adopción y buen boxeador aficionado— una súbita conversión hacia su obra. No obstante, la primera vez que vio *Les demoiselles d'Avignon,* dijo aquello tan gráfico de sentirse como si le hubiesen dado a beber gasolina, para luego llevarle a la boca una cerilla encendida.

A través de una multiplicidad de perspectivas sobre muestras animadas e inanimadas del mundo alrededor —modelos vivos como sus marchantes: Ambroise Vollard, Daniel Kahnweiler, Wilhelm Uhde, o bodegones con botellas de anís, altas copas, gruesos vasos, fruteros, platos, revistas, pipas y diarios, como *Sol y sombra, Le Réveil, El Diluvio, Le Figaro;* por no decir nada de las guitarras, violas, mandolinas y contrabajos, que adquiría y atesoraba aunque fuese sordo para la música—, llegamos a otro instante de sublimación personal, semejante al que experimentara en el Museo de Etnografía. Si a cada plano o volumen del cubismo analítico corresponde un punto de vista particular, el resultado final será una renovada universalidad de la visión artística. O bien, para expresarlo en distintos términos, otro exorcismo de la ceguera transformado en una exaltación de la realidad.

Enfatiza entonces la universalidad de lo inmediato y casi siempre de lo insignificante. Se diría que en su primer cubismo, se aproxima a sus modelos materiales o éstos se le acercan. Exactamente al revés de cómo *les demoiselles d'Avignon* se agrandan y distancian de quienes las contemplamos. De aquella multiplicidad cubista de visiones y volúmenes, casi siempre en ausencia de un espacio neutro y expresada en tonos fríos y por lo común apagados —grises, ocres, azules, pardos y verdes cenicientos—, se deduce un cambio radical en su perspectiva artística sobre el hombre y el mundo.

En tanto pasea la mirada por sus obras del cubismo analítico, así sean bodegones o rincones de alguna sala de música, parece servirse de unas pupilas dotadas de múltiple visión conjunta, al igual que las de las moscas: insectos que fueron milagrosos y sagrados, en la leyenda de san Narciso de Gerona y volverán a serlo en la mitología privada de Salvador Dalí. Con esguardos y ojeadas de avispa o abeja y no con el encaro fijo, que dedicara a la muerte al ceder sus ojos a las dos prostitutas en el centro de *Les demoiselles d' Avignon*, parece haber conjurado la ceguera en cuadros como el retrato cubista de Vollard o las naturalezas muertas, llenas de periódicos, compoteras, pipas, bandurrias, grecas y collages.

Nel mezzo del camin, casi a medio camino entre *Les demoiselles* y su fallecimiento en 1973, pinta *Guernica* en 1937. Como nadie ignora, el Gobierno de la República en la Guerra Civil solicita una obra suya, para el pabellón de España en la Exposición Universal de París, y el primero de mayo de aquel año traza el esbozo inicial de una de sus pinturas más vastas y capitales, junto con *La vie* y *Les demoiselles d'Avignon.* Aquél es un borrador asombrosamente cercano a la versión definitiva del mural y mucho más próxima a ésta que casi todos los demás apuntes para la gigantesca tela.

Al final muda terminantemente el sentido temático de *Guernica*, aun después de haberla diseñado en el lienzo, dando la vuelta a la figura del guerrero muerto en primer término. Como lo ha señalado Anthony Blunt —ilustre espía soviético, erudito, homosexual y asesor artístico de Su Graciosa Majestad la Reina británica—, cabe en lo posible que le determine a mudar de propósito una miniatura del Apocalipsis catalán de Sant Sever, siglo XI, donde otro personaje recuerda al combatiente de *Guernica* y anticipa su posición definitiva en la pintura: boquiabierto, descabezado y con la cara vuelta a los cielos. Por añadidura, aquel Apocalipsis se expuso en el pabellón de España y pudo haberlo visto antes de inaugurarse oficialmente la exposición.

Nadie sabe ni por lo visto lo recordaba usted mismo, cuándo empezó a llamar aquel mural *Guernica.* Habida cuenta de que la carnicería de la Legión Cóndor tuvo lugar el 26 de abril de 1937, parece probable que de modo inadvertido pensase en el sacrificio de Guernica, cuando perfiló los primeros bosquejos. A mayor abundamiento, la mujer asomada a la ventana en el centro del primer borrador empuña allí un alto quinqué. Su lámpara pudiera referirse al roble de Guernica que sobrevivió intacto el bombardeo.

Los datos históricos de aquel experimento en terror y *blanket bombing* son mejor conocidos. El bombardeo fue apercibido por Wolfram von Richtofen, jefe del Estado Mayor de la Legión Cóndor, y el teniente coronel Juan Vigón, jefe a su vez del Estado Mayor de Mola, en el frente del Norte, monárquico, devoto muy pío y fanático germanófilo. Evidentemente, el ataque aéreo estaba aprobado por el Cuartel General del Caudillo, aunque nunca se haya reconocido. A los dos días de destruida Guernica, Franco se desplazaba a Álava para felicitar a los pilotos alemanes. Sobrevive una instantánea suya, tomada por uno de aquellos aviadores. En la fotografía, el Generalísimo sonríe plácida y abiertamente.

De manera muy apropiada, pudo llamarse *Guernica, La danza de la muerte.* Por los senderos del inconsciente creador, aquel dibujo suyo de 1898, *Los dos caminos* o *El ángel exterminador,* pasaría por legítimo precedente del mural. Así en el vasto óleo como en el esbozo acuarelado de casi cuarenta años atrás, la blancura de los muertos o de los seres que van a perecer en *Guernica* —las cuatro mujeres, el niño en brazos de la madre, el guerrero, el toro, el caballo y el pájaro: *un poulet*, lo llamaba usted en sus conversaciones con Joseph Seckler— todos tienen la tonalidad traslúcida de su antiguo ángel aliabierto, o la blancura mortal que ascendía desde el centro de sus figuras de la época azul.

No obstante, también median notables diferencias temáticas entre aquellas obras. El ángel con las alas en forma de hoces se aparecía en un rincón del diseño. Al igual que en *Los fusilamientos del 3 de mayo en Madrid,* vemos al piquete de la *Légion de Réserve* con la faz oculta mientras ajusticia o asesina a sus víctimas al filo del amanecer: la hora apropiada para las ejecuciones en los países civilizados, según lo atestigua el historiador Hugh Thomas. Por el contrario, no hay verdugos visibles en *Guernica*; sólo aquellas sombras al fondo, donde se oculta el mal absoluto como usted lo aprendió en el Trocadéro. Un mal de cuya responsabilidad, quién sabe si no seremos también nosotros, supuestos espectadores inocentes de *Guernica,* partícipes y culpables.

Apenas estallada la última contienda europea, la de la OTAN frente a la Yugoslavia de Milosevic entre el 23 de marzo y el 9 de junio de 1999, oí en los Estados Unidos una entrevista televisada con Wesley Clark, jefe de las fuerzas de la OTAN y general que pasaba por muy culto y humanista. Con ojos de espiritado y sin ningún pestañeo, aseguraba que en menos de nada doblegaría a Milosevic, destruidos todos los objetivos militares y políticos del país a bombazo limpio. Después Wesley Clark sería bruscamente cesado, en mitad del silencio oficial. Se decía que le anunciaron su forzosa dejación, una hora antes de hacerla pública y a varios meses del término convenido para el traspaso del mando, por discrepancias con el secretario de Defensa americano. Al parecer, se obstinaba Clark en multiplicar los bombardeos y apercibía una invasión terrestre, contra lo dispuesto por la presidencia de los Estados Unidos.

En aquella tragedia ignominiosa por parte de todos, al margen de las víctimas inocentes —Milosevic y sus sicarios servios, el presidente de los Estados Unidos y el secretario general de la OTAN—, dos noticias de la crónica sangrienta me hicieron pensar en usted y en *Guernica*. Una se refería a un bombardeo y la otra a un piloto de guerra. El 31 de mayo la OTAN atacó el puente de Varvarin a ciento cincuenta kilómetros de Belgrado, dejando al menos once civiles muertos y diez heridos graves. La catástrofe pudo haber sido mucho mayor, porque aquél era día de mercado en Varvarin como lo fue el 26 de abril de 1937 en Guernica.

Es de suponer que Von Richtofen, Vigón y Clark conocían sobradamente el gentío que podía aglomerarse en sus objetivos, cuando ordenaron los ataques. No obstante, semejantes operaciones suelen arroparse en el silencio y la supuesta ignorancia. Así lo declaraba paladinamente un capitán español, bombardero de la OTAN en Kosovo, don José María Alonso Martínez. A los aviadores les daban un objetivo en clave, con sus coordenadas y sus órdenes. Si de improviso y por ejemplo aparecía un tren en la mira de tiro, poco o nada podían hacer para no acertarlo. En sus cinco vuelos de bombardeo, el capitán cumplía con sus obligaciones militares y trataba de olvidar a los muertos. Pensé en otro aviador español, que participó con la Legión Cóndor en el ataque a Guernica y cuyo testimonio recogía James Cleugh, un historiador abiertamente franquista. «Sí, desde luego. La bombardeamos y la bombardeamos y la volvimos a bombardear. Y bueno, ¿por qué no?»

Supongo conocerán de oídas Guernica y *Guernica* el general Clark y el capitán Alonso Martínez, hombre de expresión muy seria y acaso melancólica, bigote ralo y perilla en forma de media luna. No obstante, se indignarían o encogerían de hombros, escépticos y despectivos, si los comparasen con Vigón o Richtofen. Sostendrían su condición de demócratas y libertadores de Kosovo, en nombre del mundo libre y civilizado. Nadie más opuesto que ellos, alegarían, a unos mercenarios que ponían a prueba la aviación militar alemana en España, como aparentemente dijo en privado Herman Göring en Nuremberg, aunque el testimonio no se haya verificado. No obstante, puesto que unos y otros mataban a salvo y con plena impunidad, bombardeando una villa indefensa o volando fuera del alcance antiaéreo, desde el fondo de las tinieblas de *Guernica,* vuelvo a preguntarme si todo hombre no será o seremos capaz o capaces de cualquier crimen. Al menos, según John Dos Passos, así lo sugería cansadamente Pilatos en el juicio de Cristo.

No puedo concluir sin recordarle dos aspecto de *Guernica,* que creo singulares y muy reveladores. Por contraste con sus modelos cubistas, los personajes del mural se alisan y adelgazan sobre las tinieblas. Se diría que la multiplicidad de perspectivas, que en cada tela o tabla del primer cubismo arropaba un magnífico saldo de volúmenes y miradas —la claridad de visión, que identificaba Ortega con la lucidez de pensamiento y el cubismo analítico convertía en un conjunto de calas y alzados— dio paso en *Guernica* a una llana concepción casi unidimensional. Si usted se liberó de su enfermedad venérea en 1917, dos decenios después se sentiría definitivamente redimido de su pánico a la ceguera. Pocas veces o acaso nunca se sabría más dueño de sus ojos y su pulso que en *Guernica.*

Si hay una segunda dimensión o perspectiva en *Guernica* será acústica y no visual. Como decía José Camón Aznar, aquella pintura es «una asamblea de aullidos». Al igual que el doble eco del descamisado de Goya, un instante antes de consumada su ejecución en *Los fusilamientos del 3 de mayo,* y de los condenados de *la dança mortal,* todas las figuras de *Guernica,* a excepción del niño muerto en brazos de su madre pero incluido el guerrero descabezado, deben gritar no ser ellos los monstruos que sus verdugos los llaman, sino seres vivos y humanos, nacidos de mujer, como todos los capitanes Alonso Martínez que los bombardean. Más o menos, así lo escribía yo quince años atrás —sin el capitán, claro, que entonces jugaría al trompo o a las canillas—, y seguiré creyéndolo mientras viva.

Pero también creo que *Guernica* es su final artístico, aunque en los últimos treinta y seis años de su existencia, pintaría más que en el primer medio siglo sobrado de su paso por el mundo. Había terminado su serindipity, la capacidad para el hallazgo sin búsqueda. No sólo no volvería a realizar una obra de las dimensiones de *La vie, Les demoiselles* y *Guernica,* sino también se perdería en exasperantes reiteraciones, cuando intentaba enfrentarse con el Velázquez de *Las meninas*. Huelga añadir que era incapaz de crear otro movimiento artístico, comparable al cubismo, que determinase la pintura del siglo siguiente como, a partir de *Les demoiselles*, vino a disponer y estatuir el destino artístico de nuestra época.

Envejeció tan mal como se adentran en la ancianidad casi todos los pintores, salvo excepciones señeras como Tiziano Vecellio y Goya. Basta comprobar la inefable y escandalosa diferencia entre *Guernica* y *Las matanzas de Corea,* 1951, para percatarlo. En los años invernales, no pintaría para reverdecer sus apremios creadores sino para saberse vivo. En este sentido, parece consecuente que saldara cuentas con sus antepasados artísticos y carnales, puesto que no lo hizo con sus hijos al morir abintestato. En *Las meninas*, 1957, transformaba a Velázquez —el padre de la pintura española que don José Ruiz Blasco le descubriría en el Prado— en su propio padre: el hombre del bigote barroco y la perilla, en su versión de la obra maestra del pintor de cámara de Felipe IV, todavía llamada *La familia* en tiempo de aquel Rey y de Velázquez.

No en vano había confesado a Gyula Halasz, el fotógrafo Brassai, que cuando pintaba o diseñaba a un caballero con barba retrataba a su padre muerto, advertida o inadvertidamente. En su interpretación de *La familia*, don José se crece hasta el techo del taller de Velázquez, en la Casa del Tesoro de Felipe IV. A la muerte de Sabartés, en 1968, entregaría a Barcelona la entera serie de *Las meninas*. De forma casi endogámica, acogió la donación el museo que lleva su nombre, en el laberíntico entramado del casco viejo barcelonés: posible remedo o metáfora del claustro materno a través de los siglos. En un rincón de sus *Meninas* se autorretrató, devuelto a la niñez a los setenta y seis años. A sus pies su perro, Lump —un presente de David Duncan—, atestiguaba lealmente su identidad en aquel cuadro. Los Ruiz Picasso volvían a reunirse en Barcelona. La deuda con sus padres, por la vida que le dieron, estaba saldada.

Aunque nunca lo traté personalmente, usted influyó en mí como lo hicieron muy pocos artistas; verbigracia, el propio Velázquez, Goya y Salvador Dalí. Desde luego, vino a determinar mi existencia en mayor medida que ningún escritor, salvo Cervantes y Dante. Aun ahora me fuerza a rectificar el encabezamiento de esta carta. No puedo desearle un eterno Serindip en el otro mundo, cuando en éste lo perdió para siempre en 1937. Vivió y creó con mayor intensidad que cualquier otro artista en un siglo *—le siècle de Picasso*, lo llamaba Pierre Cabanne— que ya fue a desmigarse día a día nuestra espalda, según cuentan aunque cuenten mal. Su pintura no alcanzará nunca la trágica e irónica metafísica conceptista de los mejores cuadros de Dalí, *Persistencia de la memoria*, 1931, o *Aparición del espectro del sex appeal*, 1934. Pero su obra conjunta es la de un titán incomparable: el mayor que ha dado España desde Goya. Sonada es la hora de que la aurora diga basta, como escribía un poeta nicaragüense en su elogio a otro gigante. Mejor será concluir y desearle la paz sin más, la paz sin límites, sin Serindip, sin nada. En fin de cuentas, como diría Bertrand Russell, no habrá peor castigo que la vida perdurable, reiterativa e irrevocable, en el supuesto de que la conciencia artística de un pintor sea inmarcesible en la eternidad de los muertos.

Respetuosamente,

Carlos Rojas

Federico García Lorca
En la fosa común de Víznar, Granada

Maestro:

En otoño de 1997, a los sesenta y un años de su asesinato, un conjunto de amigos y devotos de su poesía —a mí su teatro se me antoja prescindible, aunque lo tenga a usted por el mayor poeta del pasado siglo— volamos a Granada desde Barcelona para recorrer los lugares de sus primeros y también de sus trágicos últimos pasos. Dirigían el viaje Ratín Roestel y Miguel Ángel Ardid y no pudo contar usted con más rendidos romeros a un infierno, hoy apagado como lo volcanes de la luna: aquel barranco de Víznar, que pasaría por el ombligo de la España más negra.

Antonio Machado, quien lo conoció circunstancialmente de niño, al visitarlo usted con su escuela en Baeza —«A mí me gustan la poesía y la música», es fama que dijo entonces al poeta de *Soledades*— debía detestar sus penúltimos poemas, los abiertamente surrealistas y aparecidos a muestras parciales en *Signo, Héroe* y la *Revista de Occidente* orteguiana. No obstante se las compuso para dedicarle una elegía, que tiraba a buena sin compararse con su avasallante «Llanto por Ignacio Sánchez Mejías», 1935. Del planto de don Antonio quedan dos versos definitivos: «Todos cerraron los ojos; rezaron:/ ni Dios lo salva». Diría luego Machado no sorprenderse de que lo hubiesen sacrificado las Escuadras Negras del comandante José Valdés Guzmán en Granada, porque aquélla era una de las ciudades más necias y reaccionarias del país.

Ignoro si Machado tenía o no razón, condenando a Granada en plena Guerra Civil. Sólo sé del gesto de sacristanesco desagrado, que puso el chófer que nos llevaba a Fuentevaqueros y Valderrubio, cuando le rogó Ratín, al salir de Granada, que nos acercara a Víznar. No queríamos omitir aquel matadero, donde sicarios de la España regoyesaca —de Regoyos pero también de Valdés, Queipo, Mola y Franco— lo habían asesinado. Se negaba en redondo el featón, con las más rebuscadas y estrafalarias razones.

Aunque tenga el genio vivo, se esforzaba Ratín por razonar con el obstinado, mientras él se mantenía en sus trece. Que la subida al paraje era demasiado estrecha para el autobús. Que también resultaba muy empinada para que la hiciésemos a pie. Que no podía esperarnos indefinidamente junto al cerro, donde tantas veces, noche tras noche, se hartaron de fusilar las escuadras del gobernador y otros incontrolados a quien nadie quería controlar, con la pertinaz puntualidad que la Brigada del Amanecer en Madrid o los comités paramilitares de Cataluña mataban por su cuenta, en los mismos días y a las mismas horas.

Me exasperó aquella reacción, tan propia de la estulticia de la Españeta. Recordé a otros bausanes, disfrazados de conserje en Barcelona, que me habían chillado en los museos, por entretenerme demasiado explicando *La tía Pepa* o el *Juicio final*, de Santa Maria de Taüll. Pensé en tanto fascista inadvertido, que moriría detestando inconscientemente la cultura y sin percatarse de su verdadera condición política. (Sí, sí, ya sé que aquí nadie se conoce.) Dije al chófer: «Usted nos lleva a Víznar y no se hable más del caso o todo esto sale en los papeles». Sin más queja ni réplica, nos condujo al pudridero de sus huesos.

En tiempos, socavaban aquella cumbre unos viejos pozos. Hoy es una fosa común, cubierta con un mosaico. La cuesta no resultó tan angosta y en declive como exageraba el chófer. O acaso lo sea todavía más, puesto que tengo la sensación de ascenderla de nuevo, como Sísifo, cuando recuerdo sus poemas. No a usted, claro, porque vivió y murió como un perfecto desconocido para mí y su suerte personal se confunde con la de millares de seres humanos, segados por Valdés como quien guadaña y cosecha.

El hijo de un antiguo alcalde granadino le decía a José Luis Vila-San-Juan: «En aquella época había un criterio muy simple. Los rojos o nosotros. Matar o ser matados». En su natural discreción, olvidaba que Valdés prosiguió sus crímenes después de dominado el Albaicín y del triunfo del Alzamiento en Granada. De tarde en tarde, atendía una súplica de amigos o conocidos e indultaba a un condenado. «No hay inconveniente. Indíqueme a alguien de la otra relación y se le sustituye.» Luego mudaba de parecer y prohibía toda clemencia.

La fosa común entre Víznar y Alfacar —hay otras, aún ignoradas, en los aledaños— refleja la hipocresía oficial de la Españeta inextinguible. Después de tantos Gobiernos democráticos de los señores Suárez, González y Aznar, en días tan líricos como el presente cuando tenemos un presidente del Consejo, que en vida de Rafael Alberti le recitaba lo de la amada mirándose en la luna, antes de que el sueño la convirtiera en espejo o lo de otra luna, descendiendo a los hornos por las chimeneas de las fábricas, inclusive ahora, repito, no hay en aquel barranco una placa, que recuerde cómo fusilaron allí al mayor poeta español de esta centuria. O acaso de cualquier otra, junto con las sombras de Bécquer, Góngora y Garcilaso.

Abundan en Víznar las citas de sus versos e inevitables pasajes de la elegía machadiana. La poesía sirve a veces de conveniente encubrimiento histórico. Pero nadie ignora ahora quiénes fueron sus verdugos y dónde lo mataron. Sólo un marciano, culto y recién desembarcado en el barranco desde su planeta, ignoraría que unos seres humanos, acaso inocentes de todo crimen antes de la Guerra Civil, inmolaron allí a otros a su imagen y semejanza. No por nada sino porque mediaba una acusación, que nadie se molestó en comprobar. De usted mismo había dicho su apresor y probable denunciante que sus versos hicieron más daño que las pistolas de los milicianos.

Detrás de una alambrada, se abría el monte bajo. Un paisaje desolado, de pardos matojos sin un árbol ni un pájaro. «¿Te imaginas lo que cruzaría por la cabeza de Federico aquella noche, en este paraje siniestro?» me preguntó Ratín Roestel. Sacudí la cabeza. Jamás podría conjeturar lo que pensaría un inocente, absurdamente sacrificado por el prójimo. Goya se aproximó más que nadie a la veraz respuesta de semejante enigma; pero la redujo a un grito inarticulado, en los *Fusilamientos del 3 de mayo*. Un aullido incomprensible —tal vez *¡Vivan las caenas!* en aquel caso—, que sólo alcanzaría a oír un sordo sifilítico como él al pintarlo.

Lorca dijo «Si muero, dejad el balcón abierto» repuse al cabo. Escalofría comprobar cuántas veces el presentimiento de su sacrificio asoma en sus versos. Se acercó Pepe García Reyes, rememorando otro poema suyo: «Aunque me han dicho/ que muerto/ no se tiene/ más recuerdo/ que el de un cielo de estío,/ un cielo negro/ estremecido por el viento». El chófer era entonces todo mieles. Del lugar de su asesinato pasamos al de su nacimiento, al igual que si rebobináramos su semblanza a través de sus paisajes. Fuimos a Fuentevaqueros y de allí a Valderrubio: La Asquerosa de sus tiempos. Una lúcida centenaria, que de niña había jugado con usted en las calles del pueblo, nos dijo: «Cuando paso lo que pasó, en casa lo lloramos *toos* porque le teníamos mucha voluntad».

De regreso a Granada, admiramos en la Huerta de San Vicente cómo había prosperado su padre en la vega. Desde la casita de Fuentevaqueros, heredada de su primera esposa, hasta una propiedad como la Huerta, que hoy es un parque dedicado a la memoria de usted. Aquel campesino enriquecido con la remolacha después de la Guerra de Cuba, terminaría en Nueva York agarrado a las solapas de Indalecio Prieto. «¡Justicia, Prieto! ¡Justicia!» Prieto sacudía la menuda cabeza sobre el obeso corpachón. «¡Cómo si yo hubiese podido dársela!»

Todo esto es otra historia, claro. Yo quisiera volver al terrible incidente que Paco Murillo o *el Niño de Loja,* el chófer de su padre, vivió la mañana del 17 de agosto de 1936, cuando ni don Federico ni Murillo tenían todavía noticia de su asesinato. Compareció el Niño en San Vicente, preguntando si su padre necesitaba algún servicio en aquellos días terribles. Allí se topó con un par de pícaros locales, *el Chato de la Plaza Nueva* y *el Panaerillo,* junto con un guardia de Asalto, Benavides, de quien no recordaba el nombre cuando refirió el encuentro a Eduardo Molina Fajardo. Era a su vez Molina Fajardo un periodista de Falange, devoto de la libertad de expresión, que moriría antes de que publicasen su reportaje *Los últimos días de García Lorca*: la mejor obra acerca de aquel crimen.

El Panaerillo, el Chato y Benavides ejercían de sicarios en la escuadra de Ramón Ruiz Alonso y Julio Romero Fuentes, jefe de Orden Público en el Gobierno Civil. Todo el mundo sabía que en el café La Granja, Ruiz Alonso y otro número de Asalto, Juan Luis Trescastro, componían cada tarde la lista de sus próximas víctimas, en tanto Ruiz Alonso tomaba su cortado largo, con un borracho o un bizcochito. Era fama difundida que cuando fue a prenderlo a casa de la familia Rosales y mientras aguardaba que usted se vistiera temblando, pidió y disfrutó Ramón Ruiz Alonso un café con leche y unas galletitas María. Para protegerse de goteos y salpicaduras, se ató una servilleta al cuello con un nudo de orejas de conejo.

Tipógrafo, católico y de la CEDA, Ruiz Alonso —*el obrero amaestrado,* lo motejó José Antonio Primo de Rivera antes de la Guerra Civil— no participaba en las ejecuciones. Por el contrario, se ufanaría Trescastro de haberle pegado a usted «dos tiros en el culo por maricón». Más delicado, Benavides se preciaba de volarle la cabeza.

Lo habían fusilado aquella mañana el Panaerillo, el Chato, Benavides y otros guardias de Asalto, destacados en

Víznar o venidos con Trescastro de Granada: Antonio Fernández Ayllón, Fernando Correa y un tal Villegas. El Panaerillo era un delicuente fichado por mechero y cortabolsas. Moriría al hierro que mataba, porque lo ejecutaron por delito común, antes del término de la contienda. Bajo la recelosa mirada de Paco Murillo, quien conocía el percal de semejante taifa, el Panaerillo presentó una esquela suya a don Federico: «Papá, harás el favor de darle al portador dos mil pesetas». Su padre las entregó enseguida y el trío se fue la mar de alegre, llevándose al Niño de Loja entre abrazos y palmadas en la espalda.

Se detuvieron en una taberna e invitaron al chófer a compartir su copeo. Si bien despavorido, Paco Murillo se abstuvo de aceptarles nada. Ceñudo lo contemplaba el Panaerillo, sospechoso de aquellos modales. Le aconsejó olvidarse de ellos, su nota y los cuatrocientos duros que acababan de recibir. La memoria de todo aquello le costaría cara, si osaba difundirla. Más comprensivo, echaba pelillos a la mar el Chato de la Plaza Nueva. Riendo, sacudía la cabeza y le mostró al Niño de Loja un paquete de Lucky Strikes, todavía sin encentar. «Lo *afusilamos* esta mañana y este paquete lo llevaba y se lo hemos *quitao* del bolsillo, después de muerto.»

Será todo hombre capaz de todo crimen. Cabe en lo posible que ésta fuese la convicción de Pilatos, cuando lo citábamos en la carta a Picasso, aunque Anatole France supone a un muy anciano pretor de Judea, absolutamente desmemoriado de Jesús de Nazareth, su existencia y su crucifixión. En consecuencia, me imagino yo, también olvidado de aquella universal y latente criminalidad humana, que Pilatos presentía en su juventud. En este sentido al menos, siempre comprendí, como creo que usted la hubiese entendido y aceptado, la cuestión que se planteaba a sí mismo el escritor M. S. Arnoni. Rescatado de un campo de exterminio nazi, delirante y casi moribundo de fiebre tifoidea, lo primero que se preguntaría al sobrevivir y recobrar la razón fue si él mismo no podía ser otro Eichmann.

Pero no todo hombre es capaz de pedirle cuatrocientos

duros a quien va a fusilar, bajo probable promesa de ser el precio de su indulto, para que los abone el padre de su víctima. Y menos aun de robarle un paquete de tabaco al asesinado, cuando todavía se desangra en caliente. Se felicitarían los tres avispados monstruos, porque las balas dejaron intactos los codiciados cigarrillos americanos y se limitaron a volarle los sesos y tirotearle el trasero los guardias Benavides y Trescastro. Semejantes refinamientos, así como el riego con manzanilla de la extorsión y el robo sacrílego, sólo serán dignos de la Españeta.

Y no toda la Españeta, ni que decir tiene. Parece inconcebible que unos delincuentes de importación como Ignacius Pollak y Gabriel Dereppe —sutiles ladrones legales, al servicio de un creso como Plandiura— incurrieran en las aberraciones de Benavides, el Chato o el Panaerillo y terminaran festejándolas en una taberna. Fuera tan descabellado atribuirles la capacidad para una forma de mal, tan burda y extravagante, como suponérsela a Antonete Gálvez o a las lánguidas modelos de Romero de Torres: versiones andaluzas de las huríes de Francisco Villaespesa o Enrique Larreta, entretejidas con bellas monjas boccacianas.

Al trío de lerdos carniceros cabe emplazarlo en un vertedero, que supere en estupidez y crueldad la peor España negra. Una Españeta cuya única y muy relativa disculpa sería el desconocimiento de sí misma. Ninguno de aquellos sicarios asalariados se sentiría un monstruo. El panaerillo y el Chato no pasarían de creerse un par de tunantes. Benavides pensaría haber prestado un sencillo y provechoso servicio al país. Ni siquiera llegaría a inquietarlo la anomalía de que él y otros compañeros de Asalto compusieran piquetes de fusilamiento con conocidos maleantes.

Nadie ha comentado conjuntamente su inmolación y la de Calvo Sotelo: los dos sacrificados por guardias de Asalto, unidos a viles delincuentes, aunque Victoriano Cuenta, quien vació su cargador en la nuca de Calvo Sotelo, contaba con un *pedigree* de crímenes en Cuba muy superior al del Panaerillo y el Chato de la Plaza Nueva. Acaso no nos atrevamos a comparar sus suertes porque usted sobrevive muerto a Calvo Sotelo, a quien el anchuroso mundo desconoce de puertas afuera.

De puertas adentro, empezamos a enterarnos de quién fue Hannah Arendt —de jovencita la amante judía de un existencialista tan proclive al nazismo como Heiddegger—, desde que le editaron la versión castellana de su *Eichmann en Jerusalén. Un estudio sobre la banalidad del mal.* La expresión hizo fortuna y hay obras enteras, dedicada a la supuesta trivialidad de los peores criminales, como Hannah Arendt creyó advertirla en Adolf Eichmann. Sería un error aplicar semejante principio a sus asesinos y creo que un testigo de excepción como Paco Murillo estaría de acuerdo conmigo.

El semanario *The New Yorker* despachó a Hannah Arendt a Jerusalén en 1961, para que informara sobre el juicio de Adolf Eichmann, después de su secuestro en Buenos Aires por el Haganah el año anterior. Apresado frente al tribunal en una jaula de vidrio, a prueba de balas y parecida a una pecera, el acusado impresionó a Hannah Arendt por inesperados motivos. Aquel hombre de traje oscuro y corbata salpicada de motas grises —préstamos de la prisión de Ramleh, donde lo ahorcarían después del juicio— desdecía con su apariencia enjuta y medrosa de los desmesurados y evidentes crímenes, que le atribuía el ministerio fiscal. Para redondear el asombro de Hannah Arendt, compareció el monstruo a las primeras sesiones sonándose ruidosamente, entre tímidos gestos y ademanes de disculpa. Estaba acatarrado.

En la versión patria y pardilla de esta feria de horrores, lo cierto es lo opuesto de lo que Hannah Arendt creyó advertir en Eichmann. Aquí no sería lícito referirse a la banalidad del mal sino al mal de la banalidad. En otras palabras a todos los males que provienen de la baja y trillada vulgaridad. En propicias circunstancias, la más perversa crueldad y la absoluta ausencia de compasión se manifiestan en unos individuos tan adocenados como aquellos guardias y los dos truhanes granadinos. Juntos cometen crímenes, que trascienden todo lo imaginable en su ruindad esencial; el robo de un paquete de cigarrillos rubios al hombre que asesinaron y el timo de dos mil pesetas, al padre de su víctima.

También usted, tan clarividente al describir el presentimiento de su muerte, bajo un oscuro cielo de estío, estremecido por el viento, se cegaba como cualquiera de nosotros frente a otros aspectos de su porvenir. En el prólogo a una edición de sus *Obras Completas*, recuerda Jorge Guillén que en 1926 —usted no solía datar las cartas y Guillén olvidaría la fecha exacta— le escribió haber resuelto opositar a una cátedra de Literatura. A Guillén le pedía cómo prepararse y qué disciplinas eran las más adecuadas para el estudio. Añadía que su padre se regocijaba con tan buenas nuevas y ofreció pagarle el viaje a Italia, con el que soñaba desde hacía tiempo.

No anticipaban ustedes entonces que nunca firmaría las oposiciones ni iría a Italia. En *Diary of a Genius*, un modesto *Diario de un genio,* 1965, rememoraba Dalí el inesperado encuentro de los dos en Barcelona, en invierno de 1935. Aquella noche cenó con el pintor, su esposa y el poeta surrealista y multimillonario Edward James, en El Canari de la Garriga, enfrente del Ritz. Congeniaron enseguida usted y James, aunque los dos habían sido amantes de Dalí. O acaso precisamente por eso. En un inopinado arranque, aquel fúcar —*el Colibrí,* como usted empezaría a llamar a James aquella noche— los invitó a los tres a veranear el año siguiente en su casa de Amalfi.

Se confesó tentado por la idea. Pero se dio enseguida a inevitables dudas y vacilaciones. Alegó que su padre padecía una seria condición cardiaca y usted, su hijo mayor, no tendría perdón si su muerte lo sorprendía en un viaje de mero capricho por el extranjero. Casi treinta años después, recordaba el artista que lo asesinaron en agosto de 1936 y su padre lo sobrevivió largos años. Se había cumplido en su caso lo que Dalí llamaba el complejo de Guillermo Tell o la inversión del freudiano complejo de Edipo. Guillermo Tell pretendía inconscientemente matar a su hijo y no asaetear la manzana. Sólo la impasibildad del niño lo mantenía inmóvil a través de la prueba y así eternizaba la memoria de su padre. La inmortalización del padre por el hijo fue muy cierta en su familia y en la de Dalí. A mayor abundamiento de las inesperadas analogías, siempre me admiró que sus respectivos padres guardaran un notable parecido y también fuesen sus homónimos.

Pero volvamos a su correspondencia con Guillén, en 1926. De nuevo le escribe usted y agradece todos sus consejos acerca de las oposiciones. Pregunta si tardará mucho en prepararse. Le urge el tiempo y necesita un puesto fijo y decentemente remunerado. «Figúrate que quisiera casarme. ¿Podría hacerlo? No. Y esto lo quiero solucionar.» Guillén no se lo imaginaría casado entonces. Era de sobras conocida su homosexualidad, aunque el prologuista la eluda en su prólogo. Hoy su orientación carnal o para el caso la de Dalí —impotente con toda mujer salvo su esposa, según propia confesión—, son únicamente objeto de la crítica literaria y artística.

Aseguraba Dalí que usted se prendó de él apenas se conocieron y supongo que su enamoramiento sería muy cierto. En una carta a Sebastián Gasch, compara a su amante con Jesucristo, si bien añade piadosamente: «¡Que Dios me perdone!». Por su parte, da a entender Dalí habérsele entregado por halagada vanidad. Pero a los dos años de su muerte, como veremos en la carta al artista, le rinde homenaje póstumo en tres obras maestras, repletas de significado ekphrástico.

Hace unos quince años, retoñaba en los Estados Unidos el estudio del ékphrasis: la relación comparativa entre el arte y la literatura. No sólo su obra y la daliniana componen un estrecho fenómeno ekphrástico, también la ofrecen sus vidas creadoras, aun más íntimamente entrelazadas. Si no se hubiesen conocido en Madrid, en plena juventud —usted contaba veinticinco años y Dalí diecinueve—, ni Federico García Lorca ni Salvador Dalí Domènech serían quienes fueron en el curso de las ideas estéticas. Tampoco sabremos quiénes habrían sido entonces, porque el tiempo es tan irrepetible como irrevocable. Pero dudo que hubiesen alcanzado la grandeza que el mundo les atribuye. Aun cabe en lo posible que ambos —muy especialmente, usted— fuesen incapaces de trascender el pintoresquismo de la Españeta.

Nunca comprendí cómo se produjo la simbiosis, de dónde vendrían uno de los pintores y uno de los poetas mayores de Occidente. También ustedes morirían sin aprehenderlo, aunque Dalí —el pintor sexagenario de su última obra maestra, *Torero alucinógeno,* 1968-1970—, se acercaría a la respuesta cabal del enigma casi tanto como se había aproximado en 1938, en el triple homenaje a su memoria. Desde luego, ninguno de sus críticos y biógrafos se planteó en serio y de manera explícita tan hondo misterio.

Si Rubén Darío no hubiese llevado siete años muerto, a la hora de su encuentro en 1923, acaso habría dicho que aquél fue un día glorioso y paradójico para el género humano, porque ninguno de los dos era un artista o un escritor prodigio. Usted había publicado un tomito en prosa, *Impresiones y paisajes*, 1919, y un poemario bajo el poco imaginativo título de *Libro de poemas,* 1921. El poemario es un imposible remedo del propio Darío, con notas de color supuestamente andaluz. Rafael Alberti, compañero suyo en la Residencia de Estudiantes —al que usted por extrañas razones llamaba *primo* o *cuñado* y a quien Dalí enviaba postales del castillo de Figueres, con una cruz en lo alto del muro y la más curiosa de las leyendas: «Por aquí mean los canónigos»—, Alberti, retomo el hilo del ovillo, se preguntaba por qué dedicaría una elegía a doña Juana la Loca, en su primer libro de versos. Un responso que arrancaba de manera tan cursi y propia de la Españeta como: «Princesa enamorada sin ser correspondida./ Clavel rojo en un valle profundo y desolado».

Acaso sólo Darío, prodigiosamente devuelto a la vida en León, Nicaragua, habría anticipado que usted, redicho imitador de sus versos, escribiría catorce años después una de las mejores elegías españolas, junto con las «Coplas a la muerte de su padre», de Jorge Manrique y el «Responso», del mismo Darío. No obstante, cuando publica *Can-*

ciones, 1924, sólo un año después de conocer a Dalí, amanece diáfanamente en su obra su concepción del hombre ante la naturaleza, que será el fundamento de toda su poética. A mi entender, al menos.

Su poema «De otro modo» encabeza el conjunto de poesías, que cierra *Canciones* y usted dedica precisamente a Alberti. En el campo de una tarde que presumo de finales de verano, queman la primera hojarasca y se anticipa el otoño. Una fogata eleva llamaradas semejantes a las astas de un venado enfierecido. La entera naturaleza vive entonces una unánime transformación, entre las apariencias y las nuevas realidades. Llamas y montes se convierten en un hosco y cornudo rumiante, tendido a través de la panorámica. Mientras, el reflejo de la fronda en el río deviene una auténtica enramada, flotando corriente abajo. Aquellas metamorfosis recuerdan un fenómeno análogo en el *Quijote*. Los molinos de viento pueden sugerir unos gesteros y lejanísimos gigantes. Sólo al acometerlos en vano y ser derribado por sus aspas, admitirá el caballero que son molinos y no titanes.

Pero si el proceso de transformación permanece siempre humanizado en Cervantes, en tanto el paisaje se altera y desfigura a la medida de los deseos de don Quijote, usted cree vivir «de estribillos de estribillos», de ecos de ecos. En la atardecida y junto a la junquera, cierra «De otro modo» con uno de sus mejores versos: «¡Qué raro que me llame Federico!». ¡Qué raro en verdad saberse hombre y por tal mero espectador del mundo exterior y ajeno a la metamorfosis del paisaje! Sus sentidos aprehenden la transmutación unánime de todo en todo —las llamas en astas, el monte en un ciervo, la brisa en un potrillo—; pero también le hacen comprender su alienación humana. Presidida por el signo de su nombre, lo apresará su identidad inmutable en tanto exista.

Los muertos se hallan sometidos a distinto destino. En «Romance sonámbulo», ha fallecido una gitana innominada y su espectro, invisible a los vivos, se mece de codos en la barandilla de un torreón y sobre un aljibe, que baña la luna. También la sombra de la desaparecida se refleja en la redonda alberca. «Un carámbano de luna/ la sostiene sobre el agua.» Verdes son su rostro y su cabellera y usted describe sus ojos como si fuesen «de fría plata». Para ratificar su ceguera, añade que las cosas —todos los elementos de la naturaleza: el bosque, el agua, la luna y los cielos— la miran aunque ella no pueda verlos. Como tampoco alcanzan a percibirla sus semejantes.

En la muerte perdura desmemoriada la gitana. Viva, solía subir a aquella atalaya para aguardar a su amante. Ahora, olvidada del ausente y asomada a la baranda, se pregunta quién vendrá y por dónde. A la ceguera en el espacio presente, se añade la invidencia en el tiempo que es el olvido. Tampoco concibiríamos a aquella mujer muerta marginada de la naturaleza, como le ocurría a usted en «De otro modo». El pelo, la cara verde, los mismos ojos de plata blanca como la luna la sumergen en el mundo natural y la hacen inseparable de cada uno de sus elementos.

Otros signos literarios componen su *Romancero*. Usted nos descubre la pena negra de los gitanos. Entre la desazón y el desespero, sufren una crisis de indentidad de la que únicamente ellos serán víctimas. Aquella pena racial nace por empatía con la naturaleza y parece venir de Andalucía la baja, la marismeña. «No me recuerdes el mar,/ que la pena negra, brota/ en las tierras de aceituna/ bajo el rumor de las hojas.»

Usted, buen conocedor del teatro clásico y contemporáneo, se introduce en su «Romance de la pena negra» de forma antipirandelliana. Si seis personajes de Luigi Pirandello comparecían en nuestro mundo, supuestamente real, en demanda de identidad humana, usted entra en su propio poema y se enfrenta a Soledad Montoya, enloquecida por su oscuro dolor que no alcanza a comprender, por ser blanco y por tal inmune a la pena negra de los gitanos. Únicamente puede aconsejarle que se bañe en el arroyo helado y deje su corazón en paz.

El irónico, el cauterio de la pena negra es la certeza de la propia muerte. En «Romance del emplazado», el Amargo cabalga insomne noches enteras, ignorando adónde va o lo que busca en su infierno. Concluye su tormento cuando un ambiguo coro griego, en versión gitana, le anuncia que dentro de ocho semanas, de junio a agosto —¡siempre agosto, el mes de su asesinato en el cercano porvenir!—, también él yacerá amortajado. Como la muerte no se improvisa, puede si quiere entre tanto segar las adormideras y pintar su nombre con una cruz en la puerta de su casa. A la postre, llegado el veinticinco de agosto, el insomnio y la pena negra del Amargo se transformarán en eterno y sereno reposo interminable.

En «Prendimiento de Antoñito el Camborio camino de Sevilla», Antonio se va a los toros, un domingo por la tarde. Lo deslumbra el oro de un limonar a la orilla del Guadalquivir. Corta los limones con su navaja y los arroja al agua. Dora así el cauce como en «De otro modo» descendía la enramada con la corriente. Lo sorprende la Guardia Civil y cinco números lo apresan, por destrucción de la propiedad privada, mientras otros recogen los limones para exprimir limonada por la noche. Vuelve usted a comparecer en su poesía y adopta el lenguaje demagógico y trufado de una Españeta, supuestamente progresista. Pregunta a Antonio por su verdadera identidad y su sentido de la honra. De ser digno de su nombre y sus mayores, le dice, «hubieras hecho una fuente/ de sangre, con cinco chorros».

Antoñito no le responde. Da por sabido que el destino de su raza es someterse a las fuerzas del orden público. En «Romance de la Guardia Civil española», aquel fatalismo lleva a la benemérita a atacar a una ciudad de gitanos —paradójica contradicción poética, puesto que la gitanería carece de capital en la geografía— y a prenderle fuego después de sembrarla de muertos. Sólo porque la ciudad estaba allí y debía ser sacrificada. Por idéntica compulsión irracional que acometen los montañeros los picos del techo del mundo y los escalan, puesto que la naturaleza vino a alzarlos en la tierra.

No obstante en «Muerte de Antoñito el Camborio» —el poema que acompaña a «Prendimiento» en función de contraste—, Antonio se bate a cuchilladas con sus cuatro primos, los Heredia, tan gitanos como él. Alternando la segunda con la tercera persona, usted establece un notable diálogo con el Camborio. Tan pronto los Heredia abandonan a Antonio, acuchillado y desangrándose a la vera del Guadalquivir, lo elogia y enaltece. Lo llama «digno de una emperatriz», aunque *la Grande Guerre* haya barrido a los imperios de Europa. También le pide que se acuerde de la Virgen en la agonía. Pragmático y consecuente, le replica el moribundo que no pierda tiempo y llame a la Guardia Civil.

Sarcásticamente, el sentido estético que indujo a Antoñito a dorar el Guadalquivir se encona en los celos homicidas de sus primos. Según manifiesta el mismo Antonio, en sus últimos instantes, los Heredia codiciaban en él lo que jamás habrían envidiado en otro gitano y menos en un blanco. Querían sus medallones de marfil, sus zapatos color corinto y aun el color de su faz, amasada «con aceituna y jazmín». Semejante impulso, criminal y codicioso, viene determinado por dos constantes igualmente oscuras: el afán estético y el instinto suicida de la raza.

Acaso el impulso autodestructor de la gitanería eche raíces en los olivares, al igual que la pena negra. El sistema establecido lo ignora o da por supuesto, con despectiva fatiga. En «Reyerta», después de una batalla campal de los gitanos, a caballo y navajazos, un juez se encoge de hombros, llegada la hora del atestado y mientras sollozan unas viejas en la copa de un olivo, como en uno de los *caprichos* goyescos: «Señores guardias civiles:/ aquí pasó lo de siempre./ Han muerto cuatro romanos/ y cinco cartagineses».

Como lo comentaba una vez con el editor de este libro, Ramón Serrano, fascina comprobar cuán cerca se halla *Romancero gitano,* una de las obras poéticas más representativas de la literatura española, de la verdadera Españeta. Tal es decir, de su propia y fidelísima caricatura. Uno se hacía cruces al pensar en unas *demoiselles* como las picassianas, si las hubiese pintado Romero de Torres. Pero no quedarían más cercanas o distantes éstas de aquéllas que su *Romance-*

ro y el mismo poemario, confiado con toda su temática intacta a Rafael Duyos: el médico y vate que terminó en cura, según me contaba Marino Gómez Santos.

En auténtica solfa españoleadora, tendríamos romances con narrativas para todos los gustos. Un niño gitano agonizaría a solas en una fragua y la luna le arrebataría el alma bailando por los cielos. Una gitanilla con el inevitable apodo de *Preciosa*, como la heroína de Cervantes, huiría del vendaval que trataba de alzarle las faldas como un fauno. A una monja, también gitana y dotada de un secreto sentido artístico, la mandarían bordar ridículos alhelíes. Obedecería aunque prefiriera un imposible realce de llanos y ríos puestos en pie, bajo un friso de soles multiplicados. Otras gitanas bajarían del monte a un mozo muerto y cosido a navajazos. Tarde o temprano, un gitanillo presentiría aquella misma muerte y pediría a su madre que avisara a los señores, tan pronto estuviera de cuerpo presente, como si hubiesen acuchillado a alguien que era alguien. No a un don nadie.

La diferencia fundamental entre el hipotético, aunque muy posible, *Romancero gitano* al modo de la Españeta y su poemario radica en el uso del lenguaje. Del mismo modo que la lengua establecía abismos sociales y raciales, entre un blanco como usted y la gitanería de sus romances. Adoptando el metro y la métrica más tradicionales, recreó el castellano poético. Para semejante logro se valió de Góngora, el surrealismo y diversas otras fuentes, sin excluir el cante flamenco y algunas experiencias eróticas, compartidas con Salvador y Ana María Dalí, a las que parece aludir el artista en la carta que le mandó destrizando su *Romancero.* No obstante, de forma inesperada y me imagino que para usted inolvidable, alababa Dalí de pasada su poema sobre el incesto de Thamar y Amnón.

Nadie, ni el Góngora de las *Soledades* ni el Alberti de *Sobre los ángeles,* alcanzó una superposición, entrevero y transferencia de metáforas, tan soberbio como el suyo en *Romancero gitano.* Se valía usted conjuntamente de la falacia poética, la empatía, la ironía, el conceptismo, la naturaleza y la sensualidad, para componer un palimpsesto de múltiples imágenes en sólo cuatro octosílabos. «Los densos bueyes del agua/ embisten a los muchachos/ que se bañan en las lunas/ de sus cuernos ondulados.» También y como ocurría con frecuencia en sus instantes poéticos más significativos, partía del habla campesina. En versión de los labriegos de la vega, los bueyes de agua eran poderosos y lentísimos arroyos, que descendían de la sierra y se demoraban en el llano a despecho de su caudal.

Su obra no concluye con su asesinato. Desde entonces se la apropiaron el mundo entero, España y la Españeta. En otro paréntesis particular, me pregunto qué pensaría usted de sus poesías cantadas por folclóricas y de algunos espectáculos que montó la Españeta en el tablado de arlequín, con motivo del centenario de su venida a este disparatado mundo. Mucho antes, a los cuatro años de su muerte, publicaron en México su *Poeta en Nueva York,* con poemas escritos entre 1929 y 1930. Indisputablemente, aquel libro póstumo es otra de sus creaciones maestras.

Meses después de llegado usted a Nueva York, se hundía la bolsa en Wall Street y empezaban a defenestrarse los banqueros, en tanto hacían cola los cesantes hambrientos junto a Central Park, mendigando una escudilla de sopa aguada de Al Capone. Aquella catástrofe, que tanto contribuyó a llevar al poder a Hitler en Alemania y al *New Deal* de Roosevelt en los Estados Estados Unidos, daría a su poesía la dimensión universal, histórica y humana que usted perseguía. Si san Juan predijo en Patmos el apocalipsis, usted lo auguró en la Columbia University de Nueva York, detrás de la verja de Broadway y entre las calles 114 y 116.

En «Danza de la muerte», fechada en diciembre de 1929, presagia el fin de la civilización capitalista e industrial, condenada por la ruina económica y su perenne violación de la naturaleza. Pronto, muy pronto, llegará desde África a Nueva York el vengativo mascarón de las postrimerías. En aquel signo fatídico, siempre vi un traslado de *The Mask of the Red Death,* «La máscara de la Muerte Roja» de Poe; posiblemente una de las lecturas obligadas en las clases de inglés para extranjeros en Columbia University. Anotaré al margen que su maestra particular de inglés en Nueva York, Sofía Megwinoff, le leía y traducía a Poe en los parques del East River.

El mascarón vendría a ser la conjunta venganza de la naturaleza por un doble pecado innatural: su destrucción bajo *the asphalt jungle,* la selva de asfalto y el delito de la esclavitud. También en el lenguaje exclusivista de su tiempo, a la vez que en su atormentada conciencia racional o inadvertida, el pecado *contra natura* por excelencia sería la homosexualidad. En cualquier caso, Nueva York parece maldita y condenada por la espesura como las ciudades despobladas de los mayas. «Que ya las cobras silbarán por los últimos pisos,/ que ya las ortigas estremecerán patios y terrazas,/ que ya la Bolsa será una pirámide de musgo,/ que ya vendrán lianas después de los fusiles/ y muy pronto, muy pronto, muy pronto./ ¡Ay, Wall Street!»

Pero su actitud frente al mundo natural cambia en los poemas, que cierran su estancia en Nueva York. En «Oda a Walt Whitman» reconoce que la vida no es noble, buena ni sagrada, al tiempo que denuncia a los homosexuales prostituidos por miseria o por dinero. Pero honra a un invertido como Whitman —valga de nuevo el lenguaje de su época—, al igual que a un símbolo paterno, «con la barba llena de mariposas». Por añadidura, asume plenamente su propia homosexualidad y proclama su postrera y total identificación con la naturaleza.

Habla a Walt Whitman, el poeta de la democracia americana fallecido en 1892, y le dice que él buscaba un desnudo como un río. «Toro y sueño que junte la rueda con el alga,/ padre de tu agonía, camelia de tu muerte,/ y gimiendo en las llamas de tu ecuador oculto.» Concluye con la esperanza de que el aire oscuro de la noche más honda ahorre al viejo Whitman las flores de papel y las letras pintadas a su memoria, mientras un niño negro anuncie a los blancos del oro la llegada del reino de la espiga.

En «Grito hacia Roma», emplazado en la torre del Crysler Building, su cristianismo, nunca demasiado oculto, aflora en un canto al triunfo de la naturaleza. Pero ataca a la Roma de Pío XI con furiosa hostilidad, que habría celebrado Dante: el más cristiano y anticlerical de los poetas. Entre los moribundos, los cuchillos y la dinamita, el Pontífice, un hipócrita de manos traslúcidas, repetirá en vano la palabra amor «hasta que se pongan de plata los labios». (Impensadamente, casi regresa a la imagen que describía a la gitana muerta en *Romancero gitano*.) Pero profetiza que todavía dará Cristo agua al sediento y proclama la voluntad de la tierra, que a todos ofrece sus frutos.

En marzo de 1935, ya de regreso usted a Madrid, publicaría José Bergamín su «Llanto por Ignacio Sánchez Mejías». A no dudarlo, lo leería Dalí antes de dedicarle su magistral interpretación de aquel poema en *Torero alucinógeno.* Fue una pena que críticos de la obra daliniana de la talla de Luis Romero y Dawn Ades no pidieran al artista una descripción verbal de su elegía, cuando les dijo que el torero era usted y los demás amigos muertos. Pero, en fin de cuentas, todo ello excede esta carta e incide en la siguiente: la que escribiré a Salvador Dalí. Lo que podía y debía decirle ha concluido. Y ésta es la última vez que me aproximo a su recuerdo y su obra. Vaya, así lo supongo aunque no pueda prometerlo.

Respetuosamente,

Carlos Rojas

Salvador Dalí Domènech, marqués de Púbol
En su Teatro-Museo

Marqués:

En la *delma* del castillo de Púbol, sitio de entrega del diezmo de los antiguos arrendatarios, que usted convirtió en cripta, yace desde 1981 su esposa Helena Ivanova Diakanova, universalmente conocida por Gala y también Gala Diakanova de Grindel, antes de su divorcio de Paul Éluard o Paul Grindel, de nombre natural. Recién fallecida en Port Lligat el 10 de junio de 1982, la llevaron al castillo para enterrarla, a escondidas y al amparo de la nocturnidad. En la misma cripta y junto a su sepulcro se abre otra fosa, vacía y cubierta con una lápida desnuda.

Con Pilar Vilà y José Pedro Vallhonesta —los amigos que nos acompañaron a mi mujer y a mí por la grotesca e imposible ruta, que debía seguir Macià desde Prats de Molló a Molló—, contemplábamos, admirados y escandalizados aquellas dos lápidas, en julio de 1998. Parecíamos destinados a tropezarnos con mudos e inopinados testimonios de la Españeta más palmaria, a la par que hasta cierto punto regoyesca, desde el Vallespir a Púbol en el bajo Ampurdán.

Como usted supo en vida, en 1368 Gispert de Campllong, tesorero adjunto del Rey Pedro o Pere IV de Aragón y Cataluña, adquirió el castillo y su capilla adjunta, construidos quince años antes sobre una vieja fortaleza. Señor de horca y cuchillo, Campllong era un monstruo autorizado a ajusticiar a cualquiera de sus vasallos, hasta que los vecinos elevaron una protesta colectiva al Soberano. A la muerte del déspota, su viuda —doña Sancha o Sança— se recluyó en Púbol y hizo construir el hermoso ventanal del patio, que usted mismo restauraría en 1968. Tres calaveras decapitadas, que habrían maravillado a Émile Verhaeren tanto como arrebolaba a Dante la Trinidad al final de su *Commedia,* duermen en el muro del palacio sin que nadie sepa por qué ni desde cuándo.

Cuando el 23 de enero de 1989 falleció usted en la Torre Gorgot —adjunta a su Teatro-Museo y rebautizada Torre Galatea—, el entonces alcalde de Figueres, Marià Llorca, aseguró que poco antes de morir había pedido que le diesen sepultura en su museo. Entre otras razones, me imagino, por motivos de simetría biográfica, puesto que vino al mundo en el número 20 de la calle Monturiol de aquella ciudad, capital del Alto Ampurdán, casi a un tiro de piedra de Torre Gorgot.

Cuando rindió el alma, Arturo Caminada, su devoto chófer y antiguo amante de Gala, acababa de cursar órdenes para que apercibieran el sepulcro, todavía hoy vacío en Púbol, junto a la lápida de su mujer. Pronto tuvo que desdecirse Caminada, sintiéndose engañado. Aunque en los últimos meses de su larga agonía nadie comprendiera sus balbuceos, se acató el testimonio del alcalde como letra de la ley. Talmente igual que si el Marià Llorca fuese el señor de Campllong o por sus labios hablase la lengua de fuego del Espíritu Santo.

Llevaron sus despojos a la vecina iglesia de Sant Pere o San Pedro para un servicio religioso, puesto que en aquel templo lo habían bautizado. Nadie se molestó en comentar que usted fue siempre un descreído, salvo en los primeros años de la década del medio siglo. Cuando escribió *Mani-*

fiesto místico; pintó la *Madonna de Port Lligat* y casó en 1955 por lo canónico con otro dechado de la fe católica, su Gala Diakanova. Tan ejemplar peregrinaje a Damasco, incluyó una audiencia privada con Pío XII, muy admirada por el cineasta René Clair; su devota identificación con el franquismo y su acato del nacional-catolicismo imperante. Del saldo de tanta farsa, en las nieves de su Canosa particular, descuento su *Cristo de san Juan de la Cruz*, 1951: irrebatible obra maestra y prodigiosa réplica del *Cristo* de Velázquez.

Al regreso de la iglesia lo enterraron en el viejo escenario de su Teatro-Museo. Valga añadir que aquél era un edificio devorado por las llamas al término de la Guerra Civil, como había ardido el templo de su bautizo en julio de 1936 y se incendiaría el castillo de Púbol en 1984. Asombra y desconcierta ver cómo sigue el fuego su singularísimo destino, casi desde principio a fin. Lo sepultaron al pie de una copia de su bastidor para el ballet *Laberinto*: estrenado en 1941, sin mayor pena ni gloria, en la Metroplitan Opera House de Nueva York, con sus decorados, figurines y libreto.

En Figueres dejaron su lápida tan desnuda como vacío permanece su sepulcro en Púbol. Nadie se molestó en tender un cordoncillo trenzado, alrededor de su penúltima morada antes del valle de Josafat. Los turistas pisotean la losa constantemente y hasta cuentan que algún niño de la Noruega boreal se hizo aguas inadvertidas sobre sus restos. Si de veras quisieron recordarlo, pronto olvidarían que allí yacía el artista más grande de este siglo. Bien lo presagió García Lorca en su «Llanto por Ignacio Sánchez Mejías»: «La piedra es una frente donde los sueños gimen/ sin tener agua curva ni cipreses helados».

Luego pusieron una lápida muy grande en la llamada cripta del lugar. Detrás del lavabo de caballeros, campean su nombre y fechas de nacimiento y defunción en letras y cifras talladas. A veces me pregunté qué pensará de su vida perdurable este gentío del mundo entero, que hizo del antiguo teatro de Figueres el museo más visitado de España después del Prado. ¿De veras lo creen sepultado en aquel muro y velado por un conjunto de sus arcángeles y titanes, inspirados por Luca Cambiso, el pintor manierista de Felipe II que acabaría loco de atar en El Escorial?

También me llevó a reflexionar la analogía entre su suerte póstuma y la de Lorca. Si bien muchos acudan a los lugares de su reposo inacabable, nadie parece saber de cierto dónde se les pudren los despojos. A ambos les patean las tumbas sin proponérselo y ustedes se consumen, rodeados de sus pinturas o las citas de sus versos. Aunque el Papa predique ahora la inexistencia del cielo y el infierno, como los viera verídicamente Dante en su tiempo, y los reduzca a estados universales dentro o fuera del Espíritu Santo, sólo cabe desearles a los dos la paz sin fin, debajo del grotesco sarao donde nadie sabe quién es ni con quién baila la dança mortal.

Hacia 1929 comenzó a plantearse usted el razonamiento central de su criterio artístico. Acababa de unirse al surrealismo y allí lo acogió con los brazos abiertos André Breton, el pontífice fundador, aunque, vuelto luego sardónico enemigo suyo, lo motejaría con el anagrama de *avidadollars.* Si bien Sigmund Freud sería uno de sus padres adoptivos, junto con Pablo Picasso, su idiosincrasia era demasiado exigente para plegarse a la idolatría freudiana de los surrealistas. Resolvió enseguida que debía superar la versión pictórica de la escritura automática y alejarse del subterráneo mundo de los sueños. Esbozó y emprendió entonces su *Hombre invisible,* que dejaría inconcluso como abandonó Picasso *Les demoiselles d'Avignon.*

Dos años antes Federico García Lorca había publicado *Canciones,* aunque los poemas de aquel libro fueron escritos entre 1922 y 1924. Pudo y debió haberlos conocido usted en la Residencia de Estudiantes. También en 1926, imprimiría el poeta su «Oda a Salvador Dalí», con un profundo conocimiento de su obra, sus limitaciones y posibilidades. «¡Oh, Salvador Dalí, de voz aceitunada!/ No elogio tu pincel adolescente/ ni tu color que ronda la color de tu tiempo,/ pero alabo tus ansias de eterno ilimitado.» En buena parte de *El hombre invisible* y en la elaboración de su método «paranoico crítico», me parece innegable la influencia de «De otro modo» y de la oda, donde usted aprendería a reconocerse como pintor.

Pero tampoco puede olvidarse que en aquella época, a partir de 1928 y después de su acerba crítica a *Romancero gitano*, ustedes se distanciaron sin llegar a enemistarse. Despedazó el poemario, suponiéndolo anecdótico en demasía y sin advertir cómo superaba Lorca la circunstancia pintoresca, para crear un humanismo poético y un sistema metafórico, tan originales como profundamente españoles. Aparte del autor de la oda, el único Lorca que avala es el de *Canciones*. Lo supone muy distinto del poeta de *Romancero*, sin percatarse de la profunda unidad de toda la poesía lorquiana, en la madurez del escritor. Como indivisible será su propia obra pictórica en sus ejemplos más significativos.

Con sus 134 centímetros de alto por otros 81 de ancho, *El hombre invisible* es una tela de notables dimensiones. Diríase que toma usted por modelo a alguien parecido a la caricatura de su Guillermo Tell o «el burócrata común y corriente». Léase la repetida parodia de su padre, Salvador Dalí Cusí, uno de los cinco notarios de Figueras. Bajo pálidos cielos, que coronan una suerte de Tebaida salpicada de ruinas y pilares, el viento peina unas nubes que componen la partida cabellera de su protagonista. A un lado del arenal, enmarcan y sombrean la aparición unos muros quebrados. Unas esculturas, vistas de espaldas, y un florero de piedra forman los ojos y la nariz. Otra estatua, cercenada por los muslos sobre un dorado pedestal —un desnudo femenino de presunto alabastro—, deviene la transformación conjunta de la boca, la barba, la garganta, un hombro y un brazo del espectro.

En mitad del desierto, el corazón del hombre invisible sería un diamante irregular. Le dio usted la consistencia de la piedra más dura, para subrayar la despiadada y vengativa vulgaridad de su padre. Dicho sea de paso, el notario lo ha expulsado de su casa en 1929 y no volverán a reconciliarse, efímeramente, hasta 1940. Fingiendo la forma de un libro abierto, el remanso de un oasis y una alta cartulina a medio desplegar esbozan el brazo izquierdo de su personaje. Las manos gigantescas y evanescentes, ensortijadas como las de un nuevo rico, acaso anticipen su óleo *Nacimiento de los deseos líquidos,* en tanto descienden las palmas al igual que despeñaderos de nieve fundida o cascadas de leche. Las sostiene abiertas un posible candelabro, venido de la transformación de un árbol ramoso y deshojado.

No cabe omitir el siniestro grupo de fantasmas familiares, con la reaparición de Guillermo Tell y su difunta madre. Desnuda, abraza un niño despavorido, que no puede ser sino usted, junto a la calavera de su hermano y homónimo: aquel otro Salvador Dalí, el segundo en la familia después del notario, a cuya muerte sus padres vinieron a concebirlo enseguida, como si quisieran resucitar al primogénito. Por último, en lo alto de una delgada peana, se levanta una jarra diseñada a imagen de una atroz parodia de su madre, con dientes y sonrisa de ogro.

En «De otro modo» la identidad humana se emplazaba al margen de la naturaleza. En *El hombre invisible,* el mundo natural se reduce a un desierto que viene a ser su propia negación, en la yerma y aparentemente ilimitada soledad que lo define. El sujeto central de todas las transformaciones no es el paisaje sino un signo humano: aquel protagonista que usted adjetiva de imperceptible a nuestros ojos. Un compuesto pictórico de toda suerte de significantes, que en su mayor parte —ruinas, esculturas, muros, floreros y sortijas— no procede de la naturaleza sino de la creación artificial.

Mucho tiempo después confesaría a Ignacio Gómez de Liaño que durante tres años regresó a *El hombre invisible* en diversas ocasiones, sin resolverse a concluirlo. Sería preciso que transcurrieran veinticuatro meses cabales desde el asesinato de Lorca, para que usted prosiguiera y terminara aquel primer ensayo de su método paranoico crítico, en tres obras maestras realizadas en verano de 1938, acaso de forma conjunta: *Invisible afgano con la aparición, en la playa, del rostro de García Lorca en forma de frutero con tres higos, Aparición de cabeza con frutero en la playa* y *El enigma sin fin.*

Como se ha señalado en otro lugar, usted se preciaba de haber gritado «¡Olé!» al leer las nuevas del fusilamiento de Lorca. Alegaba que al asesinarlo le permitieron identificarse por completo con la muerte, que por igual lo atraía y aterraba desde los días en la Residencia de Estudiantes. En un llamado «juego lúgubre», fingía entonces su fallecimiento el poeta en agraz. Enseguida representaba su entierro, con el coche fúnebre traqueteando por una calle empedrada de cantos, y proseguía con los primeros días de la descomposición de la carne. Aunque muchos hayan condenado la gratuita crueldad de su bárbaro grito, nadie se detuvo a advertir que la elegía de Antonio Machado al poeta venía a decir exactamente lo mismo que usted.

Hablaba Lorca a la muerte, aunque ella no repusiera. Se ofrecía a cantarle los ojos y la carne que le faltaban y la lacia melena que cepillaba el viento. Consumada la identificación verbal de eros y thánatos, se felicitaba el poeta de compartir a perpetuidad los aires de Granada con la muerte. En resumidas cuentas, el poema expresaba aquella férvida entrega del fusilado a su destino, que usted anunció de forma brutal y expresiva en un solo término expletivo: «¡Olé!».

A otro género de valores pertenecen los tres óleos de verano de 1938. Si una elegía conjunta trasciende el «Llanto por Sánchez Mejías», será la compuesta por aquel trío de telas, seguidas por el *Torero alucinógeno.* Aunque sólo lo nombre en el título de *Invisible afgano con la aparición, en la playa, del rostro de García Lorca con tres higos*, el parecido de su amante con el cráneo espectral, que surge o resucita en la bahía de Port-Lligat, es el más acabado que usted consiguiera. En ninguno de los retratos de García Lorca, dibujados o pintados en vida del poeta, obtuvo —si de verdad se la propuso— una semejanza tan entrañable y acabada.

El método paranoico crítico preside la triple aparición. También incorpora usted el espectro de Lorca a la infinita y dinámica metamorfosis de aquellas marinas, aunque en «De otro modo» él se sintiera apresado en su propia identidad. De hecho, adapta en su tres cuadros un signo análogo al de la gitana, innominada y fallecida, que permanecía desmemoriada y ciega, en tanto la naturaleza la contemplaba sin que ella alcanzara a verla.

Pero a diferencia de los ojos de aquella joven fantasmagórica, los de Lorca no son de fría plata en las telas de 1938, aunque presumamos su ceguera por la fijeza de su encaro. En *Invisible afgano,* un *trompe-l'oeil* o *ready-made* —ciertas expresiones surrealistas no se traducen debidamente al castellano— de dos hombres diminutos, aislados y meditabundos, compone sus pupilas. En *Aparición de cabeza con frutero,* se vale usted de un ánfora volcada para el mismo propósito. Reincidiendo en la ceguera del espectro, recurre a un bote pesquero con la vela arriada en *El enigma sin fin.*

También se perfila un perro en cada una de aquellas pinturas, como cruzaba a los pies del hombre invisible y regresará en *El torero alucinógeno.* Evidentemente, se trata de un afgano en *...aparición, en la playa, del rostro de García Lorca.* El afgano se convierte en un mastín danés en *Aparición de cabeza con frutero*. Allí su ancho collar simula la imagen de un verso de Lorca en «Oda a Salvador Dalí»: «y el horizonte sube como un gran acueducto». En *El enigma sin fin* vuelve a adelgazar el afgano y se muda en un galgo, que comparte el protagonismo con el espectro del poeta y dos quimeras. Confundida con los acantilados y el horizonte de nubes, se transparenta un águila blanca junto a un plácido monstruo, híbrido y anfibio, con testa de ser antediluviano, patas y cascos equinos; la proa de una barca por anca y una red por vientre.

A despecho de tan diversas variantes, rebrota una constante en las tres telas. El afgano, el mastín y el galgo se alzan de pie sobre el espectro de Lorca y lo apresan entre las patas. Naturalmente, también se repite la bahía de Port-

Lligat, aunque en *El enigma sin fin* venga a sumársele el monte y el castillo de Torroella de Montgrí: la vieja Roca Maura con su forma conjunta de pecho y pezón de mujer.

Alejado de la Guerra Civil y pintando en la finca de la modista Elsa Schiaparelli, se diría que tiende a incorporar a Lorca a su paisaje de Port-Lligat, después de haberlo devorado y poseído aquellos perros. Al transcurso de treinta y tres años, declarará al semanario *L'Express* no poder evitar la sensación de que sus amigos muertos fallecieron por su culpa y a su mayor gloria. En el caso de Lorca y a la luz de aquellos tres cuadros, sólo le falta añadir que también creerá haberlo consumido, de forma vicaria y a través de sus perros, en una ceremonia mediada de canibalismo y comunión.

Tan estrecha se mantiene la relación entre usted y Lorca, juntos o alejados, que algunos versos de los llamados por Vicente Aleixandre «Sonetos del amor oscuro» —«¡Ay voz secreta del amor oscuro!» es el arranque de uno de aquellos poemas— parecen escritos pensando en usted, si bien en la época —1935 y primeros meses de 1936— el poeta vivía el desengaño de sus amores con Emilio Aladrén. «Si tú eres el tesoro oculto mío,/ si eres mi cruz y mi dolor mojado,/ yo soy el perro de tu señorío.»

En el soneto que parte del verso «¡Ay voz secreta del amor oscuro!» escribe el poeta al término de una estrofa: «¡Ay perro de corazón, voz perseguida,/ silencio sin confín, lirio maduro!» Aunque las alusiones a usted se entremedian con otras que sugieren un amante distinto, como en «El poeta pregunta a su amor por *La Ciudad encantada de Cuenca*», aquéllas resultan patentes en el primero de los sonetos. «Goza el fresco paisaje de mi herida, quiebra juncos y arroyos delicados./ *Bebe en muslo de miel sangre vertida.*»

La cursiva es mía; pero la referencia a su cuadro *La miel es más dulce que la sangre* —o *La sangre es más dulce que la miel*, porque de las dos formas lo llamaría usted circunstancialmente y aun dio el primero de aquellos títulos a otro óleo muy posterior, de 1951—, resulta explícita e innegable. Para concluir la recapitulación, en el verso final de «Soneto de la dulce queja», el poeta —aquel a quien apodaba Lorquito y a veces su dulce japonesito de chocolate— expresa el temor a perder los ojos de estatua del amado y el acento que de noche pone en su mejilla «la solitaria rosa de tu aliento». Parece entonces que Lorca parafrasee su «Oda a Salvador Dalí:» «¡Siempre la rosa, siempre, norte y sur de nosotros!».

Pasemos de los rosales a los perros del conde de Lautréamont, en *Les chants de Maldoror.* A la jauría salvaje, o mejor asilvestrada, del conde —de verdadero nombre Isidore Lucien Ducasse, naturalmente—, dediqué unas páginas de mi libro *El mundo mítico y mágico de Salvador Dalí,* que todavía supongo válidas. Se creería que las fieras de *Les chants,* debidamente metamorfoseadas, vienen galopando enloquecidas a través de sus años de estudiante en Madrid y terminan por adentrarse en sus tres telas de 1938.

En el primer canto se mueven rápidas o lentísimas las sombras de una arboleda, a la orilla del mar. Muda de forma la fronda constantemente, mientras solloza el viento y ululan los búhos. Rabiosos o desatinados de pánico, los perros rompen de improviso sus cadenas en las granjas y huyen campo a traviesa. También de antuvión, se detienen en mitad del descampado y miran a su alrededor con los ojos encendidos. Sus aullidos, precisa Lautréamont, recuerdan los gritos de la parturienta, el maído de un gato desventrado, el desespero de los apestados en el lazareto y el cristalino canto de una joven a las estrellas.

Otra noche, cuando el monstruo Maldoror era sólo un niño insomne, su madre le anunció los aullidos de la jauría. Apenas los oyese, Maldoror debería ocultarse debajo de las sábanas, sin reírse jamás del dolor de las fieras. Los perros padecían una sed insaciable de infinito. La misma ansia corroía a la madre de Maldoror y después lo consumiría a él, como inevitablemente atormentaba a todos *los seres de cuerpo pálido y prolongado*. La cursiva es mía, aunque me imagino que también habría enfatizado usted tan gráfica adjetivación. Por añadidura, se identificaría textualmente con los perros de Ducasse en un acabado autorretrato, del cual sería esbozo el afgano y cumplida vera efigies el enjuto lebrel de *El enigma sin fin*.

En una reiterada fotografía suya con Lorca, tomada en Figueras en 1927, cuando usted había perdido mucho peso después de un ataque de gripe y casi al término de su servicio militar, se advierte enseguida cuán caricaturizables resultan ambos. «Federico: Te escribo desde la cama donde estoy convaleciente de dos días de fiebre, estoy muy peludo y terriblemente mono.» Nada más fácil, como lo hará once años después, que representar su picuda delgadez como la de un galgo y convertir a Lorca —la «cabeza de gañán», con los protuberantes arcos superciliares y el prolongado pescuezo sobre los hombros, un sí es no es demasiado estrechos— en un simétrico frutero.

Salvo en los recovecos del inconsciente, donde dicen que el tiempo no existe, desconocía usted que a los dos años de haber sobrevivido a Lorca volvería a la fotografía de Figueres, para pintar su cabeza fantasmal emergiendo de la bahía de Port-Lligat, en virtud del doble prodigio transformador del poeta en «De otro modo» y de su propia dinámica paranoico crítica. Tampoco sabría en 1927 que se autorretrataría como un galgo en *El enigma sin fin*, junto a una doble evocación de su amante asesinado a la que volveré enseguida. En su bestiario particular, aquélla sería la primera de sus mutaciones; puesto que en una carta a sí mismo, muy posterior, se vería como un cerdo. Recién despeñado en las depresiones, que lo acompañarían hasta la hora de su muerte, diría ser «un caracol» en 1980.

Al igual que los naipes en una barajada, se sobrepondrían otras imágenes de Lorca cuando paseaba la memoria y la mirada por aquellos recuerdos y apercibía los tres lienzos de 1938. Camino de Figueres, se detuvo el poeta en Barcelona en primavera de 1927 y posó para un fotógrafo ambulante en la plaza Urquinaona —el apellido de un pasado obispo de la ciudad que lo fascinaba por lo eufónico y prolongado—, en la misma postura que adoptaría luego, al retratarse con usted. De frente y ante la cámara, muy serio y con las manos cruzadas. Añadió unos monos a la cartulina ovalada. «Urquinaona!» con un solo punto de exclamación y de nuevo: «Hola hijo! Aquí estoy».

En el número 15 de *L'amic de les Arts,* del 30 de junio de aquel año, dibujó a Lorca en idéntica pose. La leyenda iba en catalán y letras de molde: *Federico García Lorca. El poeta en la platja d'Empúries vist per Salvador Dalí.* Usted se creyó en el deber de traducirlo todo libremente: «Federico en la playa de Ampurias. Salvador Dalí, 1927». Los dos ignoraban entonces que al paso de once años, desdoblaría otras dos imágenes lorquianas a un lado de *El enigma sin fin.*

Una sería la representación más evidente del muerto, convertido en aquel frutero entre traslúcido y transparente. Pero más arriba, donde el Pirineo repecha hacia el mar por el Paní, volvería retratarlo. Desnudo y tendido de costado, un codo en tierra e inclinada la cabeza, ocultaría la frente en la diestra abierta y el espectro en carnes vivas vendría a transformarse entonces, prodigiosamente, en los últimos valles y cumbres de la cordillera sumergiéndose en el Mediterráneo.

Doble sería también la serranía, en tanto los Pirineos se extienden hacia una mar en calma, de donde emergen el águila casi invisible y la plácida bestia anfibia. En primer término, la sierra compone el perfil de un galgo gigantesco. Tradúzcase aquella bestia como su propia imagen, vuelto usted lebrel y parte inalienable de un paisaje, que siempre consideró artísticamente suyo. Me refiero a su edén terrenal, tantas veces perdido y devuelto —*Paradise lost and constantly regained,* paraíso perdido y siempre recobrado, diría John Milton—, donde usted, convertido en perro, besa la cabeza evanescente del espectro lorquiano. O acaso, en lugar de besarlo, le hable quedamente al oído.

Si en «De otro modo» un valle se tendía en tierra convertido en un ciervo, en *El enigma sin fin* otros montes se transfiguran en el espectro desvestido de Federico. Mientras la gitana fantasmagórica de «Romance sonámbulo» permanecía ciega y desmemoriada, sumida en el olvido que consume a los muertos, el espectro de Lorca en *El enigma* se ciega por voluntad propia. Ocultos los ojos en la palma, acaso se esfuerce vanamente por ensimismarse y recordar.

Entre tanto, el galgo en que usted fue a mudarse besa amorosamente la cabeza del espectro lorquiano. Si además de besarlo le habla al oído, quizás compartan diversas confidencias. Cabe que trate de explicarle aquel lebrero lo que de veras quiso decir cuando gritaba ¡olé!, al leer el relato de su muerte. Acaso le cuente cómo dio en transferir «De otro modo» al método paranoico crítico, ahondando en el criterio de Cervantes y Federico sobre el impulso transformador de los elementos naturales. En sus metamorfosis, no sólo incorporaría a los muertos, los ciervos, las hogueras, los ríos y las hojas sino también a seres vivos como usted. Sí, usted: el puerco, el caracol o Su Divinidad, un tratamiento que en *Être Dieu* pretendía apropiarse, aunque en *El enigma sin fin* sólo fuese un amoroso can, que amaba a un fantasma. Todo ello en un magnífico y reversible traslado ekphrástico, de la literatura al arte y del arte a la literatura.

Pero, como ya lo apuntamos, su relectura de la poesía lorquiana no se agota en *Canciones* y *Romancero gitano*. Se encumbra y culmina en su *Torero alucinógeno* a través de «Llanto por Ignacio Sánchez Mejías», sin que descarte poemarios anteriores o recuerdos personales del poeta, en su soberbia exégesis artística. Todo comienza de forma casual y estrictamente intuitiva, cuando un día se para a contemplar en Londres una caja de lápices Venus Esterbrook, proveedores de Su Graciosa Majestad la Reina de Gran Bretaña con fábricas en King's Lane y Birmingham.

Ilumina la tapa del estuche una imagen en blanco y negro de la Venus de Milo, emblema de la firma. No es la primera vez que aquella diosa le inspira una creación surrealista. En 1936 diseñó de manera peculiarísima la célebre estatua —descubierta por un campesino que araba un campo en Milo y adquirida por el embajador francés en 1820—, diseñó usted la Venus, repito, de mano maestra. Pero le hundió tres cajones en el cuerpo, todos entreabiertos y rematados con un tirador. Emplazó dos en el estómago y el abdomen. Luego le puso otro en el pecho.

El dadaísta Marcel Duchamp realizó una escultura en yeso de su modelo, de casi un metro de altura. En 1964 la reprodujo usted, para su Teatro-Museo, en bronce pintado de blanco. Según J. L. Giménez Frontín, su propósito original era repartir cucharas metálicas entre los visitantes e invitarlos a golpear el supuesto yeso de la estatua, para que los sorprendiese el tintineo. Después renunció a tan necio juego. Mayor originalidad mostraba en 1936, asegurando que los cajones entreabiertos eran cuatro símbolos de la conciencia cristiana en la carne de una diosa, aún ignorante del pecado original. La escultura debía servir así de cura sicoanalítica o de cura del sicoanálisis, según sus cambios de humor y criterio al impartir aquellas explicaciones.

Otro traslado de Venus —convertida esta vez en un horrendo adefesio, sostenido con muletas en la playa de Port-Lligat— la convertirá en la sistemática negación de su hermosura original. En *Aparición del espectro del sex appeal*, 1934, exhibe el monstruo una sola mano esquelética: la diestra o «la del pecado» que en su cuadro *La main*, 1930, era una gigantesca y sardónica referencia a la masturbación. En los demás miembros, muestra terribles muñones mientras tres sacos repletos, atados y sujetos con anchas cintas, componen el vientre y los pechos. Usted le dirá a Robert Deschanes, uno de sus secretarios, que aquel engendro refleja el pavoroso fantasma del eterno femenino, a la hora siempre angustiosa del crepúsculo, cuando el espectro acude a bañarse al Mediterráneo. Añade que semejante alucinación proviene del pánico que le infundió su padre a las enfermedades venéreas y al trato con prostitutas.

Pero el fantasma del *sex appeal* permite otra interpretación, más personal y estremecedora, de la que también sería testigo Descharnes a juzgar por sus comentarios a *Ma mére, ma mére,* 1929, y sus propias menciones del más particular de todos sus infiernos. Recuerde sus confidencias a André Parinaud acerca de una persistente pesadilla de su adolescencia, donde su madre lo perseguía y se entregaba al sexo oral con usted. No omitiré otras confesiones suyas, también a Parinaud, como *La femme chez Le gran masturbateur est ma mère,* «La mujer en *El gran masturbador* es mi madre». O su posible admisión implícita de la realidad de aquellos sueños, cuando en mitad de su libro *El mito trágico del Angelus de Millet,* 1963, la campesina del *Ángelus* deja de ser *la femme* y deviene *la mère*: la madre-mantis religiosa, que consume a dentelladas a su hijo después de la cópula.

Tampoco orillaré un óleo como *El sueño,* 1931, donde un busto femenino muestra la boca cosida y los labios medio cubiertos por hormigas; sus signos pictóricos de la podre y la decadencia. Por último no cabe olvidar el tema de *La fuente,* tan explícito y escatológico, que un día yo les comentaba a Reynolds y Eleanor Morse en su Museo Dalí de Saint Petersburg, en la Florida. Allí un horrorizado adolescente se cubre el rostro con las manos, en tanto una mujer desnuda y de rodillas se aboca sobre su entrepierna.

En todo caso, «Venus es una blanca naturaleza muerta/ y los coleccionistas de mariposas huyen», escribió García Lorca en la oda que le había dedicado. Jugaba el poeta con la ambigüedad de aquel término, la naturaleza, para resumirlo en mármol inanimado. O tal vez convertirla en un bodegón: quizás un símbolo del ágape en que eros viene a transformarse, en san Juan de la Cruz y en *La última cena* que usted pintó en 1957. Sea cual fuese el caso, se repite Afrodita en una procesión de esculturas a través del ruedo de *Torero alucinógeno* y reaparece, multiplicada y disminuida, encima del coso. Al pie de la vasta tela, vuelve a resurgir en la playa de Port-Lligat y en la supuesta variante de un lienzo cubista. Naturalmente, la transustanciación del torero alucinógeno procede de la Venus de Milo, sin mengua de su suprema belleza.

Los senos y las sombras del torso de la deidad se transformarán en los ojos, los pómulos, los labios y el mentón del diestro. Los pliegues de la túnica, recogida alrededor de las caderas de Venus, componen la camisa y la corbata del torero. Puesto que el espada sabe que va a morir, ya está muerto en su fuero más íntimo, según cuenta usted a Luis Romero. Sólo le falta someterse a la destrucción física. Mantiene los ojos abiertos, puesto que para usted y Lorca la muerte se compone de un previo reconocimiento, antes del tránsito definitivo. «No se cerraron sus ojos/ cuando vio los cuernos cerca,/ pero las madres terribles/ levantaron la cabeza», escribía el poeta en su «Llanto por Ignacio Sánchez Mejías». Aunque no entorne los párpados, acaso vierta su diestro una serena lágrima sobre la mejilla. O encima del pecho derecho de la primera estatua, que inaugura la procesión de mármoles a través del ruedo.

La testa del toro, banderilleado y muerto, yace con los ojos abiertos junto a su matador. La eternidad fundirá conjuntamente al espada y la res en un minotauro. De este modo había imaginado Lorca la postrera metamorfosis de Sánchez Mejías: «la muerte lo ha cubierto de pálidos azufres/ le ha puesto la cabeza de oscuro minotauro», después de unas últimas banderillas, que en la elegía eran «de tiniebla». El destino de Ignacio en el llanto y del torero en su pintura se unen y trasladan en otra suprema entrega, que ya comentamos en la carta a Lorca. Ni que decir tiene, pienso en los versos de «Romance del emplazado», donde la soledad sin descanso deviene la sosegada paz eterna. El ágape perpetuo.

Ante unos acantilados y frente a la primera estatua de Afrodita, se entreabren dos rosas. Nos devuelven a otras suyas anteriores: *Rosas sangrantes,* 1930; *Rosa meditativa,* 1958, y las flores ofrendadas a su *Virgen de Guadalupe,* 1959. Antes, como sabemos, fue la rosa de la oda. «Tranquila y concentrada como una estatua ciega,/ ignorante de esfuerzos soterrados que causa». Como signo esencial de la perfección artística, también era la rosa de Lorca una trasferencia de la beldad de Afrodita: la diosa invidente tallada en piedra. En *Torero alucinógeno* el espada sería el último avatar de la Venus de Milo, antes de convertirse en Federico García Lorca.

Usted afirmaba que el actor Pierre Batcheff, el príncipe Alex Mdivani y aun Robert Kennedy se reunían con Lorca en *Torero alucinógeno.* A título particular, supongo que el protagonista es únicamente el poeta: el amante para quien usted se igualaba a Cristo. Los demás espectros sólo vendrían a encubrir su excepcional homenaje al poeta y a su poesía. Usted lo recata y oculta como jamás revela la identidad del lebrel de *El enigma sin fin,* al menos para mi conocimiento. Era un salaz exhibicionista, cuando exponía sus encuentros carnales con Lorca, en la primera España democrática de la Transición. Pero se mostraba reticente y celosísimo de las imágenes de su amigo asesinado, cuando las conjuraba en sus obras.

Devuelto a la niñez y ataviado de marinerito, como fue a retratarse en *Aparición del espectro del sex appeal,* treinta y seis años antes, reaparece a un lado del *Torero alucinógeno.* El talante de la criatura no varía al paso de la tablilla a la gran tela, aunque tanto tiempo las separe. A través de tres decenios y medio, su aire y su postura se mantienen entre el asombro y el arrobo, si bien las visiones que presencia no pueden ser más distintas.

El monstruo en quien se encarnaba la degeneración física de la diosa recobra ahora la estampa y las facciones de Venus, inclusive multiplicadas y repetidas en el aire y la arena de una plaza, que será el Ruedo Ibérico sin dejar de ser su paraíso terrenal y privado: la marina de Port-Lligat. Después de su transfiguración en el torero alucinógeno, la deidad abrirá sus ojos de estatua —siendo las esculturas tan invidentes como los difuntos, quizás también como las rosas, ya se sabe—, para enfrentarse con la muerte física, con la última cornada que es la más certera y la definitiva. Talmente como Ignacio Sánchez Mejías, aquel a quien no reconocían los caballos o las hormigas de su cortijo, según atestiguaba Lorca en su elegía, acaso porque la muerte lo había cambiado en un minotauro.

Asimismo, en su *Torero alucinógeno,* consiguió una identificación ekphrástica, entre poesía y pintura, que supera aquella, tan prodigiosa, de los tres óleos de 1938. Transferidos Lorca y sus poemas a unos óleos, donde usted se autorretrata como un lebrel o un niño parado en la playa de Port-Lligat, entreteje cuatro hondas y originalísimas concepciones del mundo natural, la literatura, la pintura y la condición humana. Tal vez Velázquez y Goya, en sus retratos de Góngora en la corte y Leandro Fernández de Moratín en el destierro, se propusieron análogo traslado de la visión poética —poética en prosa por cuanto concierne a Moratín, evidentemente— a la pintura y al pintor. Si éste era el caso, no hicieron sino iniciar lo que usted, marqués, completaría magistralmente.

En escasas ocasiones, por ventura sólo en el pantocrátor de Taüll, el *Quijote, Las meninas, Los fusilamientos del 3 de mayo* y *Les demoiselles d'Avignon,* alcanzaron logros tan mayúsculos el pensamiento y la creatividad española. Los obtuvieron por encima y a pesar de la achatada Españeta: aquella de la cual decía Quevedo no poder hablar sin dolor; la que Picasso auguraba, en función retrospectiva, que lo habría llevado a la pira si no hubiese emigrado a París; la que usted creía un puro vivero de putrefactos.

Quizás trascienda su mérito el del desconocido maestro de Taüll, Cervantes, Velázquez, Goya y Picasso. No se limita usted a crear con el lenguaje y la pintura como medios expresivos. También hace de la poesía ajena pintura propia y adopta la concepción del mundo de otro hombre, para ampliarla humanizándola. ¿Qué más cabe pedirles al galgo de *El enigma sin fin,* al torero alucinógeno y al niño vestido de marinerito, estupefacto ante el fantasma del *sex appeal?*

Yo callo y concluyo pero antes me descubro y le saludo con modesta devoción. ¡Maestro, olé! Como usted exclamaba a la muerte de Lorca: ¡Olé muy de veras y para siempre!

Respetuosamente,

Carlos Rojas

Don Ramón María del Valle-Inclán
En el yermo de las almas

Admirado don Ramón:

Desde el 5 de enero de 1936 habita usted en una eternidad, que trasciende el mundo esperpéntico; pero su destino póstumo permanece tan contradictorio como usted mismo. Pocos escritores legaron un teatro de más ancha inmortalidad que el suyo. No obstante, en su época —la de aquel Rey barbián y perjuro, Alfonso XIII, que se hacía rodar documentales de masturbaciones en los burdeles—, se decía que sus piezas eran para ser leídas y no escenificadas. En la nuestra, demostró José Tamayo que se prestaban por igual a la reflexiva lectura o al gran espectáculo. Yo siempre me he preguntado lo que hiciera un Ingmar Bergman, en su mejor momento, de haber filmado él su *Romance de lobos.*

También me pregunto qué pensaría Sigmund Freud, de haber leído *Romance de lobos* en 1907, el año de su pie de imprenta, en la lengua de Per Abbat y Cervantes que Freud por supuesto desconocía. En otras palabras, tres años después de la salida de su *Traumdeutung, La interpretación de los sueños,* y a otros treinta y dos años, casi la edad de Cristo, antes de la aparición de *Der Mann Moses und die monotheische Religion* o *Moisés y el monoteísmo*. A Freud y Moisés, aunque no a Cristo y a Bergman, pienso volver en menos de nada.

De momento, dispuesto a poner por obra todo esto de forma terminante, como aseguran que nunca debe escribirse una crítica literaria, sólo quiero afirmar que *Romance de lobos* no sólo es la mejor de sus comedias bárbaras —particular en el que todos estaríamos de acuerdo— sino también la más acabada y compleja de sus creaciones; una obra maestra y señera, que yo emplazo aun por encima de *Sonata de otoño*, 1902, *Divinas palabras* y *Luces de bohemia*, ambas de 1920. Cerca de aquellos prodigios, situaría *Sonata de invierno*, 1905.

Llamaba comedia bárbara a *Romance de lobos*; pero es una tragedia de vastísimo sentido literario, antropológico y, digamos, freudiano antes de Freud. En una aborrascada noche gallega, mientras cabalga hacia una de sus heredades don Juan Manuel Montenegro —uno de sus cíclicos alter egos con el marqués Xavier de Bradomín, sobrino de don Juan Manuel— se encuentra con la Santa Compaña, bajo los cielos tijereteados de relámpagos. La aparición le encabrita la montura y el caballero cree haberse topado entonces con el doble anuncio de su muerte inminente y su próximo entierro.

A poco un marinero de Abelardo, el patrón pesquero, lleva una carta a don Juan Manuel. Es del capellán de su pazo en Flavia-Longa, donde acaba de morir su sufrida y muy engañada esposa, doña María de la Soledad Ponte de Andrade. Enseguida comprende el caballero el auténtico significado de la Santa Compaña aquella noche. No presenció el anticipo de su entierro sino el funeral de su mujer; aquella a quien tanto había faltado, aunque la llamase afectuosamente *la rusa* o la rubia, en gallego campesino. Asimismo, lo que tomó por un arroyo, que un cortejo espectral cruzaba por un puente improvisado, era la mar separándolo de la extinta a través de la ría.

Ordena «el hidalgo linajudo», como usted lo adjetivará

con demasiada frecuencia, embarcar de inmediato para Flavia-Longa. Teme Abelardo que una tormenta inminente los sepulte en el océano, con lo agoreras que descienden las sombras. Se enrabia don Juan Manuel y exige que suelten las amarras. Después se empeñará en saltar a tierra en una playa desierta. A pie y a solas por los campos, quiere acortar camino hacia el desvencijado palacio que roban «los lobos», sus cinco hijos: don Pedrito, don Rosendo, don Mauro, don Gonzalito y don Farruquiño. Falta en la casa otro vástago, don Miguel o *Cara de Plata*; muy apuesto, jugador y siempre perseguido por los acreedores. No es ladrón como sus hermanos y éstos lo superan en atroz inhumanidad. Por aquellos días se ha echado al monte con una partida carlista. De no unirse a la guerrilla, le dijo su primo Xavier de Bradomín, terminaría capitaneando una tropa de salteadores como probablemente acabarán todos sus hermanos.

El benjamín es don Farruquiño, una de sus más depuradas creaciones aunque no cuente con el protagonismo de don Juan Manuel o el marqués de Bradomín. Farruquiño estudia para cura; pero cada noche escapa del seminario por una ventana. Voraz, putero y enamoradizo, de vez en cuando gana una onza de oro desenterrando cadáveres a escondidas. Después de hervirlos en un perol, los desuella y vende los esqueletos al seminario para las clases de historia natural. Al igual que el resto de la camada, conoce su escatológica vileza y nunca la oculta. La tiene a gala y sabe irremediable. En su pervertida sinceridad, recuerda algunos de los mejores personajes shakespeareanos. Verbigracia, Yago, Ricardo III y la mujer del rey Macbeth.

Para acrecentar los remordimientos del caballero, perecen en la tormenta Abelardo y sus hombres. Con doña María, tendrá que recordarlos don Juan Manuel en el pozo negro de su conciencia recién descubierta. Cerca de Flavia-Longa, se encuentra con una hueste de mendigos, entre quienes sobresale el pobre de San Lázaro: un labrador gigantesco con el rostro y la voz medio roídos por la lepra. Siente el hidalgo el impulso de apartarse, cuando lo apesta el aliento del gafo, pero se contiene. Cinco hijos, cuenta el pobre de San Lázaro, heredaron su mal y viven acogidos en una enfermería. Pero él moriría de pena, si no pudiese ver los trigales, las viñas y los castaños, antes de que la lepra le coma los ojos.

Déspota desprendido y compasivo, don Juan Manuel predica entonces la versión épica y estética de una revolución social, donde la literatura trasciende y corrige los excesos de la historia, que erróneamente Dru Dugherty cree emparentada con el espíritu hegeliano y el «héroe histórico» de Thomas Carlyle, cuando es exclusiva creación valleinclanesca y montenegrina. Habla o truena el caballero en un hipotético y aleatorio subjuntivo, que pronto pasa al vindicatorio futuro de indicativo.

Si los pobres se juntasen para envenenar las fuentes y abrasar los campos, «el sol del incendio de la sangre» se convertiría en el centro del universo y la faz de Dios. Siete otoños antes de *Romance de lobos, La cara de Dios* fue en 1900 una de sus tempranas novelas y autorizada adaptación de un drama de Carlos Arniches. Un día hornearán el pan de los pobres en los pazos incendiados. Alrededor de las fogatas, bailará don Juan Manuel con todos los insurgentes: hombres, mujeres, ancianos y niños. En cuanto despierten sus conciencias, los grandes señores deberán abanderar la redención de los humildes, como lógico y sagrado término de la historia.

Le replica el pobre de San Lázaro, en términos fatalistas y resignados. Es ley divina que unos nazcan pobres y otros ricos. En el cielo aguardan su recompensa los limosneros. Dios dispuso su humilde paciencia y la caridad de los adinerados, cuando quieran socorrerlos. Antes obtendrán el paraíso los poderosos, si comparten el pan con los necesitados, que los pidientes desagradecidos. «¡Es ley de Nuestro Señor!» Ejemplo de generosa liberalidad fue doña María. Rompe en lastimeras alabanzas el coro de pordioseros. Por ser la madre de los desheredados, Dios la aposentará en los cielos junto a la Virgen Santísima.

Entre tanto, los lobos vaciaron los trojes en Flavia-Longa, después de repartirse la cubertería. A espaldas de Farruquiño y Pedrito, el mayorazgo, Mauro, Rosendo y Gonzalito se hicieron con el trigo, el maíz y el centeno. El seminarista llama a Pedrito y le recuerda que la capilla, donde sepultaron a su madre, guarda todas las alhajas. Propone rapiñar aquellas joyas, porque la plata de la heredad no era sino «una miseria». Como el capellán del pazo guarda las llaves, Farruquiño se ofrece a descender de un salto al presbiterio, si Pedrito lo sujeta por las muñecas desde el barandal de la tribuna.

El expolio le parece muy justo al seminarista, puesto que para Farruquiño el mundo es «armonía y concierto pitagórico». Con ayuda del mayorazgo, abocado a la baranda, el benjamín se desliza en el presbiterio. Enseguida recoge la lámpara de plata, el copón y la patena. Piadosamente se felicita de que la copa de la Eucaristía no contenga las sagradas formas. Quiere conservar los vasos sagrados y dedicarlos al culto, cuando cante misa. «Hay que salvar el sacrilegio», dice de manera un tanto ambigua. Despoja al arcángel san Miguel de su espada y arranca un cuerno de plata del demonio a sus pies.

En un súbito transporte, enloquece don Pedrito. Grita a su hermano que pisó el sepulcro de doña María y él vio alzarse su sombra amortajada, con las siete espadas de la Virgen de los Dolores en el corazón. Farruquiño lo llama ebrio y alunado; pero el mayorazgo huye sin escucharle. El azar lo lleva a toparse con don Juan Manuel y la hueste. Su padre lo maldice y el primogénito, repuesto tan de improviso como antes perdiera el tino, se ríe de la execración. El caballero lo apalea y amenaza con matarlo por bandido.

«¡No me encienda la sangre, que si me vuelvo lobo, lo como!» aúlla el primogénito. El tema de los hijos lobos reaparecerá cuando don Juan Manuel se cruce con otro mendicante, Fuso Negro, ido de atar y portavoz de las mayores verdades. Fuso dirá a don Juan Manuel que los pescadores sacaron en sus redes el cráneo de un rey, con la corona puesta. Como aquel monarca era moro, todavía manaba sangre negruzca de la degolladura. Replicará don Juan Manuel que Fuso pudo llevarles su propia cabeza a los lobos, de haber naufragado con Abelardo. Aun sin corona, abonarían generosamente el trofeo.

Precisará Fuso Negro que don Pedrito pediría la lengua y don Gonzalito los ojos. Tercia don Juan Manuel que los lobos se matarían entre ellos, disputándose la carne de su padre. Los huesos, puntualiza el vesánico, serían para la traílla de los perros caseros. Objetará el caballero que los canes son más humanos que los hombres, porque no devoran a sus amos. Por el contrario, sus hijos ya le han consumido el corazón. Sólo le resta aguardar que llegue la hora de su extinción física.

«¡No me encienda la sangre, que si me vuelvo lobo, lo como!» Don Pedrito arrebata el bordón al pobre de San Lázaro y acomete al caballero. Se interpone el leproso. Su bordón es prenda de Jesucristo y jamás lo alzará un hijo contra su padre. Cuando el apestado se le abalanza encima, aterran al mayorazgo «las manos podridas» de aquel hombre. Al mismo tiempo, cree distinguir el fantasma de doña María Soledad detrás de los limosneros. En su pánico, arroja el bastón al camino. «¡Ten tu cruz, hermano!» El pobre se lo agradece sin sombra de ironía y llama al desalmado «noble señor».

El hidalgo y la hueste prosiguen la lastimosa procesión a Flavia-Longa. En la casona comprende don Juan Manuel que no le queda nada que ofrecer, salvo un sitio junto al fuego. Vacíos están silos y hórreos. Presa de exaltado despero, abre el sepulcro de su esposa y le repele el vaho de la carne corrupta. En mitad de la gusanera, los ojos de doña María lo contemplan de hito en hito. En el presbiterio, don Juan Manuel y el capellán sorprenden a Farruquiño. El sacerdote se hace cruces pensando que semejante monstruo, histriónico y depredador, llevará ropas talares.

A la cabeza de su cortejo y encarado con Rosendo, Mauro, Gonzalito y el pitagórico Farruquiño, don Juan Manuel los deshereda, por ser más vástagos de Satanás que carne y sangre suya. Llama aquello patente tautología el locuaz seminarista, puesto que el mayor demonio es su propio padre. Repudiados los lobos, el caballero agradece al cielo que le permita acoger a sus auténticos hijos, la hueste mendicante, a quienes concede todos sus bienes. Ríen los segundones. Don Gonzalito alaba tan cristiano sermón de Cuaresma. Irónico y dialéctico, lo reprende Farruquiño y aconseja no mezclar lo sagrado con los pleitos de familia.

Don Mauro, un gigante de sobrehumano vigor, trata de ahuyentar a los pobres a gritos. Se interpone don Juan Manuel y lo abofetea. Ruge el lobo en tanto quiebra el cráneo a su padre de un puñetazo y lo derriba, muerto, a sus pies. De inmediato, se le echa encima el pobre de San Lázaro. Abrazados, caen los dos en la lar ardiente. Como una leyenda de la baja edad media quiere que los gafos sean inmunes al fuego, al igual que las salamadras en los bestiarios, perece don Mauro y el pobre de San Lázaro se alza incólume entre las llamas. Vuelve a gritar «¡Era nuestro padre! ¡Era nuestro padre!» y lo corea la pobretería. Los tres lobos supervivientes —Rosendo, Farruquiño y Gonzalito— sienten muy cercana la hora de devorarse entre sí, aunque sea de forma simbólica. «¡Malditos estamos y metidos en pleitos por veinte años!»

Como ya lo adelantamos, parece que Freud haya fundado en *Romance de lobos* su criterio filogenético acerca de la horda y el patriarcado primitivos, en vez de concretar y resumir en *Moisés y el monoteísmo,* como verdaderamente lo hace, ideas ya expuestas en *Totem y tabú* o *Totem und Tabu*, 1913. A la vez, la comedia bárbara pasaría por metáfora dramática de la teoría freudiana. En cualquier caso, no cabe atribuir a un mero azar tanta coincidencia. Según la debatida conjetura de Freud, la tribu original vivía sometida al despótico dominio de un padre, el primer patriarca, que esclavizaba a los hijos y se reservaba a las mujeres para su placer, en incestuosa endogamia. Si los vástagos incidían en la cólera paterna, eran expulsados, castrados o ejecutados. Es de suponer por sus propios hermanos.

El odio al padre se trenzaba con el deseo de arrebatarle el poder absoluto. Por último se rebelaron los hijos, mataron y devoraron a quien los había concebido. En *Eros y civilización*, señaló Herbert Marcuse que el pecado original no sería entonces un acto de desobediencia sino un parricidio. Pero un padre que sometiera a la tribu originaria a tan grandes abusos, más que un creador como el del Génesis, sería un dios tiránico a quien todos obedecerían instintivamente por deberle la vida. Aunque el yugo de la servidumbre vendría a coincidir con la maldición divina del Antiguo Testamento, condenando al hombre a ganar el pan con el sudor de la frente hasta que vuelva a la tierra de donde vino.

El paradigma de Freud, acerca del primer parricidio, guarda alguna semejanza con la suerte del capitán James Cook, según la describe y analiza Keith Windschuttle en *The Killing of History, El asesinato de la historia,* 1997. El segundo desembarco de Cook en Hawai, en 1779, coincide con la festividad del dios Lono y al parecer los indígenas lo identifican con aquella deidad. Postrados a miles, lo aclaman a coro, «¡Lono! ¡Lono!». Después, envuelto en una capa carmesí, lo entronizan en el mayor templo de la isla.

Zarpa Cook; pero súbitas tempestades lo obligan a regresar a los tres días. Al ciclo ritual de Lono sigue ahora otro a mayor gloria de Ku. Un incidente de mediana importancia —el robo de una canoa y la retención de un jefecillo para que la devuelvan— provoca la muerte de Cook y cuatro de sus hombres, a pedradas y navajazos. En el templo donde lo habían entronizado, lo descuartizan y le descarnan el cadáver. Secados al sol, pasean sus huesos descoyuntados por la isla, para que todo el mundo les rinda acato. Inclusive llevan algunos a los horrorizados ingleses, antes de que muden los vientos y leven anclas.

Freud mantuvo siempre que el parricidio y el banquete primitivos no eran imágenes antropológicas de su cosecha, sino sucesos ocurridos al principio de la prehistoria. Sus críticos alegan la falta de verificación de aquellos sucesos en los orígenes de cualquier cultura. Según Freud, muerto y consumido el padre, empezarían las luchas fratricidas por la posesión de las hembras, las tierras y los ganados del primer patriarca. A buen seguro, la bacanal en que los hijos devoraron los despojos del padre no fue sólo el festín de unas hienas, o unos lobos, dentellando la carroña de los montes sino también una forma de comunión para posesionarse de la autoridad tribal.

También de cierto, uno de los parricidas se impondría a los demás, como si fuese la reencarnación del muerto, hasta que sus hermanos lo sacrificaran a su vez, en otro ceremonial orgiástico y sacro. Al cabo, se alcanzaría un acuerdo, una especie de contrato social lo llama Marcuse, que vendría a establecer el burdo principio de la libertad y la justicia social con el reparto acordado del poder, las mujeres, las tierras y los ganados.

Todo se anticipa en *Romance de lobos.* La literatura precede a la antropología freudiana, como la historia tiende a veces a convertirse en literatura. Si el hombre es el lobo del hombre —*homo hominis lupus,* según Tito Macio Plauto—, el banquete después del parricidio aparece metafóricamente descrito en su comedia bárbara. Al igual que si lo hubiese leído en *Moisés y el monoteísmo,* años antes de su aparición, dice Fuso Negro ser ley de vida que los vástagos arrebañen los despojos de quien los engendró, después de sacrificarlo. Recuérdese cómo detalla que don Pedrito se regalaría reclamando la lengua y don Gonzalito los ojos de don Juan Manuel.

Asimismo, don Juan Manuel ha sembrado de bordes los predios propios y ajenos. Hija suya es Artemisa la del Casal. Oliveros, supuesto primogénito de un chalán —Ramiro de Bealo—, parece el rejuvenecido retrato del hidalgo. Don Rosendo, don Mauro y don Gonzalito vencen y ahuyentan a Ramiro, Oliveros, su hermano y cuatro yegüeros, después de batirse con ellos a la pica, a palos y cuerpo a cuerpo. Como el padre primigenio en *Moisés y el monoteísmo,* don Juan Manuel arrebata las mujeres ajenas, incluida Sabelita: la amada de Cara de Plata. Acaso por despechados celos, entre otros motivos, se unirá el muchacho a la facción. Arrepentida, también huye Sabela y recibe el perdón de doña María.

Afirma el pobre de San Lázaro que las casas más grandes se consumen como los cirios del velorio al alba, cuando los hijos se sublevan contra el padre y empiezan a acuchillarse entre ellos por la herencia. El capellán de Flavia-Longa describe aquello de forma más explícita y concisa. No bebieron las lechuzas hasta el aceite de las lámparas. Lo hurtaron auténticas bestias feroces. Le corta y corrige don Juan Manuel: fueron los lobeznos, hijos de un gran lobo que es el mayor de los monstruos.

Lobos y lobatos, como todos los prototipos de su España negra —una Galicia feudal, resurgida en el siglo XIX—, comparten al menos la relativa virtud de nunca encubrir su condición de fieras. Todos descienden de la casta tribal y primigenia, que Freud no consideraría cabalmente humana, aunque jamás lo admita de manera explícita. Muertos Mauro y su padre, ausentes Pedrito y Cara de Plata, los segundones reconocen su destino de alimañas carnívoras, pleiteando y disputándose la heredad hasta acordar el inevitable convenio.

También en otro aspecto, precede y trasciende usted a Freud. Pienso en los pordioseros que escoltan a don Juan Manuel, si bien no aparecen en la ecuación humana de *Moisés y el monoteísmo.* Aquellos mendigos componen la familia adoptiva del hidalgo, que será inmediatamente desheredada por los lobos. Aunque el leproso diga que el mundo no es de nadie, puesto que todos nacemos desposeídos de la inmortalidad, unos hombres son *más nadie* que otros. Nunca se impondrá la gran justicia incendiaria, que predicaba don Juan Manuel. Cuando las fieras terminen sus veinte años de litigio, se repartirán la herencia desentendidos de los mendicantes. Así van a perpetuarse los pobres y la iniquidad universal, como lo presagió Cristo en casa de Marta y María.

Hyden White aseguró en su libro *Metahistory. Historical Imagination in Nineteenth Century Europe* o *La imaginación histórica en la Europa del siglo XIX*, 1973, que el estudio de la historia en los pensadores decimonónicos

—desde Leopold Ranke a Joseph Burckhardt y desde Hegel a Nietzsche— se ciñe a los tropos literarios. Sí, ya sabe usted, metáfora, metonimia, sinécdoque e ironía. Lo pongo en duda, como lo haría usted si lo leyese, puesto que con frecuencia la historia discrepa de la racionalidad desde cualquier sentido crítico, sea éste literario o científico.

Por el contrario, como lo repetía antes, buena parte de la historia tiende a transformarse en arte o literatura. Como Ricardo de York se transfigurará en un contrahecho antihéroe de Shakespeare; o Giovanni Battista Pamphili, el papa Inocencio X, fue a eternizarse como modelo de Velázquez en el palacio de los Doria-Pamphili. También usted reincidió en aquella paradoja con su *Romance de lobos.* Trasmudada en un signo convencional de la historia pasada y futura, a la luz del parricidio freudiano, su comedia bárbara deviene una doble y diáfana alegoría.

Subrayaba Bertrand Russell la paradoja de que los franceses hubieran hecho una revolución y ejecutado a un Rey por derecho divino, para coronar a un Emperador como Napoleón I, doce años después de decapitado su Monarca en 1792. No cabe duda de que aquellos acontecimientos de la historia europea, en los cuales se quiso ver la raya del alba de la moderna historia, cuentan con adecuadas metáforas dramáticas y filogenéticas en usted y Freud.

Un Rey por derecho divino viene a representar la trasferencia histórica del primitivo progenitor freudiano y de don Juan Manuel Montenegro. Aunque en vano trate de esquivar su destino Luis XVI, antes de ser capturado en Varennes, su ejecución parece un traslado inevitable del carnívoro banquete, después del primitivo parricidio. En lenguaje político, así lo expresó Louis-Antoine-Léon de Saint-Just en el juicio del Soberano: *On ne peut point régner innocemment,* «No se puede ser Rey impunemente».

Los pleitos entre los lobos equivaldrán a los años revolucionarios, hasta que Napoleón imponga su Imperio. En el intermedio de contiendas y persecuciones ideológicas, uno de los lobos, Maximilien-François-Marie-Isidore Robespierre, sostendrá el poder con el terror entre 1793 y

1794 y pronunciará aquella sentencia, que habría suscrito el pitagórico Farruquiño: «Mi libertad empieza donde concluye la de los demás».

Robert Paul, autor de *Moses and Civilization: the Meaning Behind Freud's Myth, Moisés y la civilización: el trasfondo del mito en Freud*, 1996, ha interpretado la teoría del sacrificio del primer *pater familias* a través de la crisis de los Imperios y los totalitarismos en el siglo XX. En rigor, será el Imperio napoleónico el primero en derrumbarse al principio de la modernidad. Cien años después, al término de la *Grande Guerre* que usted visitó en las trincheras francesas como corrresponsal de *La Nación* y *El Imparcial*, fueron al derribo otros sistemas imperiales: el ruso, el alemán y el austriaco. La caída de aquellos emperadores —patriarcas entre los reyes— correspondería a simbólicos parricidios o a un muy cierto magnicidio en el caso de Nicolás II: «el padrecito Zar de todas las Rusias», como lo llamaban sus vasallos más devotos.

Las revoluciones y confrontaciones, subsiguientes a aquellos destronamientos, equivaldrían a los litigios de los lobos. A la postre, uno de los «segundones» se haría con un patriarcado aún más férreo y absoluto que el de los emperadores desposeídos. Aunque un muy enfermo Vladimir Ulianov, Lenin, desconfiaba de la brutalidad y las ansias de dominio de Josef Dzuhashvili, Stalin, este *Hombre de Acero* heredaría el poder en 1924, al frente de un Politburó del que ya era secretario general a la muerte de Lenin. En menos de un lustro, sería virtual dictador de toda la URSS.

En Alemania Adolf Hitler había perdido cuatro millones de votos en las últimas elecciones y el presidente de la República, mariscal Paul von Beneckendorf und von Hindenburg, prometía hacer de aquel demagogo un jefe de servicios postales, para que le lamiera el trasero en cada sello. Pero Hitler ascendería a la Cancillería del Reich en 1933, gracias a los manejos de otro canciller, Franz von Papen, y su derecha conservadora, plutócrata y católica.

Fusilado el Zar en 1918 y proscrito el Káiser en Holanda hasta su muerte, un par de lobos o segundones de la tribu imperial vinieron a comulgar con el poder del padre desaparecido. Hitler y Stalin acumularon Imperios, que acaso no vuelvan a verse en la tierra. Pero, aunque transfigurados ellos en nuevos padres primigenios o emperadores sin corona, sus dictaduras serían devoradas a su muerte y otros consumirían sus cuerpos, al menos imaginativamente. Al término de la Guerra Mundial, incineraron el cadáver de Hitler. En 1956, con la inesperada desestalinización de Jruschov, empezó el derrocamiento de las estatuas de Dzuhashvili y el cambio de nombre de todas las calles, conocidas por su apodo. Desde el mausoleo de la plaza Roja, compartido con Lenin, barrieron su cadáver al muro del Kremlin.

También en España rasparon el nombre de Franco de las calles. En algunos lugares, las placas alusivas al pasado político quedaron a medio borrar, como revela el tiempo empalidecidas escrituras superpuestas en distintas épocas. En la fachada del teatro de la Comedia de Madrid, una lápida mal raspada a escarpa todavía recuerda que allí celebró José Antonio Primo de Rivera el supuesto acto fundacional de Falange, el 29 de octubre de 1933. Por cierto que de José Antonio Primo de Rivera, recién elegido diputado a Cortes, decía usted que era uno de los hombres más necios de España.

Su paisano gallego Francisco Franco falleció en 1975. Le atribuyeron aquello de que el sistema permanecía «atado y bien atado», luego tan repetido sarcásticamente. Como lo expuse al principio de este libro, cuando don Juan de Borbón renunció a los derechos sucesorios, el 14 de mayo de 1977, habían prescrito el franquismo y todos los principios del Movimiento. No era aquél el desenlace que don Juan previera para sus sueños políticos —traduzcámoslos como el banquete mortuorio de Franco—; pero así cayeron los dados y no me corresponde analizar el fracaso de un pretendiente, que ya diseccionaron Luis María Anson, Rafael Borràs y Ricardo de la Cierva.

No fue usted un profeta como el maestro de Taüll, Unamuno, Machado y Ortega. Creador del esperpento, sus predicciones se reducen a veces a trágicos y grotescos presagios, de inevitable cumplimiento, como los decenios de litigios de la camada de los Montenegro. En el ámbito de la palabra escrita, cumplió funciones más literarias e históricas que las de cualquier vidente, puesto que era y todavía es uno de los intérpretes más agudos de nuestro tiempo. Acaso el más grande, por cuanto atañe al poder político.

De la crisis del poder político contemporáneo, venimos tratando desde el principio de esta carta. Nadie la expresó en metáforas tan poderosas como las suyas. Tampoco se había vivido en el pasado la ruina y caída de tantos Imperios. Usted fue el primero en radiografiarlas y anticiparlas en *Romance de lobos*. En cierto modo, también el elogio de la traición como arte de Gobierno, que sostienen Jeambar y Roucaute, no es sino una inadvertida traducción francesa, trafagada a través de Maquiavelo, de su comedia bárbara, los lobos y don Juan Manuel. Por su parte y aunque usted escribió mucho acerca de la Españeta, como veremos muy pronto, su genio interpretativo del sentido histórico es estrictamente español. Por la hondura y la amplitud, su certera definición metafórica del sentido y destino del poder me parece análoga a la exégesis del barroco, que realizaron Cervantes y Velázquez en España o Shakespeare en la Inglaterra isabelina.

Pero no puedo por menos de preguntarme por qué no escribiría una cuarta comedia bárbara —después de *Águila de blasón*, *Romance de lobos* y *Cara de plata*—, que desarrebozara los pleitos entre los lobos. Me imagino que Farruquiño se impondría a sus hermanos, antes de firmar el contrato social y aunque sólo fuese por unos meses, como Robespierre durante el terror. Pero acaso éstas sean vanas consideraciones mías, como otros fantasean acerca de quién se posesionaría del planeta, si desapareciera nuestra especie. ¿Las víboras o las arañas? Usted y yo apostaríamos por los lobos, que dentellean en vida el corazón de su padre. Como diría el pobre de San Lázaro, pensador más resignado que Fuso Negro y de voz hedionda a lepra: «¡Es la ley de Nuestro Señor!».

Desde distinta perspectiva, supongo que la muerte de don Juan Manuel y el banquete freudiano equivalen a la confrontación del pasado con el presente. El presente comulga con el pasado y lo trae al hogaño al asumirlo. La obsesión romántica por el anteayer, pongamos por caso en Walter Scott, era de signo muy diferente. Como si lo contemplara en la vitrina de un museo, el romanticismo exigiría una manifiesta distancia entre el día de hoy y un tiempo pretérito, quimérico e inasequible.

A la edad media de *Ivanhoe* o *The Talisman,* por citar dos de las más leídas novelas de Scott, sucede la magdalena de Marcel Proust. Una impensada «epifanía» de la memoria involuntaria actualiza un pasado, que hasta entonces fue heredad del olvido. Pero a la magdalena proustiana en *Du côté de chez Swann,* 1913, se había anticipado usted por el camino de aquellas revelaciones, en *Sonata de otoño,* 1902, como si no sólo quisiera reiterar el pasado sino también actualizarlo en su obra.

Este conjuro del antaño en el hogaño, muy propio de nuestros hitos artísticos e intelectuales, nos obliga a pensar en el instante eternizado de *Las meninas* o en otro momento, de muy distinto sentido histórico, ya comentado: el del grito del reo goyesco, con las calzas amarillas y los brazos en aspa. Al igual que en aquellas telas, su *novella* ejerce de anticipada caja de resonancia de diversos criterios intelectuales de su tiempo. Dieciséis años antes de que Jung publique *El papel del inconsciente,* lo precede usted sin nombrar nunca el inconsciente.

Cazaba el marqués de Bradomín en Viana del Prior, donde también se topará con la Santa Compaña don Juan Manuel Montenegro. Allí acudía cada otoño Bradomín, olvidado de Concha de Brandeso, su prima y antigua amante, en el plano de la memoria consciente. No obstante, en lo más inadvertido, siempre la tuvo muy presente. En mitad de una partida de caza, vendría a revelárselo la última carta de su prima. «¡Mi amor adorado, estoy muriéndome y sólo deseo verte!» En tanto Concha agonizaba tuberculosa, regresaba eros a los umbrales de thánatos y Bradomín sintió renacer sus antiguos amores, siempre entre auténticos e histriónicos. De inmediato, acudió al palacio de Brandeso: una fábrica del XVIII, de fachada renacentista y plateresca.

Valga añadir en este punto que usted contradice a veces el tiempo lineal y la cronología de sus personajes, al margen de la perenne perpetuidad del inconsciente y sus revelaciones. Bradomín le contará a Rubén Darío —muerto en el mundo en 1916— que tiene cien años y quiere vender sus memorias porque está arruinado. Si el marqués es centenario en la supuesta antevíspera de la Gran Guerra, cuando Rubén abandonó definitivamente España, no se comprende cómo pudo haber sido ya un anciano, «un viejo dandi», en 1868: fecha conjunta de la revolución *Gloriosa*, la caída de la Reina castiza y el transcurso de *Viva mi dueño*.

En otro ámbito temporal —el del ayer retoñado en el presente— también dirá el supuesto centenario haber perdido aquella carta perfumada a violetas. El extravío tiene perfecto sentido, porque fallecida Concha —en otra sonata u otra vida de su amante—, su carta, al igual que ella misma, pertenece a una esfera inalterable donde eros y thánatos, unidos e identificados a perpetuidad, no son sino desmemoria. Digamos un conjunto olvido inconsciente, que otro día se convertirá en texto literario.

En explícito sentido argumental, el tema de *Sonata de otoño* es tan antiguo como el romancero o Boccaccio. Se resume en un oculto encuentro erótico, con la suplantada identidad de uno de los amantes o la equívoca interpretación de su propósito, desde la perspectiva del otro. Vive Concha separada de un esposo mucho mayor que ella y por añadidura enfermo, quien la abandonó ultrajado por su adulterio con Bradomín. Tampoco la perdona la madre del marqués y no le ahorra una carta infamante, al tener noticia de la vuelta de su hijo a Brandeso.

La madre de Xavier de Bradomín, María Soledad Carlota Elena Agar y Bendaña, se llama igual que la sufrida esposa de don Juan Manuel Montenegro y su último apellido coincide con el de una prima soltera de Concha, Isabel de Bendaña, quien llega al palacio con las dos hijas de la moribunda, aún niñas y educandas en un convento. Isabel lleva a aquellas criaturas a Brandeso para que se despidan de su madre, si bien no advierten ni comprenden todavía que los ojos de Concha están a punto de vidriarse.

En otro entrevero de contradicciones y presentimientos inconscientes, reza Concha para que Bradomín la acompañe a la hora suprema. Pero teme condenarse, de expirar en pecado mortal abrazada a su primo. Precisamente así, amándose con el marqués, vendrá a rendir el alma. Cuando Bradomín, falto de fuerzas anímicas para devolverla muerta a su alcoba, acuda a Isabel, ella supone que viene a seducirla. Se le entrega sin que el marqués alcance a proferir una sola palabra. Lo fuerza a representar el papel de sí mismo, en silencio, mientras thánatos se trasmuta en eros. «¡Temo que se aparezca Concha!» exclama Isabel en otra desadvertida y cruel ironía. Aquella misma madrugada, eros revertirá en thánatos mientras Bradomín, devuelto a su irreductible soledad, lleve en brazos y a través del palacio el cuerpo de Concha a su dormitorio.

Lo más permanente de *Sonata de otoño* es el sobrescrito de los tiempos. Por su revelación del pasado, que no invocación narrativa a la manera de los cronistas, se habría granjeado usted el doble homenaje de dos contemporáneos. En otras palabras, Proust lo admiraría tanto como Freud y ambos lo verían como un precursor, si hubiesen leído su *récit* o conocido su propia existencia.

Al autor de *Du côté de chez Swann* no sólo le deslumbraría su devolución del pasado al presente sino también su restitución del presente al pasado que le corresponde. Se diría que aquellos días, de un otoño anterior a la última Guerra Carlista, se mantienen presos en ámbar o en transparentes hielos eternos. A la vez se demora la acción de la sonata, porque sencillamente el tiempo dejó de existir como sucesión narrativa de causa a efecto. Por eso concluye la obra sin un auténtico desenlace, junto al laberinto que abre y preside los jardines de Brandeso. Transcurrieron pocas horas desde la muerte de Concha y sólo la conoce el marqués. Pudo haber perdido Bradomín la carta de aquella amante, pía y lasciva como Isabel II, al igual que pronto extraviará el recuerdo de Isabel. Pero gracias a usted, don Ramón, el tiempo permanece por siempre reencontrado.

Menos certero se me antoja su descenso desde la España valleinclanesca de *Romance de lobos* y *Sonata de otoño* a la Españeta del pasado. *Farsa y licencia de la Reina castiza*, 1920, parece un ingenioso ballet dialogado en sardónicos versos. «Sabrás que, al fin, el breve ha conseguido, (el futuro san Antonio María Claret)/ para que sin pecar/ y sin mayor agravio a su marido,/ se pueda la Señora enamorar.» También veo a veces aquella pieza como una comedia de títeres, anticipada y dispuesta para los recursos técnicos actuales, alrededor de un conocido episodio de la vida amorosa, por llamarla de algún modo, de Isabel II. Usted mismo la emplazaba en 1926 en su «Tablado de marionetas para educación de príncipes», con *La cabeza del dragón,* 1910 y *La enamorada del Rey,* 1920.

En todo caso, ni por su género o su intención literaria, pertenece *Farsa y licencia de la Reina castiza* a *El Ruedo Ibérico.* Empezó aquella trilogía con *La Corte de los milagros,* 1927: una novela que al principio debía llamarse, menos felizmente, *La Corte isabelina.* Prosiguió la serie inacabada con *Viva mi dueño,* 1928, y *Baza de espadas, 1932.* Esta última, todavía incompleta, volvió a publicarla en Barcelona Alfredo Herrero —uno de mis muchos amigos muertos— en 1958.

Veo el entero *Ruedo Ibérico* como su campo de estudio y cultivo literario, al fondo de un catalejo vuelto del revés. Obligatoriamente se empequeñece la panorámica, mientras bulle y se amontona la sociedad de otra época, al igual que un hormiguero en la platina de un gigantesco microscopio. En análoga pero inversa medida que se agigantaban los Montenegro, el pobre de San Lázaro y Fuso Negro en *Romance de lobos*, aquí se disminuyen el pueblo, los campesinos, los cortesanos e inclusive las figuras históricas, como la Reina, Cabrera, Prim y el agonizante duque de Valencia.

No sé si usted estaría de acuerdo o si lo estará su hijo Carlos, actual marqués de Bradomín por gracia de don Juan Carlos, con quien sostengo —entiéndase el marqués y no el Rey— sabrosas conversaciones telefónicas de una o dos horas, varias veces al año. Asimismo ignoro si abundaría en mi juicio crítico Xavier de Bradomín, el penúltimo marqués, arruinado en su pazo y antes reaparecido en *Viva mi dueño*, como ya se dijo. No consiguieron empobrecerlo las mujeres, confesaría a Rubén Darío; pero lo pudo la malhadada agricultura.

El Ruedo Ibérico incompleto puede leerse desde cualquier punto y en todas direcciones. Talmente como observamos el remolino de las hormigas luminosas, en el catalejo del revés. Por contraste, debe seguirse *Romance de lobos* y *Sonata de otoño* de principio a fin. A la comedia bárbara no le falta o sobra una sola palabra. Para mi gusto al menos, se excede la sonata en el último párrafo. Si bien hace allí el marqués una aguda parodia de sí mismo y de su retórica amorosa. «¡La pobre Concha había muerto!... ¿Volvería a encontrar otra pálida princesa, de tristes ojos encantados, que me admirase siempre magnífico? Ante esta duda lloré. ¡Lloré como un dios antiguo al extinguirse su culto!»

Romance de lobos y *Sonata de otoño* deberían ser textos obligatorios, en las escuelas e iglesias del reino, puesto que en la iglesia medieval nacieron el circo, la escuela y el teatro actuales. Si no se remedia este descuido, nos iremos del mundo, nosotros y las siguientes generaciones, ignorando quién somos y de dónde venimos. Para Shakespeare y su amigo Rubén Darío, este desconocimiento era el peor de los males. Por otra parte, me parece consecuente y comprensible que su trilogía permanezca sin concluir, puesto que la Españeta perdura inamovible e inalterable, por debajo de todas las transformaciones aparentes o fingidas.

El pescado empieza a podrirse por la cabeza, dicen los mariscadores y almadraberos del Peloponeso. Añadiría Xavier de Bradomín que lo mismo ocurre en este bello país del sol y la mentira. En el catalejo del revés, se abre su trilogía con el otorgamiento de la Rosa de Oro —el mayor homenaje pontificio— a Isabel II, «por las altas virtudes con que brillas». Corre el año de gloria subversiva de 1868 y en setiembre echarán a la Reina del trono. Desde el principio de *Farsa y Licencia*, conocemos al padre Claret, confesor real y antiguo obispo de Santiago de Cuba; Patrocinio, la monja milagrera de las llagas, que en el mundo fue María Josefa Quiroga y el adamado y ultramontano Rey consorte, objeto de supuestas coplas de ciego aunque suenen muy valleinclanescas. «La Reina zampa un buñuelo/ con una copa de anís./ Y don Francisco de Asís,/ sacando la minga muerta,/ al amparo de una puerta/ lloriquea y hace pis.»

Por ser teatro inadvertido, todo obedece a una perversa e inevitable justicia dramática, tan descabellada como insoslayable. El tablado o Corte de los milagros no es sólo Palacio sino todo el Ruedo Ibérico: el que nunca se cierra por la puerta de los carros o el chiquero. Hay homicidios encubiertos e impunes: el de un municipal a manos de un aristócrata ebrio; el de un polizón, huido de un tren en marcha, por obra de la Guardia Civil; el secuestro político de un señorito por píos caballistas andaluces, en connivencia con una hilera de administradores del caciquismo. La Reina debió olvidarse del millón de reales, que quería donar a la Santa Sede en pago de su Rosa. Se desmemoria con la entrada en Palacio de un nuevo querido, tan efímero como los anteriores. Nadie anticipa el derrumbe de aquel tinglado, en tanto la Revolución en ciernes zapa la tierra debajo de sus pies.

Se cuece un vano cambio de régimen, puesto que todo terminará en la Restauración, a la vuelta de seis años; consumado para entonces el doble fracaso de la Monarquía de Amadeo I y la Primera República. Adelardo López de Ayala, el dramaturgo del momento —así como futuro ministro de Amadeo y Alfonso XII, puesto que ciertos «cráneos privilegiados», como usted los llamaría, medran en todos los señoríos—, intriga en los salones para que aclamen a la infanta Luisa Fernanda, la hermana de Isabel, y a su señor marido, el insaciable duque de Montpensier. Complicado en la trama rebelde, un criollo habanero se oculta en los desvanes de un convento de clausura. Admira encarecidamente a su jefe desterrado, el general Prim, porque, como gobernador de Puerto Rico, impuso la última pena a todo negro libre que abofeteara a un blanco, por justificada que fuese la agresión, así como el inmediato corte de la diestra si era esclavo. A la huida del cenobio, unos delincuentes salidos del noble pueblo, en cuyo nombre conspira el cubano, intentan robarle y están a un tris de asesinarlo. La muerte implacable vuelve a cruzar por aquel entramado. Con sanguijuelas detrás de la orejas, fallece Ramón María Narváez, hombre fuerte y espadón por excelencia, antiguo presidente del Gobierno. Otro señorito sufre un aparatoso vómito de sangre en una timba de la aristocracia; pero sobrevive y se recobra. Laus Deo.

O no Laus Deo, puesto que nada acaba aunque se transformen la textura del asunto y el paisaje humano. Cambia la panorámica y aparece un prieto tejido, que deshace el destino en cuanto lo hila, si bien luego lo prosigue porvenir adentro. Cuando usted abandonó el anchuroso tapiz de su trilogía, empezábamos a orientarnos en el baldaquino. Enseguida vacilamos extraviados. No nos confunden las caras desconocidas ni el reparto de apellidos, ciertos o fabulosos. Nos desconcierta reconocer en aquella Españeta a esta Españeta, en aquella dinastía a esta dinastía, en muchos de sus mandamases a demasiados dirigentes contemporáneos y en diversos fantoches a nosotros mismos. Todo ello al fondo de un derrumbadero, que es un destrozo de espejos oscurecidos y fracasos de cualquier orden, donde para nuestro quevedesco dolor no hay más memoria viviente que la nuestra.

Respetuosamente, le saluda

Carlos Rojas

Conclusión

Sabino Fernández Campo, conde de Latores
Marqués de la Ensenada, 16, 6º piso, «Centro Colón»
28004 Madrid

Querido Sabino:

Aunque hubiese escrito Calderón casi ochenta autos sacramentales y pese a las sesudas consideraciones de Alexander Parker y Ángel Valbuena Prat acerca de su acendrado agustinianismo, guardo para mí que don Pedro Calderón de la Barca era en su fuero íntimo un cura descreído. Creer, lo que se dice creer, me figuro que sólo creería a medias en el teatro.

Inclusive imaginé una vez un intercambio de pareceres acerca de la realidad entre Calderón y Velázquez, quien había pintado los bastidores para algunos de aquellos autos, cuando Felipe IV los puso de moda en el Buen Retiro. Me refiero a una conversación muy barroca, que pudo y aun debiera haber tenido lugar. «Dichoso vuestra merced, don Diego», lamentaríase Calderón, «porque los personajes que pinta van a sobrevivirlo en sus telas. En tanto los que yo creo, así sean reyes por gracia del Altísimo, príncipes constantes de la fe, la Inmaculada Concepción de María o la propia Trinidad, pasan aun antes que los adamados actores y las putísimas actrices que los representan.»

Pensaba yo entonces que acaso ni siquiera el teatro había inspirado una auténtica creencia en Calderón. Así sería cuando llama al mundo histriónico escenario y a la vida sueño. De ello se derivaría que la existencia humana y sus tablas —nuestro yo y nuestra circunstancia, si parafraseamos al joven Ortega— no son sino «humo y viento», puesto a emplear una expresión muy suya, muy calderoniana. O bien pura falacia y trampantojo; *smoke and mirrors*, «humo y espejos», como dicen hoy en día en inglés.

Reducidos a delgado sueño la realidad y el teatro, el pensamiento calderoniano se aproxima al del joven Lutero. Como me lo citaba Norman Brown hace cerca de cuarenta años, para aquel fraile agustino este mundo, con todas sus manifestaciones visibles, es obra y engaño diabólico, al igual que también pertenece la carne al demonio y el alma a Cristo. *Deus absconditus*, suprema y única realidad, se oculta en lo oculto: en lo invisible. Por este tenor, serían satánicos los sueños y se equivocaría Descartes, cuando los supuso dones del cielo, en tanto eran para él las alucinaciones productos del averno.

Todo lo anterior viene a propósito de la pesadilla, que tanto te atormentó en el pasado, sin que yo sepa ahora si ya te libraste de su acoso. Me refiero al terrible sueño, que tuviste y recoge José Apezarena en *Todos los hombres del Rey,* 1997. Dormido, crees regresar a la Zarzuela y al 23 de febrero de 1981, cuando el fallido golpe de Estado: el último del pasado milenio y posiblemente del presente, Deo volente. Como en sueños la memoria encoge o dilata el tiempo, tal por cual los cambios de luz reducen o ensanchan las sombras en el muro, de improviso ya no estás en aquella noche de Walpurgis sino en la mañana entrada del 24 de febrero.

Siempre en tu sueño, el teniente general Jaime Milans del Bosch, entonces al mando de la Capitanía General de la Tercera Región Militar, ha llegado con sus tanques a la Zarzuela, en vez de pasearlos por Valencia desierta hasta que el Rey le ordene retirarlos, como ocurrió en la realidad. En la pesadilla, el teniente general que aseguraba poder llevar sus blindados hasta el Cáucaso y prometía a don Juan de Borbón no morirse antes de echarlos a la calle, según cuentan Pardo Zancada y Apezarena —promesa desde luego cumplida en Valencia—, desembarcaba, como dije, en Palacio y el Monarca se precipitaba a abrazarlo.

En tu estupor, sin reparar todavía que estabas soñando, oías cómo el Soberano llamaba a Milans salvador de la patria y redentor del reino. Tú, como general del Cuerpo de Intervención y secretario general entonces de la Real Casa, permanecías cuadrado y atento. Acaso te preguntaras cuántos prodigios llegarías a ver en la Zarzuela, puesto que apenas iniciado en la secretaría, te topaste allí con un viejo guepardo suelto. Resultó no ser el del príncipe de Lampedusa sino un regalo de Etiopía a los Reyes. En todo caso, don Juan Carlos I se volvía hacia ti; te señalaba ceñudo con el índice y decía a Milans del Bosch: «¡A éste que me secuestró, lo arrestas inmediatamente y que lo sometan a consejo de guerra!». En aquel instante, despertabas sobresaltado.

Calderón diría que tu pesadilla no era sino un sueño, envuelto en otro que llamamos la historia. Ambos transitorios y evanescentes como la raya en el agua o la voz que clama en el desierto. Pero a veces quedan las palabras, aunque pasen los sueños o se viertan desmemoria abajo al despertar. Acaso por esto, si en algo creía aquel cura y comediante, fuera en el teatro y no en el mundo.

Permíteme volver a la intentona de febrero de 1981, desde la farándula y la dudosa realidad. El coronel Pardo Zancada —condenado por su parte en el golpe de Estado y a quien acabamos de citar y ya vimos en este libro riendo de buena gana, cuando le contaban que un hijo de Martín Villa desconocía el nombre y la existencia de Franco— encabeza su obra *El 23-f. La pieza que falta,* con una exclamación del Rey, entre la angustia, el pánico y acaso la ironía, dirigida privadamente a ti aquella misma mañana del 24 de febrero de 1981. «¡Mira que si nos hemos equivocado, Sabino!»

Me consta que corregiste y trasladaste la citación a sus verdaderos términos: *¡Mira que si te hubieses equivocado, Sabino!* Aquí nada de plurales mayestáticos, puesto que los monarcas no se equivocan nunca, como lo precisaba Jesús Palacios al recordarlo. Yo añadiría que ni siquiera yerran cuando se contradicen y desdicen frente al mundo, como todos los Borbones en los dos últimos siglos, a excepción de Alfonso XII. O cuando perjuran la Constitución, como lo hizo Alfonso XIII. En el más apretado y cercano de los casos, se abstienen de jurarla, por haber jurado demasiadas veces otros principios y fundamentos.

En el supuesto de que hubieses creído equivocarte, si vedabas el paso al pronunciamiento, habrías entregado al país a una versión «municipal y espesa» —valga de nuevo la actualizada versión rubeniana del vulgo— de impaciente derechismo, militarismo redentorista, intereses creados, inepcia política y desconcierto combinado con la improvisación. Nada más pero tampoco nada menos. En otras palabras, lo mismo de siempre.

Llamaron al 23-f la última asonada decimonónica; pero jamás conoceremos su entera extensión, como creo que tú mismo lo aseveraste alguna vez. Tampoco sabremos nunca el posible alcance de su hipotético triunfo, ni la verdadera participación de los elementos civiles en la intriga. Juan García Carrés y Pardo Zancada admitieron en mi presencia su total y absoluta ignorancia de sus obligaciones, al día siguiente, de haberse impuesto el golpe de Estado. En otras palabras, de cumplirse lo que tu pesadilla predecía al revés y con un trastrocamiento total de lo ocurrido.

Desde el título de su libro, mantiene Pardo Zancada la insinuada sospecha de una posible participación, aunque fuese tácita y pasiva, del jefe de Estado en el proceso de aquella intriga. También al mirar retrospectivo, García Carrés y Pardo Zancada se mostraron de acuerdo conmigo en haberse equivocado de mapa y calendario. En fin de cuentas, el destino geográfico e histórico de la España actual pertenece al Occidente europeo: parte intrínseca del supuesto primer mundo, industrializado, parlamentario, tecnológico, informado e informatizado. Según dicen, inclusive culto y civilizado. Sobre este último particular, confieso mis dudas.

Por el contrario, siempre desplazada en el tiempo, la Españeta es ajena a tal coyuntura histórica y geográfica, como Ortega y Antonio Machado lo comprendieron mejor que nadie en su época. Al cabo y a la postre, el 23-f no fue sino un pronunciamiento de la Españeta, con manifiestos toques de España negra, que no pasaron a mayores porque no hubo derramamiento de sangre. No obstante, cuenta sin reparos Pardo Zancada cómo a la salida de los diputados del Parlamento, entre dos filas de guardias civiles ya rendidos pero todavía armados, se le aproximó desazonado uno de aquellos números murmurándole: «Mi comandante, yo a alguno le pego un tiro. Esto no puede acabar así». Tal es decir y aunque Pardo Zancada no parezca advertirlo, no quería el guardia sino matar a un parlamentario indefenso por la espalda, como el cubano Victoriano Cuenca había asesinado a Calvo Sotelo en 1936.

Le causó «profunda pena» a Pardo Zancada aquel «hombre de bien», desamparado por la ley, puesto que debía entregarse sin escabechar a nadie en el fallido pronunciamiento. Razonó el comandante con el número, recordándole que ellos, al revés de los etarras, no daban muerte traicionera a las víctimas inermes. Según testimonio del autor de *El 23-f. La pieza que falta,* terminaron sollozando abrazados. Regoyos habría podido pintar la escena, que hubiese fascinado a Verhaeren o Valle-Inclán. Más allá de las lindes de la España negra y la Españeta, me la figuro adaptada al teatro por Samuel Beckett. El Beckett de *That Time, En aquel tiempo,* 1975, o de *What Where, Qué Dónde,* 1984: drama en un acto, estrenado a los tres años del 23-f.

Lo peor, Sabino, es que si te hubieses equivocado o creído equivocarte, la noche del 23 al 24 de febrero de 1981, nunca habrías escrito el discurso de ingreso en la Real Academia de Ciencias Morales y Políticas, pronunciado el 28 de junio de 1994 : *Una relectura de El Príncipe.* Al entonces hacía ya año y medio que habías dejado la jefatura de la Real Casa, desempeñada desde 1990. El 6 de mayo de 1992, Su Majestad te concedía el condado de Latores, título que dicen escogiste en recuerdo del caserío donde a tu padre le correspondió venir al mundo. En diciembre de 1992, molesto y deprimido al saber cómo te apercibían el despido a espaldas tuyas, pediste que consignaran tu cese en el cargo, ante la creciente influencia del banquero Mario Conde acerca del Rey.

Sin haber previamente consultado contigo, en un almuerzo privado a finales de año, don Juan Carlos le dijo a la Reina: «¿Sabes que Sabino nos abandona en una semana?». Te otorgaron la Gran Cruz de Carlos III, cuya banda llevan los infantes en *La familia de Carlos IV* y nombraron consejero privado. Título que suena íntimo y altísimo, si bien supongo no significará absolutamente nada. Talmente como las distinciones nobiliarias de la Santa Sede o el ruido y la furia en la urdimbre y el relato de la vida, según el rey Macbeth de Shakespeare.

Sus Majestades asistieron a tu ingreso en la Academia de Ciencias Morales y Políticas y escucharon tus reflexiones a la relectura de Niccolò Maquiavelo. Una vez te pregunté si el más ilustre de tus oyentes había entendido tu disertación en la Academia. No me contestaste. Espero sinceramente que todo el mundo haya comprendido aquel discurso, porque lo considero una de las reflexiones capitales sobre *El Príncipe* y acerca de las razones, sinrazones y debidos límites del poder político.

También supongo que en el valle de Josafat se mostrará Maquiavelo de acuerdo contigo, cuando comparezcas en su presencia. Acaso rememore entonces su confinamiento voluntario en la granja de San Casciano, donde escribió *Discorsi sopra la prima decada di Tito Livio, Discursos sobre la primera década de Tito Livio,* 1531 e *Il Principe,* 1532: obras póstumas ambas por haber fallecido Maquiavelo en 1527. Tácitamente desterrado de Florencia aunque absuelto de toda culpa política, se refugió en su *fattoria* después de soportar la cárcel y la tortura, con el retorno de los Médicis. Cabe que también te cuente cómo se vestía de gala cada noche, en la soledad de San Casciano, para volver a la lectura de los clásicos. Así se lo detallaba a Francesco Vettori, en una conocida carta que reprodujo y comentó Giorgio de Santillana.

Desde el principio, anticipas que tu conferencia será un traslado de las reflexiones maquiavélicas, para comprobar su pervivencia y su valor. A partir de aquel punto te ciñes casi por completo al análisis de *El Príncipe*. Procedes al revés de Santillana, quien en *The Great Ages of Western Philosophy, Las grandes edades de la filosofía occidental* sólo escogía y citaba pasajes de los *Discursos*.

Habida cuenta de que Maquiavelo redactó aquellos libros conjuntamente, me imagino que te debes ahora una amplia aproximación comparativa a ambas obras. Inclusive sospecho que más te identificarías con los *Discursos* que con *El Príncipe* al cotejarlos, desde la doble perspectiva histórica y política. Si te sirve la nota, añadiré que a *Discorsi* se ha dedicado un breve y muy penetrante análisis, *The Other Machiavelli, El otro Maquiavelo,* de Quentin P. Taylor, 1998, donde aparece el confinado de San Casciano como precedente o telonero del republicanismo democrático americano.

En sus *Discursos* exponía Maquiavelo los principios democráticos a la luz de la República romana. En *El Príncipe,* deseoso de congraciarse con los Médicis, ofrecía un vademécum sobre el arte de Gobierno a la Monarquía. Mejor dicho, al Príncipe en su principado, como traducía Maquiavelo su concepto de la Corona; habida cuenta de que su horizonte político e intelectual casi se limitaba a las ciudades estatales de Italia, en lo geográfico, aunque hubiese sido brevemente legado en Francia. En lo histórico, se remontaba a dos Romas: la republicana y la imperial.

Su supuesta duplicidad ha sido condenada por la Iglesia, que lo puso en el índice a mediados del siglo XVI, y por Federico el Grande de Prusia, como tú lo indicas. H. G. Wells aconsejaba limitarse a leer *El Príncipe* para reprobarlo, en vez de traducirlo por libre entre líneas para redimirlo. Atenerse así a lo que Maquiavelo escribió y no a lo que dejó de escribir. Voltaire, quien preparó la edición del *Antimaquiavelo* de Federico el Grande, si no lo compuso de la cruz a la fecha y de guarda a guarda, decía con agudo cinismo en la estricta intimidad que los poderosos de la tierra —los Papas y Reyes que encabezan la danza de la muerte— aborrecían a Maquiavelo, porque el antiguo secretario de la Cancillería florentina dio su cuarto al pregonero y puso de manifiesto todos los sucios trapos de sus malas artes.

Aunque escribiese al mismo tiempo aquellos dos libros, no pretendería incurrir Maquiavelo en dobleces ni contradicciones. Al margen de sus convencimientos más profundos, que supongo intelectuales, exponía un par de sistemas administrativos opuestos y hacía el elogio crítico de ambos, para que el lector se inclinara por el que mejor le acomodase y más justo o viable le pareciera. No obstante, estoy de acuerdo contigo cuando manifiestas que sus ocultas preferencias, instintiva e ideológicamente, estarían con la República y no con la Monarquía. Como lo recuerda Santillana, Maquiavelo sostuvo su fidelidad republicana al *gonfaloniere* Pier Soderini y la pagó con la cárcel y el martirio, a manos de los esbirros de Lorenzo de Médicis.

Me consta que en una ocasión, cuando un periodista te preguntó directamente si eras monárquico, le contestaste: «Yo pienso que en esta vida, más que las palabras autodefinitorias de lo que uno es, tienen importancia las conductas, los sacrificios y las demostraciones prácticas de lo que se es capaz de entregar al servicio de una persona, de una institución o de una idea. He servido al Rey con toda lealtad, la misma que puse cuando me tocó trabajar con algunos ministros de Franco a quienes había que apoyar».

Vuelvo al 26 de mayo del pasado año de señaladas desgracias, cuando intercambiamos muestras de recíproca indignación por la actitud de Clinton y la OTAN en la tragedia de Kosovo y Yugoslavia. Como ya lo referí en otro contexto, dijiste entonces una frase que Niccolò Maquiavelo habría aprobado, no sin cierto grado de escepticismo: «Tenía razón Clemenceau, asegurando que no se puede dejar la guerra a los militares. Pero tampoco podemos dejarla a los políticos». Conforme, aunque yo añadiría lo mismo acerca de la paz y no sólo la guerra. Precisaría Maquiavelo que tampoco debe confiarse la política a los príncipes y precisamente por esto él había escrito *Il Principe.*

Más allá de la paz y la guerra, emplaza Maquiavelo otros dos términos que serán las piedras angulares de su pensamiento político : *virtù* y poder. *La virtù* trasciende la virtud castellana. *La virtù è premio a se stessa,* «La virtud se premia a sí misma», decía un proverbio florentino renacentista, que aún sobrevive y al que Maquiavelo pararía sarcásticos oídos. Como citas en uno de tus comentarios al famoso capítulo XVIII de *El Príncipe,* únicamente en una hipotética perfecta sociedad, poseería *il Principe* aquella virtud, compuesta de las cinco cualidades que enumera Maquiavelo: compasión, lealtad, grandeza de ánimo, probidad y religiosidad.

Este ideal es sencillamente imposible porque la naturaleza humana sólo lo es en parte y en parte también perdura en ella la bestia. Como resulta habitual en su obra, el depuesto subsecretario de la República de Florencia se vale de la mitología, con agudísimo sentido de la ironía, y pretende confundirla a veces con la verdadera historia remota, *l'antichità.* Así recuerda que un híbrido de bestia y hombre, el centauro Quirón, educó a unos príncipes tan notorios como Teseo y Aquiles.

Con tanto como llegó a escribirse en torno a Maquiavelo, creo que no se ha tratado debidamente su concepto de la libertad. El Príncipe es libre de escoger la especie bestial con que prefiera identificarse. Puede optar por parecerse al león o al zorro. El primero es incapaz de evitar las trampas y lazos de los cazadores. El segundo las percibe y soslaya. Pero el zorro no puede escapar de los lobos, en tanto sus camadas se guardarían de atacar al león. En consecuencia el Príncipe debería mantener la ferocidad del león y la astucia del zorro, en el ejercicio del poder.

Por otra parte, el hombre o las masas son libres de dejarse engañar por el Príncipe, cuando perjura para conseguir el poder y perpetuar su autoridad. Maquiavelo cita el ejemplo de su contemporáneo el papa Alejandro VI. En su reinado, de 1492 a 1503, Su Santidad Rodrigo Borgia faltó siempre a la verdad y ni siquiera se le ocurriría cumplirla. No obstante sus perjurios y falacias tuvieron plena aceptación, porque el Pontífice comprendió que el pueblo, íntima y fervorosamente, esperaba ser mixtificado.

Todo ello nos lleva a otra dovela del pensamiento maquiavélico: el poder. Para arrogárselo y acrecentarlo, prescindirá el Príncipe de *la virtù* y sus componentes. En el ejercicio de sus funciones, será libre y consumado actor como antes lo vimos escoger el papel de la bestia o las bestias que le correspondían. Tampoco este aspecto teatral del Príncipe, comediante en la dramática representación de sí mismo, ha sido debidamente señalado que yo sepa al menos y con permiso de todos los maquiavelistas anteriores a ti.

Tú indicas que Maquiavelo aconseja al Príncipe prescindir de la piedad, la honradez, la liberalidad, la fidelidad y la conmiseración. Pero debe aparentar aquellas cualidades, aunque obre de acuerdo con todo lo opuesto. Como los pueblos son crédulos, tan perversa transposición de valores será siempre aceptada y celebrada. Dispondrá el Príncipe su rápida mudanza de máscara y proceder, «según lo obliguen los vientos y cambios de la fortuna». En realidad, no hay nada nuevo en este último particular maquiavélico. Un siglo antes, había escrito el canciller Pero López de Ayala que de tal guisa iban los fechos de don Pedro I, «que todos los más de él se apartaban».

Aunque el canciller debiese su carrera a don Pedro el Cruel o el Justiciero, que de las dos maneras daría en nombrarlo el pueblo, no tardó en desertar al bando del bastardo Enrique de Tratámara, quien acabaría a puñaladas con su regio hermanastro. Maquiavelo habría aprobado la conducta de López de Ayala; pero más celebraría que la historia tienda a exonerarlo ahora de pérfidos cubileteos y beatifique su conducta como un evidente o hipotético dechado moral. Que semejante casuística le importaría muy poco al autor de *El Príncipe*.

Detrás de la virtud y el poder, en los orígenes de la condición humana, Maquiavelo, un hombre a todas luces descreído, percibiría el pecado original. El Príncipe que siempre pretenda conformar su conducta con la integridad, obrando como moralmente debe y no de acuerdo con las circunstancias políticas, arruinará su Estado y su cometido histórico ante el porvenir.

Como lo afirmas en tu lectura crítica del capítulo XV de *El Príncipe,* el más devastador después del XVIII, dominan el mundo la ambición, la envidia, la impaciencia y la sed de venganza. Para regirlo, el Príncipe se valdrá de la astucia y el engaño, cuando sea menester. No obstante, en su frío pragmatismo, el antiguo subsecretario llega a admitir la posibilidad de que en excepcionales coyunturas sean necesarias la nobleza, la justicia y la compasión. El Príncipe recurrirá entonces a aquellas virtudes, sin reparos ni vacilaciones.

En pocas palabras, la sociedad y su administración desde la cumbre del poder se reducen a aquel ambiguo juego de máscaras e histriónicas apariencias, que señalábamos antes. (El baile de disfraces goyesco en un ámbito florentino y renacentista.) En la incertidumbre consiguiente al cambio de libreto, no mantendrá el Príncipe otro criterio o conducta que los favorables a la perpetuación y afianzamiento de su poderío. Pero se guardará de convertir su imperio en ciego despotismo o usurpar las pertenencias ajenas, ya sea por la fuerza o a través de corruptos tribunales, porque el más elemental conocimiento de los hombres revela que, en su ambiciosa codicia, «antes olvidan la muerte —o para el caso la ejecución— de un padre que la pérdida de su patrimonio».

Como después Benito Mussolini, ávido lector de *El Príncipe,* Maquiavelo juzga la guerra la salud del Estado y condena toda neutralidad, en el capítulo vigésimo primero de su manual. No precisamente por oponerse a un cristiano pacifismo, que sería poco menos que inconcebible en un estadista o un Pontífice del renacimiento —digamos un Alejandro VI o su sucesor en la Santa Sede Julio II della

Rovere—, sino a efectos y supuestos prácticos. Los neutrales provocan el odio del vencedor y el resentimiento del vencido. Por añadidura, un Príncipe «sabio» y prudente instigará convenientes conflictos, en cuanto se le ofrezca la ocasión, porque al aplastarlos acrecienta su prepotencia y soberanía.

En la paz, conviene al Príncipe mantener la austeridad y cumplir con la palabra empeñada. Maquiavelo asigna poca o ninguna importancia al enriquecimiento del Príncipe y se desentiende de los bienes materiales. (Valgan el inciso y la prospección anacrónica, también Teseo, en el *récit* de André Gide que lleva su nombre, desprecia la riqueza, aunque sea un estadista maquiavélico en otros respectos.) Por cuanto atañe a la verdad, ciertos príncipes le guardaron escasa consideración aunque sea preciso admitir que «siempre triunfaron en sus empresas pese a sus engaños», prosigue Maquiavelo en el capítulo XVIII. «Alejandro —Alejandro Magno, no el Papa Borgia que bien pudiera confundirse con él en tal caso— nunca hizo cuanto dijo. César nunca dijo lo que hizo», atestigua un viejo proverbio toscano, recogido por W. K. Marriott, en su edición de *El Príncipe.*

Con todo, la infidencia como norma no se aplica a los vasallos del principado ni al propio Maquiavelo. En la carta a Francesco Vettori, asevera que a nadie cupo duda de su cumplimiento de la fe debida. Quien nació leal y honrado como él no cambia de idiosincrasia. La pobreza en que vive testimonia su rectitud. En el retiro de San Casciano, no tiene más regalo que las partidas de damas en la taberna, con los patanes del lugar, o las horas que consume quemándose las cejas, cuando lee y escribe por la noche.

Aunque no lo mencione de manera explícita, admiraría Maquiavelo el sistemático incumplimiento de los pactos contraídos por Fernando de Aragón, después de la toma de Granada. Abiertamente alaba «la piadosa crueldad», que distinguió al Rey Católico en el rescate del último reino moro de la península y en sus campañas de África e Italia. «Un estadista tan singular y deslumbrante resulta incomparable», concluye en el capítulo XXI de *El Príncipe.*

Aunque suelan editarse conjuntamente, señalemos que aparte de su obra más difundida escribió Maquiavelo su «Descripción de los métodos adoptados por el duque Valentino, cuando asesinó a Vitellozzo Vitelli, Oliverotto da Fermo, el señor Pagolo y el duque de Gravina Orsini». Valentino no era sino César Borgia, uno de los hijos sacrílegos de Alejandro VI y heredero de su Imperio en Italia. Maquiavelo admiraba al duque; pero lo creía destinado a perder sus posesiones, heredadas y no conquistadas, como vino a arrebatárselas el nuevo Pontífice o Vicediós, Julio II, a la muerte de su padre.

En cierto modo, vería Maquiavelo en el duque a su propia obra. Como secretario de la República, actuó de embajador acerca de César Borgia, ofreciéndole la alianza que Florencia negara a los Vitelli y los Orsini. Dio con el bastardo en Imolda despavorido y confuso, aunque fuese hombre de tremendo valor físico, porque los soldados le desertaban y temía encontrarse indefenso ante un próximo ataque enemigo. Maquiavelo le infundió confianza y aconsejó la reforma de las mesnadas con mercenarios franceses y nuevas tropas de caballería. También le propuso un difícil y expeditivo acuerdo con los Orsini, los Vitelli, el duque de Gravina, Pagolo Orsini y Oliverotto da Fermo, «dueño de una ciudad, donde todos preferían ser esclavos a ser libres», según Maquiavelo. Era Oliverotto un insaciable condotiero, con aspiraciones a regir sobre la entera Toscana. Al rodar de cuatro siglos, Manuel Machado le dedicaría un bello poema modernista y elegíaco.

A todos ellos, Oliverotto, Vitellozzo Vitelli, Pagolo Orsini y el duque de Gravina, los convocó César Borgia en Sinigaglia. Aunque Vitellozzo tenía el presentimiento de dirigirse a una celada mortal, los demás acudieron confiados. El duque los aprisionó en cuanto llegaron y ordenó estrangularlos. A Maquiavelo, quien como tú dices tendría una sensibilidad eminentemente literaria, le asombró el abyecto terror que mostraron ante la muerte unos hombres de tantos arrestos en la guerra. Vitellozzo suplicaba que pidieran al Papa el perdón de sus pecados, antes de asesinarlo. Lloriqueando de rodillas como una mujerzuela, imploraba Oliverotto la clemencia del duque Valentino. Se decía inocente y culpaba a Vitellozzo de toda traición.

Como tú lo observas, la moral maquiavélica se supedita siempre al poder del Príncipe en su Estado. Un reino vendría a regirse de forma no muy distinta de cómo gobernaba Maquivelo su granja y sus bosques, puesto que el pueblo florentino y sus aparceros compartían la misma reprobable naturaleza humana. Maquiavelo pasaba las primeras horas de cada mañana, salvo las fiestas de guardar, debatiendo con labriegos, carreteros y leñadores obstinados en estafarle. De hecho, los comprendía muy bien y le apasionaban las nuevas que traían de la comarca o todo lo que contaban acerca de sus vidas, después de renunciar a robarle hasta el día siguiente. Aquel limitadísimo diálogo con el mundo reiteraba a sus ojos la abyecta pero también maravillosa bajeza del prójimo.

Como tú lo recuerdas, para el antiguo embajador republicano, no hay más variantes en la historia que el ascenso del Estado hacia su plenitud y su caída en «el último grado de degeneración, desorden, corrupción y vileza», puesto yo a emplear tus términos textuales. Cotejando tácitamente reiteraciones históricas, a la hora de las alevosías asesinas, ofrece Maquiavelo un precedente de la perfidia del duque Valentino en Sinigaglia, en un suceso ocurrido casi dos siglos antes en Luca.

Castruccio Castracani —otro probable bastardo e hijo de padres desconocidos, adoptado por los Castracani y luego los Guinici luqueses—, soñó con adueñarse de aquella Toscana, que después ambicionaría César Borgia. Fue Castruccio señor y príncipe sin corona de Luca, donde su Gobierno resultó tan discreto que el Ejército lo eligió, unánimemente, capitán general. No obstante, intrigaba para derribarlo la antes poderosísima familia de los Poggio y aun levantó en armas contra él a parte del pueblo. Francesco del Poggio, prudente y pacífico patriarca de aquellos malcontentos, los convenció para que depusieran la rebelión. Al mismo tiempo obtuvo promesas y juramentos de

Castruccio, ofreciéndose a negociar con los Poggio. Pero tan pronto comparecieron éstos inermes en su presencia, Castracani los ejecutó a todos sin excluir al anciano Francesco. De pasada y sin comentarios, lo recuerda Maquiavelo entre otros anales de Luca, la bien amurallada.

En las conclusiones de tu discurso, señalas un punto que nunca vi subrayado por otro exegeta de *Il Principe*. Dices que a Maquiavelo jamás se le ocurrió la posibilidad de que el Príncipe renunciara al poder, si creía fracasada su política y herida su dignidad en aquel malogro. Este tenaz aferramiento al mando y señorío se mantenía al orden del día en España, en una época —diciembre de 1999— en que casi nadie parece capaz de conseguir una mayoría absoluta, más allá de pírricas victorias en las urnas, o una mayoría holgada y convincente. En consecuencia, se recurría una y otra vez a los pactos contra natura para mantenerse, a cualquier precio, en la cúspide de un orden ambiguo y dudoso. Cuando por último, mudados a otro siglo, el partido en el poder consiga la mayoría absoluta parecerá tan soprendido como si presenciara un prodigio o un espejismo.

Semejante situación, indicas en el discurso de la academia —*Il discorso della Sapienza* habría traducido Maquiavelo, como todavía ahora se diría en Florencia—, crea una indefinición de las ideas donde cada vez aparecen más borrosas y enturbiados los márgenes entre los partidos, «en el supuesto de que en ellos se contengan definiciones políticas».

Empantanados, volvemos al reclamo del centro mítico, que todos persiguen aunque desconozcan en qué consiste, porque coincide con la razón de ser de sus imprecisiones. Falto de un auténtico reconocimiento de la propia identidad, si de veras quiere asumirlo, el país vuelve a convertirse en su disminuida parodia política. En otras palabras, se va transformando en la Españeta. Una nueva y también eterna realidad nacional, donde los nacionalismos —recordemos de nuevo la descripción que de los mismos hizo Renan, como la ignorancia del pasado y el odio acérrimo al vecino en el presente— vendrían a ser la Españeta de la Españeta.

Quizás merezca la pena preguntarse si todo *El Príncipe*, una obra del autor de *La mandrágora*, no será la burla sutil o la homérica chanza del mayor ironista del renacimiento. Sin embargo, con su desapegada brutalidad, su impiedad inmisericorde y su mordaz sentido del sarcasmo, tan propios del feroz posibilismo florentino, Maquiavelo sostenía al menos una inquebrantable demanda moral: la sinceridad política del Príncipe ante sí mismo.

Exigía que *il Principe* supiese quién era, a despecho de quién pretendía ser. Redondeando la sentencia socrática, vendría decir *al Príncipe* —me refiero al personaje, claro, y no al maquiavélico manual—: reconócete en tus engaños, tu sevicia, tus traiciones criminales y tus imposturas, en tanto pretendes pasar por todo lo contrario. O precisamente porque debes difundir una hipócrita imagen, del todo opuesta a tu verdadera naturaleza.

Semejante sinceridad era privativa del humanismo renacentista italiano, aunque hoy pueda escandalizarnos porque la falacia política se desliza por otros derroteros, que no son sino los de la corrupción. Maquivelo habría plenamente aprobado aquella frase de un Visconti desterrado, que citaba Néstor Madrid Malo. En meditada respuesta a sus famélicos y cesantes condotieros, al preguntarle éstos cuándo regresarían del largo exilio, repuso: «Tan pronto los crímenes del usurpador, hijos míos, hayan hecho olvidar mis propios crímenes».

Este obligado reconocimiento de las lacras personales, indispensable para orientarse en los escabrosos laberintos del poder, según Maquiavelo, no será exclusivo de la Florencia de los Médicis ni del Milán de los Visconti. Lo expresa el barroco en dos de sus figuras literarias más reconocidas, Hamlet y don Quijote, quienes serán destruidos por mostrarse incapaces de desentrañar las flaquezas y fisuras de su identidad. En otros términos, por no haber permanecido «fieles a sí mismos», como habría dicho Shakespeare. Probablemente no comprendería Maquiavelo el caso de don Quijote, puesto que media una buena distancia ideológica entre su época y la de Cervantes, desde el renacimiento al barroco. Pero la tragedia de Hamlet, el Príncipe fracasado, sería explícita y transparente a sus ojos.

También los hijos de don Juan Manuel Montenegro, en *Romance de lobos*, se identificaban a sí mismos como fieras, parricidas y depredadores, según vimos en la carta a Valle-Inclán. Aceptan su compulsión a devorarse unos a otros, puesto que al usurpar la heredad ya habían consumido simbólicamente a su padre muerto. Entre demandas y recursos, pleitearán por dos decenios al socaire de la justicia y con el apoyo de los letrados, porque, como lo había asegurado Maquiavelo, todo Estado y es de suponer todo pazo valleinclanesco, debe sostenerse por la fuerza compartida y parigual de las armas y las leyes.

En las conclusiones a tu relectura de *El Príncipe*, recuerdas el proverbio de que un pueblo bien gobernado y administrado carece de historia y vive sumido en el tedio. Pongamos por sujeto del adagio a un país como Suiza —si bien Aldous Huxley la llamaba «la tenebrosa»—, porque pocos recuerdan allí el apellido del presidente de la Confederación Helvética. Acaso por esto, hizo decir Orson Wells a un personaje de Graham Greene aquello de que los italianos vivieron siglos de despotismos, intrigas, infamias, persecuciones, asesinatos y guerras civiles; pero dieron al mundo un renacimiento con Leonardo, Miguel Ángel, Rafael Sanzio y Andrea Mantegna. Los suizos gozaron casi medio milenio de convivencia civil y paz democrática; pero sólo legaron a la especie humana el reloj de cucú. Por ventura, añades irónicamente, deberíamos tratar de aburrirnos un poco, si éste es el precio a satisfacer para que nos enderecen la administración y nos gobiernen debidamente.

Pides el destierro perpetuo de las llagas y defectos que ensombrecen la vida política nacional, aunque no determines cuáles son aquellos vicios. Acaso hayan desaparecido los de 1994, cuando expusiste tu relectura de *El Príncipe*. O quizás ocurra al revés y tantas sean las lacras actuales, que carezcas de tiempo y espacio para denunciarlas una a una. Por añadidura, quieres que se revise la teoría del mal menor, aunque temas que vaya a producirse otro mal, todavía más grande, si se rechaza el menor.

Casi al término de tu discurso, reclamas la sustitución del porvenir personal por el colectivo. Con su habitual impertinencia, apostillaría Maquiavelo que el interés del Príncipe siempre será el colectivo y viceversa. Todo lo que beneficie a su señorío redunda a mayor gloria del poder del Príncipe, con tal de que el Estado mantenga la equitativa conjunción de armas y letras, y no olvide el Príncipe que sus súbditos sienten mayor aprecio por su patrimonio que por la honra y no digamos la vida de sus padres, como lo referimos con anterioridad.

No te comprendería el granjero de San Casciano, cuando afirmas que el beneficio del partido debe someterse al de la comunidad, porque en sus tiempos era desconocido e inconcebible el concepto moderno del partido político. Por otra parte, aunque la idea de la comunidad nacional está claramente expresada en la Constitución, tantas veces fue ignorada y transgredida nuestra Ley fundamental, que ya vacilo y me pregunto si en 1978 no debieran haber adoptado como su primer artículo el que Cánovas del Castillo —un político maquiavélico y miope, de chillones chalecos y con una obra de Gobierno inevitablemente echada a perder— quería que encabezara la Constitución de 1876. «Se es español, cuando no se puede ser otra maldita cosa.»

No sólo pides que el interés colectivo sustituya al individual y el de la comunidad al del partido. También quieres que la razón de la Humanidad se imponga a «la manoseada e inconcreta razón de Estado». Me pregunto por qué escribiste y definiste a la Humanidad con mayúscula. En este punto, mis dudas son inquisitivas pero de signo opuesto a las de Ramón Gómez de la Serna. Consta que después de una larga separación de ambos amigos, a raíz de la Guerra Civil, lo primero que preguntó a Juan Ramón Jiménez, cuando volvieron a encontrarse en Buenos Aires fue: «Dime ante todo por qué escribes con minúscula el nombre de Dios».

Me gustaría saber a qué Humanidad te refieres. No sé si

aludes a algunos existencialistas, desde Soren Kierkegaard a Sartre, quienes creían que en cada uno de nuestros actos individuales tenemos conciencia inconsciente, por así decirlo, de obrar en nombre de la entera especie humana. De ahí nuestro esquizoide y doloroso sentido de la responsabilidad y la culpa original. ¿O acaso piensas, al modo unamuniano, en un ser de carne y huesos que nace, sufre, goza y muere, «sobre todo, muere», como único ejemplo viviente de la verdadera humanidad o Humanidad, puesto que en otro contexto ésta sería una palabra vana?

Groupons nous et demain/ l'Internationale sera le genre humain, «Agrupémonos todos y mañana/ la Internacional será el género humano», cantan unos versos del himno marxista en la lengua de Descartes. Norman Brown los cita en *Love's Body, El cuerpo del amor,* 1966, y compara con la última plegaria de Cristo, antes del prendimiento y la crucifixión, en Juan XVII, 21: «como tú, oh Padre, en mí, y yo en ti, que también ellos sean en nosotros una cosa: para que todo el mundo crea que tú me enviaste». Siempre según Brown, *ut unum sint* fueron las palabras finales del Papa Juan XXIII en la tierra. Pero acaso hemos manoseado por igual los conceptos de la Humanidad y el Estado. De tal modo vinimos a desvirtuarlos en muchos casos, que algún día será preciso acuñarlos de nuevo.

En cualquier caso, a punto ya de despedirme, súbitamente recuerdo y compruebo que setenta años antes de que presentases *Una relectura de El Príncipe,* leyó Azorín su discurso de ingreso en la Real Academia Española, el 5 de octubre de 1924. Aquel mismo año lo publicaría como un conjunto de ensayos. En realidad, se trataba de una colección de estampas históricas y literarias, que leemos como hojearíamos un álbum de viñetas. Pero en 1953, diría Walter Starkie que aquella obra nos lleva a través del tiempo y el espacio, al igual que cruzamos el espejo hechizado camino del país de las maravillas.

No me interesa ahora el contenido del libro sino su título, *Una hora de España.* No volveré a recordarlo sin pensar en *Una relectura de El Príncipe.* Con Maquiavelo por pretexto, tejes y exhibes otra hora nacional, que paradójicamente sería doble porque se lee histórica e intrahistóricamente. Imitando un poco el lenguaje del mismo Azorín, también cabría llamar a tu discurso una muestra de la insondable eternidad del pasado en el presente. Una hora inajenable de España por su hondura, veracidad y finura crítica. A su desfiguración, la también perpetua Españeta, ya no pertenecen tus palabras, ni yo tengo más que decir acerca de ella o su paródico destino. No obstante, me figuro que si Niccolò Maquiavelo leyese todo esto —no me consta que no lo haga por vías que desconozco— se encogería de hombros y sonreiría en los infiernos.

Saludos cordiales a María Teresa. Para ti, un admirado y fuerte abrazo.

Carlos Rojas

Cronología

10 diciembre, 1123 Ramon o Ramón de Roda, obispo de Barbastro, después canonizado como san Ramón de Barbastro, consagra la iglesia de Sant Climent de Taüll. No consta el nombre del maestro que pintó el pantocrátor de aquel templo, posiblemente la muestra señera y la mayor obra maestra de todo el románico europeo, así como un precedente artístico del pensamiento existencialista moderno, desde Kierkegaard a Unamuno.

Seguirán ochocientos años de desidia por parte de la Iglesia y la corona, hasta que Joan Vallhonrat descubra en 1919 el expolio —por lo demás perfectamente legal—, que prepara Lluís Plandiura para enajenar los deteriorados restos de la pintura mural románica catalana a los Estados Unidos.

1789 Francisco de Goya pinta el último de sus cartones para tapices, *La gallina ciega*. Aquel óleo, con sus diversas ambigüedades —un supuesto paisaje representado como la pintura de un paisaje; unos jóvenes de la aristocracia madrileña vestidos de majos y majas de la plaza de la Cebada y entregados ellos, unos adolescentes, a un juego de niños— podría ser un anticipado paradigma y presagio de la crisis de identidad social, que siempre presidirá la Españeta.

1799	Goya publica los *Caprichos*. Titula el grabado número seis de la serie «Nadie se conoce». El mundo, afirma el artista, es «todo una máscara». Todos quieren aparentar quienes no son, puesto que nadie se conoce.
1800-1801	Crea Goya una de sus obras artísticas capitales, *La familia de Carlos IV*. Théophile Gautier dirá de aquel cuadro que no es el retrato de una familia real sino de la familia del panadero, el día que ganaron el premio gordo de la lotería y dieron en disfrazarse de reyes, reinas, infantes e infantas.
1843-1868	Reinado de Isabel II. Para Ramón del Valle-Inclán, el paso por el poder real de aquella mujer se resume en el título de su obra *Farsa y licencia de la reina castiza,* 1920, o en el de su inacabada trilogía *El Ruedo Ibérico,* 1928-1932. Todo el país, sin distinción de estamentos ni individuos, se disminuye en aquellas creaciones de Valle-Inclán hasta transformarse en su sarcástica parodia.
11 febrero, 1873- 2 enero, 1874	Primera República. El último presidente de la Primera República española, Emilio Castelar, describirá su absoluto fracaso como una irremediable crisis interna, irónicamente provocada por la falta de un poder enemigo, que llevaría a los republicanos a despedazarse entre sí. El cantonalismo o la perversión españetera del federalismo de Francisco Pi y Margall, iniciado con la proclamación del *Estat Català en Barcelona* —un conflicto, «conjurado con grandes esfuerzos», según Ángel Ossorio Gallardo, por el primer presidente del nuevo régimen, Estanislao Figueras—, sobrevive a la República, derribada con un par de pistoletazos al aire por el general Pavía.
2 mayo, 1879	En una taberna y merendero de la calle Tetuán de las Victorias, de Madrid, funda el tipógrafo Pablo Iglesias el PSOE. Frente a la efímera circunstancialidad, tan propia de la Españeta y al revés de lo ocurrido al radicalismo de Lerroux, cuando ascienda al poder municipal, legislativo o ejecutivo, no consigue el socialismo torpedearse y hundirse a sí mismo, pese a la mucha co-

rrupción de tantos de sus dirigentes cuando llegue a gobernar. El socialista es todavía el partido político más antiguo del Ruedo Ibérico. Gracias, sin duda, a Pablo Iglesias.

1895 Sabino Arana establece el Consejo Provincial Vizcaíno. Los puntos fundamentales del Consejo, editados en tiempo de la Segunda República, casi treinta años después de la muerte de Sabino, fallecido en 1902, son característicos de la Españeta en muchos aspectos y en otros inciden en la España más negra. Así afirma Sabino Arana que España debe despedazarse, en una guerra civil o internacional, para que Euskadi se independice. También asegura que si los maketos —los españoles castellano hablantes— aprenden el euskera, los vascos tendrán que estudiar ruso, noruego, «o cualquier otro idioma», para expresarse. Hasta que sean definitivamente libres.

1899 Aparece *España negra*, del pintor asturiano Darío de Regoyos y el poeta belga Émile Verhaeren. Aunque Regoyos afirme haberse limitado a introducir a Verhaeren en tierras de la España negra y a ilustrar el libro, la obra es en realidad de Regoyos. Los biógrafos de Verhaeren, entre los cuales se cuenta Stefan Zweig, así como los autores de sus bibliografías más completas, ni siquiera mencionan aquel título. O bien ignoran su existencia.

1901 Alejandro Lerroux se traslada a Barcelona, una ciudad que ya conoce muy bien, y encabeza una candidatura progresista en las elecciones legislativas de aquel año. Será reelegido en 1903 y 1905. No se comprobó nunca, documentalmente, que él y sus campañas barcelonesas estuvieran financiados por el ministerio de Gobernación. Pero el tiempo dio cumplimiento a todas las previsiones políticas, que Lerroux —posiblemente el único verdadero genio que ha dado la picaresca de la Españeta— hizo a sus fieles y que alguno de ellos relatarían, mucho después, a Ramón Garriga. Hoy, les decía don Ale a principios de siglo, nos haremos con los Ayuntámientos, mañana con el Congreso y por último, con el Gobierno.

Todo vino a cumplirse y con todo dio al traste la venalidad y la corrupción generalizada de Lerroux, su familia y sus aprovechados seguidores. Legó dos términos al vocabulario político español: «lerrouxismo» y «estraperlo». Con variante algo distinta de la original, el primero permanece localizado en Cataluña. El segundo, muy extendido en la primera postguerra civil, empieza a perderse. Era Lerroux descendiente directo de *le sieur* Le Roux, escribano personal de Felipe V. O al menos, esto asegura en sus memorias.

1902 Ramón del Valle-Inclán publica *Sonata de otoño,* una de las contribuciones españolas más originales al tratamiento contemporáneo del tiempo en literatura. Adelantándose a Proust, quien no presentará *Du côté de chez Swann* hasta 1913 —«donde esté Tolstoi que se aparte este Proust, que empieza todas sus novelas con un té en casa de su abuela», decía sardónicamente Valle-Inclán—, *Sonata de otoño* hace del lenguaje un entretejido de pasado y presente y lo traduce en una nueva forma de realidad literaria, donde los tiempos se entreveran en la misma medida que lo hacen la poesía, la narrativa y la pintura.

Muere Sabino Arana, afirmando, inconsecuentemente, que la libertad de Euskadi exige su plena integración al Estado español.

1907 En diversas entradas, imprime *El Mundo Romance de lobos*, de Ramón del Valle-Inclán. La primera edición en libro de aquella «comedia bárbara», como la llama su autor, será del año siguiente. En *Romance de lobos*, posiblemente la obra maestra de Valle-Inclán, el dramaturgo se adentra en el inconsciente intelectual colectivo del siglo XX y se adelanta de forma literaria a las teorías filogenéticas de Sigmund Freud en *Totem y tabú*, 1913 y *Moisés y el monoteísmo,* 1939.

A la vez, acaso sin proponérselo de manera consciente, deja Valle-Inclán en *Romance de lobos* una penetrante y definitiva profecía de la crisis histórica y la tragedia del poder político en nuestra época.

Pablo Ruiz Picasso termina o deja inacabado y sin firmar, como tantos otros cuadros suyos, *Les demoiselles d'Avignon.* Esta pintura está justamente considerada como el paradigma inicial de todo el arte contemporáneo. A la vez, a través de la influencia de las máscaras primitivas de la Costa del Marfil, es una titánica afirmación humanista frente a la inconmensurabilidad de un universo adverso a la vida.

Paradójicamente, *Les demoiselles d'Avignon*, una de las grandes contribuciones intelectuales y artísticas de España al mundo, en la modernidad o en cualquier otra época, pudo haber sido, con idéntica temática, un cuadro muy propio de la Españeta por obra de otro pintor. De manera hipotética, Julio Romero de Torres, o bien un artista menos técnicamente perfecto que él, habría reducido *Les demoiselles* a un escena de burdel estetizante y acaso con un toque de profano misticismo.

1908-1912 Fechas aproximadas de la aparición y difusión del cubismo analítico, llamado por diversos críticos el movimiento artístico más importante de la pintura desde el renacimiento, aunque hoy sea ya historia, al igual que el mismo renacimiento.

Para Picasso, el creador del cubismo analítico, éste contiene también otra dimensión, estricta y dramáticamente personal. El pintor vive obsesionado, en aquella época, por la posibilidad de quedarse ciego —como ciego morirá su padre en 1913—, de resultas de una enfermedad venérea de la que no sanaría hasta 1916 o 1917, el año en que casó con Olga Klokova. El cubismo analítico expresa una multiplicada visión de la realidad, al igual que la de algunos insectos, desde una variedad de perspectivas conjuntas.

Asimismo, la diversificación de las perspectivas pictóricas no atañe sólo a la realidad material —bodegones, interiores, collages y agrupaciones de instrumentos musicales— sino también al mundo interior de determinados personajes. Uno de los retratos picassianos más penetrantes, en el ánimo y el temple de un modelo, será precisamente su aproximación cubista y analítica a Ambroise Vollard, 1910.

1912 Se pone a la venta *Campos de Castilla*, de Antonio Machado, en tanto agoniza la mujer del poeta, Leonor Izquierdo. Algunos poemas, como «El mañana efímero» y «Llanto de las virtudes y coplas por la muerte de don Guido», contienen acabadas descripciones de la Españeta, que podríamos llamar tradicionalista y conservadora: achatada, beata, aburrida, bulliciosa y melancólica, «Esta España inferior que ora y embiste,/ cuando se digna usar de la cabeza.»

No obstante, las contribuciones más sobresalientes de aquel poemario pertenecen al profundo y originalísimo tratamiento del tiempo, la memoria, el paisaje y la condición humana, enfrentada con una ambigua trascendencia. Todo ello viene expresado en un lenguaje intrínsecamente personal y culturalmente español, aunque muy influido por Henri Bergson y Unamuno.

1917 Miguel de Unamuno publica *Abel Sánchez. Una historia de pasión.* La pasión es la envidia, que Francesc d'Assís Cambó le dice a Unamuno nacida en Cataluña, para que Unamuno replique que en realidad nació en España. Debieran haber precisado los dos hasta qué punto la España negra y la Españeta participan de aquella pasión. La obra, «nivola» la llama Unamuno, es una estremecedora y metafórica profecía de la Guerra Civil española, casi veinte años antes de su estallido.

De forma análoga, *Del sentimiento trágico de la vida en los hombres y en los pueblos,* parece el cumplimiento existencialista de otra anticipación metafórica, la del pantocrátor o almendra mística de Taüll, aunque Unamuno no haya escrito nada acerca de la obra de aquel artista desconocido.

1921 «¡Olé tus cojones! ¡Viva los hombres! ¡Haz como yo te digo y no hagas ningún caso del ministro de la Guerra que es un imbécil!» El telegrama de

Alfonso XIII —un Rey que manda filmar, para su regalo privado, documentales pornográficos en los prostíbulos madrileños— al general Manuel Fernández Silvestre, debería encabezar cualquier florilegio de la Españeta o de la España negra. A las dos pertenece por derecho propio. Resultados de aquel mensaje serán el desastre de Annual, el 21 de julio de 1921, donde los beni urriagel dan muerte a catorce mil soldados, según el informe a las Cortes, aunque en realidad pasan de veinte mil las bajas mortales y los desaparecidos, entre Annual y Monte Arruit, y la Dictadura de Miguel Primo de Rivera, cuando el Monarca perjure la Constitución y otorgue plenos poderes al general en 1923.

1925 — José Ortega y Gasset publica *La deshumanización del arte e Ideas sobre la novela,* dos obras complementarias que desde entonces suelen editarse unidas. Sin nombrar a Picasso más que en una nota a pie de página en *La deshumanización* y a Proust de pasada en *Ideas*, tal vez por creerse superior a ellos frente a la eternidad como diría el fotógrafo Brassaï del propio Picasso y André Malraux, Ortega ofrece una sucinta y magistral exégesis del cubismo analítico y de *À la recherche du temps perdu.* Al mismo tiempo, trascendiendo la pintura picassiana y la obra novelística de Proust, presenta la primera y más acabada crítica de la modernidad.

2-3 noviembre, 1926 — El teniente coronel Francesc Macià, expulsado del ejército por evidentes razones políticas y desterrado en Francia, planea o dice haber preparado una invasión de Cataluña para liberarla de la Dictadura de Primo de Rivera y la Monarquía. Aquel a quien todos llaman *l'avi* o «el abuelo» cuenta con una hueste de exiliados, mal armados o desarmados, que infiltraron la gendarmería francesa, los esbirros de Mussolini —siempre muy atento *il Duce* a todo lo acontecido en Cataluña— y posiblemente los agentes de Primo de Rivera. La supuesta invasión debe realizarse a través de dieciséis kilómetros de campo abierto y escalando una cima de kilómetro y medio, Coll d'Ares. La teatral aventura, tan propia de la Españeta como el quijotesco retablo de maese Pedro, termina la madrugada del 20 de noviembre, con la detención de todos aquellos frustrados aventureros por la Policía francesa.

1928 Federico García Lorca publica *Romancero gitano.* Hipotéticamente, imaginamos un cuadro muy distinto y muy propio de la Españeta —la misma Españeta bostezante y tristísima de los burdeles arrabaleros madrileños, que se hacía filmar Alfonso XIII— si otro pintor, digamos o repitamos Romero de Torres, hubiese tratado la temática de *Les demoiselles.* También *Romancero gitano* sería un poemario del todo diferente, aun conservando su temática o precisamente por conservarla, de haberlo compuesto un rimador como Salvador Rueda o Rafael Duyos.

Entre los muchos valores individuales y nacionales de aquel libro, ya percibido a su aparición como una de las obras poéticas capitales europeas, figura el tratamiento metafórico de la pena negra, de la muerte, de la relación del ser humano con el paisaje, la incorporación de la realidad poética a la realidad del poeta —cuando Lorca penetra antipirandellianamente en sus poemas—, el poder de la voluntad y la razón, la superposición palimséstica de las imágenes y la anticipada y despiadada crítica de un racismo, cruel e irracional.

1929 Dan a la imprenta la primera edición de *Canciones,* también de Federico García Lorca. En el poema «De otro modo», el poeta se maravilla del poder metamorfoseador de la naturaleza. Cuando, al igual que antes ocurría en el *Quijote,* trasforma unos elementos en otros a través de unas semejanzas, que obran como catalizadores de las transfiguraciones.

Las llamas de una hoguera ponen astas de venado enfurecido al campo de la tarde. De inmediato, el monte parece recostarse como un ciervo, en tanto la brisa caracolea por sus laderas; es decir, por sus flancos.

Al final, se asombra Lorca sintiéndose preso en una identidad humana, que rechaza toda forma de metamorfosis. «¡Qué raro que me llame Federico!» Aunque sea en distinto contexto, merece la pena añadir que en «Romance sonámbulo», de *Romancero gitano,* los muertos forman parte de la unánime y universal metamorfosis del mundo natural, aunque no lleguen a advertirlo puesto que son ciegos y están desmemoriados.

1930 Se distribuye la primera edición de otra de las obras fundamentales de Ortega, *La rebelión de las masas.* Juega Ortega con la ambigüedad del término «masas», invitando a interpretarlo erróneamente, en su época o en la nuestra, en sentido marxista. En realidad, anticipa y profetiza a las multitudes burguesas de la sociedad de consumo o a aquellas «mayorías silenciosas», que tan caras eran al presidente americano Richard Nixon en las encuestas, hasta que inhibiéndose de él lo obligaron a dimitir su puesto al frente de la nación.

14 octubre, 1931 - 11 diciembre, 1931 El 14 de octubre de aquel año Niceto Alcalá Zamora dimite la presidencia del Gobierno provisional de República, proclamada el 14 de abril, en protesta por la aprobación del artículo 26 de la Constitución, que preveía la separación de la Iglesia y Estado, así como la disolución de la Compañía de Jesús. Increíblemente, o de forma sólo imaginable en la crisis de identidad política y aun religiosa de alguien movido o arrastrado por una vanidad circunstancial, muy propia del tablado de la Españeta, elegido Alcalá Zamora presidente de la República el 10 de diciembre, jura al día siguiente aquella misma Constitución con el artículo 26 incluido.

Como Alcalá Zamora había amenazado con dimitir la presidencia del Gobierno provisional otras muchas veces, para luego desdecirse volublemente y darse a contar chascarrillos andaluces, Miguel Maura estaba convencido de que aquel hombre padecía manía persecutoria. «*Migué,* yo no soy rencoroso; pero quien me la *hase* me la paga.» En una de aquellas sesiones de donaires cordobeses, pidió sarcásticamente Azaña que trajesen una guitarra para celebrarlo. Pese a su descomedida vanidad, Alcalá Zamora no pareció tenerlo en cuenta.

5 setiembre, 1933

Caído el Gobierno Azaña el 5 de setiembre, finalmente alcanza Lerroux la presidencia del Consejo. La cederá a Diego Martínez Barrio el 9 de octubre; pero volverá don Ale al poder el 19 de noviembre. Seguirán varios Gobiernos, encabezados por Lerroux o sus testaferros, entre rumores de extendida corrupción y venalidad de los radicales, que el tiempo irá convirtiendo en patéticas y jocosas realidades. El escándalo del estraperlo, forzará la renuncia de Lerroux el 29 de octubre de 1935. Se suceden los Consejos de Joaquín Chapaprieta y Manuel Portela Valladares, antes de la disolución de las Cortes el 7 de enero de 1936. En las elecciones del 16 de febrero de 1936, Lerroux pierde su acta.

A los dos años de su regreso a la España de Franco, cuya causa sostuvo siempre desde el prudente destierro voluntario en Portugal, Lerroux, el antiguo masón y público incitador a la quema de todos los templos, muere en 1949 reconciliado con la Iglesia y confortado con todos los sacramentos del nacional-catolicismo. Con él desaparece la figura más relevante, compleja y fascinante de la Españeta.

2 octubre, 1934

En su impaciencia por hacerse con el poder, con absoluto desconocimiento de su verdadera identidad política —agudamente decía Alcalá Zamora que Gil Robles era un fascista por temperamento, aunque no por convicción—, y del pánico de las izquierdas a los regímenes totalitarios de Italia y Alemania, así como al reciente asesinato del canciller austriaco Dollffus por los nazis en Viena, el dirigente de la CEDA exige la entrada de tres miembros de su partido en el Consejo. Ceden Lerroux y Alcalá Zamora, «para ensanchar la base ejecutiva de la República», sin que ninguno de los tres anticipe la catástrofe a que precipitan el régimen.

En violenta protesta por aquellos nombramientos, impolíticos aunque constitucionales, la UGT declara la huelga general, estalla la revolución en Asturias y en un acto de paródica insurrección nacionalista, Companys, nuevo presidente de la Generalitat desde el fallecimiento de Macià, proclama el Estat Català, dentro de un República federal española, como lo había hecho el propio Macià en 1931.

Fracasa la huelga. La Generalitat capitula en unas horas, la madrugada del 7 de octubre, antes de que el general Batet abra fuego contra su palacio, después de haber cañoneado el Centro de Dependientes de la Industria y del Comercio, en las Ramblas. Franco dirigirá la represión de Asturias con el tercio y las tropas marroquíes, que ahora ensartan las cabezas de los mineros en las puntas de las bayonetas, como antes lo hacían los beni urriagel con los soldados decapitados. El número de muertos en aquella campaña jamás será conocido.

7 abril, 1936

En una de las parodias legislativas más propias de la Españeta, con absoluto e irresponsable desconocimiento de su identidad legal y política, las Cortes del Frente Popular desposeen de su presidencia a Alcalá Zamora, por doscientos treinta y ocho votos, frente a otros cinco, *por la disolución de las Cortes anteriores, que en realidad hizo posible la consulta electoral de febrero y la nueva mayoría parlamentaria.*

17 agosto, 1936

Estallada la Guerra Civil, el 17 de julio en Marruecos y extendida a la península en los dos días siguientes, Federico García Lorca es asesinado al borde un barranco, en Víznar, Granada. Acaso nunca vinieron a confundirse de forma más prieta la siniestra irresponsabilidad de la España negra y la Españeta que en tres de sus sicarios: *el Panaerillo, el Chato de la Plaza Nueva* y el guardia de Asalto Benavides. Roban al cadáver de Lorca, recién fusilado, un paquete de Lucky Strikes y a su padre cuatrocientos duros, supuesto precio de la vida de su hijo. Enseguida se van a celebrarlo con un copeo de manzanilla. «Lo *afusilamos* esta mañana y este paquete lo llevaba y se lo hemos *quitao* del bolsillo, después de muerto.»

Los tres asesinos forman parte de la escuadra de Ramón Ruiz Alonso, quien la víspera detuvo a Lorca en casa de los Rosales, donde se ocultaba, y posiblemente denunció al poeta aunque no participase en su fusilamiento. En tanto aguardaba a que Lorca se vistiese para llevárselo, Ruiz Alonso pidió a la señora Rosales una taza de café con leche y unas galletas María.

12 octubre, 1936

En el paraninfo de la Universidad de Salamanca, enfrentándose al general José Millán Astray y a los legionarios de su escolta, grita Unamuno: «Yo siempre he sido, diga lo que diga el proverbio, un profeta en mi propio país. Venceréis, pero no convenceréis. Venceréis porque tenéis sobrada fuerza bruta; pero no convenceréis porque convencer significa persuadir. Y para persuadir necesitáis algo que os falta: razón y derecho en la lucha. Me parece inútil pediros que penséis en España. He dicho».

Certeramente profetiza entonces el fracaso del franquismo, como se frustraron y perecieron todos los regímenes e instituciones del país, salvo la Monarquía parlamentaria, el PSOE y el PNV. Antes, como sabemos, había presagiado la propia Guerra Civil, literaria y oblicuamente, en *Abel Sánchez*. Morirá el 31 de diciembre de aquel año, vaticinando que Dios no puede volverle la espalda a España y ella se salvará, porque tiene que salvarse.

1 mayo, 1937

Picasso traza el primer apunte para *Guernica*, aunque acaso no haya decidido todavía, conscientemente, llamar así a su mural. Dispuesto por la España negra, en connivencia con la Legión Cóndor y sin conocimiento de las autoridades militares alemanas en Berlín, el bombardeo de Guernica determinará otra de las mayores obras maestras del artista, posiblemente la última y la de mayor resonancia universal.

A propósito, evita Picasso toda referencia a la realidad histórica, en una pintura donde las víctimas están representadas como monstruos, desde la perspectiva que sus verdugos invisibles comparten con nosotros, los espectadores, en una vasta tela, que parece desplegarse en mitad del universo opuesto a la vida humana, como ya ocurría con *Les demoiselles d'Avignon.* Podría afirmarse que por obra de Picasso, verdugos y espectadores se convierten, *o nos transformamos,* en la conciencia culpable del infinito.

Agosto, 1938

Salvador Dalí pinta *Invisible afgano con la aparición, en la playa, del rostro de García Lorca con tres higos, Aparición de cabeza con frutero* y *El enigma sin fin.* A los dos años del asesinato de Lorca, fundándose en una fotografía tomada en 1927, donde Lorca podía caricaturizase como un frutero y Dalí como un galgo, realiza el artista una soberbia simbiosis ekphrástica de la poesía lorquiana y su propia pintura. Al igual que el fantasma de la gitana en «Romance sonámbulo», se diría ciego al poeta en los tres óleos. Por añadidura, trasformado en *El enigma sin fin* en una de las laderas del Pirineo sobre el Mediterráneo, el espectro de Lorca muerto se cubre los ojos con la mano. Mientras, el galgo en que Dalí vino a mudarse, también convertido en parte del paisaje, besa delicadamente la cabeza de su amante.

Si Lorca vivo, en «De otro modo», se asombraba de su identidad humana, que lo mantenía al margen de la metamorfosis universal de los elementos naturales, Dalí, enmascarado de galgo, participa ahora de la total transfiguración de la naturaleza.

La simbiosis de algunas de las constantes poéticas lorquianas con el llamado, por el propio Dalí, su método paranoico crítico y la fusión del individuo con la naturaleza nunca consiguieron tan notable o absoluta perfección. Pocas contribuciones culturales españolas, o de cualquier otro país, alcanzan y menos trascienden la casi prodigiosa comunión de naturaleza, pintura y poesía que realiza Dalí en estos tres cuadros. Análoga temática, volverá a plantearse el artista entre 1968 y 1970 en *El torero alucinógeno:* su última obra maestra como *Guernica* lo es de Picasso.

Verano, 1938

Según José Machado, su hermano Antonio predijo durante la Guerra Civil española la victoria de Franco, la segunda contienda mundial e inclusive el terror omnímodo ante una posible fuerza apocalíptica como la termonuclear. A Ilya Ehrenburg le dirá en verano de 1938, perdida por los republicanos la batalla del Ebro: «Después de todo, acaso nunca aprendimos a luchar. Además no teníamos armamento. Pero no juzguemos a los españoles con demasiada dureza. Esto es el final y cualquier día caerá Barcelona Para los estrategas, los políticos, los historiadores todo estará claro: hemos perdido la guerra. Humanamente hablando, ya no estoy tan seguro. Quizás la hemos ganado.»

30 setiembre, 1936-
11 abril, 1963

Fechas aproximadas del llamado nacional-catolicismo español. Desde la la pastoral del obispo de Salamanca Enrique Pla y Deniel «Las dos ciudades», hasta la publicación de la encíclica *Pacem in Terris,* de Juan XXIII, defendiendo las libertades de expresión, asociación y participación política. Monseñor Pla y Deniel eleva el Alzamiento a Cruzada, en su pastoral. El 10 de julio del año siguiente, el cardenal primado Isidro Gomá publica una carta colectiva al clero español sometiéndolo fervorosamente a la autoridad del Generalísimo.

Ambas pastorales son comprensibles y están justificadas por la criminal persecución, padecida por la Iglesia en la zona gubernamental. Menos aceptable es el prudente silencio eclesiástico, frente a los otros crímenes: los cometidos en la España de Franco, durante la Guerra Civil. Las actitudes de Unamuno y Pla y Deniel, en la Salamanca de 1936, resultan ilustrativas en este respecto. Al año siguiente, Gomá comparece en Guernica, después del bombardeo, y declara a la prensa que el examen de «unos cortacircuitos» lo convenció de que los vascos en retirada dinamitaron la ciudad y nunca la atacaron los pilotos alemanes de la Legión Cóndor.

El primero de setiembre de 1939, Isidro Gomá publicaba otra pastoral, «Lecciones de la guerra y deberes de la paz», pidiendo la reconciliación nacional y el perdón de los vencidos. Aquel documento eclesiástico es recogido por la censura. Excluida la oposición a Franco del cardenal Segura, como antes combatiera a la República, y algunas muestras aisladas de protesta por parte de ciertos prelados, como los cardenales Francesc Vidal y Barraquer y Mateo Múgica, el nacional-catolicismo sólo ofrece rendida adulación y servicio absoluto a Franco. Como si fuese el Santísimo Sacramento, le permite la entrada bajo palio en los templos y lo compara a los reyes de la Biblia.

Elevado Pla y Deniel a la Silla Metropolitana en 1940, difunde su pastoral «Los delitos de pensamiento y los falsos ídolos intelectuales» y prohíbe *Del sentimiento trágico de la vida.* Al término de un discurso del Generalísimo, grita el obispo de Astorga que ningún hombre ha hablado jamás como Franco. El obispo arzobispo de Madrid le dice al jefe del Estado no haber incensado nunca con el devoto placer que lo hace para él. La consagración del franquismo por la Iglesia española, así como su enaltecimiento por el catolicismo extranjero, culminarán en el Congreso Eucarístico Internacional de Barcelona, en 1952. Todo empieza a cambiar radicalmente con el ascenso al pontificado de Juan XXIII, la aparición de *Pacem in Terris* y la carta, del mismo año, del arzobispo de Milán —monseñor Montini y después Pablo VI— pidiendo el indulto del comunista Julián Grimau, condenado a muerte y ejecutado.

2 agosto, 1968

Perece en un atentado el jefe de la Brigada Social de San Sebastián, Melitón Manzanas, de conocida y difundida brutalidad. Uno de los procesados por la muerte de Manzanas y luego separado de ETA, Mario Onaindía, dirá que Euskadi ta Askatatuta sólo esperaba inmolarse y destruirse por sus principios, *no por creer que el pueblo vasco mereciera su sacrificio, sino precisamente porque lo suponía indigno de su expiación.* Aunque la España negra y la Españeta —pongamos por caso ETA o Gil Robles, en sus irracionales e intempestivas hambres de poder en 1934— sean distintas, las dos parecen últimamente determinadas por un común e inadvertido deseo de autodestrucción.

Desde el asesinato de Manzanas, llegará a sumar ETA ochocientas víctimas mortales, entre las cuales descuella el propio jefe de Gobierno franquista, almirante Carrero Blanco, inmolado en Madrid el 20 de diciembre de 1973. A aquellos crímenes responderá al cabo el GAL con otros homicidios, por orden secreta del Estado. Entre los atentados de ETA, los más bárbaros acaso sean el de la bomba en los almacenes Hipercor, de Barcelona, con veintiún muertos y cuarenta y cinco heridos y el sacrificio de un secuestrado, el concejal por Ermua del Partido Popular Miguel Ángel Blanco, el 12 de julio de 1997. Aunque todavía caerán otras víctimas, las protestas masivas en todo el país por aquel crimen inicuo —seis millones de manifestantes— parecen haber llevado a ETA a declarar una tregua unilateral e indefinida, el 17 de setiembre de 1998, si bien guarda las armas «a título defensivo». Catorce meses después, el 28 de noviembre de 1999, anunciaban los etarras el final del alto el fuego.

19 a 20 noviembre, 1975

Aquella noche fallece Francisco Franco, después de una horrenda agonía, que hubiese fascinado a Regoyos y Verhaeren y parece demostrar que su España negra tiene una capacidad para renovarse, a través de la historia y los más inesperados avatares, igual o casi igual que el poder de la Españeta para reencarnarse, transformada, en distintos ámbitos y épocas.

El 18 de octubre Franco redacta su testamento. En las dos semanas siguientes sufre un infarto de miocardio, varios fallos cardiacos, un edema pulmonar, repetidas hemorragias anales y bucales, una peritonitis y la extracción de un coágulo de sangre, del tamaño del puño de un hombre. Envuelto en una manta, empapada de sangre, lo llevan urgentemente al antiguo botiquín de El Pardo para operarlo. Allí se corta inopinadamente la electricidad y tienen que aguardar a que vuelva la luz para proseguir la intervención.

Trasladado a la clínica que lleva su nombre, vuelven a intervenirlo después de otra hemorragia gástrica masiva. Le extraen buena parte del estómago. El cuerpo y la cabeza parecen reducirse como los de un enano. Sobre la cama, el brazo de santa Teresa y el manto de la Virgen del Pilar velan su interminable agonía. Antes de que empiecen a mantenerlo en una hipotermia de treinta y tres grados, casi en estado vegetativo, gime a veces con los ojos cerrados: «¡Cuánto cuesta morir! ¡Cuánto cuesta!»

Fallece de paro cardiaco, úlcera de estómago, tromboflebitis y enfermedad de Parkinson. El cardiólogo que lo atiende aquella madrugada despierta a su yerno, el marqués de Villaverde, y le dice escueta y delicadamente: «Cristóbal, esto se acabó».

Al igual que en la inadvertida parodia de los diálogos de algunos personajes de Sófocles o Shakespeare con los muertos, Carlos Arias Navarro, último presidente de un Gobierno franquista y primero de un consejo de la Monarquía, acude a escondidas al sepulcro de Franco en Cuelgamuros y le dice a su lápida: «Ya ves cómo estamos. Si no vienes tú a arreglarlo, lo veo todo perdido». Tutea al espectro del Generalísimo, según su propia admisión, como nunca osara hacerlo en vida.

21 noviembre, 1975

Al día siguiente de la muerte de Franco, Juan Carlos I jura los principios del Movimiento ante los procuradores. El presidente de las Cortes debiera haber gritado aquel día: «Señores consejeros, desde la emoción en el recuerdo de Franco, nueva era ¡Viva el Rey! ¡Viva España!» Estúpidamente calla lo de la «nueva era.» Ya el 23 de julio de 1969, al aceptar la designación por Franco como sucesor a la jefatura del Estado, aprobada la víspera por las Cortes, había jurado el entonces príncipe de España: «lealtad a Su Excelencia el jefe del Estado y fidelidad a los principios del Movimiento Nacional y demás leyes fundamentales del Reino».

El 27 de diciembre de 1978, desmantelado el franquismo, acuerdan que el Rey no jure la nueva Constitución, por haber jurado demasiadas veces los principios del Movimiento, y se limite a promulgarla solemnemente.

20 marzo, 1980

Desdiciendo todas las encuestas, que daban el triunfo a los socialistas, Jordi Pujol triunfa en las elecciones autonómicas catalanas. Poco después le dirá a Lluís Prenafeta que ellos dos son la Generalitat. Al hilo de veinte años, en otro siglo y milenio, sigue gobernando en Cataluña, aunque Prenafaeta haya desaparecido del horizonte político. Por segunda vez, gobierna aliado al partido gubernamental, que necesita los votos de sus diputados para mantenerse en el poder. Las últimas elecciones autonómicas, en noviembre de 1999, fueron las más difíciles para el muy honorable. De hecho, tuvieron los socialistas mayor número de votantes.

Pujol se ha presentado públicamente como presidente de Cataluña, no de su Generalitat, al igual que si gobernara un Estado soberano. Ha comparado a Cataluña con Lituania, cuando aquel país iba a conseguir su independencia. Antes de las últimas elecciones, prometió a las juventudes de su partido mandar al carajo a toda la oposición: manifestaciones que acogía la muchachada a los gritos de *Pujol president! Catalunya independent!* En hecho de verdad y aunque la hazaña, difícilmente explicable, pertenezca a la esencia de la Españeta zaragatera y soberbia, fijó el honorable la fecha de aquellos comicios desde la cumbre del segundo pico más alto de la península, después de escalarlo a escondidas.

En su crónica presidencial, ha pedido, por supuesto inútilmente, tratamiento de jefe de Estado y derecho a presentarse dos pasos detrás del Rey y delante del jefe del Gobierno Central. Asimismo pretendió exigir que el Monarca y el príncipe de Asturias se expresaran mitad y mitad, en catalán y castellano, en Cataluña. El 7 de octubre de 1998, declaraba públicamente que España no existía y sólo eran verdaderas naciones Cataluña, Euskadi y Galicia. El presidente de la Xunta gallega, Manuel Fraga, despachó semejante afirmación como «una botaratada».

Se hace difícil imaginar a los presidentes de distintos cantones suizos debatiendo de forma parecida, o al presidente de cualquier cantón negando la existencia de la Confederación Helvética. Deformando una vieja frase del propio Fraga, diremos que la Españeta es diferente.

23 febrero, 1981

Al frente de dos autobuses, llenos de guardias civiles, el teniente coronel Antonio Tejero Molina irrumpe en el Congreso. «¡Alto! ¡Quieto todo el mundo! ¡Al suelo! ¡Todo el mundo al suelo! ¡Al suelo, leches!» Es aquélla una conjura por fortuna más parecida a una intentona de la Españeta que a otra de la España negra, puesto que no vierte una gota de sangre. Nadie sabe todavía cuáles son el propósito central del golpe de Estado o sus propias atribuciones al día siguiente, de haber triunfado la asonada.

De buena mañana, en tanto salen del Congreso los diputados, entre dos filas de guardias civiles rendidos pero aún armados, un número le dice al comandante Ricardo Pardo Zancada: «Mi comandante, yo a alguno le pego un tiro. Esto no puede acabar así». En otras palabras, aquel «hombre de bien», como lo llama Pardo Zancada, se dispone a matar a un parlamentario indefenso por la espalda, como el cubano gallego Victoriano Cuenca había asesinado a Calvo Sotelo. Pardo Zancada trata de razonar con él y le dice que la Guardia Civil, al revés de los etarras, no da muerte a víctimas inermes. Terminan sollozando abrazados.

Poco después, aquella misma mañana, el Rey le dirá al general Sabino Fernández Campo, secretario general entonces de la Casa Real y el hombre que de forma más decisiva hizo fracasar el golpe de Estado: «¡Mira que si te hubieses equivocado, Sabino!»

27 octubre, 1982,
2 marzo, 1996

Con la más amplia mayoría de toda la historia legislativa española, el 27 de octubre de 1982, llega el PSOE al poder con Felipe González. Se mantendrá en «el mando» de la nación, como habría dicho Franco, durante catorce años aunque, perdida la mayoría absoluta, tenga que gobernar en acuerdo con Pujol, al igual que después Aznar y aunque éste denunciara la pasada alianza, de socialista y catalanistas, como «un pacto antinatural».

A pesar de logros incontrovertibles en política internacional, como la entrada en la Comunidad

Europea, entreverados a veces con algún sonoro *voltafaccia* o cambio de frente, como la actitud del Gobierno respecto a la OTAN, el PSOE deja un país desmoralizado y desengañado por un interminable rosario de escándalos, que llevarán a un periodista a comparar aquel legado con un trastero vacío, con telarañas en todos los rincones. Ni que decir tiene, tan lamentable historia supera con mucho la mezquina crónica de corrupción radical lerrouxista, aunque ambas pertenezcan a los inalienables anales de la Españeta y a su crisis de identidad en la cumbre del poder.

Empiezan los escándalos públicos en otoño de 1984, cuando un diputado alemán afirma en la Cámara que con fondos del consorcio económico Flick se financió la victoria electoral del PSOE, dos años antes. En enero de 1988, el fiscal Baltasar Garzón procesa a un subcomisario y un policía por delitos en concurso con el Gal. Derrochando fortunas en los casinos, ambos llevaban un tren de vida muy superior a sus medios conocidos.

A finales de 1990 denuncian a Juan Guerra, hermano del vicepresidente del Consejo, «por uso indebido de la Delegación del Gobierno en Andalucía». No se demuestra que su hermano Alfonso se haya lucrado con los supuestos abusos. Pero, acusado de negligencia, dimite la vicepresidencia el 2 de enero de 1991. En mayo de 1991, el diario *Mundo* descubre el caso Filesa: la mayor corrupción del paso por el poder de los socialistas, en la financiación ilegal del partido. No se justifican los ingresos en bancos suizos de ochocientos millones de pesetas, percibidos de empresas alemanas como la Alsthom y la Siemens. Otros ciento cincuenta millones había abonado Seat a la coordinadora de finanzas del PSOE, Aída Álvarez.

A finales de 1993, el Banco de España interviene el Banco Español de Crédito, para cubrir un agujero negro de trescientos setenta mil millones de pesetas. Luis Ángel Rojo sucede como gobernador del Banco de España a Mariano Rubio. Rubio no pudo justificar ante el Congreso un exorbitante fraude fiscal ni sus concomitancias con Ibercorp, una empresa financiera beneficiada en el mercado de valores con informaciones reservadas. La caída de Rubio casi coincide con la del director general de la Guardia Civil, Luis Roldán, desaparecido con centenares de millones y finalmente capturado en Laos en 1995.

A casi cada escándalo corresponde un encubrimiento. La mayoría socialista impide la investigación de un desfalco de ochenta mil millones de Javier de la Rosa y la consiguiente retirada del capital kuwaití de sus empresas. Por si no bastase con su cheque de Seat, Aída Álvarez resulta implicada en comisiones ilícitas y tráfago de influencias. Pero un portavoz del PSOE asegura que es intocable, porque sabe demasiado. Los antiguos gerentes de Ibercorp se declaran dispuestos a abonar sólo una parte de sus multas. Frente a la indignación general, los encubre la mayoría en el poder.

José María Mohedano, nuevo secretario del grupo socialista y hombre de larga tendencia antifelipista, dimite acusado de recibir pagos de una empresa fraudulenta. Se denuncia la malversación de millares de millones en la UGT. Demuestra su inocencia el secretario general del sindicato, Nicolás Redondo; pero tiene que ceder su puesto a Cándido Méndez.

En 1995 un sonado escándalo precipita las renuncias del vicepresidente del Gobierno y el ministro de Defensa, al descubrirse que el CESID puso micrófonos en la Zarzuela y acecha secretamente al propio Rey. Javier de la Rosa trata de involucrar al Soberano en un supuesto préstamo con fondos defraudados a KIO, a través de un íntimo amigo del Monarca, Javier Prado Colón de Carvajal. El Rey regresa apresuradamente de Suiza y Prado niega la existencia del préstamo. La Junta de Fiscales no recomienda el procesamiento de Felipe González, en el caso GAL. Pero retira la inmunidad parlamentaria a un antiguo ministro del Interior y a un secretario de Estado: José Barrionuevo y Rafael Vera. Amanecen en Alicante los cadáveres de dos etarras, apresados y desaparecidos. Procesan al coronel Enrique Rodríguez Galindo por sus muertes. El Gobierno lo asciende a general.

Juntos a aquellos escándalos de pura España negra, con cadáveres mal devorados por la sal de un vertedero y la incesante serie de crímenes etarras, prosigue la corrupción de la Españeta, donde nadie sabe quién es, al igual que en el baile de Goya, y todos pervierten los valores administrativos precisamente porque ignoran su verdadera identidad al servicio del Estado. Con un fraude gigantesco en el papel suministrado para el *Boletín Oficial del Estado*, acumula una cuantiosa fortuna su directora. Otras dos empresas, FUCODEX y EDUCTRADE, consiguen contratos del Gobierno, por valor de treinta mil millones de pesetas, en pago de generosas comisiones.

El PSOE perderá el poder ante el PP, en marzo de 1996, por sólo quince escaños. González y Aznar tendrán que retractarse amargamente. González, puesto que en 1990 profetizó mantener su jefatura hasta muy entrado el siglo XXI. Aznar, porque tiene que recurrir al «pacto antinatural» y gobernar de acuerdo con Pujol y sus dieciséis diputados en el Congreso.

28 junio, 1994 — En presencia de Sus Majestades, el general Sabino Fernández Campo —«¡Mira que si te hubieses equivocado, Sabino!»— lee su discurso de ingreso en la Real Academia de Ciencias Morales y Políticas, *Una relectura de El Príncipe.*

Mayo, 1996 — El mejor lenguaje de la Españeta, o la más acabada e inadvertida parodia de la verdadera letra de la ley, entra en la nueva Ley Orgánica del Código Penal. Por el tercer apartado del artículo 490 se castiga con prisión de seis meses a dos años o con multa de seis a doce meses a quien calumniara o injuriase al Rey, o a *cualquiera de sus ascendientes o descendientes*, así como a la Reina, al Regente, a algún miembro de la Regencia o al Príncipe heredero.

Por añadidura, en los dos apartados del artículo siguiente, se castiga con penas de multa de cuatro a veinte meses a quien incurriera en calumnia o injuria contra las reales personas, antes mencionadas, *inclusive fuera de los supuestos previstos.*

También se imponen multas de seis a veinticuatro meses a quienes utilicen la imagen del Rey y demás personas de su familia o de la Regencia «de cualquier forma que pudiese dañar el prestigio de la Corona».

Índice onomástico

Agradecimientos

Son muchos los amigos y amigas, vivos o muertos, a quien es debo datos, ideas, acuerdos y discrepancias para este libro. Lo dedico a Carol y Ramón Serrano Balasch, puesto que Ramón no sólo es el editor de mis ensayos sino también quien me indujo en largas conversaciones, de un milenio a otro, a dedicarle una obra a la Españeta.

Además del propio Ramón Serrano, leyeron algunos de los capítulos iniciales Silvia Bastos y Rafael Borràs. Con Rafael Borràs guardo especialísima deuda por la dedicación, en él acostumbrada, con que corrigió y comentó el texto al margen de casi cada párrafo. Todas sus observaciones fueron muy útiles y, ni que decir tiene, las tuve en cuenta, aprecié y aprecio.

El libro no habría sido posible sin Josep Pernau, al menos en su presente estructura. En los años en que acabábamos de sobrevivir la noche polar de la censura —en la Españeta hay noches que duran a veces casi cuarenta inviernos y otras se prolongan siglos enteros—, Pernau me publicó en *Destino* mis primeras cartas abiertas a los vivos y los muertos. Además aceptó la puesta en circulación del término «Españeta», creo recordar con regocijo y tristeza que yo todavía comparto. Como diría Azorín y aquí lo cito en algún punto, vivir es ver volver.

Entre vivos y muertos, mi deuda y mi gratitud se extienden a Diego Abad de Santillán, Bartolomé Aragón, Miguel Ángel Ardid, Carlos Aurtenetxe, Juan Balansó, Pere Bosch Gimpera, Guillermo Cabanellas, Pedro Campa, Vicenç Capdevila, Ramón Clemente, Modest Cuixart, Sabino Fernández Campo, Carlos Feal, Josep García Reyes, Rebecca García Reyes, Ramón Garriga, Ignacio Gastañaga, Julio González Iglesias, Marino Gómez Santos, Vicente Guarner, Ricardo Gutiérrez-Mouat, Pilar Jaraiz, Carmen López Villasol, Joan Llarch, Miguel Maura, Jesús Palacios, Ricardo Pardo Zancada, Leonardo Pascual, Miguel Pérez Capella, Gabriel Ponce de León, Elena Puigvert, Luis Recasens Siches, Jacint Reventós, Ratín Roestel, Enrique Ruiz Fornells, Heleno Saña, Claudio Sánchez Albornoz, Antonio de Senillosa, Ramón Serrano Suñer, Josep Tarradellas, Carlos del Valle-Inclán, José Pedro Vallhonesta, Francesca Vidarte, Juan Simeón Vidarte, María Pilar Vilà, José Luis Vila-San-Juan, Eduardo Vivancos, Pedro Voltes.

Al final, *last but not least,* doy las gracias a mi mujer, Eunice Rojas. En libros anteriores se encargó de teclear la copia definitiva en el ordenador. Esta vez ha resuelto o perfilado particulares técnicos de toda hora, con mayor o menor resignación, soportando mi impaciencia y exasperaciones, cuando el original parecía prologarse casi tanto como aquella noche polar, de la que hablábamos dos párrafos más arriba.